U1007783

Media
TECHNOLOGY
传 媒 典 藏

写给未来的电影人 · 编剧系列

编剧路线图

热播电视剧的21条编剧法则

THE TV SHOWRUNNER'S ROADMAP

21 Navigational Tips for Screenwriters to Create and Sustain a Hit TV Series

[美] 尼尔 · 朗道（Neil Landau） 著
张敬华 译

人 民 邮 电 出 版 社
北 京

图书在版编目（CIP）数据

编剧路线图 : 热播电视剧的21条编剧法则 / （美）尼尔·朗道（Neil Landau）著 ; 张敬华译. -- 北京 : 人民邮电出版社, 2022.7
（写给未来的电影人. 编剧系列）
ISBN 978-7-115-58587-5

Ⅰ. ①编… Ⅱ. ①尼… ②张… Ⅲ. ①电视文学剧本－编剧－研究－美国 Ⅳ. ①I712.073

中国版本图书馆CIP数据核字(2022)第039571号

◆ 著　　[美]尼尔·朗道（Neil Landau）
译　　张敬华
责任编辑　黄汉兵
责任印制　陈　犇
◆ 人民邮电出版社出版发行　　北京市丰台区成寿寺路 11 号
邮编　100164　　电子邮件　315@ptpress.com.cn
网址　https://www.ptpress.com.cn
大厂回族自治县聚鑫印刷有限责任公司印刷
◆ 开本：700×1000　1/16
印张：17.25　　2022 年 7 月第 1 版
字数：277 千字　　2022 年 7 月河北第 1 次印刷
著作权合同登记号　图字：01-2015-8770 号

定价：89.80 元

读者服务热线：(010)81055493　印装质量热线：(010)81055316
反盗版热线：(010)81055315
广告经营许可证：京东市监广登字 20170147 号

内容提要

本书旨在帮助怀揣梦想的创作者了解如何制作一部有潜力在电视台或互联网平台上热播的电视剧。

本书提供了21条编剧法则，涵盖了故事创意、专业写作到运营管理等各个方面，包括剧本推介、故事设置、系列剧创作、电视剧的类型、人物、故事引擎、故事视点、故事核心、故事结构、主题、悬念等。对每一个法则进行详解后，还分别通过独家专业访谈，收录了许多受欢迎的电视剧制作人的见解、经验和忠告，访谈对象包括《绝命毒师》《国土安全》《丑闻》《摩登家庭》《行尸走肉》《童话镇》《迷失》《豪斯医生》《胜利之光》等剧的作者。

本书可作为影视行业的策划、编剧、制片人、运营人员的学习资料和高校影视剧作专业学生的教程，也可供短视频创作者参考。

谨以此书献给我的弟弟迈克尔（Michael），谢谢他小时候总是陪我一起看电视。

献给特伦特（Trent），如今是他在陪我一起看电视。

关于作者

尼尔·朗道（Neil Landau），编剧、制片人、作家，担任加利福尼亚大学洛杉矶分校影视和数字媒体学院教授，艺术硕士（MFA）导师。

电影作品有青少年喜剧《打工淑女》（*Don't Tell Mom the Babysitter's Dead*），电视作品有《天才小医生》（*Doogie Howser*）、《医学博士》（*M.D.*）、《新飞跃情海》（*Melrose Place*）、《豪勇七蛟龙》（*The Magnificent Seven*）、《亚历克斯·麦克的秘密世界》（*The Secret World of Alex Mack*）、《一生两次》（*Two in a Lifetime*）和MTV的《脱下衣衫》（*Undressed*）。曾与CBS、迪士尼（Disney）、弗里曼特媒体公司（Freemantle）、生活时间电视网（Lifetime）、拼写娱乐电视制片公司（Spelling）和华纳兄弟（Warner Bros. TV）签订试播剧协议。

曾任索尼国际影视公司（Sony Pictures Television International）执行剧本顾问，电视艺术与科学学院（Academy of Television Arts and Sciences）成员，动画电影作品《秘鲁大冒险》（*Tad the Lost Explorer*, 2012）获得西班牙学院最佳改编剧本“戈雅”奖。

致　谢

非常感谢接受本书采访的那些杰出的编剧/制作人，感谢他们慷慨地花时间分享他们的知识、视野和无价的智慧。

致杰出的编辑特丽莎·钱伯斯（Trisha Chambers），她总是让一切变得有趣，不仅做事有条不紊，而且充满智慧，最重要的是她热爱电视。

写书如同建造一座城市，如果没有这些勤奋的助理编辑：斯宾塞·巴卢（Spencer Ballou）、詹姆斯·莫里斯（James Morris）和汤姆·奥斯汀（Tom Austin），我肯定不可能完成这样巨大的工程。

对于朋友与同事的鼓励和支持，在此致以最高谢意：哈尔·阿克曼（Hal Ackerman）、亚历山大·阿克波夫（Alexander Akopov）、埃亚·阿洛尼（Eyal Alony）、卡里·布罗考（Cary Brokaw）、钱宁·邓基（Channing Dungey）、索奇·费尔班克（Sorche Fairbank）、乔迪·加索尔（Jordi Gasull）、本·哈里斯（Ben Harris）、珍妮弗·约翰逊（Jennifer Johnson）、谢尔盖·卡卢加诺夫（Sergey Kaluganov）、艾尔森·利迪布隆（Allison LiddiBrown）、帕梅拉·K.隆（Pamela K. Long）、丹尼斯·曼（Denise Mann）、劳拉·米洛里（Laurie Megery）、科里·米勒（Cory Miller）、伊瑞娜·皮芙罗夫娜（Irina Pivrovna）、詹尼斯·理查森（Janis Richardson）、迈克·斯坦（Mike Stein）、大卫·斯特恩（David Stern）和理查德·沃尔特（Richard Walter）。

感谢福克斯出版社的丹尼斯·麦戈纳格尔（Dennis McGonagle）和卡林·里根（Carlin Reagan）。

特别感谢我的两个儿子诺亚（Noah）和扎克（Zach），你们太棒了。

前 言

写作这本书就像踩进了流沙。我的上一本著作是关于电影创作的，它的范围有限，我们知道一部电影一旦完成，它就可以被观众拆开来进行分析和解读。撇开续集不谈，一部电影的完成就意味着结束——它的故事不会再改变。传统的电影给人的感觉是固定而独特的。

电视连续剧则不然，它是流动的、不断展开的故事。情节愈演愈烈，谜团逐渐复杂，角色逐步发展，每一集的结尾带给我们的是更多的问题，而非答案。侦探们可能会抓住罪犯，但是下周会出现更多的“罪与罚”。

我们与喜欢的电视剧之间建立起一种持续的联系，这些剧通常可以在几年甚至几十年里播出上百集。当我们看到标志性的人物在剧中沉浮、挣扎和忍耐时，我们都会感同身受，会支持他们，做出判断，甚至会对着电视屏幕大喊大叫，然后想看到更多。这些人物会成为我们生活的一部分，而当一个超长系列剧落幕时，我们会倍感失落。

这本书的内容不仅仅包括年度经典电视剧。当然，我对这些作品同样充满敬意。如今是电视的新黄金时代，我想要与时俱进。可是，数以百计的电视频道都在播放海量的电视剧，观看全部的电视节目几乎是不可能完成的任务，更不用说随时了解最新的剧情发展了。

我本可以通过只专注试播剧来缩小写作范围，但我也渴望探索电视剧是如何随着时间推移而构建、演变和维持的。所以我发现虽然自己追上了一些热播的长青剧，但像掉进了许多兔子洞里。最大的挑战是如何选择最佳电视剧进行分析，如何选择制作人进行采访，以及带着惶恐忽视某些人最喜欢的节目（为此我提前道歉）。同时，即使刚采访完一位在播剧的现任制作人，并讨论了这部剧的最新进展，这部剧还是会继续向前推进，这让我越来越难以找到立足点（此乃流沙比喻之源）。

当我还是个孩子的时候，家里有了第1台彩色电视机，当时只有3个频道：ABC、CBS和NBC。现在几乎有上千个频道。技术发生了巨大的变化，人们逐渐远离大型广播电视网，并创建了数百个更小众的有线电视频道（其中许多从属于广播电视网母公司）。如果你路过大学宿舍，可以看到学生房间里并没有电视机，他们看电视节目，更多的是通过平板电脑、笔记本电脑或智能手机。尽管如此，我相信不论通过何种媒介，如今最好的故事不是在电影院里，而是在电视上。真人秀虽然可以给我们一种自发的、即时的快感，但只有以伟大的剧本为基础的剧情类和喜剧类才能把我们带到超越现实生活的旅程中。敬请期待。

引　言

什么是制作人

电影中，导演是国王。在电视剧行业，制作人（showrunner）说了算。通常情况下，制作人会兼任电视剧的首席编剧和执行制片人（Executive Producer，简称为EP）。但也有例外，一部剧的制作人也是该剧的创作者（creator）。大多数情况下，电视网会购买系列剧“方案”或一个完整的试播剧剧本（简称为“待售剧本”）。这些剧本通常由没有制作经验的编剧按照规定格式进行写作。此后，制片公司和电视网将共同指定一名有经验的制作人，负责监督该剧接下来所有剧集的写作工作，而执行制片人将最后决定所有拍摄决策，包括演员阵容、拍摄地、艺术指导、每集导演的聘用以及该剧后期制作和剪辑等。不是所有的执行制片人（EP）都是制作人（showrunner），但是所有的制作人都会被认为是执行制片人。

非制作人的执行制片人可以作为该剧的导演、剧集制作公司的经理，也可以是通过发掘创作者、培养项目并包装成试播集的制片人。热播剧编剧过渡成为编剧兼制作人（在过去几年变得越来越流行），通常会获得执行制片人署名权，也可能会被委托负责该剧运营的重任。当剧集被改编成其他形式（电影到电视剧）或在另一个国家取得成功（称为“孵化”），执行制片人也可能在出口作品中获得署名权。

制作人在一部剧中处于领导地位，也可以是在电视剧中最高水平的写作伙伴。虽然也有例外，但大多数制作人都需要经过多年的辛苦努力工作之后才能获得这个职位，居于电视产业链的顶端。在一部电视剧中，编剧团队中的高层人士会获得“制片人”的头衔，并根据他们在产业链中的相对位置添加前缀（大多数高级编剧、制片人都对此非常重视）。除了分解故事和写作剧本，许多高水平的编剧、制片人都会参与前期制作决策（包括确定角色、选择场景、现场监督、与导演的合作、后期制作、与电视网的沟通）。根据制作人的不同风格，一些故事编辑和编剧有机会被邀请参与额外的制片工作。如果有幸参与了整个过程，抓住机会！这是一次宝贵的学习经历。当你被问及时再提出来你的意见是真实的。

以下为产业链的各个层级。

- 制作人（作为执行制片人署名，通常也是首席编剧）。
- 执行制片人（不是实际的制作人）：编剧/制片人。
- 联合执行制片人（Co-executive producer）：编剧/制片人。
- 监制（Supervising producer）：编剧/制片人。
- 制片人（Producer）：编剧/制片人或监制。
- 制片顾问（Consulting producer）：编剧/制片人。
- 联合制片人（Co-producer）：编剧/制片人（很少出现，如果有的话，承担制片人职责）。
- 执行故事编辑（Executive story editor）：最高级别的编剧。
- 故事编辑（Story editor）：由专职编剧团队晋升而来。
- 专职编剧（Staff writer）：通常被称为"初级编剧"（这是编剧的初级职位）。
- 自由编剧（Freelance episode writer）：受雇撰写某集剧本，但不是专职编剧。

我只想说，每一季制作人通常能赚到数百万美元。如果该剧获得成功，他将积累署名作品并获得大部分赞誉。同样的道理，如果一部剧播出几集就被下线了，制作人将承担全部或大部分压力。

剧集的每一位成员（演员、编剧、导演、制片人、摄制组）都在制作人的主持下工作，而他也必须向制片公司和电视网的高管负责。

成功制作人必备清单[1]

根据我的非正式调查，要想成功地管理一部有剧本、有情节的电视剧，最重要的品质和技巧如下。

- **遵守时间和预算**：资深编剧杰夫·梅尔沃恩（Jeff Melvoin）是美国编剧工会（Writers Guild of America）"美国编剧培训项目"联合创始人、导演，曾创作过电视剧《新闻超感应》（*Early Edition*）、《双面女间谍》（*Alias*）、《军嫂们》（*Army Wives*）等作品，他认为电视剧制作人的首要职责是按时、高质量地完成剧本。时间就是金钱。从前期剧本创作到后期制作，制片人必须要保证剧集的时间进度和项目预算。
- **预测**：预测未来故事需求和制作上的问题的能力。电视剧《杀手信徒》（*The Following*）的制作人凯文·威廉姆森（Kevin Williamson）曾提到："你可以随心所欲地规划蓝图，但当你想到更好的点子时，事情就会发生变化。"由于这个原因，许多制作人更愿意一次分解不超过5集剧情，给自己留有纠正错误的机会。《国土安全》（*Homeland*）联合创作者（Co-creator）兼制作人亚历克斯·甘萨（Alex Gansa）讲道："年初的时候，我们甚至都没想到卡莉和布罗迪会经常在一起。在播出第1季的第3、4集时，我

1 摘自《综艺》和《好莱坞报道》（*Hollywood Reporter*）主办的"制作人圆桌讨论会"（2013）。

每天翻新闻，‘异性相吸’这个词满屏闪烁，我们不得不回头看已经写好的剧本，试图找出一种新的方式来讲故事。”《广告狂人》（*Mad Men*）执行制片人马修·韦纳（Matthew Weiner）也提到：“直到第9集我才意识到唐·德雷珀和罗杰·斯特林应该是好朋友。”对于《金装律师》（*For Suits*）的制片人亚伦·科什（Aaron Korsh）来说，“最有趣的是给自己一个惊喜。如果一个情节的发现震惊了在（编剧）房间里的所有人，那么我们就知道这个情节是对的。”《美国谍梦》（*The Americans*）制片人乔尔·菲尔兹（Joel Fields）说：“一开始我们以为自己无所不知，接下来进行到大约一半时，（为了更好、更有趣的想法）放弃了许多，这是一个无意识地演化的过程。”

- **视野和全局观**：制作人参与了一部剧的各个方面，包括选角、拍摄地点、灯光、音乐、制作设计等。从一开始，基调和风格就是由制作人做出的关键决定。《美国谍梦》制片人乔尔·菲尔兹认为：“如今电视剧的标准非常高，观众所期待的是一种电影体验。”凯文·威廉姆森则认为：“我们是创造者，要描绘出如画的美景。”
- **深化与改编**：很多剧是根据其他国家的电视剧改编而成的（《国土安全》《谋杀》《桥》《纸牌屋》），或根据小说改编而成（《权力的游戏》《真爱如血》《女子监狱》），甚至还有根据经典电影改编而成的（《贝茨旅馆》）。在开发/改编原著时，制作人必须评估哪些内容需要保留，哪些需要修改。《基本演绎法》的制片人罗布·多尔蒂（Rob Doherty）为夏洛克·福尔摩斯及其系列人物赋予了新的视角，他希望“夏洛克·福尔摩斯在不断进步中，他总比别人领先十步，现在却偷偷地只领先两步”。多尔蒂希望在精神上尊重原著，但不成为它的奴隶。对于《贝茨旅馆》的制片人卡尔顿·库斯（Carlton Cuse）和克里·艾琳（Kerry Ehrin）来说，“我们的目标不仅仅是表达敬意，我们想要创造属于自己的《惊魂记》系列。既然诺玛·贝茨（Norma Bates）在电影故事中已经离世，所以他们可以完全放开了。”对于《纸牌屋》的制片人博·威利蒙（Beau Willimon）来说，为奈飞公司（Netflix）改编这部剧，“确定（这部剧的）风格比改编的实际操作要困难得多，这才是人们真正感兴趣的。”
- **神奇的写作（和不断地重写）才能**：就连阿伦·索尔金（Aaron Sorkin）也承认，比起写作时的得心应手，他更多的时间是“居家”改写和重写。一部电视剧就像一个怪物，必须不断地吸取新的故事和剧本以延续生命。所以无论如何，你都要坚持按计划来完成写作。拥有强健的写作肌肉，有规律地写出新材料——即使需要修改，“拿出”剧本——而且要快，对每一位编剧和/或制作人来说，是至关重要的技能。我总是对电视写作专业的学生说，要想在职业编剧行业取得成功，最好的方法就是能够写出扎实的初稿（只需要很少的修改）。制作人凯文·威廉姆森（Kevin Williamson）自称为“控制狂”（这是真的），只要在开拍前能提供一个伟大的脚本，他才不在乎你是否与职业编剧合拍，虽然这一点极为困难，且在电视行业也是一种罕见的品质。

以下是职业编剧的基本工作流程。

- 一些电视剧要求较低级别的编剧提交一个简短大纲，即“节奏表”（beat sheet），一旦大纲的基本结构得到制作人的批准，编剧就可以着手撰写更为实质性的大纲（通常8~18页）。大部分与资深编剧（联合执行制片人及以上级别）合作的剧集通常会放弃大纲写作，直接开始初稿写作。
- 一般来说，一旦制作人和/或高级制片人批准大纲，编剧要随时准备在2周内写完一份1小时时长的电视剧初稿（通常只发生在一季开始的时候），有时写作时间会缩短至2天（在拍摄的关键时期）。有线网的电视连续剧只有12集，其剧本有时都是在开拍前写作完成的，大多数则不会这样。一位广受好评的有线网连续剧制片人告诉我，即使在最紧张的情况下，编剧们也有5天外加2个周末的时间来写初稿，通常时间会更短一些，所以她的工作时间非常紧迫。
- 编剧写作的进度与时间通常由特定的制作人、制片公司和电视网的意愿来决定。对各级别的编剧来说，主要挑战在于要不断地与来自制片公司、电视网、制作人、其他编剧/制片人、制作部门主管（被称为“关键人物”）和演员进行互动，及时处理源源不断地从各方传回的反馈笔记。剧本写作中，编剧或联合执行制片人会将这些信息及时反馈给你。我只想说，对于每一位编剧和剧本协调员[1]来说，这个过程无异于一场噩梦，因为每一集剧本的改动都会牵一发而动全身，影响到电视剧的整体结构。这也是一个动态过程——不仅需要编剧有高超的写作技巧，还要有超强的记忆力。
- 在情景喜剧中，写作的时间安排与电视剧也不尽相同。编剧们一般先解构故事，接着在几天内写出一份节奏表和/或大纲，得到制作人的反馈笔记之后，再用一周左右的时间写出初稿。剧本的截止日期可能因剧而异。据一位经验丰富的艾美奖获奖情景喜剧的制作人说：“这取决于当前处于一年中具体的什么时间点。如果在季初，他们可以有2周的写作时长。如果在季末，也许只有4天时间，还可能会由多人分头撰写。”一旦完成，第1版“剧本初稿”将被讨论，并由编剧小组集体进行重写，与演员、编剧、制片人、电视网高管一起进行“圆桌阅读”，及时修订大家所讨论的问题。
- 对于情景喜剧来说，“圆桌阅读”通常发生在周一。根据与会者的反馈，初稿将在本周内进行重写。多机位情景喜剧中，随着剧本的修改（每天都会进行剧本修改），导演和演员们会排练这一集，这样工作节奏可以保障剧本以最好的状态在本周五晚上进行现场录制。

1 剧本协调员负责所有剧本的连续性。这项工作不同于剧本主管，他只负责拍摄之间的连续性，以及其他主要的制作职责。

- 单机位情景喜剧中，在“圆桌阅读”之后，剧本也会相应地重写，但是修改的余地要小得多，因为场景会在同一天排练和拍摄。如果剧本发生重大修改，已拍摄的场景将需要重拍（称为“补拍”）。
- **耐心**：一部新剧可能要花很长时间才能找到它的创意之路，建立与观众的情感联系。卡尔顿·库斯［Carlton Cuse，作品有《迷失》（*Lost*）和《贝茨旅馆》等］提到：“第1季是探索性的，如同用花园的水管扑灭公寓楼大火一样”。让观众对角色投入感情比任何事情都重要。凯文·威廉姆森也曾经说过：“所有的故事都需要全情投入，否则没人会在乎这部剧。”
- **分工与合作**：所有的制作人都必须身兼数职，能同时处理多项任务的能力，每个节目也需要一个部门全体人员的通力合作。有些制作人，比如大卫·E.凯利［David E. Kelley，曾任《律师事务所》（*The Practice*）、《甜心俏佳人》（*Ally McBeal*）和《波士顿法律》（*Boston Legal*）制作人］，他四周围绕着各种制片人，所有制作方面的问题都交由他们来处理。只有这样，凯利才可以坦然地坐在办公室里，以手写的方式来写作剧本，几乎每一个剧本他都先手写文档，然后交给助理把剧本打印出来再分发下去。对于《谎言满屋》（*House of Lies*）的制作人马修·卡纳汉（Matthew Carnahan）来说，他的团队中会有一位非编剧岗位执行制片人，还有一位能干的后期制作主管，这样的结构大大减轻了节目制作人的工作压力，所以他也可以把主要精力放在写作上。对他来说，这是提高效率的关键。只有当制作人拥有强大的执行团队时，分派下去的工作才能精准地完成，他们才会有十足的信心来完成一部又一部电视剧。阿伦·索尔金一直在寻找年轻、聪明的新编剧，并愿意指导这些年轻人。在他的系列作品中，编剧们不会有太多的写作工作——“但他们会得到一到两年带薪实习的工作机会。一般情况下，初期会雇用8~10位编剧，到季中时一般只剩下3人，那已经是很不错的情况了，在下半季你还有时间留住他们。”《公园与游憩》（*Parks and Recreation*）制作人迈克尔·舒尔（Michael Schur）半开玩笑地解释，自己的原则是“尽可能多地分派工作，而不解雇人”。
- **外部事务**：即演员、导演、制片厂和电视网的主管，以及制作人员之间的合作与管理。《明迪烦事多》（*The Mindy Project*）制作人明迪·卡灵（Mindy Kaling）表示，为了保持写作团队的士气，“在剧本中发现好东西”很重要。制作人会从很多渠道收到反馈笔记。越是新节目，制作人越是经验不足，收视率越不高，反馈笔记就会越多。成功的制作人知道如何过滤它们以达到最佳的效果。一页严厉的、不加修饰的反馈笔记只能让编剧们闭嘴——制作人（理想情况下）需要做的，是激发编剧的灵感而不是摧毁他们的信心。有时要通过一定程度的牵制来完成（取决于特定编剧的具体情况和熟悉程度），有时直言不讳、不废话可能是最好的方式。底线是：这些反馈笔记来自电视网或制片公司高管，总是需要传达的，但不必逐字逐句。编剧写剧本用的是编剧式语言，他们通常能够确定对话的弦外之音，也能更好地应对批评意见。在编剧修改之前，强势的制作人会与电视网和/或制片公司高管进行对话，就某些反馈笔记提出赞成或反对意见。当然，并不是每个来自电视网/制片公司的反馈笔记都需要被应用于剧本，通常它只代表一个简单的说明，然后就消失了。但也有些时候，整个大纲或剧本会被“发回重写”（kicked out）。对于制片工业而言，播出后期的收视损失会产生巨大的后续影响，当然这种情况也不是没有发生过。以我的写作经验来看，即使一点点的表扬也大有益处。虽然每周都能拿到一大笔稿酬，但这只能在一定程度上缓解面对严厉批评和用大写字母写成的反馈笔记（这些纸条好像在对你大嚷大叫）的压力。制作人需要成为团队的正面榜样，还要厚下脸皮来处理来自电视网高管、制片公司高层，以及社交媒体上的各种批评意见。近年来，电视行业最大的变化之一就是社交媒体的介入，从推特（Twitter）到粉丝网站、留言板。事实上，我采访过的所有制作人都有一种感觉，对于剧集最新的情节发展，强大的社交媒体像病毒一样影响着制作团队。过去，制片人和编剧似乎都是在真空中工作，唯一能反映观众意愿的晴雨表就是尼尔森收视率。虽然电视收视率指标目前仍在运行，仍然用来作为确定观看人数和广告费率的指标，但收视率已然不是全部，也不是最后的结果。制作人一定要相信自己的直觉，不要被收视率和粉丝的反馈所左右。

- **组织能力**：对于电视剧《愤怒管理》（*Anger Management*）的编剧兼制作人布鲁斯•赫尔福德（Bruce Helford）来说，他每周要撰写2集剧本，拍摄2集节目，还要同时管理2个编剧小组，以满足对素材的惊人需求。拥有一个制作人级别的写作团队，对于按时完成剧本至关重要。具体到编定预算、日程安排、写作时间表和截止日期这些细节问题，我强烈推荐一本优秀的专业著作：《一小时剧情剧：一集电视剧的制作过程》[1]。
- **坚韧和耐力**：制作运营一档电视节目就相当于跑一程马拉松，它不是短跑，所以你必须学会调整自己的速度。它是一项长期而艰巨的、同时有段落感的任务。资深制作人阿伦・索尔金（Aaron Sorkin）曾这样形容它，“就像一整年中，每周都要交学期论文一样”，看完一集之后，不管它有多好，都要马上开始下一集的制作。《广告狂人》（*Mad Men*）的制作人马修・韦纳（Matthew Weiner）是一个积极的例子，他正处于事业巅峰，笔下的很多剧本都在拍摄和播出中。而消极的方面是这有点像是西西弗斯式

1 *The One-Hour Drama Series*: *Producing Episodic Television*，由西尔曼・詹姆斯出版社（Silman-James Press）2008年4月出版，资深电视制片人罗伯特・德尔・瓦莱撰写。

的任务，一遍又一遍地写精彩的剧本。就像韦纳所说："像在吃馅饼比赛中获胜，奖品是更多的馅饼。"

- **家庭作业**：值得注意的是，编剧们都会观看彼此的节目——带着一种混合着尊重、竞争和敬畏的心态。大多数制作人都会在晚上和周末加班来完成工作。《行尸走肉》（*The Walking Dead*）制作人格伦·马扎拉（Glen Mazzara）贴切地形容这一行："制作人根本不睡觉。"

目　录

第1章
完美的推介方案

在开始讲推介原创节目的内容与方式之前，我们先要讨论的是“去哪里”推介——也就是播出平台的品牌。

曾几何时，没有有线电视、卫星电视、互联网下载的年代，只有三大广播网：ABC、CBS、NBC。几十年后，福克斯（FOX）成为第四家，紧随其后的是华纳兄弟娱乐公司和UPN（后者不久合并重组为CW）。

接下来，有线电视迅猛发展，现在我们有数百家有线电视网，每家都有自己的目标观众和节目。利基传播（Niche broadcasting）是指每个网络都要有专门针对其核心受众的特色品牌。例如，Lifetime的目标是“女性电视节目”，Spike旨在服务男性，Nickelodeon侧重于儿童，Logo TV[1]服务于少数人群，MTV面向高中生和大学生，SyFy[2]针对科幻小说爱好者和部分女性观众，HGTV[3]提供给家居建筑师与设计师等。

像HBO和Showtime这样的付费有线电视频道，曾经以播出影院新下线的影片而名声大噪，后来它们也开始制作自己的原创剧集，如《黑道家族》（*The Sopranos*）、《朽木》（*Deadwood*）、《单身毒妈》（*Weeds*）、《国土安全》（*Homeland*），无广告。AMC[4]、FX[5]和Starz[6]紧随其后，风格为比主流电视网更黑暗、更前卫。当然主流电视网仍然拥有数量最多、最多样化的观众，剧集内容也更安全，以获得更普遍、更保守的观众群体。但ABC、CBS、NBC和FOX都有自己的分众品牌，以迎合它们的忠实观众，进而吸引大型的全国性广告商。这些电视网的眼都看向了纽约麦迪逊大道和梅恩大道的交会处。

---

1 LOGO TV隶属于美国维业康姆传媒集团。——译者注

2 原名为Sci Fi频道，是美国NBC环球集团旗下的有线电视网之一。——译者注

3 家居和园艺频道（Home & Garden Television），是美国斯克里普网络互动公司（Scripps Networks Interactive）旗下的有线电视频道。——译者注

4 美国经典电影有线电视网（American Movie Classics），是彩虹传媒控股集团（Rainbow Media Holdings, LLC）旗下有线电视网。——译者注

5 美国FX有线电视网（FX Networks, LLC，简称为FX），属于福克斯广播公司旗下的有线电视网。——译者注

6 有的译作星光电视台。——译者注

与其说它们在吊观众的胃口，不如说它们在广撒网。

与此同时，只要你有某个有线电视频道，能够观看到的电视节目几乎是海量的。当然，这也并不能妨碍大多数电视观众习惯性地抱怨“没什么可看的节目”。

每个频道的利基就是所谓的品牌，或者说它们的“舵”。每个电视网都会有自己特定的节目需求，要搞清楚它们的收视率、目标受众、目标广告商，还要搞清楚当前的热门系列是什么。

多年以来，CBS所主导的黄金时段犯罪系列剧，如《犯罪现场调查》(*CSI*)和《海军罪案调查处》(*NCIS*)系列，与它们的热门情景剧《好汉两个半》(*Two and a Half Men*)、《生活大爆炸》(*The Big Bang Theory*)、《破产姐妹》(*2 Broke Girls*)，在节目的编排策略上主要奉行“如果没坏，就别修它”。拥有这么多档收视率较高的节目，CBS的档期已经很紧了。当然，CBS（以及每一个电视网）总是在寻找下一部少有的、具有开创性的、打破常规的流行剧，它们非常了解自己的核心观众：往往是40岁以上、社会中坚、保守人士、蓝领阶层和家庭观众。

当然，对CBS来说，在不久的将来可能也会发生变化，因为随着《犯罪现场调查》系列的衰落，其他电视网的竞争对它们的发展提出了挑战。但CBS的品牌建设是一个恰当的案例，它们了解自己，更知道自己想要什么。至于剧中人物，它们倾向于塑造那些为真理和正义而战的英雄人物，这些角色具有积极向上的品质，通常最终会获得胜利。像《绝命毒师》里的沃尔特•怀特（Walter White）式的反英雄角色不会出现在CBS的剧里。也许会看到一些取材巧妙的犯罪题材剧集，如社会异类和连环杀手之类的，但绝不会以这些人物为主角。只是这类题材可以接受，理由是CBS恰好是Showtime的母公司，后者的王牌节目有《嗜血法医》(*Dexter*)、《国土安全》和《单身毒妈》。因此，如果你打算投拍一部黑暗、前卫、具有颠覆性的剧集，以一个有严重的性格缺陷、愤世嫉俗的反英雄式人物为主角，CBS肯定不是你的首选，至少目前是这样。

在为一部新剧做推介方案时，你首先要问自己，有哪些电视网适合这种类型，基调、主角和前提分别是什么？如果只有一家备选，那么你的故事可能太小众化。所以，为何不写一部能在更多的平台播出的作品以增加你的销售机会呢？

也许，为一部剧准备不同的推介方案是可行的方法。举个例子，假设你正在策划一部系列剧，讲的是生活在一个乌托邦式社区的家庭，神秘事件开始侵犯他们的田园生活。这部剧瞄准ABC[1]目标观众——20~30岁女性［想想《实习医生格蕾》(*Grey's Anatomy*)］，

---

1 ABC，美国广播公司的缩写，英文全称为American Broadcasting Corporation, Inc.。——译者注

你应该强调20、30甚至40岁的性感女性角色。如果同时要在CW[1]进行推介，就要更多关注社区中叛逆、焦虑的青少年。在FX的推介版中，你还要考虑探索一下黑暗、扭曲和反常的人性。

许多电视剧的主题都可以有不尽相同的表现形式，不要把所有的鸡蛋放在一个篮子里。当然也要对自己的作品有强有力的憧憬，也别忘随时适应市场的需求。

安·多纳休是艾美奖得主，也是《犯罪现场调查：迈阿密》（*CSI: Miami*）的联合创作人、编剧、制片人、节目制作人。他曾这样回答“如何推介和销售原创剧集”的问题：“找出对方想要的，然后给他们”。

很好的建议，对吧？但如何才能做到呢？面对纷繁复杂的电视网，在进行陈述创意、推介剧本之前，你必须尽最大可能做好调研工作（在本章中我将进一步阐述如何推介创意方案）。在制作推介方案，或写作待售剧本、试播剧剧本之前，你也要做一些调查工作。如果足够幸运，遇到了给力的经纪人或经理人，这些工作一般会由他们来完成，如果他们足够优秀的话，他们一定会密切注意买方动向，找出在新一季买方有哪些新需求，可能是对现有剧集类型的补充，也有可能是填补那些因收视不佳而下线剧集的空档，当然还有可能是电视网更换了新总裁。

推介之前

你用得着在没有经纪人或经理人的情况下独自进行市场调查吗？绝对必要。一旦想出了一个充满激情和令人兴奋的原创点子，请按以下步骤进行。

1. 确定你的原创创意与当前和过去的剧集有相似的基调和感觉。它们在某家电视网播出过？此电视网现今是否仍然有相同的节目受众和风格？如果是，它们目前是否有过于相似的剧集？如果没有，那么它将非常适合你的原创剧，也是一个值得推介的目标。

2. 确定节目概述，选定电视网品牌。收看其节目，包括广告。如果你看到很多化妆品和女性产品广告，那么此电视网的目标观众主要为女性；如果看到很多啤酒和卡车广告，很有可能针对男性观众。商业广告是广告商向你“推介”它们客户的产品，对于广告商来说，你所观看的节目实际上只是一种它们向消费者传递产品的一个机会而已。作为一名电视剧创作者，你的工作就是向电视网推介自己的作品，而电视网的广告商向受众推介自己的产品。这是一条食物链，你的节目是观众的诱饵。当然，作为一名艺术家，你愿意为艺术创作而打磨自己的作品，但电视写作这一行，要能吸引眼球，要为收视率而战。如果没有这一点，不管你的剧集收到多少好评，它都将被砍掉。

---

1 CW，由哥伦比亚广播公司（CBS）与华纳兄弟共同出资创立的一家公共电视网，CW源于两家公司英文的首字母。——译者注

3. 要做研究。在特定的电视网哪些节目的收视率表现良好，哪些节目难以吸引观众？Syfy这样的小众电视频道无法获得与主流广播网相同的收视率份额，但对于它而言，什么样的节目才属于“热门”节目？如果你的原创剧让它们想起最近下线或还在挣扎的节目，那么无异于搬起石头砸自己的脚。

4. 当你进入制片公司或电视网时，要留意高管们从业以来的作品。他们在这家制片公司/广播网工作有一段时间了吗？或者他们刚从另一家小众有线电视网离职？他们的节目赢得哪些荣誉，他们最自豪的节目是哪一部，他们喜好什么类型节目？不要误以为他们喜欢在播的所有热门剧集，其中一些节目他们可能也会感到遗憾，在考虑用新内容和新的表现形式来改变。同时，他们可能追求更多相似的东西。上网搜一搜他们接受采访和录音的片段。这不是建议你公然迎合他们，而是要投其所好（“更聪明地工作，比努力更重要”，是安·多纳休的另一句名言）。

5. 从内到外了解自己的风格。如果你有志于创造一个全新的、具有开创性的科幻系列，那就要做好功课，多了解Sci-Fi有线网过去、现在甚至未来即将播出的节目。请记住，你不仅仅是在与当前正播的剧集竞争，还在与过去10年或更长时间里同一类型的每部剧集在竞争。你一定不想在推介会见到如下场景：一个高管指出你的“原创”剧集实际上是上一季某一部被取消剧集的翻版，或者它与目前的其他电视网在播剧集太相似。要了解你所写作品的新鲜和独特之处，与那些已经播出的作品有何不同，怎样才能看似相同实则不同，不必每次都白费力气。事实上，只要研究一下电视行业，你会发现大多数节目都是某部剧的变体：《朽木》是较《荒野大镖客》（*Gunsmoke*）、《豪野七蛟龙》（*The Magnificent Seven*）等西部片更紧张、更黑暗的版本。例如，《迷失》（*Lost*）是一部黑暗的、超自然的《盖里甘的岛》（*Gilligan's Island*）的连载版，带有《双峰镇》（*Twin Peaks*）式的反转。《豪斯医生》（*House M.D.*）将英雄式医生的公式抛在脑后，变为天才医生认为病人所说的病因都是胡话的故事，豪斯也成为医学犯罪的灰色地带——医生们调查和控制的焦点不是罪恶，而是疾病。

6. 有些调查可能包括演员。有没有哪位电影明星想在一部有人物设定的电视剧中出演某个角色？是否有一家电视网积极为某个特定的演员开发新剧？

7. 寻找为新一季积极开发新剧的电视制片公司。目标是寻找那些与制片公司和电视网签有协议的制片人，如果能找到一位制作过热门剧集，但目前还没有任何剧在播的制片人，他或许是个不错的选择。这些制作人总是在积极地寻找下一个重大事件，可能更愿意倾听创意推介、阅读试播剧本。最热门的制作公司如J. J. 艾布拉姆斯（J. J. Abrams）的坏机器人制作公司（Bad Robot Productions），不出意料的话，不会接受自由创意推介，因为它们早已被那些顶级代理人的推介淹没了，这些代理推介的作品在影视领域有相当可观的业绩。你不需要追求最高层次，只需要一个有可靠人脉的制作人即可，他可以帮你迈入这个行业。电视行业是有周期性的，昨天炙手可热的制作人可能会安然度过一段低谷，这意味着他可能在寻求与新人建立新的联系。

8. 要了解谁在读什么，什么时候读。几十年来，主要的广播网都在电视节目预售周（up-front）[1]一个月后就开始接受新一轮创意推介。根据传统，预售周每年5月在纽约举行。新剧订单（6集到13集不等）将在5月中下旬确定。然后，电视网高管们通常会在6月进入新节目开发季之前抓紧时间休假。近几年，电视网购买季来得更晚了，延迟到7月。他们会根据预算来决定购买创意和开发新剧的数量，通常到10月底左右，他们的购买狂潮结束（尽管偶尔某个创意会在11月推介成功，但这种情况很少见）。根据这个时间表，制片公司和制片人在6月之前的几个月都处于开发和计划阶段。电视网的内容供应商们（如制片人和制版公司）喜欢在元旦之前把事情安排得井井有条，他们观看独立电影，阅读剧本和试播剧本，观看毕业生拍摄的短片，总是不断地寻找和锁定潜在的、有才华的编剧和电视剧创作人，希望在新的一季与之合作。如果你想把一部原创剧集推介给电视网，找到拥有可靠记录的制作人是关键。要让他们读到你所写的最好的作品，最好让他们成为你的粉丝，在各种场合宣传和赞美你的才华，成为你的商业伙伴。他们的工作是开发新内容和挖掘新人才。你的工作就是搞出动静，让他们注意到你和你的作品。

一旦你确定了自己的新剧，下一步就要准备一个可行、内容有力、令人印象深刻的推介方案。如果你认为自己性格内向、沉默寡言、说话口吃、容易怯场，那么推介并不适合你。电视剧销售是一种营销技巧，需要创作者极具激情和魅力。好的推介其实是一种表演，它需要严谨地写剧本、排练、计时、编辑、记忆，然后推介时还要表现得从容、自然且有趣。一个好的推介方案就像一部出色的电影预告片，它能吸引观众，逗乐他们，简明扼要地向他们阐述节目的内容，所有这些内容都要在15分钟或更短的时间内完成。

推介原则

为帮助准备和推介一部伟大的原创剧，我提出以下建议。每一场节目推介都需要专门定制，所以这套指南不需要死板地严格按其顺序来做。事实上，根据节目类型和形式的不同，其中一些规则可以适当调整。

1. **节目推介应该与原创剧类型一致**。如果是喜剧，你的推介最好充满欢笑。如果是前卫的惊悚片，推介就需要有悬念、刺激和恐怖元素；如果是家庭剧，推介则需要唤起

---

1 电视网展示新剧的市场，并根据他们的热情关注度决定哪些试播剧将被选中（亮绿灯）。——作者注。预售周：在这一周，各大电视网将进行新一季电视节目展映，预售各个广告时段。——译者注。

共鸣和感伤；如果是犯罪、法律或医疗类剧集，则需要提供一个令人惊讶的、能引起情感共鸣的神秘故事。

2. **深入研究试播剧集的基本故事要点（节奏）之前，先为推介做好准备。**

a. 基本形态是什么（如：半小时时长喜剧、一小时时长剧情剧）

b. 类型和风格是什么

c. 主要在哪个时段播出

d. 主要情节设置是什么，例如《童话镇》（*Once Upon a Time*），你就需要建立现实和虚构两个世界。

3. **注意和每个人进行眼神交流**。不要只关注房间里最有权势的人，你也需要其他拥护者。不与初级主管进行眼神交流，可能会让他感到被疏远，并导致他在你离开会议后轻视你的陈述。要做到虚心而高情商，尊重每个人。

4. **可以从一个最高级别的悬念开始，从而激起对方的兴趣**。每个人都喜欢听故事大师讲伟大的故事，所以故事要有一个极具煽动性的开头。可以是事实、数据，也可以是具有挑衅性的问题，当然也可以是个笑话，这可以体现你的喜剧风格。

5. **一旦悬念有效地吸引了对方的注意力，就可以开始讲述试播集A故事和B故事的基本情节了**。我发现，最好的方式是在对方了解了一定的基础和背景设定后讲述人物故事，而不是像清单一样把所有人物和故事都罗列出来。无论此剧的前提多么令人愉快和新颖，只有在人物的演绎下故事才有吸引力。可以提供一份人物关系缩略图，但不要写太多的名字和细节，那样会令人眼花缭乱。一定要告诉他们，如何、何时，以及为何要在此刻介绍这些人物，他们有什么独特的个性或缺陷，他们的主要优点和缺点是什么。

6. **介绍试播集的基本结构**。我喜欢描述剧集的幕间休息，这样高管们就能对每一集的基调、节奏、风格、每一个幕间小高潮，以及剧集结尾的大高潮和悬念有所了解。理想情况下，试播集的结局应该是一种顺其自然的、令人惊讶的且能引起共鸣的状态。

7. **试播集要高调结束，预示着未来的冲突，而非太多的解决方案和万事大吉**。总体来看，电视剧和电影的主要区别在于，电影是有限的，“结束”就意味这部电影的结局。相比之下，电视剧试播集的结束只是一个开始，其目的是让人物继续自己的故事旅程。

8. **引起对方的关心**。让对方投入你的角色困境中去，就像座位边上就是深渊一样——悬念源于对人物角色的情感投入！你想要这部剧深入他们的内心，让他们为之所困，为之失眠，让他们和同事、老板，以及其他重要的人谈论这部剧，要让他们不得不说“就是它了”，这样你才能做成生意。

9. **阐明周播的内容**。换句话说，什么是系列剧（franchise）？正如我在对《行尸走肉》制片人格伦•马扎拉的采访中提到的，“优秀的电视剧是关于酷人所做的酷事儿的。”

所以仅仅介绍和描述角色是不够的，你还需要说明他们在每一集里要做什么。

10. **让对方看到你的电视剧根植于肥沃的土壤之中**。对于未来剧集至少要有三个例子，这一点虽不必要，但要提前准备好简短概述，以防随时被问起。避免过多的情节细节，只要让对方知道该剧的发展方向即可。“故事引擎”即此剧将会持续几周，在本季是否有连续的情节主线，或者每一集相对独立，在结尾时以泄露秘密、判决、治疗或真相来解决困境。在《24小时》（*24*）、《豪门恩怨》（*Dallas*）、《绯闻女孩》（*Gossip Girl*）、《绝命毒师》（*Breaking Bad*）、《广告狂人》《行尸走肉》《迷失》《胜利之光》（*Friday Night Lights*）和《为人父母》（*Parenthood*）等一系列电视剧中，角色的故事和生活每周都在持续上演。这些不断累积的角色情节线和次要情节被称为“角色弧”（character arcs）。

11. **打算拍哪种类型的电视剧，在你的推介中做相关说明**。这样对方就会对你要讲的故事有一个框架。《法律与秩序》（*Law & Order*）、《犯罪现场调查》《识骨寻踪》（*Bones*）、《豪斯医生》等电视剧属于纯推理剧集，系列性（franchise）才是它们每周的焦点。还有一些混合型电视剧，既保持每集的连贯性，也提供封闭的A故事，比如《傲骨贤妻》（*The Good Wife*）、《实习医生格蕾》《丑闻》（*Scandal*）和《童话镇》等。由基弗·萨瑟兰（Kiefer Sutherland）主演的电视剧《触摸》（*Touch*）在第1季的时候是人物驱动模式，在第2季的时候变成了连载系列。要了解每个电视网品牌，以及热播剧集的变化。目前，在ABC（美国广播公司），混合型剧集运作得很好，而纯连载的系列剧［如《复仇》（*Revenge*）］却逐渐褪去热潮。

12. **简明扼要地勾勒你的虚构故事的基本神话**。保持简单！要以一个核心的神秘形式出现，它来自过去，被刻意隐藏或掩盖。此故事是关于过去的（又名“背景故事”）却影响着剧中人物的现在和未来。《迷失》是一部连载剧，讲述了一个发生在小岛上的神秘故事，它深刻而丰富且不断扩展。没必要把你构建的全部故事都告诉高管。不知道将会发生什么，这才是原创剧的核心问题，也是一部优秀电视剧的命脉。即使在情景喜剧中，场景不变，基本故事不变，角色也经常保持不变，有趣之处并不在于他们能否摆脱困境，而是如何摆脱。一次好的推介能吸引对方的提问，如果对方能在你节目推介结束之后，仍然对剧中接下来会发生什么充满好奇，他们就有可能会购买你的节目，哪怕只是为了解开谜团。

13. **让他们了解这是“前提”试播集**（premise pilot）**或“非前提”试播集**（non-premise pilot），尽管这一点从你的试播集剧本中可以相当明显地看到。

“前提”试播集表示这个剧的第一集乃启动全剧的关键，从故事的第一天就应当建立此前提。《迷失》是一部“前提”试播集，故事从飞机失事开始。《谋杀》（*The Killing*）也是“前提”试播集，在故事的第一天莎拉·林登（米瑞·伊诺丝饰）着手调查罗西·拉森谋杀案，并和斯蒂芬·霍尔德（乔尔·金纳曼饰）成为搭档。《实习医生格蕾》也是如此，故事从新住院医生实习的第一天开始。《X档案》（*X-Files*）同样，故事从戴娜·史高丽（吉莉安·安德森饰）被介绍给福克斯·穆德（大卫·杜楚尼饰）、二人开始合作后开始。《国土安全》也是"前提"试播集，故事是从战俘尼古拉斯·布罗迪（达米安·刘易斯饰）回家开始的，从此卡莉·马蒂森（克莱尔·丹妮斯饰）一直在怀疑他。

相反，"非前提"试播集很快就能让我们进入剧集所构建的故事世界。对于观众来说，这是第一集；对于角色来说，这并不是第一天，而只是故事当下。《广告狂人》《权力的游戏》（*Game of Thrones*）、《唐顿庄园》（*Downton Abbey*）、《为人父母》《摩登家庭》（*Modern Family*）、《急诊室的故事》（*E.R.*）、《白宫风云》（*The West Wing*）均为"非前提"试播集。《超感神探》（*The Mentalist*）、《妙女神探》（*Rizzoli & Isles*）、《法律与秩序》，以及大多数情节驱动的推理剧都是"非前提"剧。也有一些混合系列剧以高潮时刻开始，要么超前叙述（flash-forward）[如《傲骨贤妻》和《欲海医心》（*Royal Pains*）的试播集]，要么闪回（如《绝命毒师》《行尸走肉》和《破坏》的试播集）。对我来说，《胜利之光》是"前提"试播集，因为它以四分卫橄榄球明星贾森·斯特里特（斯科特·波特饰）的受伤而告终，这一事件不仅影响了教练埃里克·泰勒（凯尔·钱德勒饰）和他的家人，还影响了整个得克萨斯州蒂伦镇。《黑道家族》（*The Sopranos*）是一部混合剧，因为托尼·瑟普拉诺（詹姆斯·甘多菲尼饰）在第一天就在接受梅尔菲医生（洛林·布拉科饰）的治疗。

14. **关注演员阵容——电视台的最终目的是争取更多观众，所以提高演员阵容的多样性是一个不错的主意**。最近，一家广电公司的高管告诉我，鉴于拉美裔观众的规模较大，如果一部电视剧少于一个拉美裔角色，基本不可能售出。这不是迎合观众，电视观众喜欢看到的是以某种方式反映自己生活的电视剧，因此一定要考虑多种族、多年龄段的演员阵容。有没有在此规则之外的剧？当然有，《宋飞正传》（*Seinfeld*）、《黑道家族》和《老友记》（*Friends*）这些名字很快会浮现在你们的脑海中，但是时代不同了。注意，有时提供选角建议是很有用的，即使这位电影明星近期或将来都不会出演此部电视剧，这仅仅是为了在广电公司高管的脑海里树立一种形象，"她是拎着公文包的珍妮弗·阿里斯顿"。当然，这种策略也有风险，你所推荐的角色有可能是高管们讨厌的角色。

15. **建立一整套庞大的人物谱系，提前做好人物关系图会很有帮助**。我曾经用一些从杂志上剪下来的人物照片绘制成一张人物关系图表，以免高管们混淆人物。但是，奉劝一句，不要把人物角色表打印出来发给大家，以免高管们在整个推介会上都埋头看材料，而忘记抬头与你交流。

16. **简短的（3分钟或更少）"集锦"更有效，如果编排得当，这将非常具有吸引力**。

当心一些看起来业余的东西，还要谨防技术故障出现。

17. **道具是有用的销售工具，但也不要过分依赖**。就像推介《搏击俱乐部》时，角色拿着道具肥皂进场一样，画着黑眼圈、带着瘀伤走进会场可能会是一场令人难忘的推介，但对方是否决定购买一个节目还是以故事和人物为准，而非以营销噱头为准。

18. **完成推介后，不要试图再买回来**。这句话的意思是，推介完成后，请你闭上嘴巴。这（可能）对这笔交易至关重要。完成作品推介后，会议室总会弥漫着一种令人痛苦的寂静氛围，你的每一根（不安的、敏感的）神经都想用一些话语来填补。不要屈服于这种诱惑，试着充满信心地拥抱这种沉默吧，想想玩扑克怎么能赢。不要表现得那么傲慢或紧张，坐下来，等候他们的下一步计划就好。任何超出推介方案的内容，都可能被用来反驳你，所以多说无益。如果有问题，他们会提问的。如果他们准备好让你离开，他们会说谢谢。不要表现得太绝望，只需问他们什么时候会做出决定。不要试图寻求关于推介方案的反馈，也不必问如何改进。这种带着不安感的对话并不会激发买家的兴趣。

19. **好莱坞比较看重人际关系**。虽然人才起着重要的作用，但良好的关系也能促成销售。在推销一个产品时，购买这个产品的高管就像把赌注押在你身上一样。如果制片人不确定你是否能交付产品，尽管它是一个很优秀的试播剧本，那么他也不会下注，而会将有限的可支配资金花在一个更自信、更可靠的电视剧创作者身上。如果你完全是新手，该系列在未来进入拍摄时，他们可以为你找一个制作经验丰富的制片人来合作。然而，在订购剧本之前，他们需要确认与你的合作关系是否可靠且舒适，并/或对制作人充满信心，以便全程引导你的剧本开发工作。每一次推介会对你来说都是一个学习的机会，而非职业生涯的全部，除非你愤然离开，只是因为他们没有立即接受你的才华。要做一个有团队精神的人，不要唯我独尊。即使对方在你的推介过程中接电话或回邮件，也尽量宽宏大量、灵活变通。克制自负情绪和毫不掩饰的蔑视，负面情绪只会伤害你，并不会伤害他们。

20. **专业性**。按时到场并做好准备。永远不要以免责声明开始你的推介！如果恰逢倒霉事，比如开会的路上被开了张超速罚单，那么振作起来，把烦恼置之门外。

21. **不要在推介会上讨论财务或报价**。做个艺术家，让他们和你的经纪人讨论这些事情。你只负责讲故事，你不是律师，也不必讨价还价。

22. **一般来说，与制片人见面时，我建议提前准备好3个方案**。如果第1个出局，那就拿出第2个。但在电视公司或广播公司做推介时，只专注于一个项目就好。你需要表现出一种全身心投入、充满激情、甚至痴迷于全力推进这个项目的良好状态，而不是仅仅像推销一双鞋那么简单。

不要过河拆桥。当你进入一家电视公司或制片公司高管的办公室时，请记住你的首要任务不是销售，这一点非常重要。你的首要任务是与高管们建立融洽的关系，他们同意与你会面，是因为他们读了你的作品样章，而且他们很喜欢。也许这个推介方案并不适合他们（有无数的原因），你的工作就是不要被他们的冷淡或拒绝压得透不过气来，而要敞开心扉。永远不要争执，不要试图改变他们的想法，这会使你看起来很绝望（在推介会上，绝望是死亡之吻）。

访谈：金·摩西和伊恩·桑德

《鬼语者》（*Ghost Whisperer*）

《鬼语者：另一面》（*Ghost Whisperer: The Other Side*）

《犯罪侧写师》（*Profiler*）

《逃狱三王》（*I'll Fly Away*）

1992—1993年获艾美奖剧情类最佳剧集提名，1992年获艾美奖最佳电视电影提名

《平等正义》（*Equal Justice*）

尼尔·朗道（以下简称尼尔）：我们谈论的是销售、推广和包装，以及哪些因素造就了连续剧和系列剧。我也想听听你对电视行业未来走向的看法——也许还包括新媒体。首先谈谈《鬼语者》是如何大获成功的，这或许会对读者更有帮助。你是如何定位和销售的？

伊恩·桑德（以下简称伊恩）：我们一直从事电视网和有线电视业务。先从美国的CBS、NBC、ABC、FOX和CW电视网谈起吧。父亲曾经问我："你的工作怎么样？"我想了想说："每年7~9月之间，电视公司和制片公司的高管会收到300~500个剧情剧和喜剧类的推介方案。其中一部分来自面对面的推介会，包括金和我、大卫·凯利、约翰·威尔斯、J.J.艾布拉姆斯和一些律师、经纪人等，电视公司可能会通过其中的50~75个剧本。接下来，它们会安排这50~75部中的10~12部来拍摄试播集，然后从中再挑出3~4部剧集。最后在这3~4部剧集之中，只有1个，也有可能有第2个会延续到第2季。"当时我的父亲已经85岁，听完我的这番话后，他惊讶地说："怎么会有这种工作？"而这些都是真实的概率，绝不是吓唬人，而是为了直面挑战。在准备推介之前，你必须想办法展现出超出其他300~500个方案的优势，因为他们只会圈定50个方案。这就是电视销售的艺术。

金·摩西（以下简称金）：我认为也有可能是你给了电视公司更多的机会。一方面，当前最困难的是，而且感觉它们有一种欲望永远得不到满足，它们关注所谓的"著名"，

而非“优秀”，当然最好两者兼得。但是现在“著名”非常重要，因为电视网模式基本上已经不同于以往。它没有以前那么强大了，尤其在竞争激烈的情况下。一开始有3家，后来4家，现在有5家……加上DVR[1]。信不信由你，DVR正迅速成为最大的电视网，因为人们需要在有时间的时候观看节目，而不是在电视节目播出的时候观看。当然还有有线电视。有线电视已经成为许多有才华的人竟相前往的地方。有线电视的平台、视频游戏的平台、在线的平台，以及所有数字媒体都加入与电视公司的竞争之中。正如Univision[2]这样的电视网在与NBC竞争一样，这些多样化的平台形式正在与电视公司和制片公司形成对抗力量，共同为了利益而竞争。这是一个不会改变的新现象。拉丁裔人口非常年轻，流动性很强。拉丁文化是一种处于不断发展状态的亚文化，它影响音乐、时尚、设计等流行文化，几乎包含全部。另一方面，有线电视网已经开始打造自己的品牌，比如精彩电视台（Bravo）和历史频道（History Channel），并以《血仇》（*Hatfields & McCoys*）等大胆的内容轻易击败了众多广播网。

伊恩：如果我没记错的话，有3个晚上，看历史频道的人比去年看NBC任何节目的人都多。我想也许《周日橄榄球之夜》（*Sunday Night Football*）或者《美国之声》（*The Voice*）或其他一些没有剧本的节目收视率更高。但事实上，直到那天为止，历史上没有任何一个有剧本的节目能打败历史频道，然而大多数和你交谈的人都不知道历史频道的存在。

金：有趣的是，《血仇》的成功使著名电视台、历史频道，以及其他有线电视频道等规模较小的平台得以壮大。过去，有线电视频道只做真人秀节目，如今正转向开发、销售和制作脚本化节目。这对广播网来说是巨大的挑战，但对内容创造者来说也意味着更多的机会。

伊恩：现在，在数字技术时代，尽管能否成功还存在一些问题，但还是会有更多的人涌入这个行业。不管是油管网（YouTube）还是葫芦网（Hulu），谁来做原创节目？我们都知道网飞公司（Netflix）已经开始涉足原创节目，迪瑞克电视台（DirecTV）也是如此。显然这个行业在不断增长，否则人们会因为害怕失败而不投身其中。这些都是商业行为，而且是大公司的，他们会看着商业模式说：“也许我们能找到受众。也许有可以赚钱的商业模式，如果没有，那我们就创造一个新的。”因此，他们投身进来，这太棒了。谈到电视在实际意义上的发展方向，这就是它的发展方向。

金：这一切的变革对于电视行业而言，绝对是一个非常激动人心的时刻。在战术上而不是战略上，这也是一个具有挑战性的时代。战术意味着创造一部伟大的节目，并把它展

1 DVR是Digital Video Recorder的缩写，指数字视频录像。——译者注
2 Univision是美国收视率最高的西班牙语电视网络。——译者注

示出来。作为一家公司，我们花了很多时间与未来学者、文化专家、技术设备甚至电视公司、制片公司、粉丝团体代表等进行交流。我们也会走出这个行业去获取更多的观点。我们学到的是，编剧必须有战术和战略眼光。战术是创造、开发、销售和发行一部伟大的节目，然后确保它能持续发展，不仅仅是节目本身，还有我们稍后会谈到的数字平台部分。你不能只写出一部好看的电视剧就结束了，你还必须有策略，那就是走出去，找到观众，和他们互动，建立信任。在节目发行之前就要把这些事做好，发行之后，还要继续培养、发展与观众的关系。我认为，好莱坞犯的最大错误，也是我们所有人犯的最大错误，是说："嗯，我不喜欢这个，我不会看那个。"因为它们和我们无关，粉丝的世界全部都是关于你最近为我做了什么。它关乎全国和世界各地的人们——粉丝群和潜在的观众。所以，当我们进行推介的时候，一直要思考的问题是，如何为这个粉丝群提供内容。

我们必须确保自己处于驱动创造性的过程，因此每个开发季节开始时，我们会创建一个称之为"视点"（POV）[1]的文档，大约有200页。它是对今年世界的分析：经济、文化、人与人，以及它们相互之间的联系……我们开始关注越来越广泛或独特的观点，深入了解娱乐行业的纪录片、书籍、电视领域，关注电视网络、制片厂、有线电视和数字媒体，它们是当今世界的缩影。通过大量研究、分析和与娱乐行业内外的各种专家讨论，这是我们的"发现"阶段，我们发现我们喜欢它！我们与电视公司的负责人会面，讨论他们的节目需求，接着再与他们的制作人员、研究人员和创意高管会面，我们会把所有信息整合在一起，以这些观点作为框架来考察某季节目的开发。我们发现两件不同的事情：在娱乐市场与全球市场中，由于科技将世界连接在一起，全球市场变得越来越重要。我们拥有了"视点"文档，就可以使用概念、舞台、各种素材和编剧来与之相匹配，就像复杂的拼图游戏一样。等到我们拥有1加1等于1000的想法之时，就到了可与编剧一起构思推介方案的时候了。我们不希望有任何多余的素材，因为"去过那里，做过那些"的故事等于老套翻新。我们不想占领分量巨大的主导地位，因为等到电视公司准备订购试播集时，它就会过时了。如果它是紧跟当前时事的，那么现在把素材拿出来可能还为时过早，人们不会认识到它的意义。因此，居于主导地位和当前时事之间的中间点是我们的发展目标，这是我们的最佳位置。将推介结构化是一个过程，也是一种策略，这会大大保护创造性。

伊恩：在《鬼语者》之前，我和金、约翰·格雷正在开发另一个项目。我们与约翰相识已有20年了。1989年，我在他的第一部电视电影中当制片人，也是在同一部电影中认识了金。约翰和我们是同一个经纪人。那时，我们已经在开发电视剧了：《犯罪侧写师》《逃狱三王》《平等正义》《纽约新闻》（*New York News*）、《野兽》（*The Beast*）等

1 即point of view。——译者注

等。我们说服约翰尝试创作一个有超自然力量的系列剧。恰在此时，约翰·格雷接到了哥伦比亚广播公司高管贝拉·巴贾利亚（Bela Bajaria）的电话，当时她负责一周电影和长片项目。约翰此时已经导演了一部电影，叫作《杀人王曼森》（*Helter Skelter*），反响很好。贝拉说她与詹姆斯·范·普拉合作拍摄了一部电影，名为《闲话行尸》（*Talking to the Dead*），也拍得不错。这是一部时长4小时的迷你剧（泰德·丹森饰演詹姆斯）。她说："詹姆斯介绍我认识了一个名为玛丽·安·温科斯基的女性，她是个活生生的人物，太神奇了！你认为这可以作为一个系列剧的素材吗？"约翰回答道："说实话，我对电视剧一无所知，但我正在与金·摩西和伊恩·桑德合作，你介意我和他们谈谈吗？""如果他们想做，那就太好了，"她说。所以当约翰来问我们时，我们答应了。

金：我们通过盖洛普测试（Gallup Poll）了解到，在5~65岁的人群中，有70%的人相信鬼魂的存在，由于电影《鬼马小灵精》（*Casper*）的出现，相信鬼魂存在的观众年龄降低到了5岁。接下来，我们在谷歌上搜索《闲话行尸》，得到了6000万条结果，因此我们得出结论，"这是一个有固有观众群的节目"。

伊恩：所以我们3个人想出了一个关于《鬼语者》的节目推介方案。我和金与ABC签有优先协议，必须先向他们推销，毫无疑问他们通过了，然后我们去了CBS。范·普拉跟我们一起。我们请居住在俄亥俄州的玛丽·安·温科斯基接入电话会议，会议先请玛丽·安谈谈她的职业。她说："如果我没猜错的话，会议室里有个文件柜，上面放着一棵死掉的植物。"房间里所有人都抬头看了看文件柜，上面果真有一棵枯死的植物。我对着金小声说："成功了。"果然，CBS买下了这部剧。开发的过程也很有趣，约翰写了一个很棒的脚本。试播集就开始制作了，但这只是演员待定（cast contingent）状态，这意味着节目缺少一位女主角，我们必须找到电视公司认可的明星，然后才能继续。而演员待定将意味着这部剧处于整体待定状态。如果只有一个主角，找不到其他合适的演员，也不会开始拍摄。詹妮弗·洛芙·休伊特（Jennifer Love Hewitt）当时碰巧也在这里，就在我们演播室对面的大厅里。我们在6个月前与她认识，曾一起讨论过一个节目。而她刚刚拍了一部情景喜剧试播集，正在等是否续订的通知。所以，与此同时，我们把《鬼语者》的主角也推荐给了几位不同的女演员（可惜她们都放弃了），然后洛芙的剧居然也没有被续订。

金：我们知道她就是我们要找的那个女孩——我们一直都知道。

伊恩：我们把她的名字给了CBS，对方说没有看过洛芙演的剧。接下来，我们邀请洛芙与莱斯·穆恩维斯[1]在一起开会，我们相信他们会互相吸引——他们做到了。最后，我们给洛芙看了剧本，她很喜欢。接着就开始制作试播集，由约翰来执导，非常给力。

1 莱斯·穆恩维斯（Les Moonves），哥伦比亚广播公司（CBS）总裁。——译者注

CBS方面虽然承认非常喜欢这部试播集，但他们表示“我们还有很多很棒的试播集”。后来我们让步了，向CBS承诺负担一半费用。因此，我们（奋进精英经纪公司和我）在ABC和CBS之间达成了此项协议。在该节目准备播出时，CBS提出对剧名不太满意。我们举行了改名大赛，试图想出一个新的名字，最后的最后，我们还是回到《鬼语者》。很高兴我们能这样选择。该剧在CBS每周五晚8点播出。我们做了相关调查发现，自从《X档案》在周五晚黄金档首播以来，过去10年里18%的剧集会播出第2季，82%的剧没有续集播出。当时CBS电视网在播的剧有《犯罪现场调查》《犯罪现场调查：迈阿密》《寻人密探组》（*Without a Trace*）、《铁证悬案》（*Cold Case*）等。我们的主角是一个能看到鬼魂的25岁女孩，优势并不明显。自从1996年开始做《犯罪侧写师》以来，我们一直在创造在线媒体和电视媒体的交叉产物，我们知道这才是一个创意真正的魔力所在。因此，为了宣传和推广《鬼语者》，我们开始制作互动游戏、时事资讯、视频，以及许多其他的资源，并将这些资源发布在“闲话行尸”“灵异现象”，以及詹妮弗·洛芙·休伊特粉丝网等各种网站。根据《趋势》（*Trendums*）的调查，节目播出时，我们已经是当年所有剧中最受关注的一部了。当然，这是《迷失》出现之前的那一季。在接下来的5年里，我们继续为《鬼语者》做更多类似的事情。我们每周都会为新一集节目创造新的资源，并将它们投放给我们的观众，包括博客、网站、粉丝网站等。通过这个过程，我们建立了收视率的数据库。最终，它发展成为我们所说的“全面参与体验”[1]（TEE）概念。基本上，它把一个电视节目变成一种更全面的娱乐体验，包括多平台化，最终推动观众从一个平台跳到另一个平台，达到我们称之为“无限循环”的多样化发展：（1）提高收视率；（2）获得媒体关注；（3）创造收入来源。

举例来看，第1季就有新的收入来源，当时我们收到了很多电子邮件，如：“我们知道‘鬼语者’是什么样子，可是鬼是什么样子的呢？”所以金和我，实际上主要是金，想出了从鬼魂的角度制作网络系列剧的主意。我们把它推销给CBS，他们提议：“能加入一辆车吗？”我们当然同意。我们明白了一个道理，那就是如果电视公司向你提出一个问题，通常的正确答案是“可以”。我们去了底特律，把它推销给通用汽车公司（General Motors），他们同意支付费用，我们就把这辆车放进了剧中。这部网络连续剧最终赢得了《电视指南》（*TV Guide*）颁发的年度“最佳网络连续剧”奖。它的名字叫《鬼语者：另一面》。通用汽车公司不仅支付了第1季的广告费，还赞助了第2季。这对CBS和我们来说都是一笔大单，因为通用汽车并不只是第1季的赞助商。我们也做了产品整合，在厂商的资金支持下把我们所有的常规汽车都换成通用汽车。这是史上第一次，一家蓝筹股公司通过原创网络剧集，试水黄金时段电视台剧集，结果《连线》（*Wired*）

1 全面参与体验，英文为total engagement experience，简写为TEE。——译者注

杂志和《福布斯》(*Forbes*)杂志都对此事进行了报道。无论是App、漫画小说、系列图书《鬼语者：精神向导》，还是持续4年的网络剧，所有这些都给予了《鬼语者》品牌效应，成绩如下：在播107集、进入3家电视网络和有线电视媒体播出，并在全球169个地区播出。

尼尔：现在，其他制片人、工作室或网络公司来找你，是否会要求为他们的系列剧创造这种"全面参与体验"呢？

伊恩：是的，我们现在也为其他电视剧这样做，包括《绝望主妇》(*Desperate Housewives*)、《丑女贝蒂》(*Ugly Betty*)，还有《鬼语者》在Syfy和WE电视频道进行播出的时候。通常它是"一次性的"，而不是整体的多平台方法。重点在于，这种全面营销方法尽管困难得多。它确实需要大量的创造力，但它是值得的。另一个真正有价值的组件是"受众扩展程序"[1]。当我们为试播集做推介时，我们不仅会带一些材料，比如议程、节目描述、视觉辅助和一位专家，也会把"全面参与体验"计划放在推介环节。作为21世纪的制片人，我们觉得我们的工作就是开发、推介、销售、制作节目，然后通过我们的TEE吸引眼球。

金：我们第一次做TEE的时候，是为了生存、让我们的节目播出，并建立观众群。后来它非常成功，我们开始为其他节目做计划，包括故事片《精灵旅社》(*Hotel Transylvania*)和《快乐的大脚2》(*Happy Feet II*)。真是令人愉快！我们已经与华纳兄弟、索尼，以及其他一些主要电影公司合作过。人们问我们："运营一个节目，做这么多事情会不会很难？"有趣的是，它并不一直是创造性的过程，这一切都像车轮上的辐条一样高速运转，同时保持着完美的同步。

> 这种感觉就像为你的电视剧注入兴奋剂。当我们推介节目时，会以传统的方式来进行，随后也会通过社交媒体来带动整个制作的后端。我们认为娱乐公司有3个参与点：(1)内容；(2)技术设备；(3)社会对话。

作为一家公司，我们在智能电视领域拥有一席之地。我们一直在谈论第2屏和第3屏，直到娱乐产业开始重视这个问题。由于观众习惯使用第2屏或第3屏，我们希望在免费的平台上为观众提供一种体验，这种体验不会将注意力从电视剧或故事片上转移，而是会增强观众的体验。

伊恩：两三年前，金曾在麻省理工学院做过一次演讲，人们非常关注的一件事是："我们以前听过这个——多麻烦呀，它只是给电视公司和制片公司提供帮助而已。"她回答说："不，我来这里是想告诉你，感谢TEE，它让我的孩子能在私立学校念书。"《鬼

1 受众扩展程序，英文为Audience Outreach Program，缩写为AOP。——译者注

语者》播出了5年,《犯罪侧写师》播出了4年，而且这两部剧都在多个台播出。显然，你必须有一个好创意。演员、编剧、导演也是很重要的部分，但有时这还不够。我并不是说《鬼语者》单纯地因为我们的TEE和跨媒体宣传而大受欢迎，同时，如果没有这些，我也不知道它是否会获得这么大的成功。

金：在七八年前，推出一档魔幻剧会大受欢迎，如今不同了，不能仅仅推出一部剧。

尼尔：你们肯定听到过许多推介，从最初听到一个创意觉得“很有趣”开始，下一个问题会不会是“我在哪里可以卖出去？”

金：伊恩前几天带来了几本书，当我读到第2本时，我想：“下一个就是它！”因为通过我们创立的POV视角，我知道可以把它卖给CBS，他们一直想延续自己的风格，同时也想吸引年轻观众，所以他们在寻找具有曲折故事的警匪片。

伊恩：去年秋天他们推出了《破产姐妹2》，拥有了更年轻的女性观众。现在摆在他们面前的问题是：“什么样的电视剧能够在《破产姐妹》的基础上，打造出一部能够保证这部分观众延续收看的女性大片？”这是一个微妙的变化过程。就像《幸存者》(*Survivor*)带来《极速前进》(*Amazing Race*)，而《犯罪现场调查》又催生了其他两部系列剧一样。无论剧集是否大热，他们都知道如何从中获利。

尼尔：《傲骨贤妻》给他们带来了巨大的成功。

伊恩：他们喜欢自己的节目受到关注并且获得奖项，因为与有线电视公司竞争奖项的电视网络节目并不多。《傲骨贤妻》就是其中之一。这是一部非常受人尊敬的电视剧。一年22集，而不是像一些有线电视节目那样，一年只有12或13集，令人印象深刻。

尼尔：推介方案的要点是什么？我认为需要一个非常强有力的“一句话故事梗概”，即故事线(Logline)。

金：是的，也需要一个很棒的名字。从去年开始，创意必须有一个伟大的标题。

尼尔：故事线与“钩子”(hook)有什么区别？

金：故事线对电视公司和制片公司来说是一种市场营销工具。它们需要它(向它们的老板和赞助商)汇报，并(向媒体和观众)兜售。如今每个人都知道一句话概括不了一部伟大的电视剧，电视剧应有不同的层次和细微差别，但是故事线会告诉人们你所描写的世界与角色，以及这个世界中的人物代表什么，它还要传达风格。

伊恩：请记住，通常当你在推介一部剧时，并不会直接面对拥有最高审批权的人。有时还会不得不反复陈述推介方案。所以你必须给他们一些有用的信息，有时是一句话梗概，有时是像书本一样的材料，或者一张海报、一位专家。尽可能多地给他们一些辅助工具，成功率会大大提高。

尼尔：那钩子呢？

伊恩：钩子几乎就像复制，“当你认为安全到可以重新下水游泳时”。[1]

尼尔：那么，续集会涉及一个问题，每周的要素是什么？对于《鬼语者》来说，每周都会有一个新的幽灵出现。

伊恩：在大多数情况下，最好的网络电视节目是在结束时，观众可以满足于一些闭环元素。当然也有例外，《迷失》就是其中之一。表面上，我们有一个神秘的东西召唤观众每周都会回来观看。通常这是一个正在进行的探索或一个正在铺陈开来的谜题。所以，你要有某些令人满意的、独立的、但也是潜在的特质。以《犯罪侧写师》为例，每周有案例，也要有我们的主角萨姆（艾莉·沃克饰），她被一个杀了她丈夫的人跟踪，这个人以一种奇怪而迷人的方式操纵着她的生活。她想抓住跟踪她的人，而这个人也想抓住她，这对双方来说都是一场猫捉老鼠的游戏。如果你同时具备这两种能力，就意味着成功了。

尼尔：当你在电视公司推介新节目的时候，你会把以下这些都讲出来吗？活动场所、剧本风格、节目所描绘的世界、人物角色、挑逗与捉弄，也许还有其他元素。一部中等水平的试播集，需要准备哪些元素呢？

金：最好的推销方式是，首先我们要说明为什么它有价值、为什么是此时此地，以及编剧有何特别之处；接着由编剧来描绘剧中世界、人物、人物之间的关系、故事主题；接下来再讲预告片、试播集的第一幕；最后以一些有趣的悬念结尾。现在，编剧不再一板一眼地进行推介，更多地在讲关于故事A、B、C，以及为何关注这些故事、角色，还有其他与系列相关的因素。在推介过程中会有一些交谈，也许是关于一两个场景，也许是角色的尺度，然后以试播集结尾结束。最后，我们还可以通过其他几集创意来展示作为这部剧支撑的“腿”，并以几个主要角色的性格路线来展示如何打造一个神秘世界。我认为，编剧要明白两件重要的事：（1）在塑造角色之前，要先建立一个故事世界；（2）为何对这种素材充满热情。去年我们把一个节目卖给了NBC，他们购买的原因在于，我们和编剧都对这个节目充满热情。进行第一场推介时，伊恩和我总是要细心地提前布置好会场，因为你永远不知道对方什么时候从一个房间进入另一个房间。也许他们都记不清当天看过的剧集的一句话故事梗概，但我们会准备好精心设计的剧集名字、一句话故事梗概，以及我们为什么在这里。我认为，如果不把材料在桌子上摆好，不先假设高管们是否能够接受这部剧，或者不做任何准备，对我们自己来说是不公平的。

尼尔：没有工作经验的编剧、没有电影作品的编剧、或者不知名的新人会有机会推介自己的创意吗？

伊恩：那很困难。你需要让你的推广和营销不被忽视，如果有任何可以忽视的地方，

1 电影《大白鲨》中经典台词。——译者注

他们都会这样选择。还有成百上千个推介方案在等着他们，也许你可以附上一个完整的故事作品直接送给高管，除非本人是故事、剧本的编剧，或者有令人无法忽视的专家或导演推介，或者有一位闪耀的明星加盟，但这些也很难做到。

金：在这个行业，碰运气或寻找机会对新人而言并不简单。就在过去的两年里（我认为这种情形可能再次发生变化，因为一切都有周期性），所有推介内容都是：谁是800磅重的游击队员，还有我们如何与之相处。我们的朋友凯文・坦查罗（Kevin Tancharoen），他是一位舞蹈演员和作曲家，也是《名扬四海》（*Fame*）的导演。这之后，他并没有马上拍另一部电影，而是选择了制作一款叫作《真人快打》（*Mortal Combat*）游戏，并拍摄了时长约6~8分钟的网络系列剧，并且他是自掏腰包来拍的。他非常聪明，选择了这部拥有众多粉丝的素材，当时在美国，每个孩子都在玩《真人快打》游戏。后来我们才发现这件事，他是我的儿子亚伦的朋友，曾来我们家跟孩子们一起玩这个游戏。几个月后的一天早上，我最小的儿子跑进屋来说："凯文的视频上了YouTube首页！"这个视频在发布第一天就已有120万的点击量。接下来的两天里，它的点击率达到了600万，而且还在不断增长。然后，凯文接到了华纳兄弟电影公司的电话，当时华纳兄弟电影公司拥有这部电影的版权。凯文甚至有点害怕，但对方打电话来的目的只是想请他执导同名电影。这种机会很稀有，也不利于新人，但是如果你聪明勤奋，机会还是有的。至少现在不必像我们最初那样论资排辈。

第2章
探索新领域

众多的电视剧可以让我们感受未知世界，也让我们了解这个自以为熟知的环境，如果以微观的视角去观察它。一直以来，我总是对电影编剧班的学生们讲，要从他者的视角来设置剧本的主要背景。此原则同样适用于电视剧，也许更加适用。剧本的“领域”（arena）是建置的关键，包括时间、地理、天气、风俗、方言、风格、交通、价值观、社会习俗、文化、政治和宗教影响等。

《混乱之子》（*Sons of Anarchy*），由科尔特・萨特（Kurt Sutter）创剧。它展现了位于加利福尼亚中央河谷地区，一个非法摩托车俱乐部的内部世界。随着对剧中人物和莎士比亚式的动态权力的更多了解，我们更近距离地看清了主角杰克森•杰克斯•泰勒（查理・汉纳姆饰）的变化，从质疑自己在俱乐部的地位到质疑自己的人性。

《黑道家族》则邀请我们走入托尼・瑟普拉诺的工作和家庭生活，让我们得以一窥新泽西黑手党的世界。《绝命毒师》向我们展示了一位谦逊的高中化学老师沃尔特・怀特（布莱恩・克兰斯顿饰）的故事，此刻，我们位于沃尔特的大脑之中。当他开展行动时，我们也在观察这一切。

《六尺以下》（*Six Feet Under*），我们近距离地接触到了费舍尔家族殡仪馆的生意。《大爱》（*Big Love*）则为我们展示了“三个家庭”的日常生活。

“写你所知道的东西”，这个公理是有一定道理的，但我认为也有局限性。当然，要写你知道的东西，而那些你不知道的呢？研究！无论你是否天生好奇，作为编剧如果不研究，那唯一的原因就是懒惰。对我来说，研究可以令人振奋、倍感有趣，也让我们直面这个过程，其实比写作容易得多。你不用一直盯着电脑上闪烁的光标，而是走到户外，探索新的地方，采访真实的人（而不是冥思苦想和凭空捏造）。

研究新世界

我曾经想写一部关于联邦证人保护计划（Federal Witness Protection Program）的试

播剧，官方称之为“证人安全计划”。当时的我对于美国法警署（U. S. Marshals Service）几乎一无所知。我对这个系列万分着迷，人是否能真正地摆脱过去呢？我也喜欢危险的生活和之后的重塑。这一定是一个可以探索的成熟领域，当时《平地风云》（*In Plain Sight*）还未被美国电视网开发和播放，关于证人安全的电视剧从未出现过。虽然揭开笼罩着“证人安全计划”的神秘面纱极其困难，我仍然觉得这个题材是可行的。我也知道要写关于证人安全题材需要了解大量的工作细节，要成为这方面的专家，说起来容易做起来难。编剧如何了解保密的政府部门的内部工作？通过网站、非虚构和虚构类著作，我进行了一个月又一个月的广泛调查，还对联邦调查局（FBI）特工进行了采访，由于显而易见的原因，法警署与证人都不愿接受我的采访。我研究得越多，对这类题材就越着迷。除了令人印象深刻的统计数据，例如，自该项目启动以来，从未有一个严格遵循证人安全协议的受保护证人被杀害。当然，我仍然需要通过一个途径来了解它是如何运转的，比如在什么样的情况下，谁入选了这个项目，他们是如何生存下来的。我还需要确定POV，即这个系列应该从证人及其家人的角度，还是从美国法警署的角度（被称为“证人安全现场调查员”）来创作呢？

一旦能够有效地捕捉到它的真实性，接下来就需要找到开始试播集创作的方法。证人安全系统是一个拥有数千名证人和现场检查员的全国性组织，全面描绘这个领域范围实在太大，我必须把调查范围缩小到地区办公室，因此我决定以首席调察官作为POV切入点，这样后续的每一集都可以聚焦于一个特定的证人。在调查的过程中我还了解到，出于管理和安全方面的原因，大多数证人都被转移到了中西部地区，他们中的大多数都有过犯罪行为，可以称之为“有瑕疵的天使”，有一部分人甚至是杀人犯和毒贩，美国司法部愿意用他们作为诱饵来钓大鱼（那些毒枭、黑手党头目和恐怖分子）。

我的调查展示了一个典型的受保护证人是如何加入此项目的。我知道他们会被给予的包括但不限于：新名字、新社保号、新邮政编码、新工作、新学校等。我的深入调查与研究揭示了这个项目鲜为人知的方面——我知道它就是我的宝藏。我想让观众们在试播集中发现一些新的东西，例如，对于一个受保护的证人，他的新身份无意中被泄露会发生什么事。我读到过一位受保护证人的妻子在超市偶遇到老朋友，结果证人与他的家人不得不立即被空运出他们的新社区，并进行第二次重新安置。得知这一信息时我很兴奋。我还找到很多关于这个领域的新发现，比如一个受保护证人的小女儿年满18岁，决定离开这个项目怎么办（她将再也见不到自己的家人）；一个受保护的证人想参加一个不在保护计划中的亲人的葬礼怎么办（如果他们选择牺牲自己的新身份，是否必须永久地退出这个保护计划）；一位受保护的证人恰巧是钢琴家，他还能被允许公开表演吗（不过目前还没有这样的案例）。我还发现一些意想不到的幽默，比如一位证人的安全代理人负责一名超级肥胖的前黑手党头目减肥［像《超级减肥王》（*The Biggest Loser*）剧中的人物一样］，以期望他减肥后就不会那么引人注目，也更容易受到保护。

虽然我没有更多理由鼓励你深入调查到一定程度，但也要尽可能多地挖掘你所想要的新领域的一切细节。它不仅会给你提供一些人物癖好和故事构思的可能性，还会令你成为电视网高管办公室中的权威人士。在你的创意推介结束时，如果他们开始用一堆问题轰炸你的时候，你已经成功了。当他们读到你的试播集剧本，被电视剧展现出的冰山一角所吸引时，他们一定可能会聘请你继续在这个领域探索。

分析流行的故事设置

一些电视剧由一个独特的、标志性的主角加上一个有趣的场景结合创造而成。将夏洛克·福尔摩斯放在今日的伦敦，也会令你对推理小说有一种全新的认识。前旧金山警探艾德里安·蒙克（托尼·沙鲁布饰）[1]略有些神经质，他在妻子去世后患上了严重的强迫症和恐惧症，作为一名私人侦探，他的搭档是一名看护护士——这让我们对警匪剧有了一种新认知。《火线警探》这部单集时长一小时的电视剧以美国联邦法官雷兰·吉文斯（蒂莫西·奥雷芬特饰）为主角，他昂首挺胸、动作敏捷，让人联想起1870年的电影《狂野西部》（*Wild West*），《火线警探》不过是这部电影在当代生活的翻版。他从迈阿密（他在那里杀死了一名暴徒）被发配到肯塔基州哈兰县一个偏远的煤矿小镇，这里恰好是他曾经发誓永远不会回来的故乡。世事艰难，风流的吉文斯以独特的牛仔式处事方式行侠仗义，不仅成为罪犯们的目标，也招来上级的敌意。

一些电视剧的故事设置是无需动脑的：《大西洋帝国》（*Boardwalk Empire*）以声名狼藉的大西洋城全盛时期为背景；《北国风云》（*Northern Exposure*）将一位纽约医生带到一个古怪的阿拉斯加边塞小镇（虚构的西塞利镇），他与那里古怪的居民格格不入。《广告狂人》（*Mad Men*）讲述的是20世纪60年代美国纽约的主流生活方式，包括麦迪逊大道广告高管们的生活方式；《纽约重案组》（*NYPD Blue*）、《犯罪现场调查：纽约》（*CSI: NY*）、《法律与秩序》《火线救援》（*Rescue Me*）讲述了纽约最优秀、最勇敢的人们；《洛杉矶法网》（*L.A. Law*）、《明星伙伴》（*Entourage*）、《盾牌》（*The Shield*）、《罪案终结》（*The Closer*）和《海军罪案调查处：洛杉矶》（*NCIS: LA*）则沉浸在社会和种族多元化的好莱坞文化中。《整容室》（*Nip/Tuck*）的背景是一家整形外科门诊，坐落于阳光明媚的美丽城市——迈阿密，后来移到洛杉矶。《丑闻》《国土安全》，以及《识骨寻踪》的故事都发生于华盛顿特区及其周边地区，《白宫风云》也是如此。《丑闻》的主角是一个政治形象顾问，《国土安全》讲述的是一个有着国家政治抱负的前战俘，他可能

1 此电视剧为《神探阿蒙》（*MONK*），2002年首播。——译者注

由恐怖分子“转行”而来，《识骨寻踪》以一位人类学家兼法医为核心展开，她在虚构的杰斐逊研究所（对应现实中的史密森学会）工作。对于以上的每个例子，故事设置与前提都存有内在的联系。

说到医院题材的剧，可以说医院就是背景，而故事发生地的邮政编码可以更随机。《急诊室的故事》《实习医生格蕾》《杏林先锋》（*Chicago Hope*）的故事不仅可以很容易地搬到不同的城市，而且依然能让人感到极大的满足。医院往往是一个世界或缩小版的世界，可以提供无限的故事空间，但也可能会受到特定故事设置的影响，却往往不完全依赖于不同的地理位置。

《谋杀》可能发生在任何一个城市，但太平洋西北部黑暗、潮湿、阴郁的天气和地理环境无疑为本剧增加了不祥的气氛，延续了丹麦版同名电视剧的氛围。

在《胜利之光》中，对于得克萨斯州迪伦镇这个虚构的乡村小镇而言，高中橄榄球赛就像一场宗教体验。随着开赛时间的临近，商店早早关门，街上空空荡荡，这场盛大的比赛成为一切的中心。当地经济不景气，每家收入都入不敷出，只有足球比赛给迪伦人提供了一种精神支撑与快乐体验。他们为胜利欢呼，或者发誓要从惨败中振作起来。在这里，橄榄球不仅仅是一项运动，而是他们生活中关于希望的隐喻。这部电视剧的背景无论设定在美国的任何一个小镇，都忠实于H.G.比辛格的非小说类书籍《胜利之光：一个小镇，一个团队，一个梦想》（*Friday Night Lights: A Town, A Team, A Dream*）和2004年同名电影。这本小说出版于1990年，记载了1988年得克萨斯州奥德萨的一个名为黑豹队的橄榄球赛季。这部电影由比辛格的表哥彼得·伯格（Peter Berg）开发、撰写试播集剧本并执导。为了保护奥德萨居民的生活隐私，伯格和他的制片人选择将这座城市改名为迪伦，但当地人的生活、特色和灵感都来自奥德萨。这部剧颇具开创性且感人至深，带有强烈的纪录风格与真实的电影感。手持摄像机就是我们的视角，所以当它飞翔、交织或参与各种动作时，会给我们一种感觉，这些角色就是我们的朋友和家人，我们仿佛正坐在看台上观看每一场比赛，迪伦就是我们生活的城市。

大卫·E.凯利（David E. Kelley）是一位非常成功的电视剧制作人，他的很多部一小时电视剧都是在波士顿拍摄的：《律师本色》（*The Practice*）、《甜心俏佳人》《高校风云》（*Boston Public*）和《波士顿法律》（*Boston Legal*）。这不是随意选择的结果。凯利出生在缅因州的沃特维尔，在马萨诸塞州的贝尔蒙特长大，他的父亲是曲棍球教练杰克·凯利，曾执教过享有盛誉的波士顿大学猎犬队和新英格兰捕鲸人队。大卫·E.凯利在波士顿大学获得法律学位之后，就职于波士顿一家律师事务所。虽然他最受欢迎的四部法律剧均不以美国城镇为背景，但以他对波士顿的熟悉程度，为虚构的法庭案件增添了一层真实感，即使判决来得太快，也会让我们自愿终止怀疑。虽然大多数法庭剧为了戏剧效果而默许幽默和悬疑因素的存在，但法律术语和具体的故事设置却令我们根深蒂固地认为，可以将注意力转移到这个看上去非常真实的地方。

不要试图伪造细节。当然，以美国汉普顿为背景的《欲海医心》美化、理想化了这个旅游胜地，它成为权贵们的东海岸，但这部剧也成功地捕捉到了许多真正的休闲胜地和传统特色。这部系列剧的前提是：一个英俊的“礼宾医生”（concierge doctor）和他的商业伙伴兼兄弟，在长岛为那些住在海滨豪宅中的社会精英人士提供上门医疗服务。这些人不仅仅是普通的百万富翁和亿万富翁，他们是一群拥有特权且相互勾结的纽约人，每逢周末和炎热的夏季他们会离开城市来到海边别墅来“放松”一下。权贵们的言谈举止、权力意识与常住居民所形成的互动，使这部剧成为一个充满乐趣的现实世界，还为它提供了许多“故事引擎”。这部蓝天剧的乐趣在于它的幻想和逃离元素，同时其真实、生活化的医疗案例也提醒我们，富人一样会有难题，虽然财富肯定能让生活更奢华、更容易，但肯定不能买到幸福。如果你也打算在汉普顿拍一部电视剧（《复仇》也是在那儿拍摄的），应该去那里看看，亲身观察和体会。

故事设置在整部剧中扮演着非常重要的角色。《权力的游戏》改编自乔治·R. R. 马丁（George R. R. Martin）的一部奇幻小说，讲述了在一段长达十年的夏天结束之际，维斯特洛和埃索斯两块虚构的大陆上发生的故事。这部电视剧包含三个不同的场所，多条主线交织：为争夺铁王座而爆发的七国内战、冬天来临时来自北方神秘生物的威胁、被放逐的王室孤注一掷地想要夺回王位。每个王国都有自己的地盘、法律规则和权力结构，它们的命运又互相交织在一起。

《童话镇》有两个独立的世界：一个是中世纪传说中的童话世界，另一个是现实中的美国童话镇，这营造出一种并行、陈旧、凝固的时空感。这两个世界都是神奇的国度，在那里愿望可以成真，邪恶的诅咒可以掩盖幸福的结局，任何想象的事情几乎都可以发生。

在超自然和魔法领域，保持每个世界的规则简单、明确和一致是关键。具有里程碑意义的《迷失》受到的挑战——许多人认为它的规则手册在不断扩充，影响了剧情走向。第1季出现了闪回（flashbacks），随后的几季又出现了闪前（flash-forwards）和闪边（flash-sideways）。对于《迷失》的粉丝来说（作者也在其列），这种不可预测的故事情节令人兴奋，但对于批评者而言，《迷失》自此开始走哗众取宠的路线了[1]，读起来就像在汽车后窗用贴纸写着：别跟着我，我也迷路了！奇幻和超自然系列剧规则的不断演变

1 一部剧超出了其原有内容的范围，开始对忠实的观众征收善意税。这个词源于经典情景喜剧《快乐时光》的某一集，当时方兹（亨利·温克勒饰）试图驾驶滑水板跃过一条鲨鱼。——作者注。原文为“jumped the shark”，直译为跃过鲨鱼，指影视作品为求新奇而加入牵强的情节，哗众取宠。——译者注

和扩展，是一部超级成功剧集的必经之路。《弗兰肯斯坦传奇》（*Dr. Frankenstein*）创造了一个怪物，这个怪物在某种程度上拥有自己的意志。所以，尽管《迷失》聪明的联合创作者们（J.J. 艾布拉姆斯、达蒙·林德洛夫和杰弗里·利伯）可能从一开始就知道播出结局，仍然会被这部剧的经久不衰和巨大的人气所震撼。如何将有限的内容扩展为可以无限运行的概念？他们的选择是扩展世界，有时也包括时间和空间的量子变化。

> 好的小说一定会受到现实生活的启发，创作的每一个新领域都是其相关现实生活的反映。如果一部剧所营造的世界相当逼真、危险重重，我们很有可能会观看，因为我们希望有人突破束缚获得自由；如果这部剧的世界是精英化和物质化的，我们将拭目以待它何时破裂。如果没有以这样一种精神和道德为中心，那么电视剧中的世界就会像任何现实生活中的环境一样，不可持续。欲知此法令的第一手证据，请参考《火线》（*The Wire*）、《朽木》《绝命毒师》《黑道家族》和《大西洋帝国》（*Boardwalk Empire*）。

第3章
为系列剧服务

当谈到“系列”（franchise）这个词时，我立刻想到麦当劳和星巴克，其实它们的含义与电视行业中所使用“系列”的语义相差无几。经常旅行的我可以负责任地说，麦当劳在全球大多数城市几乎都一模一样。

麦当劳公司每天为全球119个国家的6800万顾客提供服务。金拱门标志上的语言和字母可能因国家而异，但麦当劳的商标颜色、装修装饰、品牌标志、管理风格和菜单选项总是相差无几的。即使在印度，牛是神圣不可亵渎的圣物，你也可以点一个巨无霸，并不是牛肉巨无霸哦，而是夹着蔬菜的素汉堡。与此类似，“系列”的定义是“相同，仅有一些不同”。

如果全球的每一家麦当劳在设计、菜单和功能上都是相似的，那又有什么不同呢？最明显的答案是地理位置。不错，是位置。

更深层次的答案是人性。你可以给员工穿统一的制服，但没有哪两件制服是完全一样的。你也可以采访那些点同样餐食的顾客，他们对快餐的口味也不能决定或定义他们独特的个性。你还可以偷听从厨房到餐厅的谈话，也会得到和汉堡包一样多且不同的、高度具体的体验。对，数以亿计。

以此类比，概括来看，任何连锁餐厅、咖啡馆或零售店的原型之间最本质的区别不是它的菜单项或出售的产品，而是在这些相同结构之下浮现出的独特故事。

在电视行业，电视剧的原始形态被称为“试播集”。第一集之后的每一集都建立在试播集之上，而且是对试播集基本情节、人物和主题的延伸和进一步探索。这样，所有的试播集都是原生故事。他们建立了一个世界，然后邀请我们走入这个世界，在很长一段时间内与那里的原住民建立一种联系。

一般来说，电影和电视剧试播集的主要区别在于，电影要有开头、中间和结尾，在故事设计上是有限的。电视剧试播集的构思和结构是无限的——或者说只要忠实于观众，拥有稳定的收视率就能一直持续下去。

在构思电视剧试播集的过程中，你最初撰写剧本的过程可能类似于一部正片长度的创作过程：前提、设置、人物发展，最棘手的部分是，你要意识到写作不再是为了达到最终的高潮，而是要让观众了解你所写剧的“领域”（布景、流程、角色），然后为你的剧集从一集到下一集、从一周到下一周的发展做足准备。

换句话说，电视剧试播集的结尾意味着一部剧才刚刚开始。

前提如同承诺[1]

试播集是你对观众做出的承诺（像婚姻契约一样），当他们决定每周都要看你的节目时，你要让他们知道将会得到（看到）什么，不要让他们觉得将看到狗血的故事和糟糕而重复内容。你向他们郑重承诺的是，你会关注他们，尊重他们，遵守在试播集里设定的故事。用电视编剧的专业术语来讲，这就是所谓的服务于你的系列。

成功的系列剧向忠实观众们展示本质相同但细节不同的节目。每周，你的剧在基本的故事设置和前提方面将保持基本不变，而在故事细节方面会被期望有所改变，甚至令人惊喜。在很多电视剧中，主要角色（也就是所谓的“常规角色”）在每一集都保持不变，但在某些剧集中，角色会在每一集、每一季中不断进化。

当一位执行制片或制片人向你提问：“什么是系列剧”时，这对于你计划中的电视剧而言，他们真正想问的是，你的剧中人物每周会做什么，“故事引擎”如何推进情节。就像遇到鲨鱼一样，电视剧必须不断向前游动，否则就会走向灭亡。

系列剧类型

每周一案

最基本的系列剧类型是“每周一案”（case of the week），这就是为何有那么多医疗剧、法律剧和犯罪剧的原因。在一部医疗剧中，“每周一案”指每个新病例的病人。在法律剧中，“每周一案”体现在不断更新原告和被告的法律案件。在犯罪剧中，“每周一案”则变为警察和其他执法案件。

“每周一案”系列剧本质上是固有的叙事。新的剧集中都会出现新的客户、病人或者凶手，在每集结束时专家团队努力工作，克服内、外部的矛盾来解决这个案子。

在确定新剧的具体系列时，要关注动作。你的角色每周都在做什么：调查、发现、揭露、诊断、治疗、诉讼、起诉、对抗、逮捕、控告、报复、杀人等等。

四大广播公司（ABC、CBS、FOX和NBC）的大多数常规剧集都是正面的，或多或少都会有英雄人物。当然，这些人有缺点，也时常与内心的恶魔斗争，但他们总在寻求正义——无论这在他们的生活中意味着什么。

1 此处前提（Premise）和承诺（Promise），用了谐音双关。——编者注其中一些系列剧为我们提供了快速、可靠、彻底的（诊断/治疗、证据/判决、逮捕/正义）封闭式案例。当然与另一些电视剧为我们提供了开放式案例一样，在整个电视季中，剧情都采用了更加迂回、渐进、系列化的解决方式。

《X档案》是一部不同寻常的系列剧，每周的案件都有一个反转。对于那些具有挑战意义和不确定性的超自然现象的解决方案，当然不会只有一种可能性。

《丑闻》的故事聚焦于由奥利维亚·波普（凯丽·华盛顿饰）运营的一家高级公共关系公司，这家公司位于华盛顿特区。主人公的专长是帮助政界人士和有权势的人摆脱困境。她和她的同事既不是律师也不是警察，而是媒体顾问，他们通过所有必要的手段来判断和处理政治丑闻，包括暗箱操作。失败从来不是他们的选项，奥利维亚·波普在试播集中被定义为“西装革履的角斗士”。每周的案件不是丑闻事件就是挑战道德的案件，通常还会带有色情和复杂的争议性。在第1季中，每一集结尾都是被解决的封闭式案件。与此同时，如奥利维亚与总统的热恋、菲茨杰拉德·格兰特（又名菲茨）等的个人故事等等。

每一个制作人的首要目标是满足目标观众对电视剧类型和基调的期望。新案例要足够新鲜，甚至属于开拓型的新领域，但也要在特定剧集的主导范围内。换句话说，一部电视剧可以在不打破整个剧集模式的前提下，用一个新案例开创新天地。这样，观众就可以相对舒适地收看他们喜爱的节目，也能预期该节目将为他们带来什么。如果你正在观看一部恐怖/惊悚的警匪题材电视剧，比如《法律与秩序：特殊受害者》（*Law & Order: Special Victims Unit*），你肯定对“看到什么”心中有数：真实、邪恶、黑暗的犯罪行为。肯定是这样，而你也知道，暴力、性、色情的画面也将会出现在画面中。即使侦探们最终会胜利，你也不会想和你的孩子们一起观看这部剧。

当你收看《豪斯医生》时，你其实已经知道每集的新病人所患疾病都会是一个医学难题且无法治愈。你不知道的只是厌世的格里高利·豪斯博士（休·劳里饰）将如何解决这个难题。

“每周一案”会有效地服务于系列剧，带来一种不可预期的、具有挑战性的新视角。理想情况下，这种新的转变将从人物关系或新案例中产生。那么新案例可能会在角色身上触发什么样的心理“按钮”，解决这个案件的主要挑战是什么？案例太简单可不行，它必须以某种方式、以某种困境挑战系列剧观众。

一部电视剧平庸或伟大区别在于制片人是否不断地在开发新的宝藏。根据不同剧集类型，每一集的亮点则表现为主角的道德困境和灰色地带。

混合型系列剧

尽管“每周一案”是最容易把握和展现的，但并非所有电视剧都遵循这一程序化“公式”。有些电视剧，比如《傲骨贤妻》，是法律剧和系列剧的混合体。

这部时长一小时的混合剧集沿用了许多成功的有线电视台的电视剧剧本，如《嗜血判官》(*Dexter*)和《杀手信徒》(*The Following*)。在这种情况下，一个故事可以连续播放几集，甚至完整一季（或者像《杀手信徒》那样，在两季的长度中痛苦地吸取教训）。电视行业正在高速发展和拥抱新技术以满足观众的收视习惯，因此这种连续情节的系列剧比几年前更容易消化。

提供封闭性案件的系列剧优势在于，观众可以以任何顺序观看每一集，且仍然感到满意。

另一方面，连续情节的系列剧也需要观众更多的投入，如果错过了几集以上，可能会感到没有信心看下去（许多观众在错过几集《迷失》《24小时》和《权力的游戏》后开始有这种感觉）。当然，现在的观众可以通过DVR和网络下载来收看，这样他们就可以在方便的时候赶上进度。

对于连续情节的电视剧来说，节奏是巨大的挑战。从一集到另一集需要安排多少情节？如果故事展开得太慢（比如《行尸走肉》第2季前半部分那样），观众可能会变得暴躁不安。如果故事发展得太快（比如《国土安全》第2季），观众可能认为情节不可信、太仓促，或认为人物没有深度。

系列剧不仅要考虑如何选择案例、探索的情节线索，更需要有节奏地传递新的信息、线索、发现和解决方案。

系列剧的另一个重要部分是剧集“甜蜜点”(sweet spot)。随后我会用一个完整的章节来讨论这个问题。现在我只想说最重要的是，你首先必须确定一部系列剧的真正价值所在，并好好地利用它。

《国土安全》系列剧的价值在于我们不知道谁可以相信，谁是好人，谁是坏人，他们如何共存，谁将获胜，将付出什么代价。

《行尸走肉》系列剧的价值在于中心人物在似乎无法克服的困难中生存。

核心问题

核心问题用于探讨未来的潜力。一个好的核心问题能激发观众的好奇心，激发他们想知道更多的东西，如困境如何解决，接下来会发生什么？

所有杰出的电视剧都向我们提出了强有力的核心问题。《黑道家族》让人想知道托尼的理智在他们有组织的犯罪活动中还能保持多久，托尼的理智和他们肮脏的交易会对他们的生活，以及他们所爱的人产生什么影响。

核心问题是电视剧“必看”的关键要素。我们总会等着看犯罪故事或爱情故事的结局。只要保持持续的期待、讨论和发帖，观众们就会持续关注节目。一旦所有问题都有了答案，那么这部系列剧就不得不在引入新的中心问题或大结局中二选一了。

在《都市女孩》(*Girls*) 中，核心问题是威尔・汉娜（莉娜・杜汉姆饰）和她的朋友们能否在生活中找到一种持久的满足感。

《为人父母》是一部微妙而又苦乐参半的传奇故事，讲述了布雷弗曼家族三代人的故事，重点讲述了3个兄弟姐妹的故事。可以说，《老友记》的主题曲《我会在你身边》(*I'll Be There for You*) 极适用于这几个情同手足的孩子们。

《摩登家庭》中风格独特的采访形式为该剧提供了更快、更流畅的节奏，使每一集的主题更突出。我曾认为，这种采访形式 [借鉴于《办公室》(*The Office*)] 使《摩登家庭》成为更高层次的节目概念。由此，系列剧转为探讨未知事件及其发生的原因，比如家庭疗法。当然，这只是一个噱头，但它能让观众感觉到我们是知己。角色对着镜头讲话的方式使这些采访不仅可以打破“第四堵墙”（即摄影机，可以理解为观众），也为我们提供了关于每周更新的新视角，同时也增加了幽默感，增强了家庭核心问题与每集统一主题的整体驱动力。

在更柔和的节目概念中，系列剧基本上在探讨主要角色对成功的狂喜与对失败的痛苦，以及如何处理。要清晰地表达“软”概念剧的专营权，柔和的系列剧表达方法是“每周，角色们都要努力达成的目标”。角色的特定挣扎是戏剧和喜剧的源泉。潜在的挫折、生存的痛苦、失望、遗憾和羞辱等都是潜藏的危机。

在《胜利之光》中，核心问题是这场比赛的输赢能否帮助他们克服日常生活中的问题。

在《生活大爆炸》中，核心问题是这群书呆子是否能融入主流社会，让自己像个“成功人士”。

《权力的游戏》向我们展示了两个王国之间正在进行的权力斗争，因此核心问题是谁会赢。

在《绝命毒师》中，沃尔特・怀特逐步建立了一个势力网并努力维护它。对沃尔特来说，核心问题是他对金钱和权力的极度渴望何时能够得到满足。

沃尔特在一生中一直是懦弱的“失败者”，现在他宁愿死也不愿承受失败。在被诊断出癌症晚期后，沃尔特迫切地需要养家糊口，他铤而走险越过底线，开始做毒品生意。一开始的美好愿望逐渐转化为不惜一切代价的胜利，即使这会令他失去妻儿。随着沃尔特身体健康的改善和癌症的缓解，他变得更加沉迷于危险和权力。他兜售毒品，为制毒而疯狂。我曾采访过该剧编剧兼制作人文斯・吉利根（Vince Gilligan，详见第5章），他认为沃尔特・怀特的“超能力”是他为了证明自己的行为正当而欺骗自己的能力。我想，反英雄沃尔特成为悲剧英雄也只是时间问题。处于财富和权力高峰的沃尔特已经无处可去，只能走下坡路了。

在决定系列剧的核心问题时，可能既要考虑长期的“伞式”核心问题，也要考虑本季内的故事发展弧线，当然还要考虑从一季到下一季的问题。

在某些系列剧中，核心问题事关主题。《广告狂人》第1季似乎在探讨美国梦式的生活和销售，而第2季则打破了这个梦想，转而揭示广告圈和生活中的真相。

《嗜血判官》(*Dexter*)每一季都会有全新的超级反派（又名“大坏蛋”）出现，并挑战戴克斯特·摩根（迈克尔·霍尔饰）所谓的“正义”。该剧的核心“伞式”主题始终没有改变：什么是正义。

《复仇》的核心问题是复仇是否能带来内心的平静，《国土安全》的主题是反恐战争能否打赢。

核心谜团

某些系列剧的成功之处在于解开了关于过去的核心谜团：发生了什么，怎样发生的，何时、何地、为何会这样，这些谜团对观众的现在和未来会产生什么影响。

在《迷失》中，谜团是它的连续性。精明的编剧/制作人天才般地预感到，仅仅依靠一群漂流者能否离岛的故事是远远不够的。吉利根笔下的小岛建于古怪和愚蠢之上，这使海难的遭遇看起来像个趣事（笑声音轨帮助我们暂时打消几个疑虑，包括电影明星金格·格兰特为何带着她的整个衣橱参加“三小时之旅”，百万富翁豪威尔斯为何随身携带他所有的现金）。

《迷失》虽然向我们提出了飞机失事后乘客将如何生存的核心问题，但它也很快向我们展示了大自然的反常现象、超自然现象，以及岛上不断扩大的神秘事件。最初的核心问题可能是我们如何离开这个岛，但很快就演变成了更大的生存问题，比如这到底是哪里，我们为什么在这里，岛上还有谁？即使找到可靠的食物来源，我们能克服过去的罪恶吗？即使可以，时间真的存在吗？我们的存在有意义吗，为什么我们还活着，我们还活着吗？

《童话镇》是关于存在两个世界的寓言：一个是很久以前存在于童话书中的神话国度，另一个是位于美国缅因州童话镇的“现代”小镇。这部电视剧极具创造力和想象力，场景在现在的“现实”和过去的“幻想”之间交替转换，人物在童话镇中都拥有双重身份，角色的过去对现在也会产生影响。它还借用了《绿野仙踪》的巧妙之处，比如稻草人、铁皮人和胆小的狮子，在堪萨斯州“真实”世界中都有一个与之对应的角色。

该剧主要的连续性基于一个核心问题：爱是否比恐惧（又名魔咒/诅咒）更强大。在第1季中，邪恶女王对故事书中的人物施了魔法，让这些人来到了童话镇。邪恶女王（拉娜·帕里拉饰）感到被剥夺了爱与满足，所以她对白雪公主（金妮弗·古德温饰）和白马王子（乔什·达拉斯饰）发出诅咒，让他们到达一个永远不会得到幸福结局的地方，讽刺的是，幸福结局却是邪恶女王最大的愿望。该剧的试播集正是建立在，每周我们都将看到邪恶的咒语能否被打破，角色能否穿越诅咒找到真爱。还有一个潜在的主题：哪里是真实，哪里是虚幻。

故事围绕着艾玛·斯诺（詹妮弗·莫里森饰）展开，她成功地穿越被冻结的时间，来到童话镇这个被尘封的世界。艾玛在全剧开场时是一位愤世嫉俗的人，而她的亲生儿子亨利·米尔斯（杰瑞德·S. 吉尔摩饰）则是一个虔诚的年轻信徒，两人性格形成鲜明对比。我们当然为艾玛和亨利的重聚而欢欣鼓舞，作为母子，他们是一家人，但这对于亨利的养母雷吉娜·米尔斯（也称作拉娜·帕里拉）来说，就是完全不同的情形了。事实上，雷吉娜拥有双重身份，她是坏市长，还是邪恶女王。白雪公主和白马王子在童话镇也有对手戏，他们注定要在一起，但这是另一个巨大的斗争，也是我们每周必看本剧的原因之一。

在更黑暗、更惊悚的迷你剧集《美国恐怖故事》（*American Horror Story*）中，每一季都以一个新的恐怖故事开始，故事发生在一个新的地点，有新的演员阵容。就像所有鬼屋或疯人院的恐怖故事一样，现代人的安全、理智、观念均与过去不祥的神话背道而驰。过去的罪恶抹去了一切美好结局的机会。第2季的故事发生于一个由残暴修女裘德·马丁（杰西卡·兰格饰）统治的疯人院。这并非巧合，没有赎罪或宣泄，唯一能让人从存在的痛苦中解脱出来的方式就是脑叶切除术或死亡。

> 电视角色面对负面结果时需要积极的目标。没有这种正、负对比，就没有冲突。没有冲突，戏剧或喜剧就不会存在。从这点来说，所有的电视剧都是关于输赢的。

访谈：迈克尔·劳赫

《欲海医心》（执行制片人/编剧/导演）

《狂野生活》（*Life Is Wild*）（执行制片人/创作者）

《爱猴子》（*Love Monkey*）（执行制片人/创作者）

《靓丽人生》（*Beautiful People*）（执行制片人/创作者）

《在咖啡香中醒来》（*Wake Up and Smell the Coffee*）（执行制片人/导演）

《野草》（*In the Weeds*）（编剧/导演）

尼尔：你的电视剧多是关于医疗案，所以我想知道的是，你如何处理每一个医学之谜，从疾病入手还是从人物入手？

迈克尔：并没有一个特定的公式。我们总是有一个A故事，通常也有一个B故事。

每集从一个完全空白的白板开始，以大纲结束。一集剧一般希望在两周内完成。通常情况下，我们会给观众带来一种医疗体验，剧中会呈现出一种令人感觉有趣的、没有经历过的感受，有时我们会以一个主题或一个角色来切入，然后围绕这个主题或角色来研究治疗方法。我们有很多不同的方法。剧组有一位医学顾问，每周都有几天时间和我们一起讨论。片场还有两名医疗顾问，在播出56集之后，我们已经很清楚去哪里寻找素材。不管是广告上、杂志上还是网站上总会有非常奇特的医疗故事，我们会随时摘录下来。通常，对于编剧写出的一些东西，有时我们也会觉得，“你了解这个故事？它很棒哦！”而有时也会是这样：“这个故事感觉更像B故事。它只有三四段而不是六七段。所以，我们把它作为B故事吧，再围绕这个主题创作一个A故事。”

尼尔：这么说，你一般写七幕剧，如果有前导广告（teaser）的话，那就六幕？

迈克尔：实际上是六幕。有一个前导广告加四幕故事，还有一个尾声（tag）。这个结构是电视网提供的，它非常有效。我们遇到过一些情况，尾声比电视网所希望的更短。去年有一集剧，第一次演死亡。对我们来说，宣布死亡是一件意义非常的话题，而尾声就只有1分20秒。电视网的态度是：“你可以这样做，但是据我们的研究表明，如果一个话题太长而导致尾声太短，观众会误以为在第四幕时就结束了。”他们不会再坚持留下来看幕间广告，9:56时他们就换台了。最后我们被说服，把第四幕的一个场景移到尾声，使尾声时间增加至4分钟左右。而且，这样做并没有与我们的初衷相违背。

尼尔：作为制作人，如何坚持把A、B、C三个故事用统一的主题联系起来？

迈克尔：必须这样做，有时统一的主题对观众来说是不言而喻的，有时它只是本季话题故事线的一部分。但是即使只有一个主题，也不得不稍微延伸扩展一些，这样故事的呈现也应该更有力、更连贯。但是，总会有某种东西把各式各样的故事联系在一起。在季末，通常在最后两集和前两集，主题会突然出现，因为我们知道我们要去哪里。所以，对我们来说，主题的讲述会出人意料地出现，与围绕这个主题的相关故事联系起来，往往更容易。现在，我们正在解构第12集故事，当所有故事都浮出水面时，一个主题在游戏结束时出现了。

尼尔：你是否曾经用某一个主题来处理一整季或多集剧情？

迈克尔：有的。事实上，我提及的那集就是关于死亡的主题。这是关于一个我们放弃拯救的人物的故事，我们想让一个人物因病死去，感觉这是一个很不错的角色。由汤姆·卡瓦纳饰演的一个名叫杰克·奥马利的角色，他非常可爱，与汉克（马克·菲尔斯蒂恩饰）关系不错。我们认为，如果要杀死某个角色，就应该选择那个我们真正关心、喜欢并毫无希望的人。杰克的死和他的狼疮均与汉克有关。自从汉克搬到这里以来，他成功地挽救了每个病人。试播集中，他在布鲁克林急诊室工作时曾经发生过失误。这也促成了他的成长，他学会了放手，让自己对病人敞开心扉，明白了手术的风险。所以，这种主题帮助我们找到了狼疮的故事，让我们看到了一个角色的死亡。这是整个第3季的故事发展弧。

尼尔：对这部剧的观众来说，这一点难以预测。

迈克尔：对，非常不可预测。我们所关注的是来自最忠实观众的反馈，总体来说，他们的评价是非常积极的。即使那些对此感到不安的人似乎也能以一种较为积极的方式来转化这种情绪，以一种出乎意料和令人满意的方式，让他们相信我们不确定将要发生的事情是否真的会发生。这一季有这种情况，第3季也有，季末以兄弟俩大吵一架而结束。所有人都期待在第4季第1集中兄弟俩会和好如初。我们决定在整个第3季让这场架从头打到尾。如果在某一集里，我们解决了这个问题，在讲故事的过程性和节目的完整性方面会令人觉得不值得。所以，我们把它延伸至前几集，我知道有些粉丝对此不满意，因为对他们来说，《欲海医心》中的每个人都相处得很好，汉克和埃文也相处融洽。但是，我们很高兴能够把这段感情发挥出来，因为当彼此相爱的人——无论是同事还是兄弟——大声吵架时，这段感情会令人感觉真实可信，他们需要一些时间才能解决这个问题。

尼尔：我喜欢你的选择，正因为现在他们是竞争对手，所以你才有了新故事。我可以想象，每当你遇到一个可延展的故事，你就会指出来，“现在我们可以到这里、这里、这里”，它推动我们能去不同的地方，这是以故事为导向的。

迈克尔：绝对正确，请允许我们介绍一个新角色，耶利米·萨卡尼博士，由本·申克曼扮演，如果这些家伙没有打得不可开交，他永远不会存在。你说得对，我们找到了讲故事的新方法，当然，那兄弟俩会和好的，但是现在我们有了一个新的故事领域，萨卡尼医生和由凯尔·霍华德扮演的范·戴克医生。在剧集进行到50多集之后，新角色给了我们新的方向，而不会让人们觉得我们在重复同样的故事。

尼尔：我认为这部剧的核心非常棒，每个案例中你都为汉克注入了强烈的情感投入。他真的在乎，这也是我们关心的最终结果。但我可以想象，对你和编剧来说，最大的挑战之一就是结果不能过于容易地被猜到。因为我们知道，最终所有的一切都会好起来。我的意思是，基本上，这是一个让人感觉完美的节目。神秘的关键不在于他们能否破案，而在于如何破案。每隔一段时间，你总会让我们大吃一惊，比如《烟花过后》（*After the Fireworks*）一集以恐怖的爆炸来结束，命悬一线。

迈克尔：那是本季首播集。对于我们来说，一集以这么大、这么戏剧化的情节来结束，非常扣人心弦，这种情况是很不寻常的。通常我们的悬念更注重个性。你知道的，埃文输掉全部钱的那一集，还有他们的父亲亨利·温克勒出现的那一集。这感觉既像一场首映式，也像一种有趣的开场方式，而且从某种程度上来说也是两兄弟之间关系的缩影。它像我们戏剧性地表演出来的故事，也触及了我们在这一季之初的主题。

尼尔：你和你的团队在创作之初，如何安排幕间休息？是否考虑每一集的悬念？

迈克尔：当然。我们有一间神奇的编剧室。

> 这很有趣，开始做节目时我们就决定每一集的每一幕都必须设置一个医学上的悬念。为此，我们付出了巨大的努力。后来某一刻，广播网说："你们笔下的人物已经足够强大，不必因为设置悬念而有压力……"这句话对我们来说真是一种解脱。

如今我们试着寻找一种平衡，不再对所有细节过分追求。如果我们有一个很好的悬念明显符合本剧——医疗剧，这也是需要的。我们已经建立了足够的人物系列，包括所谓的肥皂剧元素，人们真正关心的是接下来迪维亚（莱西玛·谢蒂饰）会发生什么事，汉克会怎么样，埃文和佩奇（布鲁克·朵赛饰）接下来如何。我们可以以坎贝尔·斯科特（饰演鲍里斯·库斯特·冯·尤根斯·拉滕尼茨）作为一幕的结束，不是安排他死掉，而是他现在要进入这个世界，看看接下来会发生什么。这样做可以从医学上减轻我们的压力，有助于平衡节目的基调，毕竟美国电视网自带一种非常具体的属性，那就是一直努力在变化，也正因如此它们才成长得如此之快。对我们来说，节目的基调是我们赖以生存之地，正如你所说，这是一个甜蜜的时刻，"快乐是轻松的"，但人都会生病。我们会做一些极具戏剧性的安排，比如第1季安德鲁·麦卡锡所饰演的角色正在戒毒所戒毒，我们就使用了一个傻傻的故事梗概来加以平衡：一个女人快被冻僵了。我们会设法让气氛保持在一个舒适的位置，让观众知道他们会看到什么，也保证本剧不会突然变成《犯罪现场调查：迈阿密》或其他剧集。

尼尔：由于这部剧是有线电视节目，每季都较短，一般情况下是一次播完整季。很多剧会根据编剧数量而定，你大概需要5~6位编剧吗？

迈克尔：我们试着营造一种我们知道要去哪里的感觉。不可避免地，也会发生一些变化。开始时你以为在写一个非常精彩的故事，然而塑造人物的过程中偶尔也有所偏离，或者剧情没有像之前想象的那样实现应有的效果，所以就需要不断地调整。传统上，我们的节目有夏季和冬季之分，三分之二的剧集在夏季播出，三分之一的剧集在冬季播出。因此，我们把夏季作为一季，冬季作为另一季。2012年的第4季，实际上夏季播出了14集，冬季播出2集。这对我们来说是非常不同的。我们会把14集的故事发展弧分成2个部分。从2012年年底开始，情况开始好转，然后又回到了开始，尽管如此我们对每个角色的发展方向都有很明确的想法。有了这些已经深耕过的人物标杆，每3集左右，我们就会有一个碰撞。7月4日和奥运会时也会有一些特殊剧集，这样每一季就又被分成了更小的单元：一季4集或6集。所以，我们在宏大的故事世界里建造了多个小型的故事结局和新的开始。

尼尔：因为你的A故事就是闭环，我认为几乎总是这样……

迈克尔：几乎总是，嗯，对……

尼尔：它们足够独立，只需打开电视就可以观看，只要有时间就可以，而不会像看《迷失》那样"迷失"剧情。

迈克尔：非常正确。

尼尔：当你构思时，会设计一个中心问题吗？我知道亨利·温克勒是汉克和埃文的父亲，父子之间关系很神秘。关于鲍里斯，核心问题在于他的生死，以及他的病因。从构思的角度你是如何考虑的呢？

迈克尔：我们经常这样做。对于萨卡尼博士这个新角色，我们会提出一个问题。他的社交能力不足。现在，作为一个医学题材的节目，我们必须真实地展示出一个人的波动和变化，但也不能为了戏剧性而捏造事实，我们的挑战是，像这样的人如何融入汉克式的生活，还有当他遇到汉克、迪维亚和埃文时，能有多少成长空间。所以，这就是我们对于这个角色提出的问题，我们一直在努力并不断地发展它，到目前为止，我们认为这个角色非常成功。本做了一件了不起的事情，他细致入微地刻画了这个人物，吸引你关注这个人物本身，甚至你希望他能克服性格缺陷，管理好自己的情绪。

尼尔：你刚使用了"蓝天"这个词，而且我看到它在不同的语境中出现过，例如在故事板上思考本季的故事走向时。同时我也听说过"蓝天"是这部剧的基调，你能解释一下它对你的特殊意义吗？

迈克尔：好的，你提到的这两种情况都是准确的。美国电视网就是"蓝天"电视网。这部剧特别具有代表性，它的故事发生于汉普顿这个虚构的城市，那里的天空永远是蓝色的，那里的房子永远美丽。我认为好莱坞已经成功地为电视网界定了这种基调。随着一些剧集的展开，剧情有可能会进入半蓝色的天空，毕竟好莱坞编剧们不能一遍一遍地重复同样的故事。而伴随着电视网的发展，基调也会变得有点紧张，这时的"蓝天"就会变得有点像多云一样。但是对我们来说，"蓝天"确实是一种描述节目基调的好方式，事实上，亨利·温克勒的公司首次出现的时候，确实可以称为"蓝天"。这只是一种很好的方式，提醒大家这就是我们正在做的事情。就剧集而言，开始时一切都是晴空万里。遇到不幸时，就会发现云团不知何时已经翻涌而来。

尼尔：剧集开始前，你和编剧们在一起的时候，是只讨论故事结构、故事发展弧和人物角色吗？电视网以什么程度参与故事创作呢，他们是否曾经剔除某一部分故事或者毙掉一个人物呢？或者，当如今因为他们信任你而你的节目也很成功时，他们会减少参与度吗？

迈克尔：电视网非常尊重我们的创作过程。在这部剧的创作过程中，新一季的前几周我们只会谈论以下场景：上一季成功和失败的案例；上一季的所有收获、想要做的，以及没有做过的；尝试把一些内容安置在理想的地方。然后我们开始进入具体的故事构思和情节构思。通常4~6周后，安德鲁·伦切夫斯基（他创造了这部剧）与我一起与杰夫·瓦赫特尔（美国网[1]联合总裁）、比尔·麦高德里克（美国网原创剧本高级副总裁）、迈克尔·斯鲁坎，以及制片公司的负责人会面，我们就本季故事进行15~20分钟推介，“这是本季我们想要表现的内容，这是我们想让剧集发展的方向，这是剧中人物汉克、埃文、迪维亚、鲍里斯发展的方向……”他们会在中途插话或者提问，通常会以非常支持的态度，提出有建设性的意见，有时也会以不那么热情的方式发表意见，这是他们的工作和权利，因为他们为这部剧付费。这些工作只是为了确保如果有需要修正之处，在故事走得太深太远之前，都可以早一点进行修改。作为一家电视网公司，在你知道他们做了多少工作、播出了多少节目之后，你就会了解他们是多么善于理解受众，他们对节目和节目细节的理解方式多么非凡，这时你一定会觉得他们非常了不起。杰夫·瓦赫特尔可以随时引用第1季到第6季的台词，这一点连我和安德鲁都做不到，“这个角色曾经说过这句话吗？或者他们怎么能这么做？”因此，他们时刻令我们保持清醒，这是真实的状况。接下来我们开始分发大纲，会得到反馈；然后我们写出剧本，再得到反馈，通常不会有太大的改动；然后再次得到反馈，删减细节，基本完成。

尼尔：提纲大概有多少页？

迈克尔：这部剧的提纲通常是10~12页，它们很详细。由于它是夏季节目，会在夏季播出，所以我们也必须在夏季拍摄。有线电视节目都要在投入制作前完成所有的剧本。对我们来说不幸的是，我们总是在剧本和播出日期之间摇摆，因为我们是边拍摄、边播出。这是一个相当快的转变，因此，大纲必须是剧本的绝佳基础点。编剧当然不会花4天的时间写大纲，然后花3周的时间来完成剧本。更多情况下，我们是作为一个团队来做事的，我们把大纲完善至一定水平，然后编剧接过来用他的方式撰写出来，1周之内完成剧本写作。这样才可以保证我们能按时完成进度。根据日程安排，我们不能落下任何一步，因为我们负担不起。

尼尔：你会对每集剧本进行润色吗？

1 美国网，英文为USA Network，美国付费电视频道，隶属于NBC。——译者注迈克尔：最重要的就是剧本要有一种独特的基调。我们有资深的团队和才华出众、经验丰富的编剧，所以每一季的润色工作都有所减少。有时剧本完成后并不需要修改，有时只是在个别地方需要一些加工，当然，有时剧本需要更多的工作。幸运的是，我们有优秀的编剧团队，通常情况下，剧本的完成情况都非常完美，超出我曾参加过的任何一个剧组。

尼尔：这也许就是本剧长盛不衰的原因所在。

第4章
做出决定

在过去，每集高潮的判定会遵循严格清晰的规则，因为高潮才是电视观众想要的：真相、正义和结局。一部好的电视剧就像穿上一双舒适的拖鞋，观众想要的是娱乐，而不是受道德的复杂性所困。电视剧厌恶争论。因此坏人总是被抓住；罪犯除了入狱之外，没有其他任何可能；人渣总是在法律允许的范围内被起诉；虽然好人和女孩并不总能成功地完成任务，但爱情和友谊总能帮助他们坚持到底。

但后来发生了一些变化：随着科技的进步，观众变得越来越焦躁不安，注意力持续时间也大为缩短。频道浏览和互联网下载/流媒体已成为全国范围的休闲活动。观众想要看到挑战、惊喜甚至震撼。真人秀节目正是基于现场不可预测的结果而泛滥开来的。参赛者有可能赢得大奖，更有可能遭受某种形式的羞辱。电视观众的兴趣由自我满足转向自我参与。孩子们不只想坐在那里观看，还想在自己的游戏机上进行互动和游戏。

受电视真人秀和煽动性新闻报道的影响，各类电视剧都变得更加追逐潮流和挑战极限。我们的电视屏幕上突然出现了一些与精神疾病、毒瘾作斗争的主角，他们身上有着严重的性格缺陷。这些主角完全不需要成为正面榜样，他们可以是反英雄式典型（戴克斯特·摩根、沃尔特·怀特、唐·德雷柏和帕蒂·赫韦斯）。从一小时情节剧（《嗜血判官》《绝命毒师》《广告狂人》《裂痕》）到半小时情景喜剧［《单身毒妈》《护士当家》和《醍醐灌顶》（*Enlightened*）］，这些剧太复杂，无法成为一种可预测的、封闭式的情节模式。如果一个案件很容易地被解决，那么这部剧的世界就变得过于简单或黑白分明，而不是处于一种微妙的灰色地带。

电视剧的类型定义

情节剧可以分为以下三种结局类型。

1. **封闭性情节**：主要情节（即A故事）在前导片或第一幕中设定，在中间幕变得复杂，并在本集结束时得到解决。观众可以在任何时候收看，而且不用解释所有背景故事和剧集谜团，可以轻松地跟随剧情发展。他们不一定要按时间顺序观看每一集，因为每一集都有一个独立的谜团。

在法律剧《法律与秩序》《波士顿法律》（*Boston Legal*）、《甜心俏佳人》《律师本色》（*The Practice*）中，结局通常是审判结果（有罪、无罪或和解）。

在警匪片《犯罪现场调查》《妙探双姝》（*Rizzoli & Isles*）、《识骨寻踪》中，封闭性结局通常以揭示犯罪行动（凶杀悬疑）作为本周谜团的谜底。当罪犯坦白或被无可辩驳的证据打倒时，故事就结束了。

《犯罪现场调查》和《法律与秩序》两部系列剧都大获成功，它们并非关于罪犯，而是关于正义。过去检察官需要目击证人作证，现在他们只需DNA。科学本身就是封闭的故事，因为基于法医的情节线是真正无可辩驳和绝对正确的，它也可以让故事结束。

《犯罪现场调查》之所以经久不衰，是因为它一开始就开辟了新的领域。它不是以哪个角色为具体单元，而是以如何解决困境为一个单元。这部剧让我们一窥犯罪侦破的科学性所在。我们知道剧中团队将会在每一集的结尾勇敢地解决每个问题，罪犯能否逍遥法外从来就不是问题。相反，我们可以看到调查团队是如何巧妙、智慧地追踪线索，并收集罪证来逮捕罪犯的。

观众对这类案件的兴趣点在于对结果的情感投入。也许这个罪犯值得同情，他的行为因特殊情况可能获得减罪。通常情况下，团队中也存在对某一案件的分歧。

有时，本周案例也会引发团队中某些人的某种个人情感反应。如果这种策略过于直接或出现多次，而且每集都发生，就会令观众感到做作。理想情况下，每周案例只会在常规演员中引起共鸣，且形式微妙而客观。可能会以一种简单的方式解决案件，即使对于封闭的剧情来说，也会在后续情节中出现连锁反应。

在医疗剧《豪斯医生》《实习医生格蕾》《欲海医心》中，封闭的结局通常以治愈的方式（诊断、治疗，或者可能治愈）出现。

在大多数情景喜剧中，故事只有开头、中间和结尾。本周的问题解决后，对角色没有任何实质性、持久的影响，下周又会迎来一个大事件。几十年来，情景喜剧的黄金法则就是人物不变。观众每周收看，主要在看他们最喜欢的角色，由于角色有着各种各样的怪癖和性格缺陷，故事在每集不断面临新的挑战，但基本上也会在每集结束时恢复到原来的样子——这一点也不会影响观众的情绪，因为情景喜剧的第二条黄金法则是：我们爱他们，尽管他们有这样、那样的缺陷。正是人物的不完美让他们容易犯错，也让他们变得更脆弱和更有趣。事实上，情景喜剧的角色在压力下往往会更加扎根于他们的身份，如果这是一部可行、有趣的系列喜剧，他们每周都会面临压力。当然，随着单机位情景喜剧的发展，这些规则也有例外：杰伊·普里切特（艾德·奥尼尔饰）在《摩登家庭》

中的表现仍有待评判，但他似乎确实在与时俱进，变得更加宽容。

2. **连续型、开放式情节**：多个情节线在几集或整季中呈现，直到达到一个扣人心弦的“解决方案”，这可能是一个长期谜题的答案。大多数连续剧都在追踪各个主要角色的爱情和（可能的）工作发展，强调角色之间的关系。人物进程就是所谓的“角色成长弧”。他/她在本季初时从哪里开始，季末时在哪里结束？他/她面临何种戏剧性冲突？连续剧会借用日间肥皂剧的剧本，与夜间剧（如《绝望的主妇》《广告狂人》《绝命毒师》《国土安全》《复仇》《嗜血判官》）的区别之处在于，夜间剧每周播出一次（日间剧每周播出5次），倾向于动作更快的方式（日间剧，一个角色的怀孕期可能有好几年），在人物性格开发时它们之间差别会更大。

《裂痕》（*Damages*）是以连续的形式讲述法律案例，每季讲述一个主要案件。

《谋杀》是一部连跨两季播出的犯罪剧，但正在恢复中，而修改后的剧集将在同一季结束时完结。

《迷失》《权力的游戏》《童话镇》和《行尸走肉》都在探索于每季中独立、积极展开的核心谜团。这些剧采用连续化结构，在每一集结束时，留给观众的问题往往多于答案。

3. **混合型系列剧（也称为“半系列”）**：这种类型的系列剧似乎是当今市场上最流行的。混合系列剧中A故事达到了某种程度的解决，但更多的个人故事在整季中铺陈开来，成为延伸的次要情节，结构的规则也宽松得多。有时，一个案件或情节线索会在一集结束时得到解决，但即使一个因素得到了解决，它所产生的辐射性影响也会蔓延到后续情节中。

《傲骨贤妻》是混合型法律剧的一个典型例子。在前几集里，阿丽西娅·弗洛里克（朱丽安娜·玛格丽丝饰）将会负责某个案件，这个案件也会在本集得以解决。但是，随着剧集的发展，单一的、封闭式剧集已被更多的系列化的个人剧情故事所代。可以说A故事变成了B故事，反之亦然。

《实习医生格蕾》倾向于在每一集的前半部分提供封闭式医疗案例，而剧中角色的爱情生活才是该剧的核心。

《丑闻》是另一部以“每周丑闻”作为A故事开端的电视剧，奥利维亚·波普（凯丽·华盛顿饰）和她的同事们设法在每一集的结尾解决一个丑闻故事。但是，随着剧集的发展，白宫内部不断发生的丑闻，以及随之而来的政治阴谋已经成为了剧集的焦点。我想这是意料之中的，因为奥利维亚与美国总统有染。这些丑闻似乎并不会随着时间的推移而消逝，而是成为电视上最有趣的政治阴谋剧之一（参见《纸牌屋》）。

正如你所见，混合型和连续型要比封闭型的电视剧复杂得多。真相是主观的，这取决于不同视角。

同样，《嗜血法医》中的德克斯特·摩根、《广告狂人》中的唐·德雷珀和《单身毒妈》中的南希·波特温都谎话连篇，还是控制狂人，他们以源自善意、符合自我需求为由对自己的行为进行辩护。他们是另类英雄，因为他们不会良心不安，只被冲动控制。如果电视剧想成为“必看”的节目，那人物的内心冲动必须压倒观众换频道的冲动。

预测节目未来

2010年之前，广播网和有线电视台都倾向于选择封闭的、独立的剧集，以留住那些有时错过某一集的观众。传统观点认为，推出一部新剧已经很困难，播放一部依赖忠实观众的新剧总不会更难。在9月的首映周，广播网的工作人员总是很紧张，他们在担心如果观众没有收看试播集，还能否跟得上第2集到第22集的剧情。电视网还可以通过重播剧集来提高收视率。那么，如果观众错过了太多集像《迷失》这样的连续剧，ABC就要冒着疏远和失去观众的巨大风险。

但是在最近的几年里，观众发生了巨大的变化——甚至在我写作本书时，这种变化还在继续。观众不再需要守在电视机前等待他们最喜欢的电视剧，而可以选择在DVR上观看，也可以在葫芦网或亚马逊网站下载，甚至通过广播网和有线电视网自己的网站下载观看。不再被长篇连续剧的故事吓到，观众们似乎更喜欢投入大量时间、甚至疯狂地一次性观看很多集。几十年来，各大电视网在寒假期间都会播放《阴阳魔界》（*The Twilight Zone*），并以一种“马拉松”的方式播出，每天24小时循环播出。如今，一年到头都像在过圣诞节。

2013年，大多数电视网和制片公司仍然偏爱封闭性剧集，原因是它们在国外电视市场的销售得更好、市场更有保障。在美国以外的地方，观众更有可能在事先指定的时段观看电视剧（而不借助DVR）。此外，即使某些国家广播公司在极不合适的时间随意插播商业广告，观众也可以以任何顺序观看封闭式节目，并轻易理解和消化。

> 无论电视剧的形式如何——封闭型、连续型还是混合型，所有剧中角色都有一个共同的特点：他们都会陷入或者走出困境。

访谈：米歇尔和罗伯特·金

《傲骨贤妻》

2010–2011年获得艾美奖剧情类最佳剧集提名

2010年获得艾美奖剧情类最佳编剧提名

2012年获得WGA剧情类最佳剧集提名

2010年获得WGA最佳新剧提名

《金牌律师》

《垂直极限》

《红色角落》

尼尔：这一章讨论的是不可避免却令人惊讶的结论，还有制作法律剧的具体挑战。在我们开始之前，我想先谈谈试播集。在试播集中你做了非常具体的选择，直接从六个月之前的"丑闻"开始。做出这样决定的原因是什么？

罗伯特：丑闻是这部剧的灵感来源，甚至向广播网、制片厂最初推介时都只有一张关于政治丑闻的图片。大多数情况下，候选人会站在讲台上回答记者质疑，我们经常会看到这样一段美化的段落——候选人妻子也站在那里，与他分担这种羞耻——即使她是无辜的一方。在这个世界上，还有什么比此时此刻的这个女人更令人同情的吗？事实上，她和其他人一样备受伤害，甚至更多。然而，她不得不放下自尊去这样做。我们认为：（1）这是一个令我们情不自禁地产生同情的角色；（2）这是一个令人陷入困境的开端，即使不知道这个女人此刻脑袋里在想什么，你已经被那张照片深深地被吸引了，而且已经从各种消息中得到了许多具体细节。

米歇尔：跳至6个月前的开篇场景，与剧中的其他场景一样，由阿丽西娅（朱丽安娜·麦吉利斯饰）在推动。现实是这个女人需要多长时间才能恢复她的风度，找到属于她的位置，重新开始和她的工作和生活。这个选择的背后才是一切问题的原因所在。

尼尔：显然，你们也可以选择让她在丑闻新闻发布会后的第二天早上醒来，看着她慢慢地拾起生活的碎片。但我可以想象，你们选择跳回6个月之前是为了推出这部电视剧的法律主题。带她出庭，给她第一个法律案件，等待她的第一个案件的判决结果。

米歇尔/罗伯特：对，是这样。

尼尔：在试播集预告片中，我最喜欢的一个场景是，她看到彼得（克里斯·诺斯饰）运动衫上有一段线头，本能地伸手去取下来，这是一个如此美妙的细节。我在加州大学洛杉矶分校讲课时，总是用这个场景来分析，镜头拍得太漂亮了。

罗伯特：有趣的是，电视变得越来越电影化。我们发现过去的电视剧可能都会有令人尴尬的大段独白，有时女人在打扫房间、妻子在照顾丈夫、妻子在整理衣柜或在某一刻她想逃离目前的环境。但如果你所做的只是展示这张小图片——它会告诉你在此刻所需要知道的一切信息。

尼尔：首播集播出时，我知道哥伦比亚广播公司（CBS）其实对封闭式A故事更感兴趣。他们的主流节目是程序化的，而在《傲骨贤妻》的早期故事中个人和爱情开始占据主导地位。虽然也有每周一案，但是程序化的元素变得十分明显。这是否偏离了该剧的初衷？A故事仍然是剧中主线，还是演变成为更多的个人故事？

米歇尔：在很大程度上，即使是在第4季，我们仍然认为A故事是核心。我们偶尔也会在编剧室里演绎一个与A故事并行的故事，也就是个人故事，后来其重要性逐渐上升。

罗伯特：在我看来，有一部分原因是这种方式更易于讨论。编剧组特别擅长讨论具体故事的逻辑。这也是我们认为最有帮助的方法，我相信编剧们也认可这一点。通常，找到人物和情感最好的方法就是从故事中最具体的方面开始，然后不断地充实它。至于我们是否从每周一案走向个人情感，在与CBS做剧情研发过程中有一个非常重要的时间点，就是从尼娜·塔斯勒（CBS娱乐总裁）那里得到的反馈信息，她要求剧中场景之外有更多的情感表现。她想要一个额外的场景来展现阿丽西娅现在（6个月之后）的心情。我们添加了一个在最初剧本中没有的场景，阿丽西娅跟由玛丽·贝思·佩尔扮演的婆婆杰姬聊天，杰姬是艾森豪威尔式的妻子，她认为阿丽西娅对丈夫有些叛逆和轻蔑，一直沉浸于丈夫出轨之事不能自拔。这个场景设计得不错，对我们来说更重要的是这个时候高管的意见是“能不能更情绪化一些”，在那之前他们对人物的设定是有分歧的，有几位高管曾经要求“你们必须更关注案例多一些”。这种分歧通常意味着你必须解释很多东西，这一刻我们感觉似乎可以侥幸地逃脱很多束缚，每个人都对法庭案例类型的电视剧了如指掌，也许他们想用一些东西来填补一下空白。这也让我们减少了对连续剧情的创作自由，电视就像房地产，你只有42分钟来讲述你的故事。如果你在连续性上少下一些功夫，就可以在人物上打开另一扇门，你可以得到更多。

尼尔：从试播集开始，这部剧的结构似乎也有所变化。试播集有16页的前导片，你的前导片往往更长——几乎和第一幕一样长，这是为什么？

罗伯特：在试播集中的第一个广告之前，我们想要设置清楚所有的主要角色。我想这里的“所有角色”是指除了克里斯·诺斯以外都是在前导片中要设定好的，这种结构有利于把握人物之间关系。仅仅陈述他在工作、他是坏人，这远远不够。更重要的是，“人物关系是什么”。要让大家知道，是威尔（乔西·查尔斯饰）把阿丽西娅带进来的，而卡里（马特·朱克瑞饰）对阿丽西娅有点怀疑，因为他们在做同一份工作。所有这些都需要展示，这意味着它必须是一个相当长的前导片，如果没有超长前导片，那么观众会在第一段广告时间离开……那你只能以跳着脚大声尖叫的方式来吸引他们注意力了。

米歇尔：说到前导片，只有电影公司和电视网这样定义它。我们关心的，只有行动。

尼尔：所以这部剧是五幕结构？

罗伯特：是的，我想是这样的。你知道的，从ABC到NBC已经都在做六幕结构的剧啦。他们不希望在一部剧的结尾和另一部剧的开始之间有广告。我们在ABC工作的时候，那种状态简直是一场噩梦。你应该和达蒙·林德洛夫谈谈。在我看来，六幕结构是电视剧的杀手级结构。因为每一幕刚开始不久就要结束……他们说他们不介意某一幕温柔的结束，但是当你这样做的时候，他们也会说："哦，那不是很好的一幕。"这样做会失去故事的节奏感。

尼尔：当你讲故事的时候，应该很清楚幕间广告应该在什么位置，对吧？

米歇尔：我们当然知道。

罗伯特：这是第一步。在我们确定了案例之后，我们会问："故事的高潮在哪里？"如果有两个高潮紧挨着，那就需要有一些戏剧性的情节来引导彼此，这是显而易见的，在这方面我们有点保守。

尼尔：你会从判决开始吗？先知道案件的结果？

米歇尔：我想我们从来没有这样做过。

罗伯特：我们做的是法律题材，虽然现在有点厌恶这种类型。通常的情况是这样的，法庭上正在审理一个案件，然而出人意料地，第一证人倒戈，不为你所用，第二证人倒在证人席上，然后陪审团做出裁决。一切变得一团糟。有罪或无罪，这是编剧想要说明的，而我们一直试图回避这一点。在过去的4年里，我们已经有4次判决。

尼尔：在现实中，这些判决不会在一两天内做出。

罗伯特：是的，我知道。

米歇尔：这是另一回事。我们想做的是，在一场审判中无论正义存在还是缺席都要通过律师的辩护来实现，这让人感觉更接近生活。我们努力尊重这样一个事实，即律师们往往不只是在等待陪审团的到来，他们还在努力辩护以达成认罪协议，或者在民事案件中达成经济和解。我们的某些节目仅仅是关于证词的，因为它们很有趣，有自己的结果，达成和解也是一种判决结果。事实上判决也不一定只有"对"或"错"两种结果，它可以是获得一笔对我们有益的金钱，也可以是损失更多的经济利益，甚至是被下达禁言令。这只会给你更多的选择，令观众惊喜。

尼尔：你们的团队中有法律顾问吗，或者你们两人有法律方面的工作背景？

米歇尔：罗伯特和我都不是律师。幸运的是，本季的8位编剧中有4位曾是律师。除此之外，我们在伊利诺伊州还有一位法律顾问。

尼尔：对，库克郡的情况很特殊。我曾经认为这部剧的其他隐喻性判决更像是每一季的核心问题。还有，阿丽西娅和彼得是否会复合，这个问题总是存在。就目前的情况来看他们会的。接下来彼得的竞选活动，还会发生什么，你们会粗略地勾勒出下一季的剧情吗，分成7集还是13集，思路是什么？

罗伯特：我们把这一年分成两部分。每年的前半部分通常有13集，但也会稍有不同。第一年并不确定我们能不能完成第13集，只是不断地推进写作，为在第13集结束本故事而努力。全年应该有22或23集。我们让后面的9或10集故事自成一个体系。在第1年之后，我们会在分隔处做一个大的里程碑式的标志，那也是我们编剧所需要的。第2年，卡琳达（雅奇·潘嘉比饰）和彼得在第17集时发生了关系，此时上半年的故事已经积累到足够高。我们试图给观众一种感受，那是一种满足感，让他们感觉似乎已经抵达故事的结尾。同时，也让观众感觉到1年有那么久，肯定不是8集、10集或13集故事就可以讲完的，而是22或23集才行，这也是我们把一年的故事分成两个部分的原因。我们的梦想是实现在一年内讲述相当于两季的故事架构。这样观众就不会迷失在故事的开头和结尾里。总是有一些东西是趋向于结论或者从一开始就有的。无论你在一年中的哪个阶段观看这部剧，你总是可以达到其中一个目标。今年呢，我们有一个非常庞大的路线图。这有点复杂，因为前13集是一条故事线，后10集是另一个故事线。

尼尔：要拍这么多集节目，你能谈谈故事节奏对你提出的挑战吗？每次透露多少故事情节？不知你们是否在看《国土安全》，我很惊讶他们是如何把故事“烧完”的。我认为他们这样做对一部电视剧来说是非常危险的，因为当你不得不在这么多集里将内容集中讲述时，这部剧很快就会走向终结。

罗伯特：我认为你说得对，电视网播出的电视剧，困难在于他们倾向于情节剧，必须发生很多事件。总之，不管一个人的生活有多复杂，也永远不会像在电视网络节目中所发生的那么多。到了年底，想想22集里要发生多少事情，你就会筋疲力尽。这才是有线电视的优势所在，它能讲述一些更独立的故事，也可以讲述更接近现实的故事。我们通过玩人物塑造游戏来解决这个问题，我们设法同时玩许多球，很多故事在理论上应该发生，许多故事发生在5个人物身上。阿丽西娅并不是每一集都被从这里带到那里，有时是凯瑞或卡琳达。

米歇尔：你提到了节奏的问题，以及我们如何做出这些选择。是的，我们确实有一个路线图，但我们也被迫处理一些调度问题，这些问题会使我们的节奏突然变慢或加快，这取决于何时让演员讲述一个特定的故事，这很影响节奏。

罗伯特：电视网在选角方面有时也很无力——也许需要不停地争取，对于这本著作的读者来说，这可能是一件有趣的事情。你很难找到真正适合且愿意出演这部剧的演员，因他们此刻正在拍摄《混乱之子》（*Sons of Anarchy*）或刚开始拍摄《私人诊所》（*Private Practice*）的前3集。我们发现自己的节奏有时要建立在何时能请合适的演员来进行拍摄的基础上。

米歇尔：这也是因为我们选择了做系列化的故事。如果只讲封闭的故事，选角就没有这些问题。每一集会需要新的被告和新的律师。你可以随时找到演员，我们从不缺优秀的演员——尤其是在离开纽约之后。而困难在于我们想要某个特定的演员。

尼尔：在规划个性化的故事时，主题是否重要？当你提出法律案例A时，你是想把B或C故事与A结合在同一个主题之中？

米歇尔/罗伯特：并没有。

罗伯特：事实上，我们会故意回避这样做。无论何时，如果是编剧在写作过程中自然地表现主题的话，会让人感觉更自然。如果你有3个非常不同的故事，在写作过程中想把它们结合起来，可能会在融合它们的过程中慢慢找到呼应和共鸣。而那些未由特定事件产生的主题，只是简单地叠加在一起，会使故事变得乏味与牵强，主题的共鸣只会人为建立。事件叠加的关键点在于，多个事件有助于形成多米诺骨牌效应，一个故事要成为下一个故事开始的前奏。

米歇尔：我们总是试图从阿丽西娅的真实感受出发。因此，从这个意义上说，在一天结束时她可能会觉得这一周都是未知数，一切并不是她掌控。现在回想起来她可能会有这样的感觉。

罗伯特：我想说明的最后一点是，角色在主题上也许可以以这种方式联系起来。如果把它强加于编剧的工作上，感觉编剧就像拥有一种隐形的控制力。事实上，如果事件之间没有联系，而角色能看到主题的共鸣，编剧们也只是仅仅可以谈论它。在生活中，人们不仅谈论电视节目，实际上他们的生活看起来更像电视节目。底线是，人们很害怕登上电视节目，而在现实生活中碰到与电视上相关的内容，你还会惊讶，并与朋友、丈夫或妻子谈论它。这就是我们想让剧中人物有自由去做的事情。

尼尔：故事文本的内部流程是怎样的，大纲有节奏吗，大纲的范围如何，你的写作团队是如何运作的？

罗伯特：非常不正常。（笑）

米歇尔：与正式拍摄而相比，变化很大。最初，我们设计的是一两页的故事，只是一个简单的案件概况，接着是个人故事。后续我们才会提供一个故事大纲。

罗伯特：提供故事范围主要在于，让电视网方面的人了解如果有其他类似的节目，可以提示我们注意，也可以提示在法律上的难度问题。例如，我们有一集关于联邦建筑委员会的案例。他们并不是要引导我们远离这种题材，而是让我们更清楚地知道应该回避什么。

米歇尔：接下来我们会写一个大概12~18页的提纲。然后再写剧本草稿。这是前3季的情况，现在有所削减，一般先做几页的故事范围，然后直接写剧本草稿。

罗伯特：除此之外，对于内部而言，米歇尔和我编排了一份相当广泛的节奏表，虽然不是很容易读懂，但对我们自己和事件序列编剧而言来说很重要。画在黑板上的故事结构只是最简单的故事结构，节奏表有时可以评估事件或添加元素，也可以看清楚一系列的场景是如何衔接的。

尼尔：你们两个都在纽约，对吗？

罗伯特：我们是两栖人类。编剧和编辑部门在洛杉矶，制作部门在纽约。

尼尔：导演就位后，你会和导演广泛讨论电视剧的风格吗？

罗伯特：会的。风格会议一般会持续4个小时。简直就是噩梦。

米歇尔：有时通过视频会议完成。

尼尔：这是一部关于婚姻问题的节目，而你们都是已婚状态，这很有意思。相信这个问题你们已经回答过无数次，如果感觉很无聊的话，我很抱歉。请问你们的立场是怎样的，它如何与工作达成平衡？

罗伯特：我觉得还好，制作人的工作千头万绪。为电视网工作，你会一直处于同时处理多项工作的状态。我不知道为有线电视工作是否也是这样，从电视网的角度来看，至少有3个方向的工作是同时展开的，即编剧室、制片部门，以及所有的编辑和后期制作部门。它们同时发生，但又不是针对同一集故事。你可能正在创作第4集、拍摄第3集、编辑第2集。这是一种多层交互的工作状态，你需要有人分担它们，同时又可以处理掉其中一些工作。你也许从其他制作人那里听说过这种情况。

米歇尔：有很多细节需要处理，如角色设置、标准、排练，还有法律因素。所有这些都需要考虑，一个人要有三头六臂才行。坦白地说，无法想象一个人完成这么多工作。

罗伯特：除此之外，结婚还有一个额外的好处，那就是你真的不介意和那个人在一起——不是所有的婚姻都如此吧，但至少我们是这样。婚姻中的两个人要有相同的品位和直觉。所以如果我在开会，米歇尔一定希望、也相信我会做出与她一致的决定，或至少做出的决定以后不会后悔。我认为这绝对正确。唯一复杂的就是我们有一个13岁的女儿，养孩子也是一份全职工作。幸运的是，她从不觉得无聊，我想她对我们的工作很感兴趣。我们从来就没有真正意义上的家庭生活，而只是尝试着把工作和家庭很好地衔接起来，其实这才是一项艰巨的工作。

尼尔：大多数细节已投射在阿西丽娅的生活中。

罗伯特：你说得太对了。

米歇尔：我们很幸运。

尼尔：这就是它看起来如此真实的原因。作为《傲骨贤妻》的制作人，你们最大的挑战是什么？

米歇尔：随时面对挑战。主要的挑战来自时间，尝试在22集中做到这一点。好处在于，就我自己而言我爱这部剧，爱剧中角色，并且演员都很出色，编剧们真的是我见过的最聪明、最善良的人。和他们在一起工作是一种享受。与我们合作的制片人也都是非常聪明有礼、有幽默感的人。总之，与我一起工作的人都很棒，他们给予我很多正面的力量。

罗伯特：我曾经做过一段时间故事片电影，令人抓狂，因为它不能让你把你的故事搬上银幕。同样的剧本重写几百遍，只是为了听一听。除了自己和几位电影公司高管，你从来没有感觉到在向其他人讲故事。电视的神奇之处在于，当你迫切地需要一滴水时，会有一根消防栓向你喷射而来。我们拥有最终剪辑权，而在电影项目中除了斯皮尔伯格和其他一些大人物之外，没有人能得到他们的最终剪辑权。在电视节目中，制作人每年会得到22~23部小电影的最终剪辑权。人们欣赏你的观点而不是质疑它，因为他们没有时间去质疑它。对于编剧来说，世界上没有什么比电视剧制作更好的工作了，因为有太多的东西交给了制作人。我认为唯一的缺点就是时间，正如米歇尔所说："当你想把事情做得尽善尽美时，他们却没有给你太多时间去完善。"这与经济成本无关，尽管也有经济方面的考量，但更为重要的是，你没有时间再编辑一周。另一个方面的问题是收视率，压力很大，理解它最好的办法是就当它会非常认真地对待每部作品。我们的节目很受欢迎，但我认为试播剧的反响也不太准确，保持高收视率非常难。我想说的是，生活总是有好有坏。

尼尔：新的社交媒体反馈如何，不仅仅是来自收视率、电视网和制片公司的高层，而是来自那些写博客和推特的人，他们对你有何影响？这些反馈是在剧集播出之后吗，它会影响故事接下来的讲述吗？

罗伯特：我当然想摆个舒服的姿势潇洒地说"不"，然而不幸的是，答案是肯定的。我很清楚这一点。首先，我觉得这些反馈很棒。作为一名编剧和"蜕变"的故事片编剧，我每天都会耗费一些时间在社交媒体上。如今它有了一个附加功能，有点像回音壁，参与的人通常是铁杆粉丝，他们有时有类似的观点，有时没有。如果你要找聪明的反馈，在主流媒体上是无法得到的，偶尔你可能会遇到某个居住在巴西小镇上的孤独的人，他观看到了这部剧并且能准确地表达你的想法。你要做的就是找到那个人，让他成为你下一集的主人公。我认为社交媒体与大众无关。正如格鲁乔·马克斯所说，在观众中找到那些人。一定有这样一个人，他知道剧中人物的苦乐，找到他的声音，否则你就无法真正接触到观众。我认为这是自电视剧诞生以来所发生的最好的事情，唯一的危险是它真的变成了回音壁。与库尔特·萨特（《混乱之子》执行制片人）不同，我不会通过回复推特评论而参与讨论。我认为应该更关注真正的观众的声音（因为现在你做得到）——这样才能真正了解人们在说什么。

第5章
我们的关注点

作为编剧，当页面中的人物开始在纸上为自己说话时，我们发现自己创造性地“进入了那个空间”——仿佛他们已经拥有了自己的生活。作为读者，也会发生同样的时空变化，当我们忘我地阅读时会觉得自己仿佛已经进入了故事中的世界。

培养观众的投入感

一部电视剧要想成功并成为经典，需要能让观众对剧中人物的生活投入情感。我们要为剧中人物大大小小的问题担心。我们要关心他们的希望、梦想、胜利和不幸。我们要与他们建立联系，把他们视为我们生活的一部分：朋友、同事或家庭成员。

在情景喜剧中，我们要与他们一起欢笑，有时还会嘲笑他们。当他们遭受羞辱时，我们也会难堪，不仅因为尴尬的处境，还因为我们认同这种普遍的情感——羞耻感、善意的误解、心碎、失望和不安全感。

伟大的人物一定可爱吗？不一定。他们必须引人注目吗？绝对是的。但是，如何将一个引人注目的、标志性的人物作为电视剧的中心人物呢？

这要取决于电视剧类型、风格和不同的电视网。正如我们在第1章中所探讨的，哥伦比亚广播公司在其一小时电视剧中，成功地保持了积极的英雄人物品牌形象，而将那些被抛弃、弱势的、有缺陷的主角降级到其他情景喜剧之中:《生活大爆炸》《破产姐妹》《好汉两个半》《迈克和莫莉》。其他电视网当然也有自己的观众和广告客户需求，因此也会“铸造”相应的节目模型。

某类角色长期吸引观众的原因是什么？如果你以为他/她仅仅是因为可爱或者“拯救了猫咪”就能吸引观众，那你就大错特错了。如果一个角色的主要性格特征是“好”，那么他/她有可能会是一个无聊、肤浅的主角。为什么这样说呢？因为“好”的含义很宽泛，泛指和谐融洽，而“好”的喜剧和剧情剧都是关于冲突的。

当然，一个伟大的人物可以拥有一颗金子般的心，但他/她也需要有一些反复纠结、处处困顿的经历。也许她是世界上最善良的人，但在每一集剧情里她都会受到无法控制的恶劣环境的考验，她会在整部剧中变得顽皮、嫉妒、争强好胜、小气、自私或贪婪——拥有各种各样的情绪。

如果所有的电影不论角色年龄如何，在某种程度上都是成熟的故事，那么我认为所有电视剧都应该是关于角色在自己的生活中努力并取得成功的故事，通常与其他人的期望相反，主人公需要重新调整、重新思考和重新评估。

一般来说在情景喜剧中，这种重新调整不会导致角色的世界从根本上发生改变。换句话说，大多数情景喜剧的角色不会改变。我们拥抱他们的缺点和弱点，忠实地看着他们不断地犯同样的错误，重复同样的心理模式——我们爱他们，因为他们的行动根植于内心。

创造标志性人物

在经典电视剧《全家福》（*All In the Family*）中，阿尔奇•邦克（卡罗尔•奥康纳饰）从头到尾都是一个固执、小气、心胸狭窄的偏执者。但我们每周都疯狂地观看，感觉非常有趣，他（几乎总是）在不知不觉中成为笑柄。

如果所有标志性人物之间的共同联系是一个核心矛盾——正面和负面性格——那么阿尔奇的标志性地位就是他同时兼具两者，且夸夸其谈又令人迷惑。阿尔奇位于纽约皇后区的小天地被“小高尔”格洛里亚（莎莉•斯特瑟斯饰）的丈夫迈克尔（罗布•雷纳饰）侵占，对此阿尔奇感到万分痛恨。格洛丽亚和迈克尔要与阿尔奇和他那愚笨又偶尔灵光的妻子伊迪丝（简•斯台普顿饰）同住一个屋檐下。这部剧也表现了迈克尔和格洛丽亚等年青一代对阿尔奇的态度。

如果阿尔奇自封为国王，那么反对阿尔奇的人都会被视为敌人。具有讽刺意味的是，与所有的标志性人物相同的是，他才是自己最大的敌人。

尽管阿尔奇表面上很爱他的家人，努力工作养活他们，但他的心胸是如此狭隘，总是觉得自己在逆水行舟，陷入自己的信仰体系之中，还（富有喜感地）沉浸在自己的痛苦之中。他的粗暴一面是对所有感知到的威胁自带防御机制，他“善良”的一面是对女儿的偏爱。观众会有一种感觉，阿尔奇愿意为女儿做天下的任何事，除了接受她的恋爱对象。格洛里亚是他的软肋，迈克尔是他的“阿喀琉斯之踵”。

对于电视剧中的标志性人物，我们需要对他们的弱点十分清楚。

《干杯酒吧》中的山姆•马龙（泰德•丹森饰）是个正在戒酒的酒鬼。《黑道家族》中的托尼•瑟普拉诺（詹姆斯•甘多菲尼饰）饱受抑郁症折磨。《广告狂人》中，唐•德雷珀的致命弱点是他的过去。《国土安全》中，卡莉•马蒂森（克莱尔•丹妮斯饰）的脆弱之处源于尼科拉斯·布罗迪（达米安·刘易斯饰），以及她的双相性精神障碍症。正是这些角色的弱点激发了我们的兴趣。

所有的标志性人物都任性且有强烈的欲望，同时也被欲望驱动，他们都是控制狂。有时他们会成功，但如果人物总能如愿以偿地达到目的，那么电视剧就会因缺乏混乱和斗争而戏剧性降低。所以更重要的是，他们应该朝着自己的目标不断地奋斗。通常情况下，他们无法重新定义"成功"，正因如此才会总是陷入麻烦之中。

阿尔奇的世界里，当妇女、少数族裔和边缘群体逐渐获得社会认同的时候他却无法或不愿接受这种变革，这一切使他在家庭内外都处于被边缘化的地位。在忠诚的妻子身边，阿尔奇从厌世者成了剧中的落水狗。美国的电视观众情不自禁地站在阿尔奇一边——甚至影响到自己的人生。

如果阿尔奇·邦克变身为一位能够实现自我价值的智者，我们肯定不会喜欢他。

在HBO讽刺剧《阳光照我心》（*Enlightened*）中，艾米·杰里科（劳拉·邓恩饰）刚刚从精神崩溃中恢复过来，准备开启新生活的篇章，她渴望一种不妄加评判、无附加条件的、热爱光明的生活。作为一个充满焦虑和野心的人，艾米渴望平静、宽容，不必为日常琐事所困。不幸的是，为了生计，她还需重返职场，回到原来的工作岗位——曾经离职的那家大公司。尽管艾米在康复中心学会了很多心理疏导的方法，但离恐慌症全面爆发始终只有一步之遥。同时她还患有妄想狂，总是盲目乐观。即使她屡遭羞辱、非常脆弱，还装腔作势，我们仍然会继续支持她，因为她至少一直在努力地变得更真实和更坚强。艾米最不愿意做的事就是像她母亲（戴安·拉德饰）一样胆小、务实和孤独。就像精力充沛的玛丽·理查兹（玛丽·泰勒·摩尔饰）一样，她是一个理想主义者，最终可能会成功。同时我们也知道，她的成功之路将非常坎坷——这对于故事的推动而言是个好消息。

没有人想看新鲜却平铺直叙的电视剧。我们只会被崎岖和充满危险的弯道的旅途所吸引。我们喜欢角色们在黄灯变成红灯的瞬间风驰电掣般穿过十字路口，也会被那些不断加速或者至少在尝试加速的角色所吸引。有些角色肯定会得到超速罚单，有些则会幸运地通过路口，有些角色能够说服自己摆脱困境，还有一些人将陷入困境并承担后果。

在《真爱如血》中，苏琪·斯塔克豪斯（安娜·帕奎恩饰）非常喜欢吸血鬼比尔·康普顿（斯蒂芬·莫耶饰），尽管朋友、家人，以及强大的吸血鬼家族都反对，包括吸血鬼女王洛雷纳（玛丽安娜·克拉维诺饰），由于她一直迷恋比尔，也表示强烈反对他们俩在一起。苏琪从不害怕阻力，认为这是她自己的事，这才是她。

在一个完美的电视世界里，任何2个角色都不会在相同的情况下做出完全相同的反应。性格决定行动——如果他们被迫表现得与自己的性格相反，就会激起我们的好奇心，想知道怎么会这样。

这就是优秀电视剧的作用，向观众展示深受喜爱的角色在压力下的种种表现。根据他们的背景故事，观众也会试图预测标志性人物在特定情况下的行为。编剧工作的关键是避免可预测性，并找到高度具体的细节瞬间，以加剧困境，令观众们大吃一惊。因此，固执的阿尔奇・邦克可能非常不情愿地同意与一位非裔美国名人（小萨米・戴维斯饰）合影，编剧们更加突破了他的底线，照片上呈现出的是萨米亲吻阿尔奇脸颊的瞬间。对于阿尔奇来说，这次是他的宽容向前迈出了一小步，但他永远与这个瞬息万变的世界格格不入，永远也赶不上世界的变化——我们也不希望他赶上来。

不管我们喜不喜欢，所有的标志性人物都具有一种纯洁和诚实的品质。

所有优秀的情景喜剧人物都目光短浅，因为他们的过去经历所限，而这些过去投射到了他们的现在和未来。他们害怕未知的、陌生的新世界。在电视剧所构建的世界中，他们更喜欢相对安全的生活，这比打破现有生活的泡沫、重新开始要更舒适、更容易。当情景喜剧衍生出的一些配角进入他们自己的美丽新世界时，我们已经看到了这一点的证据——结果喜忧参半。弗雷泽・克兰（凯尔西・格拉默饰）成功地辞去了白天的工作，从波士顿一家名为“干杯”的酒吧开启了他在西雅图的广播心理学家新生涯。场景和配角可能都变了，但弗雷泽还是一如既往地挑剔而可爱。

创造反派英雄

虽然大多数电视剧的主角都是标志化的男女，他们努力成为值得信赖、善意的、可靠的配偶、父母、朋友、邻居和同事，但也有很多有线电视剧的主角都是反派英雄，他们在挑战社会的极限。你应该已经注意到几乎所有“开创性”电视剧都是打破常规的角色：《绝命毒师》的沃尔特・怀特是一位举止温和的老师，后来成为狂妄自大的毒枭；德克斯特・摩根（《嗜血法医》）身兼义务警卫队员和连环杀手；卡莉・马蒂森（《国土安全》）不仅与一个恐怖分子嫌疑人交往，成功让他放松了警惕，甚至还爱上了他；唐・德雷珀（《广告狂人》）似乎是一个理想的居家男人，他清楚地知道如何向客户推销完美的美国梦，但实际上唐是一个爱撒谎的骗子；维克・麦基（《盾牌》，迈克尔・奇克利斯饰）原本是一名执法人员，但在第一集里，维克近距离射杀了一名毫无戒备的卧底警察。

在《火线警探》（*Justified*）中，美国副元帅雷兰・吉文斯（蒂莫西・奥雷芬特饰）在家乡肯塔基州违反了法律被强制执行。在试播剧中，雷兰向一名罪犯下了最后通牒：“如果24小时内你还不离开小镇，我会开枪打死你。”他也是这样做的。

以上一些反英雄的例子中德克斯特寻求正义。维克・麦基认为只有打破常规才能打击到洛杉矶街头恶棍，克服警察局内部的官僚作风。

其他电视剧中也有很多放荡不羁的角色，即使保留了相关的道德标准，他们仍然可以让人产生共鸣。在《混乱之子》（*Sons of Anarchy*）中，杰克斯·特勒（查理·汉纳姆饰）犯下了袭击、敲诈、谋杀等罪行，为了确保自己对儿子的监护权，他甚至纵容吸毒成瘾的前妻。可以说，他就是这部剧的道德指针！事实上，杰克斯愿意做任何事情来保护他的家人和他的摩托车俱乐部。

在《火线》（*The Wire*）中，奥马尔（迈克尔·肯尼斯·威廉姆斯饰）是一名持枪歹徒和职业抢劫犯，但他只从毒贩那里抢东西。

而在《绝命毒师》中，随着剧情的发展，我们对沃尔特的同情变得有些不确定。在全剧开始时，沃尔特·怀特是一名身患绝症的高中化学老师，也是忠诚的丈夫和两个孩子（包括一个残疾的儿子）慈爱的父亲，后来发展成为一个自我、贪婪、迷恋权力的犯罪大师，他当然是自欺欺人的，也可以说是狂妄自大。在他看来，堆积如山的财富变得无关紧要，而是更喜欢被人敬畏和尊重。沃尔特有可能还保留着一丝人性的尊严，但在权力面前这一切都微不足道。

《绝命毒师》这部剧最特别在于，当沃尔特·怀特从一个白人中产家庭的男人黑化成为一个彻头彻尾的恶魔。这引申出一个问题：沃尔特是不是一个特例，是由制作人文斯·吉利根（Vince Gilligan）精心打造出的形象，还是由才华横溢、极具亲和力的演员布莱恩·克兰斯顿（Bryan Cranston）呈现出的人物？或者有什么别的原因迫使我们不断地关注这样一个坏人。

我认为所有的标志性人物都需要同时具备积极（+）和消极（-）两种特征。这种对立为全剧提供了适当的戏剧能量，用以维持多季剧情。

- 沃尔特·怀特开始时是冰毒交易的新手，同时他也是一位拥有独特技能的专业化学家，他既天真又聪明。
- 沃尔特有很强的领导能力，后来变得越来越偏执，不信任任何人，所以他成为一匹孤独的狼。
- 沃尔特热爱家庭，而且不论说什么都以家人团结为目的，但他的行为变得越来越危险和鲁莽，把妻子和孩子置于更大的危险之中。
- 沃尔特贪婪、渴望权力，而隐秘的双重生活不能实现他炫耀权力和财富的愿望，所以尽管他不断自我膨胀、财富不断增长却仍然过着自己的小日子。

也许我们会支持他——阿尔奇·邦克、弗雷泽·克兰、维克·麦基、南希·博特温，以及其他几十位标志性电视剧主角——因为我们都有光明和黑暗的心理冲动——看着角色们黑化，我们也被勾起了关注。我们内心会希望看到他们能逃脱惩罚，想知道他们是否能得到救赎或悲惨的死亡。

> 我们害怕经历火车失事现场，但不知何故却不能视而不见。我们对大屠杀不感兴趣，却只关心幸存者。我们都知道生活复杂而困难、无情而珍贵且令人心碎。伟大的标志性人物吸引着我们，因为他们无论被打倒多少次却从不肯放弃。

访谈：文斯·吉利根

《绝命毒师》

2008年、2012年获艾美奖剧情类最佳导演奖提名

2009-2010年、2012年获艾美奖剧情类最佳剧集提名

2012年获美国编剧工会（WGA）剧情类最佳剧本奖

2009年、2012年获美国编剧工会（WGA）剧情类最佳剧集奖

2010-2011年获美国编剧工会（WGA）剧情类最佳连续剧提名

2011年获美国编剧工会（WGA）剧情类最佳连续剧提名

2009年、2011-2013年名列美国电影学会（AFI）十大电视剧排行

2010年、2012年获美国青少年选择奖（TCA）

2008年获得皮博迪Peabody奖

《汉考克》（电影）

《X档案》

1997-1998年获艾美奖剧情类最佳剧集提名

1997年获艾美奖剧情类最佳编剧提名

《孤独的枪手》

尼尔：对大多数编剧来说最困难的事情是创作原创角色。很多人可以想出一个有趣的节目金点子，但创造复杂的角色还是极其困难的。当你开始创作试播剧时，你会遵循什么程序？沃尔特（布莱恩·克兰斯顿饰）的选择源于他的全部生活，你如何写出这样具有创造性的人物？

文斯：这个过程很有趣，因为每一个新项目都有点像雪花，每一片都有自己的形状。最好的解释就是专门来谈谈《绝命毒师》，当这个创意第一次出现时，它引起了我的兴趣。现在回想起来，那个罕见的灵光乍现的时刻，打动我的不是某一个情节，也不是一个宏大的创意，而是一个我认为充满神秘的角色——对于这个角色我当时甚至还没想好叫什么名字，他就是后来的沃尔特·怀特。一个绝对善良的男人，他天生善良又有爱心，是一个好丈夫和好父亲，一直为家庭努力工作，努力做正确的事情，从不犯法。由于外部原因，突然之间他决定偏离正道变成了一个坏人，这个过程令我好奇。当然不是由于

冰毒生意，也不是把实验室放在房车上的创意，而是伴随而来的一些有趣的变化。我最感兴趣的是讲述这样一个故事的可能性：主人公在意愿的驱使下决定做坏事，最终成为一名反派人物。这个创意在于主人公的行动不断地改变着前行之路的方向，不得不说，事情总是这样发展的。平常的日子里，你拿出纸和笔，双手托着下巴说："今天我写些什么有趣的角色呢？"不幸的是，这些人物并不会经常出现在你的脑海中。而当他们出现时，那就是一件很棒的事情。

尼尔：有些编剧在不知道如何将新角色融入剧情之前，就动笔为这些人物撰写了冗长的背景故事与人物传记——这样的工作可能让人觉得随意而且没有必要。我在有些采访中读到，最初你的想法是把这位先生设计成"疤面煞星"。后来你是如何培养他的性格，让他身处这样的特定环境之中，又是何时做出选择让他成为一名化学老师，何时想到他要去制毒的呢？把故事背景设定在阿尔伯克基是出于什么原因，他的家庭和孩子是如何考虑与设计的呢？

文斯：20世纪80年代时我有一位老友。我们在纽约大学电影学院相识，后来一起写过《X档案》，当然他也是《绝命毒师》的编剧之一。那时《X档案》刚结束一两年，当时我们通电话，商讨下一步写什么剧本，那个时候很难找到好的编剧工作。他给我讲了一个刊登在《纽约时报》上的新闻，警察抓获了一名罪犯，这名罪犯在温内巴戈露营区附近建了一个冰毒实验室，被捕时正在提炼冰毒。我的朋友汤姆·施纳兹说："哈哈，也许我们应该试试这个，赚点钱。"就在他讲这个笑话的时候，一个有趣的想法闪过我的脑海——一个好人自愿变坏。创作人物的过程也很有趣，如果在第一周时为这个人物写传记故事，我可能会写一些与剧中的沃尔特截然不同的内容。这并不是指此时写作是一种糟糕的练习，其实任何你能写在纸上的都是有益的，它能帮助你集中思想，让你更接近创作的目标。如果翻阅电话簿可以帮助你找到人物的名字和姓氏组合，可以帮助你描绘人物形象，那也不错。同时，你必须保持灵活性。沃尔特·怀特真正有趣之处，是在这部剧的第1季和第2季播出后，我有幸与布莱恩·克兰斯顿（Bryan Cranston）合作之时，我才意识到的。布莱恩·克兰斯顿帮助我们真正地塑造了这个角色，并立体地呈现出来。一定要与优秀的编剧一起工作，正是在他们的帮助之下，我看到了这些新人物的巨大潜力与长远发展。

比如在早期，我认为沃尔特拥有一种超能力，却没有意识到他会是一个世界级的大骗子，而欺骗才是他的超能力。他最善于对自己说谎，而且还能够说服自己。首先，也是最重要的，他是一个好人，为他的家庭做了他该做的事情——这是《绝命毒师》的核心——而后来一个巨大的、可怕的谎言，超越了所有正当的理由和证据。

尼尔：像任何超级英雄一样，他们拥有超能力，但同时也有弱点或称为阿喀琉斯之踵。沃尔特也是这样。

文斯：确实，他的致命弱点是骄傲，说谎的能力就是他的超能力。当自尊心受到伤害时，他会做出很多错误的选择，他其实非常脆弱。几年前，曾听到有人说某人是“宇宙中心的一坨屎”。这句话击中了我，如果套用这句话来描述沃尔特，他一定否认自己是垃圾，因为他一定认为自己是宇宙中心，但这是一个非常脆弱的宇宙，当一切都终结时，这个宇宙很容易会破灭。

尼尔：这使我想到电影《社交网络》（*the Social Network*）中马克•扎克伯格（Mark Zuckerberg）刚上大学时遭到女孩拒绝的经历，正是这种经历打造了他所有的伟大抱负。在你的试播剧中，沃尔特遭遇到人生的低谷，除了他的疾病以外，当他在洗车行擦洗轮胎时，学校的学生带着女友出现在他身边，这让他觉得很丢脸，就像斯嘉丽•奥哈拉说，“上帝作证，我再也不会挨饿”的那一刻一样。不管他挣多少钱，沃尔特似乎总怀有一种不安全感，那就是钱财来路不正，可能随时会烟消云散。上一集播出时，正是季中最大悬念，斯凯勒（安娜•冈饰）问他：“挣多少钱才够？”这肯定不是钱的问题。你觉得他在害怕什么？

文斯：这是个好问题。显而易见的答案是死亡。他成为罪犯的首要动机源自对死亡的恐惧。他正面临着生命终结的危机。这是一场关乎生死存亡的节目。沃尔特面临着许多一直没法克服的生存问题，却似乎并没有花太多时间去思考死亡——也许在第1季刚开始的时候他曾经考虑过，他已经迈过了那道坎。前几季的某一集里，他对他的姐夫说：“你知道吗，我过去总是担心一切，整晚地失眠。但是，自从被诊断出癌症后，我反而睡得像个婴儿。”但我认为沃尔特的巨大恐惧并不重要。不管他在哪里这都不是问题，他担心的是一旦自己死了会立刻被遗忘——不会被在意，也不会有任何价值。正是这样的原因，他想让杰西（亚伦•保罗饰）和观众们知道他可能成为什么样的人。作为灰质公司的创始合伙人，他本可以成为亿万富翁，或者至少是百万富翁。这个公司是他和他的女友还有大学时最好的朋友一起创办的。可是他离开了，对此他深感遗憾。公司每周的股价都会提示他，如果坚持这个计划他本可以赚到更多的钱。他是一个非常受伤的男人，害怕自己变得无关紧要。他最终决定如撒旦在《失乐园》中所说的一样，“在地狱做王总比在天堂做事更好，”这意味着沃尔特可以忍受做一个罪犯。这当然不是他的第一选择，但这个决定给了他所需要的东西，赋予他权力、影响力和人生意义。

尼尔：在第4季结尾他对妻子说：“我没有危险，我就是危险。”他从没想过自己成为这样的人。他在提炼冰毒，也迷恋于这种能力。

文斯：我认为，他对权力和金钱的沉迷，成为某种衡量标准。在第5季第8集中我们看到的巨额现金也只是达到某个标准而已。沃尔特和斯凯勒永远花不完所有的钱，这些钱也不会引起税务机关和联邦调查局的关注，只不过是U形仓库里的一堆纸而已。你提到的那个沃尔特自欺欺人的场景，他说“我没有危险，我就是危险”之时，正是他所犯的最大错误。

尼尔：试播剧之前，你做了多少调研工作，有缉毒顾问吗，你是怎么想到这些的？

文斯：事实上我很喜欢这部剧。刚开始写作的时候，沃尔特·怀特本质上与我有些相似。换句话说，当时写试播剧时还没有团队，后来美国缉毒局（DEA）的工作人员、肿瘤学家和化学教授都对我帮助很大。所有这些人帮助我们了解各种事实和信息。在那之前，沃尔特·怀特只是一个某天早上醒来突然决定开始制毒的人。在那个时候，他和我很像，因为他对犯罪生活的了解与我差不多。所以，作为一名编剧，这一切很幸运。我没有沃尔特所具有的那种化学知识的优势。他是一位杰出的化学家，而我甚至不知道汽水是怎么制成的。话虽如此，但在他教化学的那些镜头里，让我最受益的一点是，他面对一群化学痴讲课并且对方几乎不听，他必须把话讲得简单、再简单一些，甚至用外行人的话来讲课。这让我明白了沃尔特具有挑选观众的能力。然后就这样，沃尔特跌跌撞撞地走上了犯罪的道路。这样看来，写作才是我的乐趣所在。我更擅长写那些与我相近的角色，因为我不擅长研究。

尼尔：当你开始进入制毒环节的写作时，他也是那个领域的新手。杰西如何进入你的视野？

文斯：非常幸运地，我们邀请到布莱恩·克兰斯顿和艾伦·保罗出演这两个主要角色，当然剧组的其他演员也非常出色。这些演员真正扮演了这些角色，不仅如此，他们还展示出这些角色的深度、丰富度和复杂度。在很大程度上表演决定了这些人物的特征。演员们向我和我的编剧们展示了如何呈现人物的典型性格。艾伦·保罗饰演的杰西·平克曼就是一个很好的例子，我不得不承认，在早期的剧情设计中这个人物是比较机械的，试播剧中也有很多不太合情理之处。迪恩·诺里斯饰演的汉克·施雷德是个后勤人员，他的存在是为了把沃尔特推向某个方向。汉克是一个大胆、鲁莽又和气的男孩，他的性格与沃尔特·怀特完全不同。你可以看出沃尔特暗地里有点嫉妒这个家伙，甚至对他怀有敌意。杰西·平克曼的存在是为了给沃尔特指明一条进入地下犯罪世界的道路，在开始写作时我曾经想让他完成任务后就死掉。

所以，我很想说从第一天起自己就计划和安排好了所有的事情，可惜这并不可能实现。比如，我原计划在杰西把他有限的犯罪知识传授给沃尔特之后就把他踢到一边，然后在第2季创造一个更有趣的角色。或者，我甚至不确定沃尔特是否需要一个合作伙伴，我原以为他会有各种各样的下属。感谢幸运之神助我们一臂之力，我们选择了杰出的演员——艾伦·保罗，他为这部剧增加了很多亮点，以至于我根本不可能失去这个角色。相反，如果我们选择一个不那么出色的演员，毫无疑问地，我会干掉他，甚至我会以某种惊人的方式干掉这个角色。这种经历对编剧来说是一种很好的体验，如果你坚信写作本身的意义，那么应该去写小说——某一天我也想尝试一下——但当你在电视和电影行业工作时，写作很大程度上是合作的结果。不管你写生存或者死亡，不管作品有多好都取决于演员的素质、才华和热情，以及导演的素质。同时，演员和导演可以填补你写作中的一些空白，让它变得更好。这是一个双向的过程。然而也有一种不幸的可能，他们拿走了你剧本中的一些好东西，却让节目变得更糟。所以选择角色或聘用导演时，运气或命运在一定程度上会起很大的作用。你总是在祈祷一切顺利，却永远不知道结果会如何。这就是它令人恐惧和兴奋的地方。

尼尔：具有讽刺意味的是沃尔特是一名教师，后来他却成为一名如此优秀的学生。他向每个人学习，也能够从每个人身上汲取他所需要的东西。

文斯：这样的解释很有意思，我从来没有这样想过。沃尔特确实是一名优秀的学生，他很快迈入了犯罪世界。然而，他太傲慢了，很难把自己放在学生的位置，而更愿意把自己视作主人。这也是那一季沃尔特身处格斯·弗林（吉安卡洛·埃斯波西托饰）手下而倍感焦躁烦恼的原因。我想最让他恼火的不是格斯想要他的命，而是格斯与沃尔特成为契约关系下的主人与仆役关系。

尼尔：在编剧室创作故事时，你会按照传统的方式写A、B、C故事吗，是否会根据某个特定主题一次性安排半季的故事呢，还是一集、一集地写作？

文斯：经常是一集、一集地写故事。在此之前，我从未策划过包含A、B、C故事的电视剧，当然看过含有这种结构的电视。我要强调的是，没有所谓的“正确的”电视编剧方法，重点是要找到一种适合自己的方法。我们在《绝命毒师》中的做法是让所有人全力以赴。我有6个编剧，他们几乎每时每刻都和我待在同一间编剧室。有时我会嫌弃他们总起身去洗手间，我希望每个人都能认真倾听并贡献自己的智慧。我希望在场的每个人都能帮忙传递和运输信息。这部剧是连续播出的，真的需要这样的快节奏。

在写作《X档案》时可能花很多时间一个人写作，可能去办公室，或者在福克斯电影公司四处走走以便于思考如何制作出一集独立的剧集，但在《绝命毒师》中必须待在编剧室，像念咒语一样一遍又一遍地提问：“沃尔特在想什么，此刻他想要什么，害怕什么，目标是什么？斯凯勒呢，他想要什么？杰西呢，他想要什么？”我们就是这样做的，就这样一砖一瓦地构建出了所有情节。我们不考虑A、B、C故事的事，认为《绝命毒师》是沃尔特·怀特的故事，是对于一个人性格的研究。在剧中的世界里，沃尔特·怀特所有的选择和行动都会给剧中其他角色带来了巨大的困难和问题。他就是A故事，是故事的主干，从他身上可以分支出其他故事枝叶。他就是能够长成参天橡树的那颗小小的橡树种子。

> 虽然这部剧表面上讲述的是一个即将死于癌症的男人，但从隐喻角度来说，沃尔特本人就是肿瘤本身。他是这部剧的中心人物，像恶性肿瘤一样影响着其他人，损害着其他人——首当其冲就是他的家人。

尼尔：连续剧的挑战一般在于不想把故事推进得过快。如果一集一集地赶着做下去，揭示故事的本能是什么？

文斯：这种本能就是，当你在创作一部连续的电视剧时会产生一种非常有趣的互动，尽管这也可能同样发生在更多情节剧中。你想越来越好，想让观众保持持续的关注，实际上很难吸引人们的持续关注力。换句话说，有时候你讲故事的速度越快，故事本身就会出现问题，这时你工作越辛苦、流汗越多，却可能失去更多的观众。在这个问题上，我觉得最好的态度是——我自己有时也会忽视这点，就是满足观众最基本的要求，给予他们足够有趣的内容，而不是给予他们需要观察的东西。尝试让一部剧尽可能地慢一些，保持有趣并朝着前进的方向发展，这是一件很难完成的任务，但它非常适用。你要小心瞄准，虽然听起来有些粗鲁，但我想不出更恰当的表达方式了。你必须让观众保持警觉，不断地告诉他们关于角色的新鲜事，必须让他们投入和思考。另一方面，如果剧情像火箭一样，一定会令观众精疲力竭，节奏真的是一件非常棘手的事情。说实话，我自己也有过这样的经历，在《绝命毒师》第1季，我差点把所有的故事都抛向观众。我准备告诉他们故事的全部，一点不剩；还希望在第1季结束时，能受到观众的喜爱并继续播出。事实上，我的全部准备工作随时可能给这部剧带来毁灭性的打击。但最幸运的事情发生了，这一季末正好赶上编剧工会大罢工，我们没能拍完最后2集。如果当时拍摄完成，我们肯定会孤注一掷，杀死几个主要角色。事后我才意识到，没有这些角色，剧情就无处依存，最终会毁了这部剧。我非常理解那种渴望让观众满意的感觉。有时候，最好的方法不是疯狂地讲故事，而是放慢节奏。这是一个很难学到的教训，我纯粹是在好运气中偶然得到的。

它有助于你了解将要拍摄多少集。电视行业的状况是，除非拍摄迷你剧，否则你无法精确地确定一部剧的长度。对于迷你剧来说，我认为这是一种被严重低估的剧作形式，希望这种形式可以东山再起。在我看来这也是未来趋势。当下有如此多的东西在争夺人们的眼球，一部迷你剧可以承诺“看6小时，故事就会大结局”。如果有可能，我愿意成为从事这类剧作的先行者，因为这是一项在当下更容易有回报的投资项目。

尼尔：我采访达蒙·林德洛夫（Damon Lindelof）时，他说在拍摄之前就已经设计好了《迷失》的结局。那么，你在最初创作时想过《绝命毒师》的结局吗？

文斯：如果我说我从一开始就知道事情的结局，那绝对是在撒谎。这个角色有很多我不知道的地方，或者我以为自己知道但是更好的情况出现了。对我来说，最好的途径是思维不要太死板。很多时候，我自认为想出一个极好的创意，接下来有人提出："为什么不那样做呢？"我考虑一秒钟就会明白，"该死，真希望我能早点想到这一点。"所以在我看来，电视创作的最佳状态是一种有生命、有呼吸的有机过程。故事讲述条理意味着让剧中人物说出、做出他们要去哪里的决定，而不是编剧强迫他们去他们不想去的地方。如果能够保持情节发展的有机形式，那么你将永远处于有利地位。如果对角色诚实，让他们表现得像真实的人一样，那么你永远不会偏离塑造人物的正确方向。

最后一点，你的问题其实是"你支持谁"。事实上，越是深入这部剧，就越难以找到支持沃尔特•怀特的理由，这也是我一开始非常担心的问题。所以我决定选用一个非常讨人喜欢的演员，把所有牌都压在对他有利的位置之上。他的老婆意外怀孕，儿子患有脑瘫，兼职受辱，被富家子弟嘲笑。虽然很担心他，但我很高兴地看到随着剧集的进展，我的紧张情绪逐渐放松下来，不太担心沃尔特是否讨人喜欢了。令我惊讶的是，观众竟然仍被吸引。很长时间以来，我已经停止支持他了，我甚至不想知道他是否真实存在。也有观众会说："你知道，我再也受不了这个家伙了，我不能再看这部剧了。"虽然我不再同情沃尔特，但仍然希望这部剧能保持有趣。总有那么多善良、聪明、守法的观众在支持他，这是一个非常有趣的社会学研究课题。因为我和编剧经历这样一个过程，逐渐摆脱观众对角色的同情，逐步帮助他们看到沃尔特由好人过渡成一个坏人。在这个变化过程的某个阶段，你对自己说："他真的是一个坏人。"这部剧从一开始就有一些实验性质，我想讲述的是主角正在经历着不断变化的故事。但就角色而言，有很多观众并不支持沃尔特，我们就希望有其他因素能让观众可以投入故事之中。

尼尔：我认为这是一种间接性的刺激。你在某种程度上是支持他的，因为他是以个人的力量在反对一种体制。他那么脆弱，不论外表看起来有多强壮，并且剧中总存在着比沃尔特更坏的人。

文斯：你这么想很有趣。好吧，我喜欢这样。

第6章

家庭关系的价值

每一部电视剧都关乎家庭——不管是否有血缘关系。

有些系列确实是家庭剧:《摩登家庭》《为人父母》《黑道家族》《绝命毒师》《豪门恩怨》《唐顿庄园》《傲骨贤妻》《胜利之光》《国土安全》《美国谍梦》《单身毒妈》《谋杀》第1季和第2季、《美国恐怖故事》第1季，以及《兄弟姐妹》(*Brothers & Sisters*)。

《美国谍梦》的故事讲述了苏联特工伊丽莎白和菲利普·詹宁斯（凯丽·拉塞尔和马修·里斯饰）被克格勃组织安排，假扮夫妻在美国华盛顿地区生活以刺探情报的故事。为了深度融入这种生活并不被引起怀疑，他们的任务中还增加了孩子以掩护身份。这部剧将家庭情节与间谍惊悚巧妙地结合在一起，他们的孩子并不知道父母是冷战时期的间谍。伊丽莎白和菲利普的家庭建立在秘密、谎言与持续的欺骗基础上，婚姻更处于权宜之计中。

《美国谍梦》以独特和极端的方式对这个家庭进行了考验——最大的风险在于身份暴露。我们看到的是夫唱妇随生活背景之下的生死间谍任务。

情景喜剧倾向于让角色为一些他们认为重要却看似微不足道的小事（我称之为“巨大的琐事”）而争执不休，而无条件的爱毫无疑问地掩盖了每一句俏皮话。

另一方面，1小时时长的家庭剧通常能够处理更多的实质性问题和困难。风格范围覆盖各个方面，有问题关系/沟通（如《为人父母》和《傲骨贤妻》)，有轻松幽默的冒险［如《城堡岩》(*Castle*）和《福尔摩斯：基本演绎法》(*Elementary*)］，还有更尖锐、更黑暗的问题（如《绝命毒师》和《国土安全》)。每一部新剧的目标都是让自己本身看起来更新鲜——这就意味着所有家庭剧中的家庭都要不完美，或某种程度上的不满足。正如一位著名的俄国作家所说:“幸福的家庭都一样，不幸的家庭各有各的不幸。”

如今的观众可能无法理解20世纪80年代克格勃（KGB）成员、阿尔伯克基[1](Albuquerque）的冰毒锅、黑手党头目或足球教练的样子——但我们都知道家庭生活是什么样

1 阿尔伯克基（Albuquerque)，美国新墨西哥州最大的城市。——译者注

的。这一点足以支持本章的主要观点：家庭故事具有普遍性。

扩展家庭关系类型

在前文的例子中，家庭关系既有血缘关系型，也有扩展的工作关系型。在《傲骨贤妻》中阿丽西娅·弗洛里克与“麻烦缠身”的丈夫和两个孩子同属于一个“家庭”，而阿丽西娅与律师事务所的同事则组成了她的“另一个”家庭。

有些电视剧则属于更广泛意义的家庭：《童话镇》（*Once Upon a Time*）、《好汉两个半》《权力的游戏》《广告狂人》《斯巴达克斯》（*Spartacus*）、《白宫风云》和《混乱之子》（*Sons of Anarchy*）。

有些电视剧聚焦于工作中的同事们，他们像家人一样互动，包括这样一些人物关系：家庭权威人物（爸爸和妈妈），兄弟姐妹（同辈的竞争和亲密），配偶，睿智的长辈（祖父母），大手大脚的儿女，害群之马似的晚辈，孩子气的人物比如爱哭的幼儿和叛逆的青少年。

作为“典型”的美国家庭，“正常”（与出生有关）之外的家庭动力往往基于相同的心理关系和组织结构关系。在某些情况下，工作、学校和游戏中建立的友谊甚至比传统的家庭纽带更为紧密，因为正如一句谚语所说：“你可以选择你的朋友，但无法选择你的家庭。”

离婚更加普遍化，导致了混合型家庭和非传统家庭在如今更为常见。对于许多人来说，婚姻往往更加大龄化——如果准备迈入婚姻的话。现代人生活节奏越来越快，大多数年轻人花在同事身上的时间比花在家人身上的时间要多得多。

电视剧对家庭外延范畴的重视，会满足观众的心理和情感需求，毕竟他们更容易被同事和朋友所吸引。因此，未来他们寻求老板认可也许会取代父母的认可，而父母的认可会只是一份额外的成就感。

向同事和/或最好的朋友倾诉，可能比向兄弟姐妹、堂兄弟姐妹或叔叔、阿姨倾诉更便捷。无论如何，朋友和同事似乎比直系亲属更能“理解”我们——虽然他们的判断力可能会更低，毕竟新朋友不会比熟人所能分享的背景故事（也就是“成见”）更多。我们更有可能删掉一些真正的家庭细节，呈现出一个更理想的自己。另一方面，我们真正的家庭成员太了解我们了——他们往往选择沉湎于我们小时候的模样，而不能平等、发展地看待我们的成长。

当然，所有“家庭”成员，包括朋友和同事，都能熟练地“点击对方的（心理）底线”。当一个人越了解你，他就越知道你缺少什么、你的弱点在哪里。换句话说，最爱你的人，当然也最知道如何最能伤害到你。亲密关系中的信任是建立在对这些界限的尊重之上。当这种信任被破坏时，所有的关系都需要经过重建，包括原谅、弥补、重归于好（不太可能）或怀恨在心（更人性化）。

强化家庭关系

所有的家庭关系都充斥着相互矛盾的忠诚和各种复杂的元素。财务问题是家庭中最大的压力之一。对许多男人来说，挣工资的能力仍然根植于他们内心深处，而与此同时，女性越来越“前卫”，不仅能养家糊口，甚至可能比丈夫挣得更多——这就会制造出新的家庭摩擦。这些新型关系影响着角色的选择，让他们觉得自己值得在每一季被爱、尊重和认可。

这些选择中有许多是关乎基本的生存问题。比如，《绝命毒师》一开始，沃尔特·怀特就是以这样的原因进入制毒行业的，他被诊断为癌症晚期，债台高筑，妻子斯凯勒（安娜·冈饰）再度怀孕。沃尔特最初的选择是在他死后保障家人衣食无忧。然而，随着此剧接近尾声，沃尔特的财富已经远远超出他和斯凯勒的生活所需——他们已经富可敌国。由于这些钱是非法所得，沃尔特逐渐与警方、缉毒局，还有越来越多的潜在敌人产生矛盾。《绝命毒师》以沃尔特面对死亡开始。在我看来，毫无疑问，这个系列将以他的悲剧告终。他的狂妄自大使每一个曾经爱他、关心他的人都远远地离开他的身边。该剧制作人文斯·吉利根原来打算创作一部关于像《万世师表》（*Goodbye, Mr. Chips*）那样讲述好老师的系列剧，后来这个角色演变成为像《疤面煞手》（*Scarface*）相同类型的黑帮片。与托尼·蒙塔纳（由阿尔·帕西诺饰演）一样，沃尔特·怀特也有可能孤独终老。

电视剧中的家庭关系

思考以下几部电视剧中的家庭动态关系，他们的工作角色与实际家庭中更传统的角色可能并存。

《傲骨贤妻》（第1季）

实际家庭关系：

阿丽西娅·弗洛里克（朱丽安娜·玛格丽丝饰）扮演妻子、母亲；

皮特·弗洛里克（克里斯·诺斯饰）扮演分居的丈夫、父亲；

扎克（格雷厄姆·菲利普斯）和格蕾丝（马克齐·维加饰）扮演他们的孩子；

杰基·弗洛里克（玛丽·贝思·佩尔饰）扮演爱挑剔的婆婆。

工作中的家庭组合：

戴安·洛克哈特（克里斯汀·芭伦斯基饰）是公司高级合伙人，扮演家长的角色；

威尔·加德纳（乔希·查尔斯饰）作为阿丽西娅前任情人，扮演婚姻关系；

卡琳达·夏尔玛（阿奇·潘加比饰）扮演为野蛮姐妹；

凯瑞·艾格斯（马特·朱克瑞饰）扮演需要指导和传授经验的弟弟。

《实习医生格蕾》（第1季）

工作中的家庭组合：

米兰达·贝利博士（钱德拉·威尔逊饰）扮演严厉的女家长；

理查德·韦伯博士（小詹姆斯·皮肯斯饰）扮演男家长；

梅雷迪思·格雷医生（艾伦·蓬佩奥饰）扮演神经质、没有安全感的女儿，总在寻求认可；

她的"姐妹"：克里斯蒂娜·杨（吴珊卓饰），伊兹·史蒂文斯（凯瑟琳·海格尔饰）；

她的"兄弟"：乔治·奥马力（T.R.奈特饰），亚历克斯·卡列夫（贾斯汀·钱伯斯），普雷斯顿·伯克（以赛亚·华盛顿饰）；

马克·斯隆博士（埃里克·丹饰）扮演堂兄；

德里克·谢泼德博士（帕特里克·邓普西饰），除梅雷迪思之外所有人的叔叔，梅雷迪思是他时断时续的情人［夫妻关系（spousal dynamics）］。

《迷失》（第1季）

陌生人家庭组合：

杰克·谢帕德（马修·福克斯饰）扮演领袖、族长和治疗师；

凯特·奥斯汀（伊万杰琳·莉莉饰）同样扮演领导，成长中的妈妈形象；

雨果·"赫尔利"·雷耶斯（乔治·加西亚饰）扮演无精打采、懒洋洋的儿子；

查理·佩斯（多米尼克·莫纳汉饰）扮演叛逆、吸毒的儿子；

詹姆斯·"索耶"·福特（乔希·霍洛威饰）扮演有愤青气质同时兼具开创精神的兄弟；

布恩·卡莱尔（伊恩·萨默哈德饰）扮演兄弟；

香农·卢瑟福（玛吉·格蕾丝饰），她是布恩实际的继妹，也扮演着与其他演员的姐妹关系。

《广告狂人》（第1季）

实际的家庭关系：

唐·德雷珀（乔·哈姆饰）是风流成性、几乎缺席的丈夫/父亲角色；

贝蒂·德雷珀（詹纽瑞·琼斯饰）是自恋的女家长（即坏妈妈）；

莎莉（基尔南·希普卡饰）和鲍比（杰瑞德·吉尔摩饰）是他们的孩子。

工作中的家庭关系：

伯特伦·库珀（罗伯特·莫尔斯饰）扮演睿智的族长；

唐·德雷珀（乔·哈姆饰）和罗杰·斯特林（约翰·斯莱特里饰）扮演彼此扶持的兄弟，团队同事的叔伯辈；

佩吉·奥尔森（伊丽莎白·莫斯饰）扮演聪明的大姐；

琼·哈里斯（克里斯蒂娜·亨德里克斯饰）扮演职场母亲；

皮特·坎贝尔（文森特·卡泰瑟饰）时而表现得像个被宠坏的孩子，时而又像被遗弃的兄弟；

肯·科斯格罗夫（亚伦·斯坦顿饰）、哈里·克兰（里奇·索默饰）和保罗·金赛（迈克尔·格拉迪斯饰），唐和罗杰的儿子，也是彼此扶持的兄弟。

《丑闻》（第1季）

工作中的家庭关系：

奥利维亚·波普（凯丽·华盛顿饰）扮演强大、迷人的妈妈、老板；

塞勒斯·比恩（杰夫·佩里饰）担任总统的首席顾问，与奥利维亚享有同等权力，同时扮演她的叔叔/父亲的角色；

美国检察官戴维·罗森（乔舒亚·马利纳饰）扮演奥利维亚无所不知的哥哥，兄妹关系；

总统菲茨杰拉德·格兰特（托尼·高德温饰）扮演奥利维亚的秘密情人、最好的朋友，还有夫妻关系，尽管他已经和梅莉结婚了；

第一夫人梅莉·格兰特（贝拉米·杨饰）扮演奥利维亚的主要竞争对手、继姐；

哈里森·赖特（哥伦杣·绍特饰），艾比·惠兰（达比·斯坦彻菲尔德饰），奎因·帕金斯（凯蒂·洛伊斯饰）和哈克（吉尔莫·迪亚兹饰）扮演孩子们。

通过家庭角色来定义人物

家庭关系在选择演员阵容时尤其有用，它有助于确定每个角色之间以一种积极或消极的方式来达成互动。警察与侦探，即使是异性恋的两个男性搭档有时也会以时常斗嘴的夫妻关系来加以表现。为了给老板留下好印象，那些身在职场的同事拼命争抢职位则像极了在嫉妒中挣扎的兄弟关系。

值得注意的是，年龄和性别并不总是家庭动态关系的主要决定因素。在《行尸走肉》第3季中，瑞克·格莱姆斯（安德鲁·林肯饰）的妻子洛莉（莎拉·韦恩·卡丽丝饰）因分娩时大出血而死，他俩的儿子卡尔（钱德勒·里格斯饰）还没到青春期，被迫快速成长起来。他对自己的枪法和无所畏惧的僵尸杀戮技巧充满了信心，在短短几个月的时间里从一个弱小的孩子成长为足智多谋的幸存者。当他的父亲瑞克开始产生幻觉（看到亡妻的鬼魂）失去理智时，卡尔（暂时）成为了监狱集团的首领，直到瑞克恢复理智重新掌握领导能力。这次老首领移交权力同样发生于——达里尔·狄克逊（诺曼·里德斯饰）试图控制已经无法控制的兄长莫尔（迈克尔·鲁克饰），以及赫谢尔·格林（斯科特·威尔逊饰）处理他的腿伤之时。

在接下来的几集里，安德瑞亚（劳瑞·侯登饰）搬到了“安全”的伍德伯里镇，寻求正常、传统的生活。该镇的掌权者是总督（大卫·莫里西饰），随着安德瑞亚和总督成为浪漫的伴侣，她成为伍德伯里的第一夫人（伍德伯里的女性家长角色）。与此同时，在伍德伯里城外及监狱大院里，卡罗尔·佩勒蒂埃（梅丽莎·麦克布莱德饰）和格林姐妹进入了母系家长的角色。格伦（史蒂文·杨饰）和玛吉·格林（劳伦·科汉饰）成为“夫妻”。而贝丝·格林（艾米莉·金妮饰）和卡罗尔则扮演瑞克孩子的新妈妈。在这一季的最后，米琼恩（达娜·古瑞拉饰）回到了监狱与卡尔联系紧密，成为像母亲/大姐一样角色保护着他。

当你为某一集填充情节或创造客串角色时，先要自问这个新角色是谁，还要问自己这个新角色的出现会对常规角色产生何种影响。

所有的人际关系都像一面镜子，现实生活中我们遇到的每一位新朋友都是我们自我意识的反映，他们的外貌、态度或者他/她给我们的感觉还会让我们联想起其他人。这种特性会导致角色将他们的过去投射到新的个体身上——也许应该提醒那些喜欢评头论足（通常是潜意识的评论）的父母不要过度反应。

几乎任何场景的潜台词都是动态的家庭关系、过去的心理创伤，以及家庭地位微妙变化的呈现。每部剧中的家庭可能在住所、办公室、警察局、医院、监狱或其他地方，任何人都互相依赖、互相挑战、学习、奋斗并成熟、成长。

> 卓越的电视剧一定存在卓越的人物关系，也必将有意识和/或无意识地建立在家庭动态关系之上。电视剧“生”于何处，它的主要场景是哪里，它的“最佳位置”是什么，当你思考这些问题时，请记住：心在哪里，家就在哪里。

访谈：珊达·瑞姆斯

《丑闻》（执行制片人/创作者）

《私人诊所》（*Private Practice*）（执行制片人/创作者）

《实习医生格蕾》（*Grey's Anatomy*）（执行制片人/创作者）

2006-2007年获艾美奖剧情类最佳电视系列剧提名

2006年获美国编剧工会（WGA）剧情类最佳剧集提名

2006年获美国编剧工会（WGA）最佳新剧集奖

2008年获美国制片协会（PGA）杰出制片人提名

2007年获美国制片协会（PGA）杰出制片人奖

2006年获美国制片协会（PGA）杰出制片人提名

《隐世灵医》（*Off the Map*）（执行制片人）

《公主日记2：皇家婚约》（*The Princess Diaries 2: Royal Engagement*）

《红颜血泪》（*Introducing Dorothy Dandridge*）

尼尔：我的第一个问题是，你的电视剧太让人上瘾了。它们总是令人无法自拔，我相信这源于剧中角色。所以，除了出色的演员阵容，你觉得他们独特的吸引力在哪里？所有的剧目都有人物，但你的人物仿佛有些额外的东西，使我们每周欲罢不能。对此你有什么独到的见解？

珊达：《实习医生格蕾》是我参与的第一个电视项目，写作的时候就像在记日记一样，感觉像是很私人的作品。观众对剧中角色的喜爱真的令我很惊讶。我的经验就是，把写作当作个人化叙述，他们（剧中人物）对我来说是鲜活的，我可以在梦中梦到他们，对观众来说只有这样剧中人物才是吸引人的。我无法解释这种感觉，我只能要求自己，确保剧中人物对我来说是鲜活的，他们身上所发生的一切都让我感觉真实，而非表演。

尼尔：对。正是这种真实感打动了我们，也有可能因为剧中人物都是有缺陷的人。在剧中，你所展示出的他们所有的弱点、恐惧和不安感就像把他们放到显微镜下来观察一样。所以我想知道，当你构思这些人物时是先脑海中刻画出他们的形象，还是先构思他们的内在性格？你对梅雷迪思·格雷（埃伦·蓬佩奥饰）或奥利维亚·波普（克里·华盛顿饰）这两个人物的构思灵感是什么？

珊达：我想我是从内而外刻画他们的，没有固定的外貌类型。一般来说，我的剧本中根本没有对角色的外观描述，这一点我认为很重要。我对笔下的人物有一种总体感觉，然后演员进入剧组后再解读这个角色。随着每一位演员对角色的理解和阐释，我对这个角色的看法也会随之改变。我只会思考这个人的想法是对的，还是下一个人的想法是对的。或者，我一直在这样寻找，直到我找到那个感觉对的人，“他好像为这个人物添加了一些奇妙的东西，对我来说非常完美”。

尼尔：你的电视剧中，似乎反复会出现的一个主题，孤独者或恶棍们组队在一起形成了一个大家庭。《实习医生格蕾》甚至有一句这样的台词，在我看过的3季电视剧中都出现过这句台词：“我需要你成为我最重要的那个人。”记得有一个情节是在表格上填写紧急联系人。他们确实形成了某些隐喻性的家庭关系，这些访谈要讨论的是以下这些家庭原型：父母，有竞争关系的兄弟姐妹，被宠坏的孩子。当你在创造群体人物时，家庭动态关系会发挥作用吗？

珊达：我真的很害怕你注意到3季剧中人物都有同样的台词，因为我从来没有注意过，当你说“这是一群恶棍聚在一起组成的家庭”时——我正要反驳说，“不，他们不是这样的人”，瞬间我又想到，“哦，他们就是这样的人”。我从未这样考虑过，也已经尽力不去考虑那么多。我来自一个非常庞大的家庭，有5个兄弟姐妹。从小我就是一个安静的孩子，平时会花费很多时间观察哥哥姐姐们在做什么、说什么，从而弄明白世界是什么样子的。但是，我从来没有从写作的角度考虑过这个问题，因为我觉得如果太过努力地去思考，就再也写不出任何东西了。

尼尔：对。我只是感觉奥利维亚就像所有人的妈妈一样。实际上她接纳了这些有缺点的人，然后我发现她自己也有缺陷。米兰达（钱德拉·威尔逊饰）就是《实习医生格蕾》中这样的角色。

珊达：梅雷迪思也是，她也成为了一群备受伤害的人的母亲。其实我认为这种母亲的化身还是有所不同的。在我看来《丑闻》很多方面都是由《实习医生格蕾》衍生出来的，这部剧是我所审视最多的一部，因为奥利维亚·波普身上有很多我的影子。作为制片人，我和奥利维亚·波普并没有什么不同。对我来说，奥利维亚接纳了所有这些受到伤害的人，她解决了所有人的问题，这有点道理，这一点很像制作人。

尼尔：但是，只希望你能允许他们偶尔哭一哭。

珊达：是的。

尼尔：我最钦佩的一点是，在试播剧中你可以大胆地说出那些金科玉律，而试播集结束时再揭穿所有的真相。“从来没有人哭过，从来没有”，然后我们就看到了人性的脆弱。

珊达：是的，奥利维亚的哭泣对我很重要。

尼尔：从构思剧集的角度来看，我知道《实习医生格蕾》主要使用了梅雷迪思的画外音，虽然也有几集是其他人的。

珊达：确实有过，但是罕见。

尼尔：我昨晚看的是“格蕾与杀手”那一集。

珊达：那是我最引以为傲的一集。

尼尔：情节很有紧张感，米兰达藏在床下，凶手的脚就停在床边。这是一种笔锋犀利的写作，当然对我来说充满悬念的作品才是最好的作品。所以在这种视角之下，尽管母亲是一位著名的外科医生，梅雷迪思仍然没有安全感。与《丑闻》类似，《私人诊所》也取消了画外音。奎因（凯蒂·洛伊斯饰）在《丑闻》中扮演的角色有点像梅雷迪思，她是剧中的新晋年轻律师。关于每部剧的视点和对人物的判断，你属于哪种情况，早已成形还是在写作中再通盘考虑呢？

珊达：这是个有趣的问题。对于《实习医生格蕾》来说，我很清楚梅雷迪思是我们的必经之路，由她而进入一个我们完全不懂规则的世界中。如何制作一部关于外科诊室的医疗剧并让观众能看懂呢？我在写作试播集时，曾把自己当作观众——如何让自己的生活接近剧情，我需要一个定期为我解释规则的人，他也能够感受到同样的恐惧和紧张，就像我刚刚陷入那种情景时的感觉一样。对我来说，这就是为什么梅雷迪思最后成为了叙述者。对于《丑闻》而言，我确实认为塑造奥利维亚·波普是创造了一个标志性的角色。她是每个人都曾听说过的那类传奇人物。她的名字挂在人们嘴边，总是能够化腐朽为神奇。我需要有人从这个世界的外部视角来告诉我们那里是什么样子。剧情很快就从奎因的视点转到了奥利维亚的视点，这显然是因为奎因有很多秘密。对我来说，我只需让观众通过某个人进入这个世界中，这样观众马上就能明白奥利维亚·波普有多强大，然后奎因就可以退后，把这里作为奥利维亚的舞台。

尼尔：是的。这样的好处在于，每个人都有正当的理由向这位新人讲解他们的世界如何运转，毕竟这是一家非同寻常的公司。"我们是律师，但我们不起诉谁或为谁辩护"，以一种自然渐进的方式，顺理成章地铺陈了大量的阐述，也充满了冲突，她几乎应接不暇，我们也被她所吸引。秘密和谎言在所有节目中都很常见，尤其是《丑闻》中。在本季结束时，最大的疑问仍然是奎因·帕金斯到底是谁。我没料到她会变成这样，她身上还有更多的未知数。接下来，她取代了阿曼达·坦纳（丽莎·韦尔饰）的主要戏份。我不知道这是否可以称作"故事策略"，但是当你在讲述故事、提取和揭示线索时，人们会逐步发现你的决定——何时揭示结局，是数学推理，还是由你来决定在"本季中或本季末来揭示这一切"？你会根据这个决定逆向地推动剧情吗？很多人都被这些事弄得不知所措。

珊达：我想这是两回事，部分源自本能。我通常会在新一季开始的时候走进编剧室向大家宣布："本季的结局是这样的。"毕竟节目推介一般在季末进行。我认为也不是纯粹地逆向推动，电视剧不是那样运作的。每个人都知道剧情目标，我们只是在努力寻找一个路线图。这个路线图通常不是经过详细规划的，而更趋向于本能，感觉正确或者感觉不太对劲。阿曼达·坦纳不一定非得死，但在某个时刻，我想"阿曼达·坦纳今天必须死了"，然后我们都有了这种"不错，正是这样"的这种感觉。有一次，记得是在第3或第4集时，需要有一个人详细介绍在波普联合公司工作的员工，我们找到奎因这个角色，每个人都在问："珊达，他的背景故事是什么？"我的回答是："奎因在2008年之前并不存在"。原因是在我写试播集时，每次看到奎因在浴室里哭泣的场景都感觉，此时让她来讲述她的背景故事会令人感到奇怪。此外，奎因一直在问："她为什么会雇我？她为什么会雇我？"所以对我来说，我的理解是——"嗯，她的背景故事是个谜。"随着本季接近尾声，这个谜团变得越来越重要，毕竟奎因·帕金斯在2008年之前并不存在。

尼尔：我读过一篇关于《实习医生格蕾》的文章，提到在开播前你已经完成了全部13集的制作。

珊达：第1季我们确实拍摄了13集，但是只播出了9集。所以剩下的几集等到第2季时才播出。在我们完成全部13集制作工作的那个星期天，第一集正式播出了。

尼尔：作为一名编剧和一部剧的创作者，在封闭的环境中创作时，你会以什么作为感知外界变化的标志呢，是否仅凭直觉在工作？

珊达：即使到现在，我仍然坚持以以下这些问题作为故事前提：对它感兴趣吗，是强迫的吗，很兴奋吗，如果有观众我会废话连篇吗？记得我与贝特西·比尔斯（执行制片人）谈到《实习医生格蕾》前几集时曾说过："如果没人看这部剧也没关系，我们就把它放在汽车后座上继续推销它。"可见我们有多喜欢这部剧，而不是"别人观看这部剧对我们来说真的很重要"的那种感觉。我会为我们所做的一切感到骄傲，并不需要得到电视网播出的验证。这就是我对《丑闻》的看法。前7集令我兴奋，即使没有人看我也会说："这是我做过的最好的作品，我为此而倍感自豪。"

尼尔：这种感觉真棒，我认为这对电视网来说是一种突破性的进步，毕竟当如此美貌与可爱的克里·华盛顿走进总统办公室并不一帆风顺，最初她像一个"穿西装的斗士"，还与美国总统有染——很多剧情会被归为"无情"或"不讨人喜欢"的内容范畴。然后，随着故事的发展，我们开始越来越多地看到她的脆弱。在第4集中，我们可以从一个完全不同的角度来理解她和菲茨总统（托尼·戈尔德温饰）的婚外情。对于主角来说，可见招人喜爱有多重要？

珊达：这个过程非常迷人，对我而言也是收获颇丰。记得我曾经坐在房间里与一位离开电视网的高管聊天，他谈起格蕾这个角色说："没有人会喜欢这样一个女人，在即将开始一份新工作的前夜与一个陌生男人睡觉。仅仅这一点就让她令人心生厌恶——你应该改一改这里。"但是我想，这个角色就是这样的啊，这是不能改变的事实。多年后，还是在这个房间，我和另一个人聊天，他说："奥利维亚是否可以不要跟总统搞婚外情？"当然这一位后来也已经离开电视网。我记得当时我的回答是："奥利维亚·波普必须要在总统办公室的'坚定之桌'（Resolute Desk）上与总统搞暧昧，这是第4集的故事。如果你们都不支持，我就没法将故事继续讲下去。"我的意思是，从内心而言我很喜欢有缺陷的角色，同时我也可以强烈地感觉到，有缺陷的角色仍然可以讨人喜欢。在有线电视节目中一次又一次地证明了这点，而大型电视网却望而却步。《嗜血法医》中德克斯特虽然是变态的连环杀手，但我们爱他，想看他下一步会做什么。我认为一个角色不必为了有趣而变得和蔼可亲，尤其是女性角色，但人们总是希望这样。其实不必为了你是谁而道歉，也不必为自己的缺点或者做错了事而道歉，真实就好。坦白地说，正是这些不完美才是电视剧值得去创作的内容，不仅值得一看，而且值得一写。

尼尔：我曾告诉学生们，对于那些有缺点的角色，他们不必非得可爱，我们所能看到的那些弱点通常与我们紧密相连。我最近读到莉莉·汤姆林（Lily Tomlin）的一句格言，她说："其实，我们每个人的内心都与这个世界格格不入。"每个人都不完美，我们都会犯错。对我来说，一切都可以追溯到我的第一个问题，那就是为何你的角色如此有吸引力。人们看电视时，总可以看到别人的问题和缺点。

珊达：对，别总以为观众都想看完美的人过着完美的生活，这种想法曾经让我很失落，我讨厌这些完美。以《绝命毒师》为例，它是我最喜欢的一部剧——这个世界有太多的问题，我还没看够呢。

尼尔：回到家庭观念的问题，托尔斯泰说过："幸福的家庭都相似，不幸的家庭各有各的不幸。"毫无疑问，你写的电视剧都像一个大家族，正是每个人物的不幸和不完美使他们如此迷人。

珊达：我总有一种感觉，梅雷迪思·格蕾就像所有剧中人物的母亲一样，她总是试图让大家团结在一起。如果以这种视角来看奥利维亚·波普，她身上也有这种气质，与格蕾是同一种人。在《私人诊所》第2季或第3季的开头，我写过这样一句话："这里是我们的家，也是你的家。"

尼尔：对，我在宣传片中曾看到这句话，还特意记录下来。

珊达：在创作时，实际上我们已将他们当作一家人。从这个意义上讲，剧中家庭的戏剧冲突其实很有趣。

尼尔：当时我不仅记录下了这句话，还在后面写道："最坏的情况是人物关系失调，最好的情况是大家团结起来一起解决问题。"即使关系最糟糕的家庭，在遇到危机时也会团结起来，有时候危机会激发出每个人的力量和决心。

> 有趣的是，健康完美的家庭关系非常少见。梅雷迪思就是这样，而奥利维亚的家庭更是无处可寻。梅莉（贝米拉·扬饰）和菲茨是世界上最令人担心的家庭。梅雷迪思的妈妈出现了，艾迪森（凯特·沃什饰）的母亲是同性恋，父亲酗酒……而他们在剧中创造了新的家庭，将基于工作关系的同事聚拢在一起。

今天被迫重新拿出来这段话，却发现自己再也写不出这样的句子啦！（笑）

尼尔：还有两个问题。你的作品中A和B故事通常是吻合的，有着同样的主题，而在我的上一本关于电影编剧的书中，关于主题的回答从来都是两极分化最严重的。一部分人认为主题即一切，另一部分人却认为写作中不应该特意地考虑它。在《实习医生格蕾》中，配上画外音之后主题就变得很明显。当你写作时——不管是关于某一季的主题还是某一集的主题——你是否有意识地认真考虑过它，或它只是在潜意识里浮现过？

珊达：对于每部剧来说写作方法都是不一样的，特别有趣的是，总有人评价我的三部剧不像同一个编剧的写作风格。《实习医生格蕾》是将每季与每集的主题结合起来，最重要的是故事要符合主题。《私人诊所》是全季贯穿式主题，虽然没有特别规定每一集都必须限制在特定的主题中；在上一季中，艾迪森在接受心理治疗时有旁白，似乎有点主题化，但并不是每个角色都是这样。在《丑闻》中不论我们的A故事是否与B故事结合，每一集与角色都是独立的，这并不是有意而为之。我们不会坐而论道，只由故事本身和剧情推动力来决定。

尼尔：最后一个问题。作为制作人，最好的和最糟的事情分别是什么？

珊达：在我看来最棒的就是，在剧本中写下“室内、总统办公室、白天”这些字的8周之后，我就走进了与总统办公室一模一样的房间，坐在和总统办公室一模一样的办公桌后面，假装自己是总统。还有，坐在新建的急诊室里，仅仅是因为我的剧本上写着“室内、急诊室、白天”，还可以假装在做手术。每一次这样的事情发生时，我都会迈上舞台，坐在道具旁，静静地待上四五十分钟——这是世界上最棒的感觉，似乎自己成为世界的主宰，也许这种感觉不太健康，但它很奇妙。最糟糕的事情是，我承担着数百人的工作责任。我不想把工作搞砸，也不想毁了几百人的工作机会，大概有800人受益于我的剧本，他们有了工作——这是大事，我不想让任何人因我而失业。我对每个人都有一种特别的责任感，这会让我失眠。

尼尔：这就是桑德兰公司的品牌意义所在。

珊达：这也是《实习医生格蕾》播出了10季的原因，我真的不想让这部剧变得无聊，我们必须继续下去。事关家人，我的团队就是我的家人。我希望他们继续工作，希望我们能继续在一起合作。

第7章 为故事引擎加油

为什么大多数新剧在几集之后就下架了，而有些则成为常青树，甚至成为一种文化现象？从来没有人知道如何把闪电捉到瓶子里[1]，否则每一部剧都会成为大热门。我们能找到的最佳预测工具是研究那些长寿剧，寻找它们的共同点并以此作为成功指标。

在电视行业，当新剧拥有了某些长寿剧的成功指标时，我们会说它像“长出腿”一样。读到这里你的脑海中一定会浮现出阿甘跑马拉松的画面，正是此意。电视产业讲究长期的竞争，任何新剧都不能以快速冲刺的速度来决定命运。每部剧都必须经受得住时间的考验，才能超越竞争对手——否则将会被边缘化，调整至另一个时间段或者有可能下线。在今天的电视行业，第二次机会是罕见的。一部新剧必须以强劲的势头开始并持续下去，要么保持首播时强劲收视率，要么更好的选择是在剧情终点到来之前，不断地从观众口碑中获得生存动力。虽然电视节目的终点线永远在向前推进，你可以成为第1季的王者，在第2季之后收视率还会上升吗？是的，在这个竞争超激烈的行业，承受力差或任何一丝虚弱都无法生存下去。不管过去取得了多大的成功，电视网总是在展望未来……

故事题材

一部全新的电视剧概念在推介时，电视主管所关注的关键因素在于这部剧的长期生存机会。即如果新剧没有播出5季（或100集）以上的潜力，他们是不会购买、开发或批准拍摄的。投资一部新剧需要制片方有巨大的信心，这意味着他们要引进资本，而只有剧集长时间、稳定地播出，投资方才能收回成本。一部广受好评、屡获殊荣的电视剧，只有在转化为相对稳定的收视率之后才有价值。之所以用“相对”这个词，是因为一个有线电视基本节目的收视率通常只相当于大型广播电视网一小部分的观众收视

1 原文为catch lightning in a bottle，直译为把闪电捉入瓶中，形容特别困难或者不太可能成功的事情。——译者注

水平。正如AMC[1]有线台《广告狂人》这样大获成功的剧集，其收视率也比不上CBS[2]的《海军罪案调查处》（*NCIS*）。但《广告狂人》的精英受众是许多高端广告商觊觎的对象，所以AMC的这种商业模式是有意义的。（如果《广告狂人》在CBS播出，在其第一个播出季就会因收视率低迷而下线，但在AMC，《广告狂人》只稍逊色于收视巨头《行尸走肉》，后者的收视率是前者的4倍，虽然杀死了更多的僵尸，而艾美奖的获奖数量却少于《广告狂人》。）

以家庭为核心：无限的家庭情节

就剧集寿命而言，目前处于冠军宝座的是《辛普森一家》（*the Simpsons*），超过25季，共500多集，形成了一种特殊的文化现象。这部剧有马特•格罗宁（Matt Groening）、詹姆斯•L. 布鲁克斯（James L. Brooks）这样的天才，还有一大批才华横溢的喜剧编剧。但是，这部剧的核心却是一个疯狂的、不正常的家庭。我们研究其他一些关于疯狂家庭的长寿剧，发现关于家庭的电视剧为我们提供了无限的"故事引擎"潜力，只要每个家庭成员都有些小问题，这部剧就有可能出现新的冲突和新的故事情节。

所有关于家庭的系列剧都是连续的，家庭生活会一周又一周地继续下去。但是它们的主要差异在于，电视剧会在每集结尾设置悬念，让观众期待更多剧情；而情景喜剧往往每集都有自己的故事主题（通常含有微妙的寓意），用以强调学到特定的教训。家庭系列剧的危机往往取决于关系权力的动态表现。在某些情况下，家庭剧存在着生死悬念——尤其是在《豪门恩怨》中扣人心弦的高潮——究竟是谁秘密地谋杀了J.R. 尤因（拉里•哈格曼饰）——使这部剧产生了一个标志性的悬疑问题。《绝望主妇》和其他许多家庭剧也都围绕着神秘的谋杀案展开，这些更黑暗、更前卫、更具挑衅性的家庭剧不应该与更温和、大众级别的"家庭剧"相混淆，比如《第七天堂》（*7th Heaven*），它们被归类为"家庭剧"仅仅是因为它的收视目标提供给父母和孩子一起观看。

永远支持你：持久的友谊

电视剧有复杂的、多层次的、通常十分有趣的友情——包括BFF（永远的好朋友）、铁哥们，还有亦敌亦友关系——为故事引擎的延展提供了无限可能。但这些电视剧的命运取决于标志性人物和新鲜的故事情节（即幸运的选角+伟大的写作）。

大多数的友谊剧都依存于它们独有的舞台。《绝望主妇》根植于紫藤巷，而我们作为观众，也感觉自己生活在那里。《篮球兄弟》（*One Tree Hill*）和《胜利之光》则以篮球和橄榄球比赛的形式，锚定"友谊+竞争=悬疑"的剧情。

---

1 AMC，美国经典电影有线台，全称为American Movie Classics，成立于1984年。——译者注

2 CBS，哥伦比亚电视网，全称为Columbia Broadcasting System，是美国传统的三大全国性商业广播电视网之一。——译者注

这些剧大多数以2~3个主要“常规”位置为核心。我们对他们的公寓（通常是怪异的高档公寓）了如指掌，就好像我们也住在那里一样。阿奇·邦克的椅子被永久地安置在华盛顿特区的史密森尼博物馆里，玛丽·理查德墙上的字母“M”如同她在风中高高飘起的帽子一样具有标志性。当然，剧中人物很享受这些标识。《飞越比佛利》（*Beverly Hills*）有桃核餐厅，《老友记》有中央公园咖啡馆，《老爸老妈浪漫史》（*How I Met Your Mother*）有麦克拉伦酒吧。

友谊剧的长久性还取决于故事引擎延展的可能性，比如《老友记》和《欲望都市》中每个人都有职场怪癖、新的恋情、新的内外冲突，或者有某种破坏和谐的对抗力量等。

性、权力和“真爱”

有一种默契是友谊和家庭关系虽然会经历起起伏伏，但最终会回到原点。我们最终都会学着接纳对方的缺点，毕竟我们都经历过那些好与坏。理智上，我们知道自己并不能改变对方，但仍然会主动提出善意的建议，也总会在不合适的时机暗示对方。我们接纳和忍耐来自家人和好友的一切，因为它会存在一种舒适度。当我们讨论假期、节日晚餐和特殊纪念日时，虽然可能会为来自过去的某种伤害而心有怨恨或存在敌意，但通常会为了家庭或友谊，抛开分歧聚集在圣诞火鸡周围。是的，这样的简化、过渡和概括只为了说明一点——那就是不要在任何关系中都加入性，那根本不是个好主意。

哦，那些爱情的痛苦和狂喜——尤其是在电视上！当然，迷恋、性、欲望、激情、亲密、承诺、婚姻和爱情之间有很大的区别。但为了便于讨论，我们从两个人的接触开始，放下戒备，敞开心扉，接受对方的亲密接触。在协商做什么、在哪里做、何时做、如何做时，也会存在着未知性。发生性关系之后还存在后绪的情节，过夜还是离开，吸烟还是不吸烟，一起吃早餐“迈出下一步”还是只是一起吃早餐，他/她会打电话继续约会吗，他/她会答应吗，他/她的朋友和家人会认可她/他的朋友和家人吗，观众是否接纳对方的服饰、发型、流行词汇，是否认可他/她去哪里上大学，或者他/她挣多少钱；更不用提精神和政治信仰，如何养育孩子，是否想要孩子等等问题，甚至还会涉及最喜欢的音乐、电影和电视节目。你知道吗，这样是行不通的。你是你，我是我，这样下去还能做朋友吗？

我只想说，在浪漫（性）关系中，每个细节都很重要。我们总是对朋友和家人放松很多，因为他们的所作所为对我们的影响要小得多。

浪漫爱情也有两面

浪漫的爱情令人脆弱，虽然性爱令人兴奋，“真爱”的前景也很容易令人失望。爱把我们推到了理性的边缘。它让我们哭泣，让我们害怕，伤透我们的心。

然而很少有人例外，每个人都想得到它——这就是爱情对一部伟大的电视剧来说的重要之处。它是欲望和恐惧的交集，是所有优秀戏剧（和喜剧）的核心。我们渴望有一个“特别的”人来帮助我们提升存在的价值，使我们感觉不那么孤独，活得有意义、有吸引力。同时，浪漫的爱情也存在着化学属性。你可能会遇到你的真命天子，他的一切看起来都很完美——但如果错过的话，也许只是缺少一种重要的化学联系，这种联系存在时你看不到，不存在时会即刻消失得无影无踪。电视剧领域中有些爱情写在剧本中，但大部分取决于演员的演技。在电视上，它也许存在，也许不存在，平时罕见，而且往往短暂。

作为电视观众，我们都是偷窥狂，通过屏幕寻求刺激和逃避，也会着迷于电视情侣的替代性和刺激感，为他们时断时续的关系所沉醉。如果他们之间没有热度我们就会忽视他们——但我们无法抗拒两个人之间裂痕的加剧，如果两个人因为种种原因无法在一起，而他们的嘴唇、眼睛散发出动物求偶般的气息，那正是人类爱情的魅力和诱惑。

接下来我们讨论热播剧中浪漫爱情（与柏拉图式爱情相反）的不同分类。

幸福婚姻

嘿，这是真的，孩子不仅仅是对已婚人士的惩罚。《为人父母》《胜利之光》《摩登家庭》《白宫风云》《老爸老妈的浪漫史》《人人都爱雷蒙德》《家居装饰》（*Home Improvement*）和《唐顿庄园》中都有完美的夫妻。当然，夫妻会不时地争吵，会让对方心烦意乱，但毫无疑问他们是相爱的伴侣，是忠诚的夫妻。

出轨夫妻

涉及秘密和谎言的冲突，往往伴随着分居、婚姻咨询，有时甚至离婚。在《绝命毒师》中，沃尔特·怀特加入冰毒交易的初衷是为了家人，讽刺的是也正是这个原因让他们夫妇分道扬镳。这样的例子数不胜数，还可以参考《黑道家族》《傲骨贤妻》《丑闻》《广告狂人》《绝望主妇》《国土安全》《整容室》《火线救缓》（*Rescue Me*）、《美国谍梦》（*The Americans*）、《纸牌屋》和《大西洋帝国》（*Boardwalk Empire*）。

《月色撩人》（*Moonstruck*）是我最喜欢的电影之一。影片提出了一个贯穿全剧的核心问题：为什么丈夫要欺骗妻子？答案是“因为他们害怕死亡”。我相信这是有一定道理的，死亡的幽灵无处不在，诱惑也是如此。

通常情况下是丈夫背叛妻子，但是《护士当家》（*Nurse Jackie*）中的护士杰姬（埃迪·法可饰）、《单身毒妈》中的南希·博特温（玛丽·露易思·帕克饰）和《广告狂人》中的贝蒂·德雷珀们否定了这种性别偏见——无论结局是好是坏。

慢热关系

基于人们普遍接受的“异性相吸”这一观点，这种人物关系完全是为了解决这样一个问题：他们会不会在一起？希望他们尽可能长久吧。这种关系之下的夫妻几乎在任何事情上都会发生冲突，但不可否认的是他们之间存在着一种互相吸引的东西——尽管有人不同意这一点。这样的结论通常适用于“我认为女士（或男士）的问题太多了”。

在《灵书妙探》（*Castle*）中，畅销悬疑小说作家理查德•卡斯尔（内森•菲利安饰）最初被警探凯特•贝克特（斯坦娜•卡蒂克饰）找来帮助解决一起谋杀案（作案者手段与理查德小说中的情节一模一样）。一开始，她总觉得作家理查德如影随形，十分讨厌。渐渐地她被他的魅力所折服，而作家理查德也决定以凯特为主角创作一部新小说。同时，也许他能帮她解开她母亲被杀的疑案。

慢热关系的例子比比皆是：《干杯酒吧》（*Cheers*）中教养良好的酒吧女招待与粗犷英俊的酒吧老板，《X档案》中的相信者与怀疑者，《血色月光》（*Moon lighting*）里的时尚模特和进取的聪明人，《谁是老板？》中的职业女性和她的管家，《生活大爆炸》中不善于社交的物理学家和性感的金发邻居，《识骨寻踪》中圆滑、厚脸皮的联邦调查局探员和紧张的法医兼人类学家等。对于《干杯酒吧》和《血色月光》来说，将恋人拆分开对观众来说有着巨大的吸引力，而他们的相聚对于这部剧的收视率来说是不利的，后一部电视剧就因恋人相聚而收视率急降。在《干杯酒吧》中，挑剔的黛安•钱伯斯（谢莉•朗饰）出局后新的情感恋情出现了，更强硬的经理丽贝卡•豪（柯斯汀•艾力饰）加入，收视率随之攀升。

相反地，《杰西驾到》的创作者兼制作人莉斯•梅里韦瑟坚定地加快了杰西（佐伊•丹斯切尔饰）和尼克（杰克•约翰逊饰）之间的恋情进展。梅里韦瑟说：“恋情拖得太久就像玩弄观众感情一样，现在这种感觉很自然，是时候（让他们接吻）了。我不相信他们一旦接吻整部剧就结束了。（接吻）为故事冲突和情节发展创造了新的机会。我们觉得这对节目有益，它会更吸引观众眼球。”

《办公室》（*The Office*）的制作人格雷格•丹尼尔斯（Greg Daniels）指出：“如果拖得太久”，你可能会“错过窗口期”（通过上演一段慢热的爱情）。如果给潜在的情侣其他的感情线索，让他们保持若即若离，你就会冒着这样的风险：观众对这些新的情侣关系更感兴趣——也许会反对剧情回归原有的伴侣。

《黑名单》（*burn notices*）颠倒了慢热公式。此剧标题的意思是美国情报机构发布的“黑名单”，即驱逐那些被认为有漏洞或有缺陷的情报人员或情报来源，将他们列为可牺牲者，并一举删除他们的整个工作历史、支持网络，断绝他们的财务供给。剧中主角前秘密行动特工迈克尔•韦斯顿（杰弗里•多诺万饰）发现自己“名列”其中，他的前女友菲奥娜•格伦娜（加布里埃尔•安瓦尔饰）在迈阿密（他的家乡），她是前爱尔兰特工和爆炸专家。迈克尔在家乡需要保持低调，否则就有被前盟友和宿敌绑架的危险。

虽然大多数慢热关系——恋爱开始时是柏拉图式的，充满了紧张感，但迈克尔和菲奥娜的爱情已经是过去式，问题在于“他们会不会复合”。对有点顽皮的迈克尔来说，菲奥娜太反复无常，很难伺候。当然，他们依然互相吸引，只是他们的上一段恋情结局很糟糕，所以他不愿意重蹈覆辙。另一方面，菲奥娜仍然痴恋着迈克尔，非常享受共同承担危险任务的工作乐趣。对菲奥娜来说暴力就像前奏，所以他们的关系更像是逐渐解冻，而不是慢慢升温。

禁忌之爱

这个类别包括人类和超自然生物之间的禁忌恋情，如《吸血鬼猎人巴菲》（*Buffy the Vampire Slayer*），吸血鬼安琪通过一个吉普赛诅咒找回了他的人类灵魂，与巴菲相爱。不幸的是，当他们激情过后，男友安琪失去了灵魂，再次回到黑暗世界，成为一个邪恶的吸血鬼，还放任自流。此外还有《吸血鬼日记》（*The Vampire Diaries*）、《真爱如血》（*True Blood*）、《我欲为人》（*Being Human*）和《超人前传》（*Smallville*）等剧。

此类别可以包含一段恋情，在这段恋情中一方或双方在身体上和/或情感上都存在距离感。《丑闻》中，奥利维亚·波普（凯丽·华盛顿饰）与已婚的美国总统（托尼·戈尔德温饰）有染。《绝望主妇》中，花瓶妻子加布里埃尔·索利斯（伊娃·朗格利亚饰）与十几岁的花匠约翰（杰西·梅特卡夫饰）有一段风流韵事，这可不是玩闹，而是违法行为。

三角关系

《国土安全》中，归来的战俘、海军陆战队中士尼古拉斯·布罗迪仍然深爱着已分居的妻子杰西卡（莫丽娜·巴卡林饰），同时他也陷入与中情局特工卡莉·马蒂森（克莱尔·丹妮斯饰）的强烈感情之中。这种关系的复杂化在于，杰西卡现在已与尼科拉斯的好友——美国海军上校迈克·法伯（迭戈·克拉滕霍夫饰）处于恋爱关系中——尼古拉斯已经7年杳无音信，她以为恋人早已不在人世。

在《公园与游憩》第2季中，安（拉什达·琼斯饰）和安迪（克里斯·普拉特饰）同居后不久就分手了，因为此时的安迪不负责任、自私自利。后来他找到了工作，变得稳重起来，安重新开始觉得安迪有魅力。不过，安迪却看上了阿普里尔（奥布瑞·普拉扎饰）。她刚刚与两个同性恋男友（他们正在约会）断开，也开始追求安迪。

在《真爱如血》第1季中，苏琪·斯塔克豪斯（安娜·帕奎恩饰）爱上了“年轻”的吸血鬼比尔·康普顿（斯蒂芬·莫耶饰），但是当一个年长的吸血鬼埃里克·诺斯曼（亚历山大·斯卡斯加德饰）出现时，比尔变得暴躁起来，苏琪和埃里克开始交往。

《胜利之光》第1季中，在明星四分卫杰森（斯科特·波特饰）在球场上受伤，他的女友丽拉（敏卡·凯利饰）发现自己被性感的蒂姆（泰勒·克奇饰）所吸引，到了考验她忠诚和心灵的时候——丽拉最终从反复无常的黑豹队拉拉队长成长为忠诚的基督教青年领袖。

在《童话镇》（*Once Upon a Time*）第1季中，来自魔法森林童话王国的白雪公主（吉妮弗・古德温饰）和白马王子（乔希・达拉斯饰）似乎命中注定要在缅因州童话镇以玛丽・玛格丽特和大卫・诺兰的身份转世。不幸的是，大卫和凯瑟琳（阿纳斯塔西娅・格里菲斯饰）订婚了，凯瑟琳也就是大卫喜欢的童话世界里的阿比盖尔公主。

在《我为喜剧狂》（*30 Rock*）第4季中，杰克・多纳吉（亚历克・鲍德温饰）爱上了艾弗里・杰塞普（伊丽莎白・班克斯饰）和南希・多诺万（朱丽安・摩尔饰）——两个女人互相都不知道对方的存在。他试图分别与她们约会，也想弄清楚自己到底爱谁。南希是杰克的高中女友，为了他而离婚；而艾弗里是杰克的同盟/利剑，她总是想独立于男人。直到南希无意中发现艾弗里怀了杰克的孩子，而杰克却一无所知，这段三角关系才得以曝光。杰克意识到艾弗里可以给他想要的一切，南希放手了。杰克和艾弗里迈入婚姻殿堂，生了孩子（第5季中），后来他们又高高兴兴地离了婚。

以金钱、权力等为目的的感情

此类型包括《应召女郎的秘密日记》（*The Secret Diary of a Call Girl*）、《大器晚成》（*Hung*）和《客户名单》（*The Client List*）等。

更细致的版本是将性与爱情当作工作的一部分，如《美国谍梦》（*The Americans*）中的伊丽莎白和菲利普・詹宁斯（克里・拉塞尔和马修・里斯饰），为了秘密的克格勃任务他们假装成幸福的夫妻。

《纸牌屋》中，弗兰克・安德伍德（凯文・史派西饰）为了自己的政治利益（与职业发展）与一个虚伪奸诈、野心勃勃的记者发生性关系。

《广告狂人》中，琼・哈里斯（克里斯蒂娜・亨德里克斯饰）是身材丰满的女性，她担任着办公室经理职务，同时也是苦苦挣扎的单亲妈妈。她为了突破职业瓶颈进入由男性主导的公司高级管理层，而同意与一位重要的客户发生性关系。这个举动虽然会带给她职场上战略性的大幅进步，也会让她的人生从此苦乐参半，赢得了职场，却会为一夜情而羞愧难当。

《国土安全》的剧情伊始，我们并不确定中央情报局特工卡莉是在诱惑英雄还是真的爱上了他；反之亦然，我们也不确定战场英雄对卡莉的情感是一种瓦解策略，还是爱情。这是一场猫鼠游戏，谁在扮演着捕猎者角色，为什么扮演，一切还没有定论。

寻找真爱

此类型包括那些努力寻找真命天子（女）的角色，他们总会陷入一种从约会到希望再到拒绝/被拒绝的永无止境循环之中，一遍一遍重演。

在《衰姐们》中，汉娜·霍瓦特和她最好的朋友玛尼（艾莉森·威廉姆斯饰）、杰西（杰米玛·珂克饰）和肖莎娜（左思莎·马梅特饰）努力地去吸引他们各自的男友，同时由于内心的不安全感、神经质、害怕过度亲密而放弃与厌弃自我。这些情绪影响和破坏着她们各自的爱情关系。她们的生活很有烟火气，看起来也有趣，但令人心碎——这种巧妙的创作系列还能持续多久呢？

《我为喜剧狂》：如果说利兹·莱蒙（蒂娜·菲饰）有一点一直没有变，那就是她从不放弃。从在牙医那里遇到的神秘人（韦斯利·斯奈普斯，迈克尔·希恩饰），到克利夫兰好男人（弗洛伊德·德巴伯，杰森·苏迪基斯饰），再到与喜剧大师同名的帅气飞行员（卡罗尔·伯内特，马特·达蒙饰），利兹已经多次在梦中与情人近在咫尺。但总有一些事情会破坏她的美梦，包括她发现其中一个男友曾在《捕猎恋童癖》中出镜，直到有一天她遇到了星战迷克里斯·克洛斯（詹姆斯·马斯登饰）才找到了如何快乐地成为妻子和母亲的生活方式。

《明迪烦事多》（*The Mindy Project*）：明迪·拉希里（Mindy Lahiri）喜欢浪漫的电影和浪漫的大场面。她对流行电影的情节滚瓜烂熟，这使她萌生出寻找真命天子的念头。她认为乔希（汤米·杜威饰）就是这样的人，他是一名体育律师，拥有电影中理想男友的全部特征——只是他已有女友，还吸毒成瘾。与利兹一样，她不甘心，后来遇到了一个可爱的外交官凯西（安德斯·霍尔姆饰）。凯西及时告诉她，她太自恋了。为了证明凯西对自己看法有偏差，明迪决定与他一起去海地执行为期一年的任务。与此同时观众想知道的是，她和妇产科同事丹尼（克里斯·梅西纳饰）何时才会意识到他们俩才是天生一对。下一季，她会去海地吗？

另外《甜心俏佳人》《欲望都市》也是如此。

坠入爱河

年轻爱情类。经典之作《纯真年代》（*The Wonder Years*）恰到好处地诠释了对初恋的怀旧之情，为我们提供了一个双重视角。凯文（弗雷德-萨维奇饰）是一个缺乏安全感的孩子，爱上了看似遥不可及的温妮（丹妮卡·麦凯乐饰），而剧情通过凯文成年后的画外音来回顾自己的爱情生活。

《我的青春期》（*My So-Called Life*）虽是一部美国广播公司（ABC）的短命剧集，却因其细致而真实地描写了浪漫的高中生活而备受推崇。女主角是安吉拉·切斯（克莱尔·丹妮丝饰），爱上了忧郁、冷酷、无情的乔丹·卡塔拉诺（贾里德·莱托饰）。他们之间紧张而缓慢的爱情进展复杂而迟滞，有短暂的眼神交流，也有少年人特有的尴尬。安吉拉的青梅竹马朋友布莱恩·克拉科夫（德文·古莫索尔饰）对她充满仰慕，一直暗恋着她。所有的这些令安吉拉的成长过程略显混乱。《我的青春期》的创作以少叙述故事、多挖掘每一个细小瞬间为准则。

在MTV播出的《懵懂少女》(*Awkward*)中，社交达人珍娜·汉密尔顿（阿什莉·瑞卡兹饰）在浴室里发生了一场怪异的意外，学校里的人都误以为这是自杀式求救。于是，珍娜决定通过博客把她的不幸变成祝福。很快，她把童贞献给了大帅哥马蒂·麦茨本（博·米尔乔夫饰），马蒂喜欢珍娜的离经叛道，但却不希望公开他们的关系，他要维护他的校园形象。他们一直保持秘密情人的关系，直到有一天珍娜对马蒂的好友杰克·罗萨蒂（布雷特·达文饰）产生了感情，现在她有了自己的秘密。该剧的风格让人联想到已故伟大的导演约翰·休斯的电影，他有一种不可思议的能力，让我们跟随剧情时而笑、时而哭，总让我们陷入感动中不能自拔。

还可以参看《绯闻女孩》，它描写了愤世嫉俗的富家子弟与他们的“危险关系”，此外还有《美少女的谎言》(*Pretty Little Liars*)。

挑战极限

无论是《斯巴达克斯》(*Spartacus*)、《权力的游戏》和《都铎王朝》(*The Tudors*)中的狂欢场景，还是《明星伙伴》(*Entourage*)、《衰姐们》《整容室》《广告狂人》《真爱如血》和《大器晚成》中的两性行为，既有露骨的场景，也有简单直接的表现。这些都是有线电视中比较前卫的剧。还可以参考《同志亦凡人》(*Queer as Folk*)、《拉字至上》(*The L Word*)、《嗜血法医》《单身毒妈》《欲望都市》《美国恐怖故事》(*American Horror Story*)、《整容室》《美国谍梦》《红鞋日记》(*Red Shoe Diaries*)和《应召女郎的秘密日记》。

虽然爱情故事的成分并不是一部剧成功的唯一原因，但它无疑是作品长盛不衰的重要因素。如果把这些系列剧中性的化学成分去掉，大多数剧很快就会下线。或者正如著名导演兼编剧保罗·马祖斯基所说的那样：“所有的故事都围绕着爱情展开的。”

办公室爱情

职场剧（程序剧）除外。请注意以下每一部都有自己的内部故事引擎，为它们提供了无限的情节线索。

- **《干杯酒吧》**：共11季，讲述波士顿酒吧的伙计们。

  故事引擎：调酒师、服务员和酒吧招待。

- **《办公室》(美版)**：共9季，宾夕法尼亚州斯克兰顿市的杜德·米夫林纸业公司拍摄的模拟纪录片。

  故事引擎：不称职的员工和稳定的办公室政治。

- **《广告狂人》**：共6季，以20世纪60年代的纽约为背景，麦迪逊大道上的广告公司高管及其秘书、妻子、情人们。

故事引擎：在民权运动和女权运动之前和期间的办公室政治、裙带关系、性别歧视、种族主义，婚姻和家庭纷争。

- **《墨菲·布朗》**（*Murphy Brown*）：共10季，“仅供参考”式的华盛顿特区政治新闻节目。

故事引擎：幕后的办公室政治，以墨菲（坎迪斯·卑尔根饰）混乱的个人生活为背景的最新新闻。

- **《玛丽·泰勒·摩尔秀》**：共7季，明尼苏达州明尼阿波利斯的新闻编辑室。

故事引擎：报道新鲜新闻的无能，玛丽的浪漫生活，工作和家庭中的友情。

经久不衰的法律剧与医疗剧

继《辛普森一家》之后，下一个收视率冠军是迪克·伍尔夫的《法律与秩序》——该剧横跨20季，并推出了多个衍生剧（《特殊受害人》《犯罪倾向》和短暂的《陪审团》）。《法律与秩序》在全球范围内取得了巨大成功，许多案件是从“从新闻头条中剥离出来”，为每一部有剧本的程序剧铺平了道路，尤其是《犯罪现场调查》（*CSI: Crime Scene Investigation*），以拉斯维加斯为背景，它已播出了13季，还在不断地制作中。再加上它的衍生剧《犯罪现场调查：迈阿密》和《犯罪现场调查：纽约》（*CSI: NY*）。还有法律或者医疗程序剧，在每集的A故事中，提供了本周的封闭式案件，以系列化的个人故事，倾向于在完整的一季之中形成弧线。

其他：真相就在眼前

下面这些长寿剧系列和近期的热门剧集很难归类。每部剧都有标志性的主角和独特的故事风格（不仅仅是噱头），它们都成功地迎合了时代潮流。每部剧是一个或多个类型的混合体，具体如下。

- **《超自然》**：9季以上——兄弟俩在这部兄弟情/家庭/科幻/悬疑的混合体中，寻找超自然现象和他们失踪的父亲。
- **《X档案》**：9季——“犯罪”题材，但案件围绕着超自然现象展开。
- **《嗜血法医》**：8季——“犯罪”题材，剧中主角白天是警局的刑侦专家，晚上则是一个连环杀手；还包含了家庭剧元素，他的妹妹和已故的父亲也在其中。
- **《火线警告》**：7季——“犯罪”题材，迈克尔·韦斯顿（杰弗里·多诺万饰）已经名誉扫地，不再是政府认可的国家特工。
- **《迷失》**：6季——飞机失事之后，在一个神秘的岛上幸存者组建成为一个大家庭。

- 《**真爱如血**》：6季——友情/家庭/超自然/恐怖剧的组合体，足以证明观众似乎对吸血鬼有着无限的胃口。
- 《**行尸走肉**》：4季以上——友情/家庭/超自然恐怖剧的组合体，进一步证明观众似乎对僵尸有着无限的需求。

> 对于一部新剧来说，有价值的检验方法是尝试在试播剧之外，想出至少6个未来的剧集创意。最理想的情况是，一方面在这部剧的初期开发阶段，故事前提应该会触发多种可能的情节，虽然这会让你的脑瓜爆炸。另一方面，如果在构思第1季时遇到了困难，充分说明此故事前提太过有限和/或存在缺陷。这时，你需要后退一步，重新打磨、修改、调整构思，然后重启故事。

第8章
识别角色的弱点

我们都有优点和缺点。在电视连续剧中，这些特殊的优势和缺陷对喜剧和剧情剧都是至关重要的。作为讲故事的人，我们的主要目标是让我们的角色变得可亲可近，让观众易于接受，让他们对一周又一周的故事产生情感上的投入。我们需要观众为剧中人物的成功而欢呼，也需要观众为剧中人物的失落而伤心。我们需要观众关心我们的人物，让他们在内心深处对剧中人物感同身受。而这个切入点的关键在于通过角色的弱点来实现。

一般来说，人们往往会因为身体和/或心理的局限性而感到脆弱，如：

- 缺乏基本生存资源和安全保障，如《行尸走肉》《迷失》《灭世》(*Revolution*)；
- 被困/缺乏自由感，如《越狱》《美国谍梦》《童话镇》；
- 缺乏金钱，如《绝命毒师》《单身毒妈》《破产姐妹》；
- 身体和/或心理不健全，如《豪斯医生》《嗜血判官》《大佬》(*Boss*)；
- 无资质或临危不乱，如《傲骨贤妻》《X档案》《裂痕》(*damages*)、《朽木》(*Deadwood*)、《胜利之光》、《为人父母》；
- 在一段关系中缺乏信任和/或自信，如《衰姐们》《欲望都市》《丑闻》《实习医生格蕾》；
- 缺乏朋友/家人/盟友的忠诚支持，如《广告狂人》《黑道家族》；
- 时间紧迫，如《杀戮》《24小时》《国土安全》。

如果人物缺点是其背景故事的有机组成部分，那么在一部剧漫长的故事展开过程中这些缺点往往就会是最有效的故事原动力。背景故事通常只是在试播集或前几集中隐晦地暗示一下——这对编剧和观众来说都是件好事，我们不了解的角色往往比我们了解的更具吸引力。

以情节为启示

电视剧的目标是逐次剥开人物的层层防御和隐喻的面具，让观众参与到对每个角色的探索中去。随着剧情的发展，角色会随着一季又一季的剧集而不断进化。根据剧集的不同，角色的演变不一而足。有些几乎无法察觉，如《豪斯医生》；有些发生了细微而巧妙的变化，如《广告狂人》中的唐·德拉珀；有些角色几近重塑，如《绝命毒师》中的沃尔特·怀特。剧集的类型、风格、基调和节奏将决定着角色随时间而演变的程度。程序剧如《法律与秩序》和《犯罪现场调查》等，完全由情节驱动，往往很少有人物发展。连续剧是以每一季角色的成长为特点的，性格发展呈渐进趋势——有时有结局，有时是开放式结尾——根据角色的需要和观众的期望，剧情发展也会来回摆动（我采访过的每一位制作人都非常重视剧集的在线留言板）。

情景喜剧角色是一种独特的存在，角色们通常会随着每一集剧情的挑战、互相之间的嘲讽，以及诱惑而变得更加根深蒂固。他们可能会相爱，也可能失恋，但几乎总是会回到原点，回到他们性格的舒适区——这也是我们作为观众的舒适区。正因如此，我们会同人物一起欢笑，嘲笑他们的弱点，正是由于这一切太熟悉了，最后总是回到同样的尴尬境地。

但在电视剧中，一旦观众觉得自己对所有人物的一切都了如指掌，剧集往往就会变得呆板乏味。基于这些原因，无论是为一部已经播出一段时间的电视剧续写，还是在为一部已有“标配”情节的剧撰写试播集，你都应该寻找角色性格中未被发掘的特质。他们面临哪些情感和挑战，有哪些深层的恐惧会被新的角色和情境触发，有哪些新的挑战让人感觉到与剧集的设定是有机部分，我们能清晰地看到其中的因果关系吗，新的情境是基于人物生活而产生的，还是编剧强加于他们的噱头，是否令人感觉太过矫揉造作？

到了《衰姐们》第2季的结尾，汉娜（莉娜·邓纳姆饰）不知从哪里冒出了强迫症，就像一个已经非常古怪的角色又增加了一些不必要的点缀一样，观众很快出现了反面评价。

理想的情况下，一名角色的主要缺陷或弱点会以高调或隐晦的形式在试播剧中显示出来，而这些只是好角色成功的一半。

优点与缺点最大化

每一个潜在的弱点或缺陷（-）都需要某种积极的力量（+）加以衬托，因为所有标志性人物都是基于他们的+/-矛盾而让我们着迷。格雷戈里·豪斯医生有一条残疾的腿，对止痛药上瘾，对病人缺乏同情心，是个不可救药的疯子。但我们可以忍受他，因为他医术高超。他还在剧中说了一些观众心里想说的话，比如“你可以认为我错了，但这不是放弃思考的理由”。这就是戏剧的魅力所在，虽然不能在现实生活中说出这些话，但我们可以像豪斯博士那样间接地观察和表达。豪斯医生会改变吗？不可能。他每周都在类似的危险边缘周旋，惹怒所有人。同时作为一名医生，他也能不懈地坚持下去，并以自己的方式取得成功。他就是这么厉害。

同时，《黑道家族》中的托尼·瑟普拉诺（詹姆斯·甘多菲尼饰）也是一个典型的例子，他强大、拥有权力且内心复杂，他是黑手党老大，同时也存在一个很大的缺陷：他被诊断为抑郁症。从确诊的那一刻开始，观众就在猜测他什么时候会神经崩溃或是会打断别人的膝盖。这让我们（还有他）一直处于紧张状态。虽然他做了很多令人震惊的事情——不断地欺骗妻子，忽视孩子，杀死敌人和前盟友——但抑郁症这一点却让我们与他有了联系，即使处于权力和影响力的中心，他也和我们有相似之处。他总是在思索生命和死亡的意义，为忽视孩子和对妻子撒谎而感到内疚，他认为自己是虔诚的天主教徒和爱国者。有时，当出于被迫不得不遵守黑手党法典时，他也会感到懊悔，这令他的个人道德观变得矛盾。托尼经常不得不表现得像个怪物，只有经常性地拜访态度中立的心理医生梅尔菲博士（洛林·布拉科饰），才让他仍然想方设法坚持内心的人性。而他也有一些好的方面：喜欢动物，比如一匹珍贵的马和游泳池里的鸭子，我们知道他在内心深深地爱着他的妻子和孩子，但他的成长经历给他留下了永久的伤疤。

《广告狂人》中的唐·德雷珀（乔恩·汉姆饰）相貌英俊，似乎永远能够掌控全局。他生活富裕又有一份有趣的工作，可还是感到不快乐。从化名为唐•德雷珀（出生证上，他的名字是迪克·惠特曼）的那一刻起，他就过着欺骗、滥交和虚伪的生活。观众一直追随着他的脚步，只是因为他与豪斯医生一样，在他所擅长的领域的确才华横溢：总能赋予广告以深刻的意蕴。但这些并不够。我们同情他，还因为在内心深处他也厌恶自己。唐·德雷珀不想成为骗子，就像我们每个人都不想犯罪一样，所以我们才会同情他、宽恕他。设计这类人物的危险在于，把一个角色的缺陷做得太过完美，观众会渐渐地不再关心这个角色。随着剧集的继续，唐·德雷珀就游走于反英雄和被忽视的边缘。

奥利维亚·波普（凯丽·华盛顿饰）在《丑闻》中一直表现得圆滑、内敛、凶狠而睿智，她的性格缺陷在于，与一个已婚男人——时任州长的菲茨杰拉德·“菲茨”·格兰特（托尼·戈尔德·温饰）有染，而菲茨现在已经当选为美国总统。有人批评她是个被美化的情妇。在第2季时，这段婚外情已经结束了，但是她对他仍有爱意。她擅长处理危机却身处于单相思之中，我们认同并接受奥利维亚是因为知道那是什么感觉。她的缺点再次向观众表明，我们的缺点远比看上去更复杂。

《绝命毒师》的试播集中，沃尔特·怀特是一名高中化学老师，面对肺癌晚期无法手术的绝境，他生活无望。但很快沃尔特就开始制造冰毒来养活他的家人。虽然我们讨厌他所做的事情（制造毒品），但他的理由是那么无私：为了家庭。他的性格缺陷是自负和自欺欺人的“善意”。很明显，他的性格之旅与家庭无关——只与他本人有关。这段旅程是他的生活由平庸上升至权力中心过程，“谦卑的人必继承土地”，事实上他确实如此幸运。我们为什么愿意跟随他？还是为了愿望的实现，正如俗话所说，我们许多人的生活都是在平静的绝望中度过的，沃尔特能带我们达成愿望。

在《国土安全》中，卡莉·马蒂森（克莱尔·丹妮斯饰）在第1季中隐瞒了自己有家族遗传精神疾病的病史，这种不安全感令她在中央情报局的反恐任务中高度警惕。她时常打破常规，还总将自己置于危险的境地。明知布罗迪可能是一名危险的恐怖分子和“变节”特工，卡莉还是与布罗迪（达米恩·刘易斯饰）展开了一场极其危险且不恰当的约会。是什么让卡莉如此执着于她的工作：快速而灵敏的直觉——另一面也是她的最大缺点：太过冲动、偏执和叛逆。我们钦佩她的勇气，钦佩她在面对重重障碍时所表现出的信念。例如，她威胁沙特外交官，如果不配合就把他最喜爱的女儿从耶鲁大学开除。在剧中那个更关心政治而非政绩的官僚机构中，她是真理的代言人。她像一位独行侠，一个局外人——与布罗迪一样。我们也许不会原谅她的过失，但我们能够理解她与布罗迪的关系，因为布罗迪与她有同样的困惑和偏执，我们对他们的禁忌之恋感同身受。也许爱情可以征服一切。

通过优点识别弱点

剧中主角的弱点是什么，他会用优点来弥补吗？例如，在《生活大爆炸》中，谢尔顿·库珀（吉姆·帕森斯饰）是一个自负的科学家，在朋友们之中他最聪明，但他对讽刺和挖苦却一窍不通，有时甚至令人生厌。他的性格缺陷因其缺乏社交技巧而弥补、缓和，这使他变得有点可爱。即使再聪明又怎么样呢，他没有女朋友（因为他害怕细菌和身体接触），直到二十多岁时才交了一个女朋友——许多观众认为这是顺其自然的。虽然他可能比我们聪明，但他并不比我们出色，因此他才是可亲可爱的。

《基本演绎法》中，夏洛克·福尔摩斯（乔尼·李·米勒饰）是个推理天才，但他在社交场合表现很糟糕，和谢尔顿·库珀一样，他总是房间里最聪明的那个人，却被朋友们厌恶到了极点，甚至被列为不适合被邀请参加晚宴的人。我们可以接受他的缺点，也因为他不是健康人——一个试图恢复正常生活的瘾君子。他吃过一些苦，仍然难以相处，我们知道他至少在尝试着与琼·沃森（刘嘉玲饰）正常相处，他们在纽约市解决了一些最棘手的案件，琼是他最清醒的搭档。

在《识骨追踪》中，由艾米丽·丹斯切尔饰演坦普伦斯博士，其性格又一次与谢尔顿·库珀有相似之处：聪明但缺乏社交能力。就像她的名字“坦普伦斯”（Temperance）一样：节制——意味着一种性格缺点，做事克制和控制过度。听起来就不是一个有趣的人。即使再聪明，只要一提到流行语，她也会经常说：“我不知道那是什么意思。”她的缺陷就是太聪明，几乎超出了我们的文化范畴，但我们仍然可以接受她。

通过这些例子，某个主题开始浮现：观众可能不会对平庸的角色感兴趣。人性就是这样，我们会给那些天才更多的回旋余地。

缺陷在节奏中的启示

角色的性格缺陷随着时间的推移而逐渐扩大和加深。《广告狂人》的试播剧中，我们知道唐·德雷珀是个花心的人，但直到第6季才发现幼年时他的母亲曾做过妓女。

从《丑闻》的前5集中，我们推测奥利维亚·波普是家庭破坏者，因为她跟已婚总统搞婚外情——直到第6集时我们才知道，总统菲茨的婚姻是政治联姻。我们还推测菲茨是主谋，毕竟他比奥利维亚更有权势和政治地位——直到第2季中，我们又发现奥利维亚实际上是通过一场菲茨并不知情的作弊选举，帮助他入主白宫的。随着奥利维亚的（善意）秘密和谎言交织而成一张生活大网，她在爱情、生活和职业生涯中变得越来越脆弱。从前她处理与操纵秘密游刃有余，现在她只在周围的人中打转，这一切摧毁了她——也增加了剧集的危机感。

大多数电视剧中的偶像人物都会不断地与自己的缺陷和内心的恶魔作斗争，试图超越自我，而其他人物则不是这样。还有一些美剧的预告段落都是由他们的缺点（《豪斯医生》《嗜血法医》《神盾局》《绝命毒师》）推动的。有些人会屈服于这些缺陷。

在一个长剧的结尾，一些主角可能会克服他们的主要缺点，学会宽容、信任和爱。在《X档案》的结尾，穆德和史高丽终于在51区看到了真相，不再否认他们对彼此的感情。而在《迷失》中，人们真正地看到了万丈光芒。

> 在电视连续剧中，一个角色最大的优势同时也是他或她最大的责任，没有什么比这一点更能令人满意。这种内部/外部的斗争与推动将有助于维持系列剧人物的多季命运。长久维持戏剧性的诀窍在于让你的主要角色保持这种状态。当外在的恶魔暂时被压制时，内心的恶魔就要适时地抬起他们丑陋的头颅。

访谈：大卫·肖

《豪斯医生》（执行制片人/编剧/创作者/导演）

2005年获艾美奖最佳编剧

2006–2009年获艾美奖剧情类最佳剧集提名

2010年获美国编剧工会（WGA）剧情类最佳剧集提名

《骇客》（*Hack*）（执行制片人/编剧）

《家庭法》（*Family Law*）（执行制片人/联合制片/编剧）

《法律与秩序》（制片人/监制/编剧）

1998-1999年获艾美奖最佳剧情类剧集提名

《正南方》（*Due South*）（编剧）

《律师本色》（*The Practice*）（编剧）

尼尔：我们都在讨论长达八季的《豪斯医生》，这部剧之所以如此受人喜爱并经久不衰，部分原因在于由伟大的中心人物为起点来讲述故事，这是一个有标志意义、有缺陷、常常令人发狂却又迷人而复杂的男人。而且，在我看来，这部剧的定义是每个人都在进步，除了豪斯医生没有改变。能谈谈你最初创作时的故事策略吗？

大卫：刚开始写试播集的时候，我并不完全清楚这个角色是怎样的——尽管很快就清楚了。我强烈地感觉到，当这个角色面临的挑战越大时，他就会越强。所以他能够侦破一个又一个的谋杀案，却并不是真正的侦探。对我来说，拥有这些极具挑战性的神秘故事是很重要的，同时他身边的人物也很重要。当然周围的人有点被他盖过了风头，这一点我也清楚。他身边的人们需要非常聪明、非常有趣、非常有挑战性，因为我们评判的标准正是他做出的判断和与他建立的联系。周围人都必须以一种配得上他的方式来挑战他。他们都是专业人士。

尼尔：所以他会表现出不同的方面？

大卫：我不太确定这个人会带来这个方面或那个方面的影响，但很明显地，他的团队存在自下而上地挑战他的事实。他们如何回应他呢，如何反抗或不反抗？他最好的朋友也存在同样的问题——如何从不同的角度反抗或不反抗他。这是他的信仰。谁会是他的朋友，也是一个不断挑战的问题。显然，威尔逊（罗伯特·肖恩·伦纳德饰）也有自己的心魔。他虽然没有搞砸，但在某种程度上他必须和豪斯一样复杂化。在某些方面，最具挑战性的是他的老板库迪（丽莎·埃德尔斯坦饰）。当你创造了一个像豪斯这样的角色，他就像压力泵一样，做着令人难以置信的不恰当的事情。你该让老板怎么办呢？如果老板压过了他，他就什么事都做不了；如果他压倒了老板，那么她就变成了克林克上校（来自《霍根英雄》），只是一个精彩的情景喜剧角色，无法成为一个优秀、有趣的电视剧角色。很早以前，我们就做出决定，这个角色应该有趣，且具有长期的戏剧效果，那么她应该成为挑战豪斯的角色，同时也了解他的价值，更多地在于管理他，而不总是让他闭嘴、让他离开。当他需要的时候，他会绕过她，但是当她允许他做一些出格的事情之时，她的做法也会让我们感到惊讶。她还必须赢得一些胜利，但显然不是全部胜利。

尼尔：你一开始就知道人物关系会慢慢升温吗？

大卫：这是试播集里写的。我认为威尔逊曾说过一些自作聪明的话，说爱与恨只在一线之间。即使我没有这样写，可当我看到休·劳瑞和丽莎·埃德尔斯坦在一起工作的时候，很明显，我们必须马上着手处理的就是性关系的紧张。这很有趣。

尼尔：一般来说，你创作故事的过程是怎样的，会从角色入手吗，你会从一集的主题开始吗，还是从医学之谜开始呢？

大卫：没有硬性规定，但我试图制定一些规则，包含两点，首先是人物要与主题相匹配。人物已经确定，主题基本上是每周的患者。这个星期的患者是谁？主题的意义是基于一个有趣的团队，豪斯的有趣之处是他对团队所有人的反应。他从别人身上读到的东西。他是对还是错？如果是正确的，这说明了他怎么样？如果是错误的，又说明什么？这一条同样适用于故事中每周的患者。有的患者声称自己从不说谎。豪斯对此有什么看法，他对说谎有什么看法？显然，他认为每个人都在撒谎。这是一件好事还是坏事，他认为那个患者所说的话是在撒谎吗，那他们又为什么要撒谎，这是一种病态吗，这属于医学问题吗？我需要是这种人物概念。其次，还需要一个好的医学故事。每隔一段时间，就会有编剧带来一个非常有趣的医学故事。我会答复他："这很好，但你也需要找到一些有个性的东西。"同样地，他们有时会带来一个很棒的人物，接着也会尝试将它与故事线中的位置相匹配。我希望两者都与主题相关，但又不是那么显而易见。

尼尔：所以你的A故事一般都是医学案例。那怎样才算是一个有价值的A故事呢？当你提出一种罕见而神秘的疾病时，我可以想象，它的价值在于必须有曲折的情节。

大卫：在这方面更像一部警匪片。你需要迂回曲折，也需要沿着一条路走下去，也许会发现那条路是错。这是节目模式，一点也不必为此遗憾，我们有时也会偏离方向。

尼尔：如果是一个过于明显的医疗解决方案呢，它的价值何在？

大卫：吸引我们的是那些足够严重，甚至可能危及生命的症状，表面上病因含糊不清，症状却足以掩盖真实的情况，这也正是红斑狼疮不断被提及的原因。不幸的是，对于红斑狼疮患者来说，它可能非常严重，但也很难诊断。世界上有一种疯狂的疾病导致你的左耳脱落，从故事层面上看这个故事很吸引人，在视觉上也很戏剧化，但如果仅有一种病症呈现这种结果，对我们来说这种疾病反而不是我们想要的。

尼尔：你是采取了戏剧化的手法，还是尽量保持科学和医学的真实性？

大卫：我们非常努力地保持科学的忠实性。我们尝试尽可能多地与角色有关，尽量少地与医学有关，但这部剧需要的是医学的内核和骨架。这是我们做这部剧的初衷，确实有这种责任。毕竟，你拥有数百万观众。即使只有0.1%的人患有这种疾病，仍然有成千上万的人在看你的节目。我们不能给人以虚假的希望或虚假的恐惧。现在也有各种各样的研究表明，人们从看电视的过程中获得了惊人的医学常识。

尼尔：在创作开始时你会设计整季中每个角色的性格弧吗？

大卫：我们通常会设计半季的性格弧——有时多些，有时少些。我们会进行几周小组讨论，确定在前半季想清楚要把角色带到哪里。当然只是希望，我们尽可能地这样做，通常是半季。然后，当我们接近这条性格弧线的终点时，就会讨论接下来要做什么。如果豪斯和卡迪分手了，那么分手的后果是什么呢，接下来我们会带他们到哪里去呢。

尼尔：有一集是“谁变了？”——当你纵观《豪斯医生》的四季剧情时，有趣的是“没有人会改变”。在你看来，你的角色改变了吗，还是因为暂时的挑战让他们有所调整？

大卫：在电视领域，特别是如果你做的是一个百分之百的连续剧，在这方面是非常容易的。你不用担心这个问题。但如果是做“混血”剧，你就会遇到这样的难题：“这对他有什么影响？他是如何改变的？”休曾经说过，电视和电影的区别在于，电影中的主角会变，而他身边的人都是一样的，而电视中的情况则完全相反。这话有一定道理。我的角色没那么大变化，对此我有很多借口，我不确定“借口”这个词是否合适，也许可以用以下理由作为解释：（1）这部剧的主题就是“没有人会改变”，我相信这一点，我相信人们真的没有那么多的“改变”；（2）我不希望他们改变。这部剧是关于他的，我不希望让他改变，因为我喜欢他。所以人们以为他们想要他有所变化，但实际上并不是真的希望他有所改变。同理，他们想看到他找到爱和幸福，但他们并没有真的想让他找到爱和幸福。

反过来讲，我确实——真的不相信任何人都会改变，更有趣的是，看着有人努力改变，也许在细微之处有变化吧，也许又会改回来。

在关键时刻如何应对挑战，我们永远是我们自己。虽然我不认为编剧应该引用自己的话，但有一句台词我很喜欢。之前几季剧中福尔曼差点死掉时，豪斯说了这样一句话：“濒临死亡的感觉，永远地改变了两个月的一切。”人们如何应对没有改变和对自己的失望？是试探前进，还是永不后退。其实不是痛苦，只是处于痛苦之上。

尼尔：就成瘾和戒酒而言，有人说：“触底反弹之后，要么改变，要么死亡。”他一直在这样走钢丝。

大卫：你可以改变你的行为，但改变也很难做到。参加戒酒会，并意味着你不再是酒鬼，而只是一个不喝酒的酒鬼。从根本上改变“你是谁”，几乎是不可能的。

尼尔：考虑到角色的脆弱性和寻找新角色的机会，有一季豪斯几乎解雇了身边所有的人。当他雇用了新人，这让他有了新机会去开启新一轮的施虐行动。

大卫：正是如此。让豪斯探索新的人物和新的情境，分析他们，让他们在这个过程中了解自己。

尼尔：豪斯总能找到别人的阿喀琉斯之踵，并加以利用。他有没有做过什么令你震惊的事情——比如他开车闯入卡蒂家的时候？

大卫：那是我们最有争议的场景——超出我的想象太多。我早知道这很令人震惊。人们的反应似乎是他想杀了她。我从来没有这样想过，也许是我太傻了，但我真的从来没有这样思考过。按照剧本，应该是这样拍摄的：他透过窗户看到她离开了房间，然后他才发动车辆。这本来仅仅是一种暴力行为，绝不是谋杀未遂。这也是一个非常理性的人做出的非理性行为。另一方面，我认为有个场景很清楚地说明了他并不是想杀她，那就是在离开时，他脸上带着微笑，感觉好多了，这个场景告诉人们，他完成了他想完成的事情。所以很明显，受伤不是他想要的结果。拍摄完的场景让我很震惊……有的时候，你会说"是啊，我想他会这么做的"。而整个创意会令观众感到惊讶，同时又有意义。这是编剧描写所有迂回、曲折故事的基本原则。随着时间的推移，情况会变得棘手起来，就要努力找到第三条路。当所有人都期望让豪斯做什么事情时，你可以让他做出完全相反的决定，但是如果单纯地为了"完全相反"，就失去了任何意义。或许你可以找到一些与众不同的选择，这才是有意义的。让观众的期待感变为惊讶，这绝对是个挑战。我为此感到骄傲，这一点非常令人有成就感。举个具体的例子来说，假设你有一个病人自我感觉症状是这样的，而豪斯的认定却是另外一种观点，他有充分的理由来解释自己的观点。然后你就会说："哦，是这样的啊。"

尼尔：我想到了"死囚"那集，有一个死囚即将被执行死刑，但豪斯想给他治疗。这个死囚的病症比起另一个病人的绝症来说，他更看重那个死囚，可即便治好了死囚的病，他也会被执行死刑的。那是一个很有争议的情节，因为豪斯的立场令人惊讶。他和死囚之间存在一种有趣的关系，死囚是一个被社会谴责的人，而豪斯在某种程度上与之相关，这让我对豪斯的性格有了更多的了解。这绝对是一个巨大的道德灰色地带，强化了豪斯以一己之力对抗体制的独特感受。

关于建立和处理制片公司或广播网的指导和干扰方面，随着你越来越成功，他们会越来越宽松，还是继续给你要求？

大卫：非常非常少。每一个剧本我们都会收到一张反馈。嗯，甚至比这还少，有些剧本我们一张都没有。但每一个剧本发出去后都会有一个电话，他们会给我们一些建议。这些反馈通常很细节化，有时也会让我很担心，因为其实是需要他们——非情绪化的东西，我们希望有一个来自外部的观点来观察剧本，而且是客观的。有时真希望广播网的高管们能做到这一点，对剧本有一个真诚的回应。

尼尔：我曾问过维纳·苏德[1]关于《谋杀》中莎拉·林登（米诺·伊诺丝饰）这个角色，她很不讨人喜欢。她具有一些与豪斯一样的阴暗特质，工作也同样出色。关于豪

1 电视剧《谋杀》的执行制片人。——译者注

斯这个角色，或者过去、未来的任何一部剧中角色，对于可爱程度有什么困惑吗？

大卫：在我看来，世界上每个编剧都有自己的态度。令人惊讶的是，我几乎不受这方面的干扰。福克斯内部可能会有一些争执，而我在那里得到了保护。也许在一些无意识的层面上，他比我需要的更糟糕，所以我有一些地方可以依靠。他比人们通常在电视上看到的人物更差劲。他们确实说过，他们想要一些令人讨喜的角色。世界上每个编剧都想写出复杂的人物。我们想写出的是我们想看的角色。我们不是白痴。编剧必须要有商业嗅觉，必须写出观众们想看的东西。这就是我们所从事的工作。我们要讲出观众们想听的故事。不幸的是，电视网与制片公司经常把“可爱”理解为“好看”。这种“好看”其实就是无趣。我几乎没有什么阻力，我想如果在另一家电视网也许会有更多的阻力吧。福克斯还沉浸在西蒙•考威尔的光芒之中。

尼尔：但你也为《豪斯医生》的成功铺平了道路，因为在它成功之后，所有电视网的连续剧中都涌现出了这些黑暗、复杂的角色。

大卫：如果可以把这个功劳揽在自己身上，我倒是很乐意。如果由于我的作品令这件事更简化，那么我会更激动。因为这是每一个编剧都想做的，如果写得好，观众也想看。他（豪斯）擅长自己的工作，并不是简单地只想填饱肚子。他是痛苦的，在拯救生命。不管是什么原因——我们已经讨论过很多次了——最重要的是什么，意图还是行动。他的意图，比如说他对那个死囚的意图是，他觉得这样做更有意思，所以他就这么做了。

尼尔：我确信自己曾经在哪里读到过这句话，但你也可以说他更关心的是解开谜题而不是病人吗？

大卫：我觉得他绝对更在意这个谜题。话虽如此，但观众们选择相信这部剧是好事，毕竟他们选择相信它不止于此。而他们在一定程度上可能是对的。因为他们喜欢他，就会想把正面的观点强加给他。如果他只是到处说“该死的，我在救人”，那就没那么有趣了。如果一个人说“我对救人不屑一顾”，从根本上来说，这个人太可怕、太无聊了。但这是个有趣的案例，也许你能从他身上学到一些东西。也许，在某种程度上，你还会成长为你所尊重那个人，去拯救生命。这更有趣，更有说服力。

尼尔：从你的角度来看，豪斯是不是没有同理心，甚至可能是边缘自闭症？

大卫：这是推测出来的。我从来没有想把他作那么多的归类——可能有那种本质的东西在起作用吧。他的理由是，这些并没有用。还有他这样做事没有什么理由，并不能让案件更容易破案。如果非得说有什么原因的话，就是只会让案子更难解决。客观性是寻找真相是唯一的朋友。真相就是真相，他只是想把一切都看得很透彻。我之所以厌烦别人问为什么会豪斯会这样，要从作为编剧被采访时说起，真的无法回答这些问题。第一，这些问题应该由观众来思考，第二，任何简单的答案肯定都不是真相。我觉得我可以找到有一个理由，豪斯做了什么决定，那一集的编剧可以给出一个理由，同样地豪斯做了什么决定，休·劳瑞[1]也可以给出一个理由。当然，我们三个人应该是基本一致的，但是关于豪斯的举动，威尔逊也可以有一个态度，剧组可以有一个态度，卡迪[2]可以有一个态度，观众也可以有一个态度。而每一方的解释都应该是真相。豪斯说他是为了X，威尔逊说他是为了Y，他的团队说他是为了Z，而这三者都是豪斯这样做的原因之一。

尼尔：听起来，这部剧之所以能维持这么久，就是因为豪斯太神秘了。如果你把幕后的神秘之处展现出来，可能就没有那么有趣了。

大卫：不是那么有趣，但也不是真实的情况。答案永远不会是真相。“每个人都在撒谎”这句话在剧中经常出现。我不是说当答案是白色时，人们却会说黑色，而是说真相应该是灰色的，人们看到它时只是在辨别深灰或浅灰而已。观众们只愿意看他们所想看到的真相。每个人都有偏见。这一点才是所谓“真相”对于我和豪斯的真正意义，而实际上豪斯正在努力地超越这点。

1《豪斯医生》中豪斯的扮演者。——译者注
2 威尔逊和卡迪同为《豪斯医生》中的人物。——译者注

第9章
确立视点

讲故事的方法有很多种，而每一种方法都不尽相同，这取决于这部剧的内容，以及故事围绕着谁展开。所以，让我们从这个基本问题开始：这是谁的故事？

你有几种选择。以下是一小时剧、情景喜剧和半小时剧中所使用的不同类型视点（point-of-view）分类。请注意，这些类型之间也有很多重合之处。

单一主角视点。主要用于通过一个主导视角来展现一部剧的世界。在《嗜血法医》（*Dexter*）、《复仇》（*Revenge*）、《如果还有明天》（*The Big C*）和《护士当家》（*Nurse Jackie*）中，这种有限的视点尤为重要，因为这些剧中的每个主角内心都有一些隐秘的东西。德克斯特是一名警界的血液专家，同时也是一个连环杀手。《复仇》围绕着一个背负着家庭血债又年轻漂亮的社交名媛（冒名顶替者）而展开。在《如果还有明天》中，凯西·贾米森（劳拉·林尼饰）被诊断为癌症晚期，为了无怨无悔地度过余生，她宁愿忽视这一点。《护士当家》杰基·佩顿（伊迪·法尔科饰）是一位超有能力的急诊室护士、妻子和母亲，同时也吸毒，这个不良嗜好使她经常欺骗丈夫和孩子。

在上述每个例子中，观众都能看到角色的弱点，而在日常生活中，所有或大部分人都呈现出与主角相似的假象或人格，每个人都有不愿公开的秘密和不可告人的动机。

可参考《阳光照我心》《火线警探》（*Justified*）、《杀手信徒》（*The Following*）、《我的青春期》（*My So-Called Life*）、《火线救援》（*Rescue Me*）、《加州靡情》（*Californication*）。

单一的主角和一个主要的配角。《神探夏洛克（英国版）》《基本演绎法（美国版）》《绝命毒师》《豪斯医生》《谋杀》和《欲海医心》等剧都刻画了一个才华横溢但又有缺陷的主角，通常在社交方面很笨拙，还有一点点厌世和/或缺乏某项基本技能，因此在商业、爱情、生活和/或犯罪方面需要一个搭档。夏洛克·福尔摩斯需要华生来帮助他驾驭科技世界，弥补其在生活中的重要“盲点”：缺乏同情心。夏洛克是破解谜题和疑难杂案的专家，但他在人际关系方面却很差劲——这却是华生的强项。华生也是夏洛克假设的重要参谋，也是夏洛克（唯一）真正的朋友和知己。夏洛克需要华生，但他却不愿承认，这让他们之间的情谊充满了冲突和幽默感。

在《绝命毒师》中，沃尔特·怀特（布莱恩·克兰斯顿饰）开篇时是个不苟言笑的高中化学老师，也是个充满爱意的丈夫和父亲，与剧末时那个狂妄自大的坏毒枭相去甚远。前几季中，沃尔特完全依赖年轻的毒贩子杰西·平克曼（艾伦·保罗饰），他是沃尔特以前的学生之一。这两人没有任何共同点，共同的目标只有制造最纯正、强效的冰毒。以沃尔特的头脑和杰西的聪明才智，他们是天作之合。

格雷戈里·豪斯博士（休·劳瑞饰）是另一个杰出的社会遗弃者，他的知己詹姆斯·威尔逊医生（罗伯特·肖恩·伦纳德饰）是他的道德指针。豪斯医生经常和他的上司卡蒂（丽莎·艾德斯坦饰）针锋相对，卡蒂总是想随时打击豪斯的傲慢和不服，就像他随时破坏她的权威一样。尽管有卡蒂的存在，豪斯依然可以精准地完成自己的工作，但他与威尔逊医生的职业友谊，使他的效率如虎添翼。

在《谋杀》中，凶杀案警探莎拉·林登（米瑞尔·伊诺斯饰）是个充满激情、目标单一的人——她目标明确，甚至不惜走到极端的自我毁灭。但她的搭档斯蒂芬·霍德（乔尔·金纳曼饰）却不按常理出牌，既挑战她又支持她。尽管她在工作上做得很好，但如果没有霍德的支持，她也不会那么有那高超的技术——他们俩都深知这一点。他们之间有一种尊重和信任的默契感，并随着谋杀案起起伏伏。

在《欲海医心》中，两兄弟汉克·劳森医生（马克·弗尔斯坦饰）和埃文·劳森（保罗·科斯坦佐饰）经营着一家生意兴隆的“礼宾医生”诊所，为富人和名流们提供周到的上门看病服务。试播集中，汉克在纽约手术失误被指控，流落到汉普顿。随着剧集的进展，汉克展现出随和、脚踏实地的医生风范，对病人的态度也很好，但他缺乏弟弟那种商业头脑。这两兄弟是一对充满活力的组合，尽管弟弟埃文更多地像是个累赘。毕竟，埃文首先提出了礼宾医生的想法。就像大多数兄弟一样，他们可以看到对方最好的一面和最坏的一面，因为他们极其了解对方的优缺点。在关键时刻，他们会互相支持。

居于领导者位置的主角被全体演员包围。以下例子说明一个领导者的能力只有在他或她引导、责备、激励和鼓舞的团队中才会越来越强大。

在《丑闻》中，奥利维亚·波普（凯丽·华盛顿饰）是一位美丽、邪恶、聪明、机智的公共关系专家。她是商界的佼佼者——她狡猾而迷人，总是衣冠楚楚、如履薄冰，在华盛顿城周边谨慎行事，有着无可挑剔的声誉。在幕后，她是一个事无巨细的控制狂，私生活常常失控。奥利维亚有着超级敏锐的政治直觉，知道如何玩弄华盛顿的权力游戏，而且很少会输，因为她的幕后是一群精英专家。奥利维亚之所以能出色地完成工作，是因为她知道她可以毫无保留地信任她的团队，因为他们每个人都是“受伤的小鸟”——是奥利维亚亲手挑选、拯救和训练的。本质上，是她挽救了他们的生命，毫无疑问为了保护和服务老板，他们没有什么事不愿意做。

在《广告狂人》中，唐·德雷珀（乔恩·哈姆饰）一开始是广告公司的创意总监，也是公司成功的动力源。他放荡不羁，工作能力超乎寻常，擅长取悦那些软硬不吃的客户，也常常疏远自己的老板和同事。唐是一个自我毁灭型天才。有一段时间，尽管他与贝蒂（詹纽瑞·琼斯饰）的婚姻摇摇欲坠，但他仍能在办公室和家里保持良好形象。在跌落低谷之后，唐努力重塑自己的形象，与一位新的（更年轻的模特）妻子梅根（杰西卡·帕雷饰）结婚。

唐·德雷珀是《广告狂人》的黏合剂。这部剧的构思非常巧妙之处在于它有一个核心谜团：唐·德雷珀到底是谁，他真的会改变吗？虽然他的每个主要同事（罗杰、佩吉、皮特、琼、肯、哈利和“大老板”贝特伦）在每一季都有自己的抱负、愿望和情节主线，但他们的作用主要是作为我们看待唐·德雷珀多面性的一种棱镜。如果唐不善于对事实进行多样的扭曲和变形，他就不会成为广告界的摇滚明星。广告的目的是向人们出售他们并不真正需要的东西，这基于这样一种错觉，即某个产品会填补我们生活中的空虚，给我们快乐。唐可能过于愤世嫉俗，不相信持久的幸福，他知道生活本应是什么样子，看起来又是什么样子，可是他太麻木了，几乎感觉不到生活的存在。

《欲望都市》《衰姐们》和《明星伙伴》都聚焦在一个主角（凯莉、汉娜、文斯）和她/他的3个好朋友身上。而《欲望都市》和《明星伙伴》则展现了曼哈顿和洛杉矶浮华而物质化的生活。《衰姐们》围绕4个在事业和爱情生活中苦苦挣扎的闺密展开。这些剧与纯粹的“合作”剧之间的区别在于主角观点的主导地位。《欲望都市》以凯莉的报纸专栏开始和结束，通过画外音讲述，设定每一集的主题。《衰姐们》讲的是汉娜和她的3个朋友。当我们跟随画廊助理玛尼（艾莉森·威廉姆斯饰）、表姐杰萨（杰米玛·科克饰）和绍莎娜（若莎·马梅特饰）进入他们各自的情节主线时，汉娜一直是这部剧的核心。每个人都向汉娜倾诉，这部剧不仅讲述了她们的生活如何影响汉娜的自恋，也讲述了朋友们的真实生活。

《明星伙伴》（创作者兼制片人道格·埃林）是根据马克·沃尔伯格的真实生活改编，他和他的伙伴们从波士顿搬到了洛杉矶去追求名利、财富、跑车和美女。文森特·蔡斯（阿德里安·格雷尼尔饰）就像是纽约皇后区的沃尔伯格。他可能不是剧中最活跃、最喧闹的角色，但他是朋友和同事们生活中的小太阳。

如何鉴别这种类型的视点，一个很好的试金石是这样的：如果移除主角，只留下其他人，这部剧还能维持和继续存在吗？文斯是一名冉冉升起的新星，对名声也不太上心。他的超级经纪人阿里（杰里米·皮文饰）却渴望权力和金钱，就像吸血鬼需要鲜血一样。文斯却是个简单、谦逊的家伙，只要有朋友、好大麻、可以上床，其他都无所谓。当然文斯也喜欢名利，但他的人生并不依赖于此。文斯是剧中的明星，也是该剧的道德中心。他身边的每个人都想野心勃勃地向上爬：文斯最好的朋友埃里克·墨菲（凯文·康诺利饰）劲头十足地管理着文斯的事业；文斯同父异母的哥哥约翰尼·蔡斯（凯文·迪伦饰）是个有抱负的演员；即使是瘾君子兼“海龟”阿桑特（杰瑞·费拉拉饰）也是一个有着远大梦想的企业家。文斯的人生观让我们认识到了娱乐圈的荒谬、自负和虚假。到目前为止，阿里是《明星伙伴》中最响亮、最引人注目的角色。他的肤浅、贪婪、对权力极度渴望、歇斯底里和傲慢，令我们震惊，也让我们开怀大笑，然而阿里最好的形式是作为配角出现。如果把文斯从演员阵容中去掉，这部剧就只是一部描写自私而没有灵魂的好莱坞演员的电视剧。讽刺的是，文斯的“不在意”才是我们最在意的。也可参考以下剧集《混乱之子》（*Sons of Anarchy*）、《超感警探》（*The Mentalist*）、《傲骨贤妻》《黑道家族》《盾牌》（*The Shield*）、《单身毒妈》《副总统》（*Veep*）、《海滨帝国》（*Boardwalk Empire*）和《真爱如血》。

旁白（画外音）叙述作为对当前行动的评论。一般用于拓宽视角，并将事件置于主题性或讽刺化的语境中。

《欲望都市》中凯莉·布拉德肖（莎拉·杰西卡·帕克饰）的杂志专栏清晰地表达了每一集的主题。在第1季的某一集中（《性爱秘密》由编剧/执行制片人达伦·斯塔撰写），凯莉提出了这样一个问题：

凯莉（画外音）

我们之中有多少人，虽然有超棒的性生活伴侣，却不好意思介绍给朋们认识？

在这一集中，凯莉和“大人物”先生（克里斯·诺斯饰）约会，而他不愿意把她介绍给自己的朋友们，只是想和她待在（床上），这让凯莉感到他有点以她为耻。在这种情况下，她应该拒绝发生关系还是不计前嫌？与此同时，米兰达（辛西娅·尼克松饰）在健身房遇到了一个帅哥，不过他似乎也对她有所隐瞒。某天在帅哥公寓里发现一段色情视频，她必须做出决定是否甩了他。与此同时，夏洛特（克里斯汀·戴维斯饰）向她的闺密们透露，她正在和一个犹太教拉比恋爱。而开放的萨曼莎则不介意与任何人、在任何时间、任何地点公开她的性行为，她认为性不应该受到道德的约束。在《欲望都市》中，凯莉的追求总是A类故事，而闺密们的故事则分别对应B、C、D类故事，虽然它们都是同一个主题。

《实习医生格蕾》的试播集《艰难的时光》由创作者/制片人肖恩达·里姆斯撰写，剧集伊始就介绍了剧中的主角。我们知道她是主角，因为她的姓是“格蕾”，这一集的开始和结束都是关于她的，前导片中也是她的声音，当然我们也见证了梅雷迪思（格蕾）试图优雅地从昨晚一夜情中脱身，与一个英俊但不知名的陌生人发生关系时，她的心态也变得很不好，而这个陌生人后来变成为她的上级。德里克·谢普特博士又名梦幻先生（由帕特里克·德姆西饰）。

梅雷迪思（画外音）

这像个游戏。他们说一个人要么有能力，要么没有能力。我的母亲就是其中的佼佼者。而我则是……有点完蛋了。就像我说的那样，我很糟糕。我想不出成为一名外科医生的理由，但我可想得出一千个理由辞职。这让我难受极了。我们的手中是生命。总有一天，当它不仅仅是个游戏的时候，你得决定要么向前迈出一步，要么转身离开。我可以退出，但事实是……我更喜欢竞争。

随着试播集的展开，梅雷迪思·格蕾（艾伦·旁派饰）开始在西雅图仁爱医院实习。她遇到了几位实习生同事：强硬的完美主义者克里斯蒂娜（吴珊卓饰）、内向的乔治（T. R. 奈特）、前模特伊兹（凯瑟琳·海格尔饰）和傲慢的浪荡子亚历克斯（贾斯汀·钱伯斯饰）。他们的上司是米兰达·贝利博士（钱德拉·威尔逊饰），因做事无情而被人称为“纳粹”。在第一个漫长、艰苦、令人振奋、极具挑战性的轮岗过程中，每个实习生都要面对内心的魔鬼，承受因担心自己不够优秀而无法成功的恐惧。如果生命和死亡的风险还不算高的话，我们了解到梅雷迪思还生活在她母亲埃利斯·格雷博士（由凯特·伯顿饰演）的阴影之下，她的母亲曾是西雅图著名的外科医生。在试播集的结尾，梅雷迪思去看望她的母亲，我们发现画外音实际上只是梅雷迪思在说话——她的母亲现在患有阿尔茨海默病，甚至连自己的女儿都不认识了。在剧中，梅雷迪思意识到，生活是艰难的，谁都不能保证成功。但是，如果你不参与其中，那肯定不可能赢，有风险就有回报。

作为一个新手医生，每个实习生都有自己特殊的挑战，但每一个医疗案例都离不开梅雷迪思作为我们的引路人。在第1季中，整部剧首先关注的是梅雷迪思。随着剧情的发展，其他常规角色也变得更受欢迎（有的人离开了剧组去追求其他的机会），梅雷迪思变得不那么突出，成为了剧组中更平等的一员。

在《嗜血法医》中，德克斯特·摩根（迈克尔·C. 霍尔饰）的画外音叙述是我们深入了解他行为动机的关键。我们可以用自己的眼睛看到他杀了谁，如何杀，何时杀，在哪里杀。正是通过画外音对他内心心理的阐述，才让我们能够把握住他杀人的动因。

与《欲望都市》《实习医生格蕾》和《阳光照我心》不同，《嗜血法医》的画外音主题不那么明确，更多的是对他心理的审视。德克斯特按照已故的养父哈利教给他的（秘密）准则生活。德克斯特非常聪明，但又在意恩仇，冷酷无情，过于算计，不相信任何人（至少在早期的剧情中是这样）。他过着双重生活：白天，他是迈阿密警察局的血迹模式分析师；晚上则是连环杀手，以自己的方式伸张正义和惩罚恶行。画外音将观众置身于德克斯特的脑海中，试图帮助我们理解他的暴力行为。他冷静的声音让我们沉浸其中，吸引着我们。尽管，他的杀人行为让我们不忍直视，但我们还是一次又一次地看下去——虽然德克斯特是个怪物，但他是个善意的怪物。

他也有干巴巴的、有趣而滑稽的小机智，所以当我们对他的行为感到厌恶的时候，我们也想起这些笑话。他把社会上的恶棍和渣滓都处理掉了，当然，这是不对的。但是复仇是人的本性，而德克斯特的行为则在幻想中逍遥法外。当然，他像是一只生病的小狗，他的行为应该受到谴责，但在德克斯特的世界里，这就是娱乐。

参考《顿悟人生》。

双重视点。另一种选择是双重视点。《国土安全》中，卡莉・马蒂森（克莱尔・丹妮斯饰）和尼古拉斯・布罗迪（戴米恩・刘易斯饰）在一起的时间相当。卡莉是反恐部门的中央情报局特工，布罗迪是一名前战俘，作为英雄回到了华盛顿特区。有一种可能，他被极端分子阿布・纳齐尔（纳维德・内加班饰）“洗脑”了，被囚禁了8年，如今变成一名恐怖分子。另一种可能是他根本没有被洗脑，而只是感觉对美国的鹰派帝国主义进行报复颇有价值。卡莉怀疑是后者，她的观点没有确凿的证据，再加上她反复无常的行为导致需要长期服用躁郁症药物。她到底是出于对国家安全工作的忠诚，才愿意不惜一切代价，甚至与已婚的布罗迪发生性关系来赢得他的信任，还是她真的爱上了布罗迪才与之同床共枕？

《国土安全》第1季的精彩之处特别在于，我们有多少是未知的。每一集都给我们提供了不同的视角和理论，让我们对卡莉和布罗迪的不同动机进行不同的猜测——但是下一集立刻打破我们的预期，回到预测接下来的情节发展的阶段。《国土安全》存在于道德灰色地带，因此阿布・纳齐尔对美国副总统的仇恨，源于纳齐尔在美国无人机袭击中失去儿子的悲痛。布罗迪也是一位父亲，他完全能够理解纳齐尔的悲伤。《国土安全》证明了塑造有缺陷的、复杂的、有阴暗面的“好人”是可行的，而刻画良善的坏人也有令人同情的观点。这种双重视点的挑战在于将观众的同情心从一个角色转移到另一个角色，同时又感到不被疏远或被操纵。

在《美国谍梦》（*The Americans*）中，双重视点不仅仅被写为“我们”（美国）对“他们”（苏联），对于这部聪明的电视剧来说如果仅仅这样写就太过简单了。相反，我们看到的是伊丽莎白（一个忠于自己使命的苏联人）和菲利普（开始质疑自己的使命）的独特视角。我们还可以看到这段包办婚姻中的场景，当他们的真实情感浮出水面，当孩子们变得成熟开始反抗父母的期望，当他们的邻居和克格勃同伴开始怀疑他们时，我们可以看到人物的真实情感反应。如果这仅仅是一部描述间谍活动的系列，它可能会很快变得平淡无奇。幸运的是，有精明的创作者在那里（乔・韦斯伯格知道所有伟大的连续剧都是关于家庭的。冷战时期的谍战剧情节已经令人感觉到重复和有局限，而家庭剧则是放之四海而皆准的，可以提供无限的故事引擎）。

《美国谍梦》也扩大了其视点，将伊丽莎白和菲利普的新邻居比曼一家纳入其中。斯坦·比曼（诺亚·艾默里奇饰）是一个联邦调查局的反间谍特工，作为伊丽莎白和菲利普的对立面出现，进一步扩大了视点的范围。这种增加的层级和视点让我们有机会体验到尚不知情的反间谍邻居斯坦和桑德拉（苏珊·米斯纳饰）是如何认识间谍伊丽莎白和菲利普的。我们感到，如果不是因为他们的背景故事，这两对夫妇也许会成为好朋友（我期待着他们一起去露营的那一集）。在这部新剧的早期，斯坦和桑德拉，还有佩奇和亨利，都完全不知道伊丽莎白和菲利普的双重职责。这部剧的“亮点”是斯坦要寻找的一对间谍，他们就在他的眼皮底下。这是一个关于“朋友在身边，敌人也在身边”的电视剧。

当每一个平等的主角都有不同的观点、价值观和性格，以及他们共生、互补的优点和缺点时，双重主角的视点才会得到改善和增强。这个理论背后的基本思想是，如果把两个不完整的人放在一起，你就会得到一个完整、完美、全面的个体。

举例说明：

《X档案》中，联邦调查局特工福克斯·穆德（大卫·杜楚尼饰）相信超自然现象，而他的搭档达娜·史高丽特工（吉莉安·安德森饰）则是个怀疑论者。

《识骨寻踪》中，联邦调查局特工西利·布斯（大卫·博莱纳兹饰）与法医人类学家坦普照瑞·“骨头”·布雷恩娜博士（艾蜜莉·戴丝香侬饰）搭档。布斯代表法律，“骨头”博士代表科学，他们一起组成了一个强大的调查团队。布斯信仰上帝，而布雷恩娜则相信科学、证据，持无神论观点，两者之间的动态划分更加丰富。

《灵书妙探》中，畅销悬疑小说作家理查德·卡塞尔（内森·费利安饰）与纽约警局的警探凯特·贝克特（斯坦娜·卡蒂克饰）搭档。两人的动态关系表现在他们的感情张力和对刑事案件的不同处理方式上。

《妙女神探》将波士顿警探简·里佐利（安吉·哈蒙饰）与法医莫拉·埃尔斯（萨莎·亚历山大饰）作为一对伙伴一起破案。剧中，里佐利是个假小子，而埃尔斯则更女性化，她们两人达成法律与科学的一种动态平衡。

《整容室》中，整形外科医生肖恩·麦克纳马拉（迪伦·沃尔什饰）是一个传统男人，家有妻小，而他的搭档斯蒂安·特洛伊（朱利安·麦克马洪饰）则是该剧中迷人的坏男孩。

《生活大爆炸》中，室友莱纳德·霍夫斯塔特（强尼·盖尔克奇饰）和谢尔顿·库珀（吉姆·帕森斯饰）之间的互动最为强烈。两人都很优秀，但莱纳德在社交方面很有能力，而谢尔顿则被困在自己的思维里，这让他成为一个不合群的人。

《破产姐妹》讲述的是室友麦克斯（凯特·戴琳斯饰）和卡洛琳（贝丝·贝尔斯饰）创业的故事。麦克斯来自一个贫穷的工人家庭，而卡洛琳出身富裕家庭。虽然两人现在都一贫如洗，但成长经历的不同使他们对生活的观点也不尽相同。

无论是阿什顿·库彻饰演的角色，还是查理·辛饰演的角色，《好汉两个半》都在讲述一对久经考验的“古怪夫妻”的故事套路，艾伦（乔恩·克莱尔饰）是一位集紧张的父亲、享乐主义者、迷人的坏小子三位一体的角色。每个人都有对错。真相介于两者之间。

全体演员阵容/多个视点。《绝望主妇》《实习医生格蕾》《无耻之徒》（*Shameless*）、《唐顿庄园》《火线警告》（*Burn Notice*）、《行尸走肉》《胜利之光》《为人父母》《火线》《明星伙伴》《六尺之下》（*Six Feet Under*）、《欢乐合唱团》《达拉斯》和《老爸老妈浪漫史》（*How I Met Your Mother*）。

在这些系列中，通常不止A、B和C三条情节线。为了“服务”每个主要角色，有多少角色就有多少故事。而A故事往往包含不止一个角色。

《行尸走肉》第4季第1集《我不是犹大》中，A故事围绕着瑞克·格里姆斯（安德鲁·林肯饰）展开，讨论他们在日益减少的食物和补给情况下怎么办。B故事涉及总督（大卫·莫里西饰）为伍德伯里战役做准备。C故事讲的是安德莉亚（劳丽·霍尔登饰）决定前往监狱与瑞克谈判。然而，所有的故事都有其他配角参与其中。这种讲故事的技巧多用于连续剧中，而非独立剧集之中。

《唐顿庄园》讲述的是住在这所庄园里的上层富裕阶层和在此工作的仆人们的故事。在第2季第6集中，一个严重烧伤的加拿大军官来到唐顿庄园，声称自己是庄园失联的继承人，但家人不确定是否要相信他。坐在轮椅上的马修·克劳利（丹·史蒂文斯饰）仍然由玛丽（米歇尔·道克瑞饰）照顾。与此同时，卡森（吉姆·卡特饰）正在讨论是否要为理查德·卡莱尔爵士（伊恩·格伦饰）工作。这不过是其他许多角色线索中的三个故事。

平行或多重世界

《童话镇》发生在两个平行的世界：一个在缅因州童话镇，另一个在童话世界的魔法森林。在一个世界中发生的事情会影响到另一个世界中的事件。

《权力的游戏》是多重世界的例子，也是一部以维斯特洛和埃索斯两个大陆为背景的奇幻史诗。在每个王国中都有不同的人物、环境和规则。

平行时间中，偶尔或持续地使用闪回来告诉观众当前的行动。如《美国谍梦》《复仇》《爱若此时》（*Any Day Now*）和《迷失》。闪回的主要目的是告知当前困境或提供解决核心谜团的关键，也可以用来提供潜台词。

举例来看：

《复仇》是《基督山伯爵》的翻版，艾米莉•索恩（艾米莉•范坎普饰）回到汉普顿，向那些错怪了其父亲的人们复仇。这部剧利用闪回来揭示角色的秘密和动机。

《爱若此时》围绕着两个不同种族女性之间的长期友谊展开，她们分别是玛丽・伊丽莎白・奥布莱恩・西姆斯（安妮・波茨饰）和雷内・杰克逊（洛林・图森饰）。在20世纪60年代的民权运动中，她们在亚拉巴马州成为朋友。虽然故事剧情设定在现在，但每一集都有她们共同的过去。

在《铁证悬案》（*Cold Case*）中，侦探莉莉・拉什（凯瑟琳・莫里斯饰）为长期悬而未决的案件寻求结案，倒叙的使用有助于戏剧化地再现她从受访者那里得到的证词。

协同/互补的领域，如《法律与秩序》。

《法律与秩序》每集的前半小时讲述的是纽约警察局（NYPD）追踪案件并逮捕嫌疑人，后半小时讲述的是曼哈顿地区检察官办公室对被告的起诉。这部剧将抓捕罪犯和起诉罪犯之间的法律障碍戏剧化。在一集名为“衣领”的节目中，一名牧师拒绝与当局合作，声称他与凶手的交流是“特权”。

主观或客观的视点，如《犯罪现场调查》《数字追凶》（*Numb3rs*）、《识骨寻踪》《甜心俏佳人》《鬼语者》（*The Ghost Whisperer*）、《奇迹》（*Wonderfalls*）、《双峰》（*Twin Peaks*），还有《太空堡垒卡拉狄加》（*Battlestar Galactica*）。

主观视点例子包括《鬼语者》，其中梅林达・戈登（詹妮弗・洛芙・休伊特饰）拥有与鬼魂沟通的能力。

《犯罪现场调查》中，观众看到就是“CSI镜头”，无论是枪击、头发还是伤痕都是取证的极端特写。这是一种完全客观的证据视角。

《识骨寻踪》中，剧组经常会对犯罪发生的原因进行交替的理论辩论，让观众有机会见证各种可能性，深入剧组的“大脑”。

《甜心俏佳人》中，艾莉（卡莉斯塔・弗洛克哈特饰）常出现充满想象力视角，这是对她内心的隐喻。

《太空堡垒卡拉狄加》中，观众们见证了盖尤斯・波尔塔博士（詹姆斯・卡利斯饰）与赛昂人6号（崔茜卡・赫尔弗饰）的互动。6号只出现在波塔尔面前。这让观众们不禁要问：这一切只发生在他的脑海里吗，还是真的发生了？

纪录片/访谈评论

打破第四道墙。另一个视点的选择是“直接对话”，即角色直接对着镜头（又称观众）说话。《摩登家庭》中使用了这种技巧，其自白式采访作为对当前行为的评论，获得了极大的喜剧优势。在许多情况下，会有两个角色参与这些采访片段。《办公室》也采用了这种方式。这种讲故事的方式好处在于：一是可以让观众在不以为然的时候看到人物被“捕捉”的瞬间，让观众对人物有真实的感觉；二是在“采访”的时候，它提供了一个重要的反差，让我们看到了人物希望被看到的样子。

《纸牌屋》中，我们可以从弗朗西斯·安德伍德（凯文·史派西饰）那里得到一种不同的、更有戏剧性的表现，他经常“自然地”转向镜头——在他即将进入一个场景的动作和/或场景的中间时，他会以一种讽刺性的、诙谐的“眨眼”动作让观众看到他的狡猾。这是一种人为的、程式化的方法，适合于华盛顿特区这个口是心非且内幕重重的世界。

全知的视点

《绝望的主妇》通过一位自杀的主妇玛丽·爱丽丝·杨（布伦达–斯特朗饰）的视角审视着紫藤巷发生的一切，描绘了剧中四位中产家庭主妇的故事。

《天国的女儿》(*Joan of Arcadia*）中，女主角琼·吉拉尔迪（安珀·坦布林饰）是一个能说话、能看到（全知全能的）上帝的少年。

《绯闻少女》(*Gossip Girl*）中，该剧由全知全能的博主“绯闻女孩”（克里斯汀·贝尔饰）讲述。虽然声音是女性的，但最终在本剧大结局中，博主被揭穿为丹·汉弗莱（佩恩·巴格利饰）。说到这里，真是让人意想不到。

以画外音回望过去

《老爸老妈的浪漫史》是关于男人在2030年时回顾自己的人生的故事，表面上看是在向孩子们（也是我们）讲述“我是如何遇见你的母亲”的故事。鲍勃·萨吉特为男主角泰德配画外音，而乔什·雷德诺则以“现在”的方式讲述，这种设计可以让观众明白事件发生的前因后果。

《纯真岁月》也是因为使用这样的设计而闻名，这种设计在故事中发挥了巨大的作用，讲述了一个男人（丹尼尔·斯特恩）以怀旧的心情回望自己在20世纪60年代的成长历程。

与时间游戏

电视剧《24小时》将整季浓缩成一个发生在24小时内的故事而闻名。因此，每一集都接近于真实时间的1小时，压缩了事件的时间，提高了剧情的悬念。

《明日新闻》(*Early Edition*)中，加里·霍布森(凯尔·钱德勒饰)在真正出版的前一天神秘地收到了一份《芝加哥太阳报》，接下来的日子里他每天都可以在可怕的事件发生之前阻止它们发生。

《迷失》使用了闪回(flash-backs，提供角色动机)，也使用了闪前(flash-for-wards，展示未来)和闪边(flash-sideways，基于角色当前行为的所产生的另一种现实)。

> 一旦你对一部充斥着酷人做酷事的电视剧有了独特、原创、具有挑战性的想法，下一步就是找到自己的方式进入这部电视剧。这就是视点。

访谈：亚历克斯·古斯

《国土安全》(执行制片人/开发者/编剧)

2011-2012年获皮博迪奖

2011年获美国电影学会年度电视节目

2012年获艾美奖剧情类最佳剧情奖

2012年获艾美奖剧情类最佳编剧奖

2012年获金球奖最佳剧情类剧集

2012年获美国编剧工会(WGA)最佳新剧集

2012年获美国编剧工会(WGA)最佳剧情剧提名

《24小时》

《明星伙伴》

2008年获美国编剧工会(WGA)最佳喜剧提名

《数字追凶》

《恋爱时代》(*Dawson's Creek*)

《极限鲍勃》(*Maximum Bob*)

《X档案》

《姐妹》(*Sisters*)

《美女与野兽》(*Beauty and the Beast*)

1989年获最佳剧情类剧集提名

《侦探斯本瑟》(*Spenser: For Hire*)

尼尔：《国土安全》根据以色列电视剧《战俘》改编而成，那么它的灵感来源和结局有什么主要区别?

古斯：我认为以色列版和美国版《国土安全》的第一个主要区别是类型。《战俘》是一部家庭剧，《国土安全》是一部心理惊悚片，这是一个很大的区别。但与此同时，我们也从原剧中借鉴了很多东西，这些东西是故事的核心，所以我们欠那部剧一个大大的人情。但是，区别也是明显的。最主要的是，以色列的战俘从被俘的那一刻起到他们被交换回家的那一刻，都是国家人物。当吉拉德·沙利特被遣返时，我想，与他交换的大约是1000名巴勒斯坦人。在以色列，做出这一政治决定所涉及的影响是巨大的，一旦这些人被送回，他们至少会成为舆论中心，甚至于会处于一场风暴的中心。回到以色列的战俘，也会存在某种被指控的可能，我们知道这种情况在美国是不存在的。一个战俘回到美国后只会登上24小时新闻热点，然后就会被所有人忘记。我们认为，必须在节目中引入另一个元素，所以我们要做的是减少回家战俘的数量。在《战俘》中是两个人，而在《国土安全》中，显然只有一个。为了代替《战俘》中回到本土的另一个人，我们加入了另一个角色卡莉·马蒂森（克莱尔·丹尼斯饰）。

尼尔：当然还有整个中情局和整部剧的结构，所以这是一个全新的系列，灵感来自《战俘》。

古斯：我认为是这样的。在以色列版本中确实有一个情报机构，但更多地只是存在于背景中。在《战俘》中以色列情报部门的意义在于："17年前这些人被捕时，有没有提供任何情报出来？"显然《国土安全》则是"这家伙现在会对美国本土发动恐怖袭击吗"？

尼尔：本章侧重于谈视点，请问你是从卡莉为切入点，还是从布罗迪扮演的"回国战俘"入手呢？

古斯：有趣的是，当我们开始制作这部剧的时候，视角问题一直困扰着我和霍华德·戈登（执行制片人）。在这个问题上我们有很多争论，当然也有很多激烈的反对意见。一方面，你能以两个视角来讲一个故事吗，这将是一个什么样的节目呢？是一部关于中央情报局官员追捕坏人的电视剧，还是一部更有趣的电视剧？这些争论发生在许多不同的人之间——不只是霍华德·戈登和我，还有工作室和电视网，大家都在讨论这部剧的走向与结局。我们是要上福克斯还是娱乐时间电视网（Showtime）？老实说，我觉得如果我们在前者播出，它将会有更简单直接的故事与单一的视点——好人卡莉在追赶坏人布罗迪。幸运的是，机缘巧合之下，我们选择了后者，才有机会讲述一个更细致入微的二元故事。

尼尔：在你创作的方向上，灰色地带是如此明显，因为你对纳齐尔（纳维德·内加班饰）产生了同情，这是一个非常有争议的元素。而副总统在某种程度上也成为反派。你对反派人物的态度是什么？

古斯：我们一直觉得，我们的反派人物依然是布罗迪。所以，如果想培养对他的同情心，我们就应该认同他的观点，并尽可能地理解他对美国发动袭击的原因。你可以把《国土安全》这一季看成两个部分，第一部分的核心问题是“他到底有没有被策反”。一旦我们回答了这个问题，本季剩余部分的第二个问题就变成了“他会不会完成他所答应要做的事情”。在我看来，第二个问题更有趣，因为现在我们能够站在布罗迪的角度来看问题。我们必须让他行动的原因变得清晰易懂且令人同情。这就是我们作为讲故事的人的任务。进入布罗迪的大脑，了解他为什么选择这条路，看着他在决定是否要走下去的过程中挣扎。

> 在我们看来，布罗迪经历战争后又被俘，此经历给他带来很大伤害，而卡莉也曾因海外经历而受到伤害，此外她身体还患有疾病。他有着不为人所知的过去，她做事冲动、不可靠。

尼尔：写完试播集之后，你有没有规划出前12集的剧情？

古斯：已经有所规划。我和霍华德对前12集有一个非常清晰的想法，包括它们会是什么样子。

尼尔：还有，卡莉最后是否接受了电休克疗法呢？

古斯：我们在拍摄那集的时候，这一点还没想清楚。事实上，在试播剧之后的每一集，我们都在问自己：“这集卡莉会不会到了精神崩溃的程度？”而且，“卡莉崩溃”这个环节在一集一集地向后推。所以，到了第10集和第11集的时候，我们想“这真是太完美了”，因为这时已经到了本季的结尾，事件可以发生了，也是时候让卡莉变得最不可靠、最不计后果和最疯狂了，因为情报机构将会解雇她，但她却背负着真相。

尼尔：在视角和人物关系方面，你之前也为电视网写作品，这次有没有规划出了A、B、C和D故事？卡莉和索尔（曼迪·帕廷金饰），他们是故事的核心。布罗迪和达娜（摩根·塞勒饰）也变得非常核心。你会按性格来区分人物吗，会在多集中探索这种人物关系吗，解构故事的过程是怎样的？

古斯：你所说的是所有内容的组合。很多故事都是一集一集地完成的，而且很多故事来自角色本身。比如，写到索尔和他妻子之间的关系，这是源于接下来几集中我们没有让索尔出现的事实。所以，我们认为在这里，有个机会来讲述一点关于他的故事，观众可能会感兴趣。但是，在我们最初创作的时候，人们总是说：“好了，没有人会关心索尔！我们不关心这个家伙，更不关心他的妻子。”所以，在剧集开始的时候，有人做了很多调查，想知道它能承载什么样的故事，什么会引人入胜。事实上，在试播集拍摄完成后，霍华德和我就对于是否有人会对布罗迪的家庭感兴趣而存着很多分歧。有人会关心他和他妻子的关系吗，有人关心他的孩子吗？当发生一场意外事件时，还会有人关注吗？剧集会不会因此而变得不平衡？有趣的是，在前几集中，你似乎对布罗迪他们家发生的事情更感兴趣，而不是传统意义上的在坏人身上发生了什么。

我记得约瑟夫·康拉德曾说过“写作就像用手挖煤”，而我们身处矿井之中，总是在试图找到未开掘的故事脉络。有时，它们在季初时就已显露出来。我们知道布罗迪和卡莉的关系会走向何方，这是我们一开始就知道必须要计划好的事情。我们还知道，比如说达娜是最后把布罗迪从悬崖边拉回来的角色。所以如果你看了试播集，当布罗迪走下飞机后，在候机室里与妻子第一次见面时，你会发现他和妻子的拥抱是非常尴尬、试探性和有些迟疑的。但是，他和达娜的拥抱却是自然而发自内心的，这是他的情感自然流露的瞬间。所以对于这种关系，我们一直都知道这是非常核心的。我们基本明确了卡莉和布罗迪的性格，而没有清楚地知道她最后能否接受电击治疗。但我们能确定的是她马上要崩溃了。

尼尔：你从一开始就知道海军陆战队狙击手汤姆·沃克（克里斯·乔克饰）是被策反的战俘吗？

古斯：整个士兵的关系完全是从《战俘》那里获得的。其中一个士兵随身带着一个秘密，也就是他把同行的战友打死了。我们认为这将是布罗迪被囚禁的一个很好的心理基础。

尼尔：当你解构一个故事的时候有什么规则吗？比如你在一集又一集的剧情中安排什么时候爆料什么。换句话说，我们似乎在每一集都得到了一条重要的新信息，它们都以一个悬念结束。这是一种非常有意识的方法吗？当你解构故事的时候你需要每次都有一个大的爆料吗？

古斯：因为我们太不确定是否有人会对家族故事或索尔的离婚感兴趣。我们一直想确保，特别是在第1季的时候，我们会拿出一些真正能留住观众的内容作为结尾。这绝对是一种叙事策略，也是我们编剧讨论过的事情——在我看来，有时有效，有时不那么有效。因为惊悚的套路如此普遍，人们经常会看到，我们知道在这一季中会有一些动作戏发生。而且，我们所做的叙事就是让它们在观众预期之前发生。每个人都知道布罗迪和卡莉将会发生感情戏，但是事实上这个情节发生在第4集，这让每个人都很震惊。因为他们想：“等等，这怎么可能？”所以，我认为我们能够在观众期待之前就传达出他们的期望，这一点令他们觉得更有新鲜感。

尼尔：在《周末》这集里有这样一个场景，他们走进小屋，在厨房里喝茶。我想，“不可能——他不会这么快就弄明白的。”然后，接下来的剧情是布罗迪拿枪对准了卡莉。

古斯：在季初，我们关注了一些博客，并且每一集之后，都会出现这样的论调：“他们把自己逼到了一个死角，到底怎么才能逃出去？”我们当然简化了一些故事情节，以此为整季注入活力。当一部电视剧开始拍摄时，你不知道它是否会成功。所以，我们所有人在这里会工作很长一段时间，所有的编剧——都是最出色的中年人——我们希望一部剧集的成功或失败取决于我们自己。所以，我们没有走安全路线，而是选择突破了极限，我们让布罗迪和卡莉在观众想到之前就走到一起，所以我们有一些有趣的构思方式。

尼尔：如何规划下一季，是从这集结束的地方开始吗，还是会跳到剧情前面去？

古斯：肯定会至少跳到6个月前后吧。

尼尔：会有一个核心问题吗，会出现一个新的谜团要探索？

古斯：会有的。虽然不会有像第1季那么纯粹的问题。这就是所谓的“第2季诅咒”吧。在第1季中你可以提出很多问题，但是在第2季中你必须回答更多这样的问题。我认为必须深入挖掘才能再次创造一个引人入胜的故事。第2季中正好赶上解构故事的中间结点，这就是我们所经历的挣扎。

尼尔：我想，从一开始最大的挑战之一就是如何让卡莉再次回到中情局。

古斯：这很有趣——每个人都这么说，但这一直是我们最不重要的问题。（笑）

尼尔：在第8集（《阿喀琉斯之踵》）中卡莉向索尔表示感谢，这个场景对我来说是极其难忘的时刻。她告诉索尔，自己已经意识到“我要独自度过余生”，就像索尔一样。这似乎是第2季中你可探索的另一个故事，卡莉的个人/浪漫生活，它在这一季停留在一个完全混乱的状态。

古斯：本剧的核心是卡莉和布罗迪。这也是我们在第2季中将要完成的任务：让他们以一种令人可信的、戏剧性的方式结合到一起——再在下一季展示他们注定要失败的爱情。

第10章
抓住故事的核心

与电影不同，我们会在电视中和一群角色生活在一起，这样的状况可能会持续几年，这也是它吸引人的地方之一。年复一年，我们每周都邀请这些角色与我们在客厅相遇。而且，最好的节目可以有100个小时或者更长时间来讲述故事。因此，优秀的电视剧本都是关于角色的。

当然，最好的电视剧本都有一个外部框架。换句话说，我们必须知道这个角色在一部剧、一季、一集故事、一个次要情节和一个场景中要做什么。我们也需要了解他们是谁，他们害怕什么，他们希望什么——潜台词是有哪些情感上的挑战，他们内心斗争的底线在哪里。我们需要关心他们。

这就是剧情剧的真正意义所在。当我们和所关心的人一起出发时，我们会有所感触。

为了帮助你了解这一切是如何发生的，这一章讲述了一些看似细微实则很出色的场景，它们来自一些优秀的电视剧试播集。出色的场景是故事的缩影，它们有开头、中间和结尾。它们具有一定深度和辨别度，且典型地围绕着一个角色对目标进行尝试。例如外部事件和更深层次的潜台词、性格弧线、情感变化和主题相关性等。然而，与多数大制作的电影不同，许多剧情剧的“事件”往往是非常小，特别是当我们排除了警匪剧、医疗剧和法律剧等系列剧时。

试播集是整部剧集的蓝图，作为第1集（雏形），试播集对于整部剧集能否获得批准、能否吸引人才、能否吸引评论家和忠实专注的观众都至关重要。因此，故事情节必须达到前提和角色的最佳结合，故事内容必须丰富到足以持续多年的拓展。

现在，让我们举例来看。

案例1：《为人父母》

记住：让一个主角、一个群体或一个家庭直面自己最大的恐惧。

《为人父母》是一部广受好评的剧情喜剧，改编自一部故事片，编剧是洛厄尔·甘兹和巴巴洛·曼德尔，导演是罗恩·霍华德。这部屡获殊荣的电视剧由制作人贾森·卡蒂斯开发和改编，讲述的是布雷弗曼一家：一个性格各异、不甚完美的大家庭的故事，他们疲于应付着现代生活的种种乱象。

在试播集中，我们看到了一些主题，这些主题将会吸引我们成为第1季，以及之后的观众。其中一个主要的故事情节是，亚当（彼得·克劳斯饰）和他的妻子克里斯蒂娜（莫妮卡·波特饰）得知他们的小儿子马克斯（马克斯·伯克霍尔德饰）患有阿斯伯格症——一种影响情绪功能的疾病。亚当最初拒绝接受、相信儿子的病情。然后，在这一主题的高潮部分，亚当和马克斯在一个家庭活动外面玩要，其他家庭成员看着马克斯的小表妹悉德尼（萨凡纳·佩吉·瑞饰）在屋内的家庭活动中扮演小天使。画面转到亚当的父亲泽克（克雷格·T.尼尔森饰），他发现亚当和马克斯失踪了，于是去找他们。

泽克是一个豪爽、强悍的老兵，是男子汉中的男子汉。他对儿子说的第一句话是："你到底待在外面干什么？"故事的外部冲突非常直接，泽克会强迫亚当带麦克斯去看悉尼的演奏会。但是，如果只有这些，我们不会在意这段剧情。麦克斯和亚当，以及他们家庭的未来才是重中之重。亚当会接受儿子的现状吗？

我们此时已经在关心这些人物了。亚当不想接受儿子马克斯有问题的事实，他一直在抵触这个事实。所以，当亚当告诉泽克他们不能进去，因为屋里有蜡烛，麦克斯不能待在那里时——我们当然知道他在纠结什么。然后泽克想强行解决这个问题，他认为儿子溺爱孩子。他告诉亚当自己曾养育了4个孩子，知道自己在做什么。这就是典型的"传统"男性角色，凡事都要努力克服它。亚当就曾在这里学会了男子汉气概。

亚当最终向泽克承认，儿子马克斯与别的小孩不同，这也是对自己的一种妥协，他说需要父亲的帮助。这就是亚当全部所能做的。他被泽克困住了，不得不承认现实问题，他不能再假装没有问题了。他的儿子害怕蜡烛。编剧把他逼到了一个死角，让他不得不面对儿子带来的挑战。

泽克终于看到了真相，他的儿子亚当很痛苦，不愿面对孩子的健康有问题的状况，而且向他求助。泽克一边喊着"孩子"，一边走向儿子，父子终于能够面对现实，仍然父慈子孝。

让我们来回顾一下。在这个简单的场景中，亚当终于承认他的儿子身体有问题。他向父亲求助了。这两件事对亚当来说都很难做到。对于他们来说，这些都是未知的领域。亚当的故事线将是这部剧在以后剧情中努力解决和需全面理解的核心问题，它几乎会出现在每一集。优秀的电视剧正是这样：探索生活中情感和道德的复杂性，因为它会随着时间的推移而演变。而编剧探索这些问题时会有细微的差别、潜台词，以及从每个独特的人物身上生长出来的特殊性。电视就是这些小瞬间的积累。如果你只是在寻找情节，你将会掠过所有故事的真实剧情：情感的影响和伴随而来的涟漪效应。慢慢来，让每一个重大事件都有呼吸和共鸣——这是所有优秀电视剧的命脉。

案例2:《无耻之徒》

记住：让角色以适合他们自己的方式快乐生活，让他们直对社会热点问题。

从基调上看，《无耻之徒》比《为人父母》更为尖锐。后者是一部父母可以带着孩子在NBC观看的电视剧，而前者则是在付费有线电视Showtime播出的，这使得该剧的制作人可以在裸露程度和粗俗语言上突破一定界限。《为人父母》无疑是引人深思的。《无耻之徒》是由保罗·阿博特和约翰·威尔斯改编自根据保罗·阿博特为BBC创作的一部获奖电视剧，属于一小时剧情剧。故事讲述了加拉格尔一家的故事，他们家有6个孩子家庭，父亲弗兰克（威廉·H. 梅西饰）酗酒、吸毒、缺勤、剥削成性。在大多数的日子里，他们艰难度日且彼此爱护，住在芝加哥工人阶级居住的贫困地区。

试播集中有很多故事情节，让我们来看看这一段：17岁的利普（杰瑞米·艾伦·怀特饰）得知弟弟伊恩（卡梅隆·莫纳汉饰）是同性恋。尽管两兄弟住在一个房间里，但利普一直都不知道弟弟的性取向。在这一集的早些时候，他们为此争吵得很激烈，结果是平局。现在我们需要知道，接下来会发生什么。如果你是加拉格尔家族的一员，同性恋会让你失去家人吗？

伊恩在外面的一辆面包车里抽烟。利普带来一本同性恋色情杂志。他把杂志扔在伊恩面说："这对你有什么好处？" 接下来争吵还会继续吗，这个新事实会让他们永远分开吗？这就是此场景提出的问题。这是真正的危机。正在当下，这两个角色的一切，无论是作为个人还是作为兄弟都显现出来。

利普开始提问："卡什是你的初恋吗？" 卡什是成年人，也是伊恩的老板。早些时候，利普得知伊恩和他发生了性关系。他在问弟弟的感情生活。而对方并不想回答。他很生气。接着利普的问题，让两个人变得情绪激动起来，"我什么时候让你失望过？" 对于伊恩的回应，我们有了我们的答案——伊恩从来没有让他失望。

利普取笑他，但是两人如坚冰渐渐融化。他们分享一支烟，开着玩笑。看起来一切都会好起来的。伊恩想虽然不那么容易，但他哥哥会支持他。这种现实是他接下来几年的故事情节核心冲突和支持来源。总之，没有场景就是一个场景。无论是在试播集，还是在一部优秀的电视剧里。如果我们想让观众在观看后回来并关注我们，没有场景仅仅是一个"外部目标"。

案例3:《白宫风云》

记住：不要让你的主角太容易，保持压力，答案和秘密即将揭晓。

《白宫风云》是由艾伦·索尔金为网络电视创作的一部剧，他是一位在电影和电视领域颇有建树的编剧。该剧共播出了7季，获得了2项金球奖和26项艾美奖。

让我们来看看该剧试播集中的一个小场景，发生在第4幕，也就是试播集的最后一幕。萨姆·西伯恩（罗布·劳饰）是白宫信息中心副主任，这部剧最初的目的是集中讲述他的故事，而他的同事们则作为次要故事。在这个场景中，萨姆度过了非常糟糕的一天，工作上、个人生活中都是如此。在媒体见面会上，萨姆最好的朋友可能因为他所说的某句话而被解雇。萨姆说的确是事实。佛罗里达海岸外有一些古巴难民，一场巨大风暴即将来临，但州政府拒绝让他们登陆。萨姆在不知情的情况下和一个妓女发生了关系。

现在，他的上司、白宫办公室主任里奥·麦克加里（约翰·斯宾塞饰）要求萨姆带领其四年级女儿和同学们参观白宫。他真的需要这一切顺利进行下去，接下来会发生什么呢？萨姆对这座建筑物的历史一无所知。他开始谈论自己，老师把他拉到一边，让他出来。我们来看这个场景。

场景在一个走廊上展开。老师直接责备他说："我很抱歉这么无礼，但你是个白痴吗？"这样的开场白如何？她不会让他好过的。她为什么这么做？冲突是戏剧的核心。老师接着列举了大量的历史事实，他刚刚明显说错话了。这让我们看到了萨姆的心声。他问她能否把老板的女儿指给他看。如果她可以的话，他接下来会好过一些。而老师却说，孩子们很努力。他们为此行还写了论文。她显然不愿意让他的生活变得轻松。

然后他开始解释自己这一天过得有多糟糕，包括那个妓女。这时，她说，她就是老板的女儿马洛里（艾莉森·史密斯饰）。此刻，整部试播剧与这个场景同样成为经典。

看看其中有多少"外部动机"。从外表上看，萨姆只是想弄清楚他需打动哪个四年级女生，才能重新赢得上司的好感。他从宏观层面去处理，仍不足以避免一些微观问题。他已假定上司女儿是学生们中间的一个，还犯了一系列知识方面的错误。这些错误已经使老师非常生气，心烦意乱。然后他又坦白了一些他绝对不想让上司知道的事情，没想到坦白的对象竟然正是上司的女儿。写得太好了。错误的假设由内部爆发出来，再加上沮丧、愤怒等真实的情绪。我们相信萨姆，也同情他——即使他把自己坑得那么惨。

案例4:《权力的游戏》

记住：你的角色并不需要一开始就战无不胜。主要人物的性格要不断发展，可以、也应该随着时间的推移慢慢地显露出来。在早期勾勒角色，要给他们留出一些空白，以期后续有一些空间来发展。

《权力的游戏》改编自乔治·R.R. 马丁的系列小说，由大卫·贝尼奥夫和D.B. 韦斯创作，在HBO电视台播出。影片中，七个贵族家族为争夺一块神秘的封建土地控制权而战。

在试播集偏后的一个场景中，我们看到的是一个看似软弱又胆怯的女孩——丹妮莉丝·坦格利安（艾米莉亚·克拉克饰）的婚礼。尽管不会说那里的语言，也从未见过未来的丈夫，她还是要嫁给卓戈卡奥（杰森·莫玛饰）——多斯拉克游牧民族的首领。丹妮被迫出嫁，只是因为哥哥韦赛里斯（哈利·劳埃德饰）需要多斯拉克人与他一起作战，助他夺回15年前失去的铁王座。

从外部情节发展的角度来看，这场戏其实传达了几个关键信息，向我们展示了丹妮有多弱小、多斯拉克人都是非常勇猛的战士，提醒我们韦赛里斯希望他们站在自己一边的方式和原因，还提到了丹妮收到了一份礼物——龙蛋。

这个场景有丰富的层次。在接下来的几季中，龙蛋孵化，丹妮成长为富有同情心、坚强、聪明的多斯拉克领袖——“龙之母”。一切故事的种子都在这一幕中。

场景一开始，韦赛里斯被告知，卓戈卡奥已经答应助他夺回铁王冠，并将在有预兆的情况下参战。接着我们看到多斯拉克女人跳着性感的舞蹈，丹妮已经不在她的小天地里了。两个男人想得到同一个女人，为她拼搏一死。大家欢呼雀跃。丹妮看起来惶恐不安。从韦赛里斯与人交谈中，我们得到了结论——如果有少于3人死亡，多斯拉克人的婚礼就会被认为是无聊的。我们对这些人感到新奇、同情和怜悯。丹妮看上去那么弱小，被这些场面吓得魂不附体，她那么美丽、天真无邪，却要被迫嫁给一个看似野蛮人的丈夫。她在新婚之夜哭得像个迷路的小女孩。所有人都会担心这种情况不会有好结果。直到几集之后，我们才发现她表现出了一种女王气质。

案例5:《傲骨贤妻》

记住：天下没有小场景，也没有不重要的场景。每一个场景都要层次分明，有强大的视觉效果，指向更深层的情感潜台词。

几十年来，警察、医疗和法律剧一直是电视网的首选。2009年首播的《傲骨贤妻》是一部法律剧，由罗伯特·金和米歇尔·金创作。该剧在前3季已获得了20多项艾美奖提名。

试播集很棒，这是非典型长度，长达16页。开篇的前5页向我们介绍了主角艾丽西亚·弗洛里克（朱莉安娜·玛格丽丝饰），她曾是一名律师，后来成了一名全职主妇，丈夫是一名前州检察官。她站在丈夫彼得·弗洛里克（克里斯·诺斯饰）的身边，面对着摄像机和一群记者，他被指控腐败，还包括与妓女发生性关系且试图掩盖这件事。但是我们的目光被艾丽西亚的脸吸引住了：一张坚毅的面庞掩盖了她的痛苦和羞辱。她试图“支持她的男人”，但这太难了。他选择了一种受公众监督的生活，而她并没有。她什么都没做错，现在却被他的丑闻缠上了。她想要离开这个家，但为了孩子们，她需要保持体面。她甚至都不敢去想自己的家人未来会怎样。就在这时，她看到他的西装外套上有一根细小的线头。她总是给他收拾烂摊子的女人，扶持他让他继续前进。在这一刻，她的内心世界与她的外在环境发生了碰撞。缓慢地，她不由自主地伸出手去取走那根杂线。但还没等她拿到那根线，时间瞬间加快了，新闻发布会匆匆结束，她和丈夫被带出了新闻发布室。一旦独处，她连看都不想看他一眼。他只能无力地说："你没事吧？"她猛地甩开他，给了他一巴掌，转身穿过大厅，走向等候的记者和闪光灯。然后我们切到半年后，这部剧正式开始。

在做了10多年的全职妈妈后，她试图重启自己的生活，重新进入职场的第一次会议，她在会议室等了很久，发现身处错误的楼层。这样安排非常完美。但是，我想看的是最后一个场景，这集剧本的最后一页。表面上看，这是一个简单的场景。试播集的主要情节和故事线索已全部结束。这部剧的框架已经设定完毕。艾丽西娅将在大部分时间里处理她的案子。她会努力解决这些案件，然后进行法庭裁决。她通常会赢。这是A故事。但她也会有正在处理的个人问题。这才是这部剧的不同之处。

试播集的最后一个场景是，艾丽西亚刚刚完成了她的第一个新案子。她赢了。深夜，当她回到办公室时，接到婆婆杰基（玛丽·贝思·皮尔饰）的电话。外部行动是非常简单的。婆婆想知道艾丽西亚什么时候回家，她想给她做饭吃。这是外部事件，“你什么时候回家？”

艾丽西亚没有马上回答。她笑起来，不是针对婆婆，而笑自己。她告诉杰基，自己以前总是在电话里这样问丈夫，“什么时候回家”。她的自我意识觉醒了。而且我们能感觉得到，在这个单向度的家庭关系中她已经走了很远。她以前一直在忍耐，现在终于从一个站在丈夫身边的忠实妻子变成了一个负责任的律师。她才刚刚开始。她仍将不得不继续努力让自己的未来更顺利，这也将需要她那爱评头论足的婆婆来共同完成。

最后，艾丽西亚告诉杰基，她“大约一个小时后”到家。然而，这一幕并没有结束，即使外部事件已被应答。艾丽西娅在新办公室里有一张新桌子，她的办公室里井然有序，这种情况在试播集中还是第一次。文件被整齐地收起来，她环顾四周，开始有了归属感。随着摄像机镜头，我们看到了办公室内四周的模样，整齐有序的书架，漂亮的新椅子，墙上的画。之前，有一个场景是布置办公室——所有的东西都装在箱子里，杂乱无章。这个镜头通过镜头宣告了她的变化。

她对杰基说："谢谢你挺身而出。"一直是她。她明白了。她会一直需要杰基的。杰基告诉她："我当然会"，并说："九点见。"她们是两个互相了解的女人。未来的故事——我喜欢称之为故事触角——与这个场景相关联。

然后，艾丽西亚的新老板兼前男友威尔·加德纳（乔希·查尔斯饰）出现了。他给了她这份工作。他说，明天的案子她是副主审，一早必须出庭，她将与他一起合作。随着恋人的出现，明天又是美好的一天。我们已经知道不少，但还想知道更多。编剧写得太好了。这是一个很棒的场景。

> 优秀的电视场景：
> 1. 先让我们看到人物的主要显性特点，然后挑战他们，不断地揭示和深化性格维度。
> 2. 不断探索、挑战主要人物之间的关系，将其复杂化。
> 3. 呈现场景中的"事件"或"问题"，以某种有意义的方式推动情节发展。
> 4. 想法和惊喜，都要对某些信息有所保留，再以出人意料和不可避免的方式表达出来。
> 5. 遵循结构，好的场景都像一条弧线，它们"砰"的一声开始，结局时戛然而止，中间曲曲折折和反反复复。

访谈：杰森·卡蒂姆斯

《为人父母》

《胜利之光》

2011年获艾美奖最佳编剧奖

2011年获艾美奖最佳剧情剧提名

2009年、2011年获人道主义奖

2007-2011年获美国编剧工会提名

2006年获皮博迪奖

《高校风云》（*Boston Public*）

《罗斯维尔》（*Roswell*）

《我的青春期》

尼尔：我们从你在《胜利之光》和《为人父母》中塑造角色的方法开始谈起吧。我认为很多人都能创造情节线，却只停留在人物外部，只有你可以不断地深入挖掘角色，给人惊喜。你是一开始就感觉到了人物性格的复杂性，还是在写作的过程中发现的？

杰森：我在电视行业的第一份工作是《我的青春期》，这部剧由温妮·霍尔兹曼、马歇尔·赫斯科维茨和爱德华·兹威克共同担任执行制片人。在此之前，我虽然一直在写剧本，但从未为电视剧写过剧本。事实上，我从没想过自己会写电视剧，即便写，我想也会是半小时时长的情景喜剧。令人惊讶的是，《我的青春期》本质上写的就是我的学校，他们讲故事的方式，对我此后的写作产生了巨大的影响。他们试图尽量少地讲故事，这样就能够专注于细节，有时间去延续和了解背后的故事。我记得在《我的青春期》中有一集叫作“青春痘”，当时我想：“我们要做一集关于青春痘的故事吗？”安吉拉（克莱尔·丹妮斯饰）一觉醒来脸上长了一颗青春痘，这就是这个故事的引发事件，最终演变成一个关于美，以及我们对美的理解的故事。我们把安吉拉和她的妈妈（贝丝·阿姆斯特朗饰）也纳入其中，提出了母女时装秀的想法，以此来谈论其他创意。对于一个刚开始写电视节目的人来说，看着他们如何拓展故事情节，非常吸引人。这部剧成了我的基础，当时我们也是在编剧室里工作，在这里，所有的创意都被发展成为故事。

对我来说，问题总是要围绕着“这个故事是关于什么的”“我们在讲什么”。当纠结于一个情节时，我总是会停下来说，情节并不难。特别是对我们来说，要做一部四五条线索并进的剧，即使有6条情节线，也不是很多。所以，如果我们在某一个情节上喋喋不休，也许是因为我们不知道自己想要通过这个故事说什么或完成什么。当一件事既真实又亲切，并能深入人心时，这才是我在讲故事时所一直关注的。

尼尔：其中的一些，比如“青春痘”，就是主题。这是你采取的方法吗？你是否在为A、B、C、D故事找同一个主题？

杰森：主题当然很重要，但我也尽量不让它成为阻碍。每个人对此都有不同的理解，有时候我希望能多拍一些故事情节，每一条故事情节都在主题上相互关联。但是，我更感兴趣的是角色的演变，以及这些独立的故事情节在时间上的演变。有时角色们在不同的地方，我尽量不强迫他们在一起。像《胜利之光》这样的电视剧乐趣在于，每一集对我来说都像是连续的章节。我想起了狄更斯以前写小说的方式，每周在报纸上更新一章。《胜利之光》也类似。我最感兴趣的是某个角色如何随着时间，周而复始地变化。当一集出现一个统一的主题时，我认为这是锦上添花。当然每个故事情节都有主题，但对于某一集来说，我觉得多个故事不需要连成一个主题。

尼尔：一个故事弧线跨越多少集？在规划整季的时候是否考虑到：我清楚地知道这个角色从这里开始到那里结束？或者，你会一次拍六七集吗？

杰森：《为人父母》和《胜利之光》是我最近拍的两部电视剧。虽然看起来它们像两部完全不同的剧，但对我来说，它们非常相似。它们属于大型剧集，都是关于家庭的。《暮光之城》主要是关于替代家庭，而《为人父母》则是关于延展家庭，但它们都是关于家庭的。我用类似的方式处理它们。基本上，在每季的开始我们会花一点时间在一个大的范围内谈论我们的角色。主要是他们的处境——他们在去年结束的位置，以及今年将会发生什么。我们用非常模糊的术语来规划——顺便说一句，也没有写下来——无论他们在本季怎么演变。当然，你会有像教练（凯尔·钱德勒饰演埃里克·泰勒）和塔米（康妮·布里顿饰）这样的重点角色，这个家庭当然是核心，但所有的角色都很重要。当我们这样做的时候，开始建构故事雏形，开始释放一些信息。同样，这时仍然是非常模糊的，但是我们已经开始思考一些情节在何处开始，什么情节将会在本季结束的何处结束。我不愿说得太具体。有一个路线图不错，但是肯定不想被它束缚太多，或者走得太远。有些故事基本上从一开始就暗示了所有的曲折和转折，而有些则没有——这都没关系。只要你觉得你的角色在路上，并且你对它可能会走向何方有一个模糊的概念，我认为这就够了。

然后，从那一刻起，它会慢慢变成了现实。我们通常把它们按情节分成故事发展的片段。通常是4、5甚至6集，在这些剧集的过程中会发生一些重大的事件。例如，在《胜利之光》第1季的试播集中，明星四分卫严重受伤——这件事暗示了一个大问题：狄龙镇会不会生存下去？在某种程度上，你可以把它看作是这部剧整季的一个问题，但是我却把它看作是第1集的问题。你有这样一个教练，他带着期望和疯狂的支持者来到这里，希望能把总冠军带回家。那么，这位教练如何才能把大家团结起来呢？接下来，关于四分卫马特·萨拉森（扎克·吉尔福德饰）的问题是，他现在是个焦虑紧张的孩子，他能挺身而出吗？接下来的问题是杰森将会发生什么，他还能回到球队吗？你不知道。毕竟，这是一部电视剧——3集之后，他又可以重整旗鼓了。所以，当你发现他瘫痪了，这个问题就变得更有趣了。因为现在你想知道的是——这个人会发生什么？这个孩子本来想去美国职业橄榄球联盟（NFL）比赛的，他会好转吗？这导致了他和里金斯（泰勒·基奇饰）和莱拉（明卡－凯利饰）之间的三角关系。马特·萨拉森的问题也导致了巴蒂·加里蒂（布拉德·利兰饰）试图从新奥尔良招募的名叫“巫毒”（阿尔迪斯·霍奇饰）四分卫的出现。于是问题就变成了“谁将成为四分卫”，然而最终在我记忆里，我认为这种关系在第5集的对抗中结束了。你解决了以下问题：谁将成为他们的四分卫，这支球队将会发生什么。你达到了一个确定的目标，然后就开始提出新的问题，开始了下一段。这就是我们的工作方式。

尼尔：所以在早期的讨论中，关于本季的结尾会走向哪里，你可能只是有些模糊的想法，那么你对它持开放态度吗？

杰森：像《胜利之光》这样的电视剧，其美妙之处在于，虽然没有封闭的故事——因为没有谜团要解决，但你拥有一个完整的橄榄球赛季，可以围绕你的橄榄球季来解构剧集。你知道季后赛一定会在某个时间点开始。他们能进入季后赛吗，他们在这个赛季能走多远？在一个走运的年份，也许还有国家级比赛。这是一个很好的方式来帮助你的结构剧情。关于《为人父母》，我们没有球赛，所以我们要做的是想出更大的故事情节，让观众在整季都被牵动。例如，建立一个播出季的大事或者计划一个婚礼。在第1季中，你会看马克斯（马克斯·伯克霍尔德）被诊断出患有阿斯伯格综合征，这让观众在这一整季甚至整部剧中都有了一些长久的可以持续下去的牵挂。这些大的创意可以帮助你从一个地方走向另一个地方。基本上，我试着用动作来分解弧线，我努力明晰要去哪里并保持一定的灵活性。这种方法同样可以追溯到与爱德华、马歇尔一起工作的时候，你希望推动你所做的事情不断发展。这是一种互相合作的形式，我能感觉到一种拥抱合作的本质——而不是仅仅说"我来发号施令做每一件事"。因为接下来会发生的事情是，当你拿出一个剧本，导演和演员们突然灵光乍现般地想到了一些新创意，让我了解到一些以前从未了解的角色。令人兴奋！有时候，你所想象中的有趣想法，实际上并不如想象中那样令人兴奋，因此那个动作可能只能存在3集而不是7集。然后，还有其他的事情，你会说"哇，我们想着重写这个"。我的经验是要留有余地，要看演员的表演、导演布置场景——所有这些都是令人兴奋的。这些事情令电视变得很有趣。电视剧最棒的一点是，节目会随着时间的推移而不断发展，变得更好。在电影中，你只有一个英雄……

尼尔：（电影）确实有局限。

杰森：通常只有少数几个角色，你可以真正讲述故事。但是在电视上，排在第11位的人也有可能在某一集中成为主角。你最终会对所有的人有更多的了解。这就是写电视剧的美妙和乐趣。

尼尔：在你合作过的电视剧中有没有什么规则，比如A故事必须是哪个人，或者是有更多的灵活性？

杰森：比你想象的更灵活一些。我们绝没有那种A故事必须围绕着谁的原则，如果你仔细看剧的话事实也是如此。虽然他们是这部剧的核心，但是他们不会天生是所有A故事的主角，因为你面对的是一群青少年，是每周故事的引擎。他们的生活中会一直有这样的事情发生。虽然已婚夫妇有更多故事，比如他们的生活和婚姻，但青少年确实没有这些。

尼尔：在《胜利之光》中，青少年是故事的动力，但在《为人父母》中，兄弟姐妹才是动力。A故事似乎总是围绕着剧中的兄弟姐妹。

杰森：非常典型。《为人父母》开始的时候，我只是需要一种思考的方式，因为这是一个庞大的演员阵容，有很多可能性。我基本上是从这4个兄弟姐妹的角度来决定的。当我开始讲故事的时候，总是从他们的角度开始。随着剧集的发展，可以仍然是这样，只需转变视角——某一集更像是克里斯蒂娜（莫妮卡·波特饰）的视点，而不是亚当（彼得·克劳斯饰）的。或者某一集的故事更像是泽克（克雷格·T. 纳尔逊饰）和卡米尔（邦妮•贝德莉亚饰）的故事，而不是孩子们的，或者你可以从马克斯的角度讲故事。找到一个起点总是好的，这样你就不会把自己搞得太混乱，随着时间的推移还可以扩展故事的范围。编剧总是在平衡哪些剧情属于扩展，哪些不符合事实。最后这些剧情的决定权要留给制作人。编剧们会提出很多不同的想法，这些想法都很好，但制作人必须是决定“这是个好主意，但不适合这部剧”的人。

尼尔：我看《为人父母》这部剧，总有那么一刻令人泪奔。第1季中就有一个特别感人的场景，克里斯蒂娜和亚当必须面对他们儿子的阿斯伯格征。这个孩子充满活力，好奇、可爱而天真，他们面对的现实是，这个小孩子正在与病情作斗争。这让他们的心都碎了，因为他们知道这对他（和他们）来说将是一条艰难之路。克里斯蒂汀娜和亚当对儿子的病情从否认到接受，这个过程在感情上非常受伤。我的问题是：当构建故事时，有价值的故事情节必须能够使角色变得脆弱，这是不是你的标准之一？

杰森：当然。无论是当我在构思故事时，还是在编剧室讨论故事时都是如此。我一直在寻找这种感觉。而且，这也是我的个人感触——是故事吸引我的地方。我总是认为，一旦确立了故事的核心情感，你就能更好地建构这个故事。顺便说一下，还可以从中找到幽默。对我来说，幽默感是在弄清楚情感变化之后产生的。谈论解决某种冲突时更容易发现什么更有趣。在冲突中也会产生幽默。

你提到的那个例子在我开发《为人父母》试播集时就成为一个问题。生一个患有阿斯伯格综合征的孩子这个创意一直令我内心很纠结。我有这样一个孩子，也不知道未来是什么样子。我不知道这个创意是否会侵犯我儿子和家人的隐私，其次，我也不知道自己是否想每天谈论它，毕竟它已经成为我的家庭生活的重要组成部分。但是，我感觉到——

> 既然要做一档名为《为人父母》的节目，我也许可以在自己生活中挖掘一些故事，而且是那种令我有点害怕讲述的故事。

最终我还是这么做了——当时都不知道能不能找到一个能完成这个任务的演员。我们如何以一种真实的方式来讲述这个故事，当时没有演员知道这种情况的具体细节是什么样子的，我也不知道我们能否完成这部剧，这个过程成为我编剧职业中最为深刻的经历之一。我们很幸运地让马克斯・博克华尔德来扮演这个角色，他演得非常好。同时也看到了莫妮卡・波特和彼得・克劳斯的成长历程，他们在剧情中投入了大量的精力。这真是太神奇了，观众对试播剧的反应非常不错。找到一个对自己来说颇有挑战性的故事情节，有时候这是件好事，意味着你在逼迫自己走出自己的舒适区。尤其是在现在的电视领域，创作水平如此之高，观众的期望值如此之高，他们有这么多的选择，指尖上有数不清的电视频道——任何时候他们都能切换自己想看的内容。这就要求电视人要深入挖掘，找到那些有野心的故事。

尼尔：这是你工作中的另一个特点——令人惊奇。我真的无法超越这一点——我非常欣赏。希望你以后会创作更多的惊喜。在创作中，我喜欢探索未知事件的走向。

杰森：这也引出了一个很好的观点，那就是当我们在编剧室里讨论剧情的时候，8个编剧会提出8种不同的、新鲜的创意。而且，他们中的一些人会说：“哦，我永远不会那样做……”每当这时，我总觉得我们有所收获，也就是说，这个故事方向是一个未知的结局。如果编剧室里有8个人都在争论答案，那么观众也会有同样的感觉——他们不知道结局会如何。如果你不知道故事的发展方向，那么就得想出一些真正生活化的东西。有时候，我们必须阻止在故事中设置太多的曲折和转折，因为当情节变化太大时——有时反而会阻碍真实。

我很幸运能创作《胜利之光》和《为人父母》这样的剧，演员阵容如此优秀而强大。对于剧本，他们一点就通。你不需要在一场戏中有巨大的转折点来让他们寻找。它只需要真实，而不是虚假，作为编剧，我们尽自己所能给演员提供素材，让他们在表演的时候不会犯错。演员们在这方面提供了很大的帮助——确保这一切都是以他们的角色为基础，并且保持真实感。这确实是一种合作。当所有人都认为在同一部剧中追求同一件事时，这才有成功的可能。电视行业并不容易。你要在很短的时间内讲很多故事，而且要把这些情节安排得非常快。很多时候电视偏离轨道之处在于电视网认为节目应该这样，编剧认为它应该那样，而演员认为它应该是第三种结果。那么最终，观众没有得到应该有的服务。作为一名节目制作人，最重要的是要确保你所做的每件事，都是所有人的共同目的。让每个人都保持兴奋，有主人翁意识。让他们觉得自己已经投入其中。直到今天，《为人父母》这部剧中，我非常喜欢的一点是，演员们拿到剧本后会跟我交谈说，他们有多喜欢某个角色的故事。他们融入了这个节目，而不是仅仅浏览和查看他们的剧本。他们是融入了整个剧情。这也是这部剧保持真实和新鲜感的原因。

第11章
设定敌人和目标

设定危机：让你的主角有所得，也有所失。一部剧的对抗力量将有助于升级利害关系，并加剧解决特定问题的紧迫感。思虑一下时间在剧中所扮演的角色。注意所有类型的角色总是匆匆忙忙地冲向某个地方——他们必须匆忙地做些什么否则就会淘汰。

在《谋杀》中，侦探莎拉·林登（米瑞尔·伊诺斯饰）准备带着十几岁的儿子搬到加利福尼亚与未婚夫团聚，临走时她接到了一桩谋杀案。莎拉想尽快结束这个案子，以继续自己的生活，但这个案子逐渐变成了一个惊天大阴谋，拖了几个星期。这个案件毁了她和未婚夫的关系，危及她儿子的监护权，还使她的生命陷于危险。而这些只是角色个人的危机。更大危机在于这起案件改变了这座城市的政治气候，摧毁了许多人的生活和事业。

在《国土安全》中，卡莉（克莱尔·戴恩斯饰）对布罗迪（达米安·刘易斯饰）的感情使她的任务更加复杂，她要保护国家。卡莉对布罗迪的感情变成了爱情，这影响了她的判断力，也让她的事业和名誉受到了威胁。布罗迪的处境也变得更危险，他发现自己和身处的世界格格不入，他是美国人却对敌人阿布·纳齐尔（纳维德·尼加班饰）效忠，与家人之间关系也非常脱节。

《单身毒妈》的每一季都加深了主人公南希·波文（玛丽－路易斯·帕克饰）的危机。最近丧偶的南希住在洛杉矶郊外的一处高档小区里，为养活两个儿子而从事大麻生意。随着生意的发展，南希面临的问题也越来越多，她要面对同行的竞争，要躲避精明的缉毒局特工（南希最终嫁给了他，使事情更加复杂）的追查，还要与贩毒集团头目（南希曾与之结婚，两人还生了孩子，使事情更加复杂）周旋。此外，她两个儿子的幸福也岌岌可危。毒品交易把她的大儿子塞拉斯（亨特·帕里什饰）卷入生意中，而她的小儿子肖恩（亚历山大·古尔德饰）出现了反社会行为，最终出现杀人的行为。

情景喜剧中，危机不是“生死攸关”，但也要有这样的感觉。《老友记》第4季最后一集中，罗斯（大卫·修蒙饰）在婚礼上称呼他的新娘瑞秋，而她的名字是艾米丽！

这是一个令人心痛的时刻，这件事也毁掉了他的婚姻，进一步搅乱了他和瑞秋（珍妮弗·安妮斯顿饰）复杂的关系。

《老爸老妈浪漫史》中，泰德（乔什·拉德诺饰）得知他的未婚妻从未看过电影《星球大战》，而这部影片是他最爱的电影。泰德对他的朋友玛歇尔（杰森·席格尔饰）说："如果斯特拉不喜欢这部电影，我就不能娶她。"她看了这部电影后，泰德焦急地观察他的未婚妻，心底希望他们彼此相通。表面上看这是一个微不足道的问题，但它却与更大、更深层次的对亲密关系的恐惧联系在一起——对泰德来说，终身承诺的风险太过沉重。

男人对男人。最常见的障碍以人的形式出现的——对手。主人公和对手的目标直接冲突。《24小时》中，对手几乎都是具有特定倾向的恐怖分子。杰克·鲍尔（基弗·萨瑟兰饰）必须战胜对手及其同伙发动的一系列不断升级的攻击。

有时对手的身份和动机是未知的。在《疑犯追踪》中，有一部复杂的机器可以在谋杀发生前预测到案件发生的时间，但它只能提供一个人的身份信息。主角的任务是辨别这条信息所对应的是受害者还是杀手。

对手也可能有超自然的能力。在奇幻剧《童话镇》中，主人公艾玛·斯旺（詹妮弗·莫里森饰）努力破解邪恶皇后（拉娜·帕里拉饰）对童话镇的诅咒。

有时候，对手可能是主角想要帮助的人。在《丑闻》的试播集里，危机公关专家奥利维亚·波普（克里·沃什顿饰）必须证明被授予勋章的战争英雄没有犯下谋杀罪。奥利维亚却发现了老兵不在场的证明，但这个不在场证明会暴露他的同性恋身份。为了完成任务，奥利维亚必须说服这位战争英雄说出真相。

人与社会的对抗。角色常常要面对一个远远超出他们控制的社会结构。《火线》中，毒品交易系统地腐蚀了巴尔的摩市。在第3季中，心怀不满的警察少校邦尼·科尔文（罗伯特·怀特维斯饰）为了遏制日益猖獗的毒品暴力，在巴尔的摩西部最恶劣的地区秘密地将毒品合法化。尽管他的计划成功了，但在社会压力之下，政府要求对毒品采取强硬立场，这次实验最终毁了他的事业。

《纸牌屋》中，阻碍主人公弗兰克·安德伍德（凯文·史派西饰）的是环城公路政治（Beltway politics）[1]。在获得承诺的国务卿任命失败后，弗兰克计划获得更多的权力。然而，他却不能简单地夺取总统的工作。相反，他必须策划一个复杂的阴谋来成为副总统，以便在8年后赢得总统宝座。

《权力的游戏》中，政治壁垒是中世纪式的。奈德·史塔克（肖恩·宾饰）同意担任御前首相，他是国王最信任的顾问。奈德最终得知国王的继承人乔佛里（杰克·格里

1 Beltway politics，指环绕着首都华盛顿的高速公路区域内的政治问题，具体指只限于政界而距离老百姓较远的某些事务。——译者注

森饰）是个私生子，是王后和她弟弟不伦之恋的结晶。随着国王健康状况的恶化，奈德试图找到一个正义的继承计划，但被盟友出卖。在乔佛里加冕为国王之后，奈德的死期到了。

《行尸走肉》中，僵尸创造了一个完全没有法律的社会。纯粹是适者生存。在第2季《内布拉斯加》中，主角瑞克·格里姆斯（安德鲁·林肯饰）和他的两个同伴在一个废弃小镇的酒吧里遇到了一对幸存者。幸存者恳求瑞克允许他们加入他的队伍，但瑞克拒绝了，他们特别生气。瑞克在他们准备开枪之前把他们击毙了。

人与自我的对抗。有时主角自己是最大的敌人。《广告狂人》中，唐·德雷珀努力掩盖自己坎坷的过去，这与他那彬彬有礼的广告高管形象大相径庭。他还在挣扎于自己的一连串风流韵事中，这与他作为丈夫和父亲的角色产生了冲突。

《绝命毒师》中，沃尔特·怀特不断与自己的傲慢斗争。他没有从以前的同事那里借钱来治疗癌症，而是不顾一切地踏上了成为冰毒头目的旅程。面对几次脱身的机会，沃尔特却勇往直前。直到妻子打通了他的电话，告诉他，他已经攒了太多的钱，远远超过了最初73.7万美元的目标。

在《音乐之乡》（*Nashville*）中，年轻的乡村巨星朱丽叶·巴恩斯（海登·潘妮蒂尔饰）希望得到更多的重视，但无论是过去还是现在，她都被吸毒的母亲所困扰。她既独立又脆弱，这使得她总是鲁莽且易怒。她不想承认自己需要帮助和爱，这只会让她身处孤独而无法自拔。

《复仇》中，艾米丽·索恩（艾米丽·范坎普饰）同样被情绪所困，陷于过去的可怕记忆之中，她对父亲无辜死亡而愤怒，对被寄养和少年监狱被虐待的生活非常恐惧。《音乐之乡》中的朱丽叶会大发雷霆，而《复仇》中的艾米丽却冷静而矜持。她对复仇的强烈关注让她变得麻木，也让她感受不到复仇的代价是她所关心的其他人，包括失散已久的爱人杰克·波特（尼克·韦克斯勒）。在第2季的最后，艾米莉终于向杰克承认了自己的真实身份，所以我们要看看他们会怎么做。他会感到自己被背叛而与她反目成仇，还是会联合起来共同对抗敌人？

人与自然的对抗。大自然可以成为主角的强大对手。在《迷失》中，幸存者与神秘的力量战斗，但他们也遇到了岛上的陷阱：稀缺的资源、崎岖的地形、危险的野生动物。

在像《豪斯医生》这样的医疗剧里，医生们不断地面对着一系列致命有机病原体在空气中隐秘地流动。

大自然也可能是一个具有讽刺意味的对手，附带着很多障碍。《绝命毒师》中，沃尔特和杰西（亚伦·保罗饰）为了保护隐私，在新墨西哥沙漠的一辆房车里制作冰毒。然而，在第2季《外出的四天》一集中，沃尔特和杰西意外被困在沙漠中，差点中暑而亡。

人与命运的对抗。主角可能会发现自己面临一个不可避免的结果。在《大佬》（*The Boss*）中芝加哥的无良市长汤姆•凯恩（凯尔西•格兰默饰）被诊断患有路易体痴呆症，这是一种无法治愈的疾病，会导致幻觉并丧失运动能力。汤姆开始与无法控制的疾病作斗争，这影响了他的感知、判断和记忆。

人物经常遭受随机命运的伤害。在《胜利之光》中，明星四分卫杰森•斯特里特（斯科特•波特饰）在球场上被猛击后，腰部以下瘫痪。惨痛的伤势在得克萨斯州狄龙镇引起了连锁反应。杰森前途无量的运动生涯结束了，准备不足的后备四分卫马特•萨拉森（扎克•吉尔福德饰）被推到首发的位置，聚焦于人们的目光之下。主教练埃里克•泰勒（凯尔•钱德勒饰）突然发现他的工作岌岌可危，这意味着他的家人可能要再次背井离乡。

在情景喜剧中，剧中的角色往往命运多舛。“米诺号”上的乘客不会离开格利甘岛。《拖家带口》（*Married with Children*）中阿尔•邦迪注定是一个悲催的失败者，“邦迪诅咒”仿佛命中注定一样。在第8季的《邦迪家的好运》一集中，一切都突然朝着阿尔的想法发展，这让他很是怀疑。而当他终于接受了他的好运，并宣布“阿尔•邦迪是赢家”时，一切又马上崩溃了。

《愚人善事》（*My Name Is Earl*）中，小偷厄尔•希基（杰森•李饰）想以因果报应论和弥补所有错误来逃避可怕的命运。在丢了一张10万美元的彩票后顿悟，厄尔无私地捡起垃圾想去弥补多年来随地乱扔垃圾的恶习，居然发现了这张丢失的彩票。

人与多种力量的对抗。从前面的例子可以看出，多种力量可以交织。障碍越多越好，只要它们能与故事有机结合。

交叉的对抗力量在主题上有联系是最有效的。《黑道家族》中，托尼•瑟普拉诺（詹姆斯•甘多菲尼饰）经常与执法部门、敌对家族发生冲突，同时他也在与自己较量。不断的失去家人的威胁是他恐慌症的根源，也是他找心理医生的原因。

> 随着角色的危机加剧，不作为和/或失败的风险也会加剧。确认他们最看重的是什么，并将其置于风险之中。没有潜在的损失就没有实质性的冲突，而没有冲突就没有戏剧张力（这在喜剧中是必不可少的）。如果戏剧张力下落不明，没有悬念的剧集也将死期将近。

访谈：蒂姆•克林

《触摸未来》（*Touch*）

《英雄》（*Heroes*）

《遇见乔丹》（*Crossing Jordan*）

《普罗维登斯》（*Providence*）

《杏林先锋》（*Chicago Hope*）

尼尔：这一章都在谈关于对抗——与角色身体、情感和精神的影响，也包括对抗的来源。我想先谈谈《触摸未来》。目前正在制作第2季吗？

蒂姆：正在前期制作中，已经写好了前几集剧本，也在构思其他几集。

尼尔：你写试播集是否有反向的动力？从一开始就知道这一季的结局吗？

蒂姆：写作时就希望第1季能围绕由基弗·萨瑟兰饰演的马丁·博姆和他儿子杰克（大卫·马祖兹饰）的监护权问题展开。他的儿子在一家寄宿和护理机构。在这家机构里，我们会觉得有些不对劲——那里有好多秘密。电视网要求我们在前6集不要引入任何连载元素，以便给观众一个采样的机会。很多数据显示，前6周之内，有大量的新观众会前来观看这部剧。为了不疏远他们，每集要有独立的故事。所以，直到丹尼·格洛弗饰演的角色阿瑟·特勒死掉，我们才引入了连载元素。在前6集里几乎没有什么疑问，在6号房间后面的地下室里发生了一些奇怪的事情。但是看前几集，你不需要知道太多的内容。一旦连载引擎启动，我们就会慢慢地加大力度，到最后3集时，观众会非常清楚董事会里有什么，也会对杰克越来越感兴趣。有一个神秘公司名为阿斯特，显然对杰克有图谋。这一切将在本季的结局中上演，马丁带着杰克逃走。我们以他们抵达加利福尼亚的时候结束本季。在这一季的最后，我们还介绍了玛丽亚·贝洛这个角色，作为卫星故事，你根本不知道如何连接。结果却发现她是阿米莉亚（撒克逊·沙比诺饰）的母亲，阿米莉亚就是神秘6号房间里的那个女孩，这两个故事在结局的最后30秒发生了碰撞。这将有望推动观众进入发生在洛杉矶的第2季。第1季是关于这个故事板块、核心主题，以及对抗力量的介绍。第2季则是关于寻找阿米莉亚。

尼尔：你知道她是否还活着，或者她在谁手里？

蒂姆：是的，我们在第2季首播中就介绍了这些背景。我们会告诉你她在哪里，也会告诉你第2季的主要对手是谁。我们会让阿斯特公司的真面目浮出水面。事实比我们所知更复杂，阿斯特公司并不重要，公司内部的某个人才更重要，他是一个年轻的天才，通过制作对客户各种的预测性算法让阿斯特公司发了大财。所以我们推出了一个叫卡尔文·诺伯格（卢卡斯·哈斯饰）的角色，几年前他把自己的算法公司卖给了阿斯特公司，这让公司赚了不少钱。是他对阿米莉亚和杰克感兴趣。我们还介绍了一种概念，一种精神上的“三十六人”的概念。有36个被选中的来自卡巴拉的人，兰姆达·扎迪金（源自维基百科的拼写），他们是36个维护正义的人。据说，在任何时候这个星球上都有36个人阻止世界陷入邪恶。他们代表正义，却不知道自己在世界上的地位和权力。

他们通常谦逊卑微。他们不一定是国家元首。有的可能只是街上的屠夫，却不会为了2美分一磅的价钱去吆喝。我们通过角色阿弗拉姆（芭荻·俄鲁夫曼饰）介绍了这一点，他是一个犹太人。事实显示，有些东西也是卡尔文感兴趣的。他找到了阿米莉亚，企图用大脑图谱来计算这些算法。他很扭曲，开始时有一些非常单纯的动机，想通过杰克这样拥有的超能力的人让世界变得更好，连接得更紧密。

有两股对立的力量：一股代表着卡尔文的企业理念，拥有资源和金钱，另一股则是这36人中的一个堕落版本，他曾是一名牧师，以一种扭曲的方式决定除了上帝之外不会有其他偶像。所以他试图一个接一个地杀死36人。因此这是一个反向力，也是巨大的威胁。

尼尔：所以本剧有一个来自过去的核心谜团，一直贯穿始终，也有关于现在的中心问题。

蒂姆：电视行业的工作现实是——尤其是当你引入了一个系列化引擎时，它取决于在之前很多很多集已经把故事预先规划好——事实上，故事会因各种原因而变化。有时候，改变来自一些意想不到的原因。

尼尔：就像你不得不写一个演员一样。

蒂姆：没错。否则就像你聘用了一个人，本以为他很棒，结果很糟糕、很难相处。你要把大量的故事建立在这种人物关系之上——就像演员们聚在一起，不能彼此之间没有化学反应。你应该像一个热追踪导弹，去追踪那些散发着热量的地方。你想要这部剧说出你的声音，就要跟它讲同样多的话。有时，它会告诉你它想成为什么样子。这是一个非常有趣的过程，就像一条你完全无法控制的河流。是兴奋，也是挑战。

尼尔：如同把自己困在一个角落里，不知道如何脱身？

蒂姆：尽量不让自己陷入困境，但有时有些剧就会令你产生这种想法。有些剧，你希望观众去探索"他们将如何走出这个节目"。观众与电视剧几乎是一种角力的关系。他们想看到悬崖的边沿，然后再以某种方式把自己拉回来。我们只是努力呈现那种惊险刺激的感觉。尽管你希望能避免这些事情，但真的做不到。

尼尔：我有这种感觉，当时我想："马丁怎样才能带着杰克逃跑呢？"你总是把克里（古古·玛芭塔劳饰）一直放在灰色地带，既想忠于马丁，又要努力做好自己的工作。这完全是有机体。你几乎所有的故事都依赖于一个对编剧来说很糟糕的词：巧合。然而，整个节目的主题是同步的存在，这些都不是真正的巧合，我们都被这条线连接起来。你这样写有什么既定的规则吗？例如，在小说中巧合最有效，它能让主人公的情况变得更糟，但如果相反，使主人公的生活变得更容易，反而会令人感觉很勉强。你的想法呢？

蒂姆：我真希望我能说得更清楚些。这是我们仔细研究的那些内容之一，以至于它不再有规则。就像你盯着某个东西太久，它就失去了本来面目。我们讨论了很多这种巧合或同步的问题。比如多愁善感还是滥情，其实只差一步之遥。我从来没有参与过这样一部剧，就像一条细细的栏杆，你骑在上面。向左一点的感伤就变成悲哀，向右一点的神奇就变成巧合。这是一件非常困难的事情，这真的只是编辑室里的一种本能反应和一种克制。也可以说，只是编剧室写作的一种直觉。看起来很模糊，却只发生在编剧室中。最后总能得到正确的音乐、正确的镜头、正确的表演与正确的拍摄。你用正确的方式剪辑，在正确的时间输入数字，然后不知怎么它就起作用了。如果去掉其中任何一个元素，故事就会崩溃。这是一部没有太多规则的剧。你只需要走进编剧室，看它是否成功。我觉得在这部剧中，有些时候它真的很成功。这个巧合的时刻让人觉得不那么简单，却更有魔力，这些就是对我们有效的方法。正如你所说，这部剧的特点在于它从一开始就大胆地阐述了剧集的终极主题。当第5幕时，你才得到了一点信息。这部剧的部分乐趣在于，它就像一个系列剧。当我拍摄《遇见乔丹》的时候，在预告片中，某人拖来一具尸体，但有人把尸体搞错了，你得找出是谁干的。所以你会介绍三个嫌疑人。最后，你希望会有那一刻，观众认为："我从没见到这样的情况。"在某种程度上，《触摸未来》也是如此。它介绍了故事的线索，而你不知道它们将如何结合在一起。一切都取决于你说"我没想到会这样"的那一刻，这种永远无法预见的感觉胜过了巧合的因素，因为在现实中，这是一部讲述巧合如何存在的剧。如果你知道如何看待它们，那么从隐喻的角度来说，它们开始成为你生活中有价值的工具。希望这部剧能带给我们一些启示，那就是生命的渺小，有些你认为微不足道的东西，其实意义巨大。生活中的一切都很重要，如果你意识到这一点的话。

尼尔：在杰克的一段画外音中，有一段很感慨，他说："我们将发送30亿封电子邮件和190亿条短信，但我们仍然倍感孤独。"所以，一方面我们都在寻求联系，另一方面我们又感到孤立。

蒂姆：是的，我想这也是如今非常流行的一种情绪。彼此间感觉联系很紧密，但这种交流并没有给人一种的社会感。网络让我们的联系如此紧密，同时让我们感到更加孤立。我们可以躲进脸谱网，却不再和朋友一起出去吃饭。

尼尔：《遇见乔丹》是本土化的，而《英雄》是全球化的。《触摸未来》会继续全球化的方向吗？

蒂姆：是的。我们在制作上遇到的一个问题就是面向全球作品的数量。虽然这对观众来说很有趣，也很刺激，但制作起来却很难。我们打算在第2季中每周少讲一个故事。但它仍然会有卫星故事，让人感觉这些事情是相通的。从很多方面来说，这部剧教会观众如何以缓慢的速度观赏。故事悄悄爬上人们的心头，逐渐迎来一个系列化的结局。第2季也将以同样的方式开始。我们就是以这种故事引擎而胜出的。

尼尔：如果更加系列化，是不是要连贯起来？你会从哪里开始，从哪里结束？

蒂姆：有时会这样。第1季只有几个星期的时间。我想第2季也会遵循同样的模式。当你在一个故事中注入太多的时间，观众就会有所感觉。他们能感到压力减少。时间的缩短和压缩确实有助于紧张情绪的提升。

尼尔：画外音会继续吗？

蒂姆：是的。

尼尔：这太棒了，因为你拥有了一个在屏幕上不说话的角色，他只用画外音跟我们说话。他的话是如此富有诗意和智慧。当你用危机来构建试播集时，马丁的对抗力量是他的儿子，他不知道如何处理，还有儿童保护机构，他们想要把他带走，马丁想保住自己的工作，然后你又引进了公司。

> 他从一开始就是一个非常放不开的角色：入不敷出，他无法让孩子上学，还因此而失去了监护权。他的资源全被切断。你说得对，这本身就是一股对抗性的力量——对他来说就是巨大的压力。

有一个无法沟通的孩子成为这部剧的核心目标。这是一个追求沟通的过程。渐渐地，他开始读懂儿子的这些小信号。其实在试播集中，他就发现了一个问题，儿子试图通过这些数字与他交流。正是这个启示成为这部剧的一大动力："我儿子想要告诉我一些事情，我必须成为他在这个世界上的眼睛和耳朵，我必须走出去，去做那些他想让我做的事情。"

尼尔：马丁提到"如果他忽略这些数字就会发生坏事，杰克会遭殃"，这又增加了一重危机。

蒂姆：我们提出这样的观点，如果这些数字不被补救，他就会处于一种精神痛苦中。基本前提是，杰克能看到宇宙模式，当一切保持现状时，数字就会对齐，否则就会出现异常。异常也表现为一个数字，他必须走出去，试着找出为什么那个特定的数字在那一段时间中会出现。在这个数字被纠正和确认之前，杰克会对这个世界感到心灵上的某种痛苦。这就是这部剧的精神实质。他显然是一个神秘的联络人，在这个世界上有着更大的目的。而正是在这个脆弱、看似微不足道、被人遗忘的人身上，蕴藏着宇宙的许多秘密。

尼尔：是什么吸引你关注超能力角色呢？似乎冲突就产生于祝福和诅咒的细节之间。

蒂姆：实际就是这样。在拍电视剧之前，我做过很长时间的自由职业，拍过很多类型的电影，从恐怖片到青少年喜剧再到惊悚片，直到拍《英雄》之后再没有涉及超级英雄题材。所以，我并不是总有这些魅力，但我必须承认，当我想到那些具有超能力的人时，我并没有想到类型，而只是思考他为一个角色所带来的挣扎，他所能呈现出的冲突。如果你是一个在工作中挣扎的人，或是想让一个女人爱上你，或是在照顾垂死的父母，或是有一个不会长大的兄弟——而你认为自己能飞得更高。对我来说这才是有趣之处。你所联系的是这个世界和我们所有人都有关联的问题，你给这个世界增加了一层不同寻常的使命。在我看来，正是这种如何在冲突中生活才是一场伟大的戏剧。《英雄》的创意正是基于这样的想法，如何把普通人，比如那些高中同学、洗衣店遇到的人与那些神秘的召唤叠加起来，一起去做一些伟大的事情。其中也有一个后现代的观点，那就是我们无法在我们一直坚信的正常制度中找到所有重大问题的答案，而这些答案将来自普通民众的解决方案——普通人有非凡能力。你可以看到如今科技的运作方式，来自车库里的两个家伙改变了世界，或者像某种思潮会引发世界级的巨大动荡。至于杰克，我对他的自闭症程度并不太感兴趣，而是对拥有这种非凡能力的人却在这个星球上被剥夺权利的创意更感兴趣。他个子小，性情温顺，不会说话，被认为是严重的自闭症患者。他似乎是这个星球上最不可能的候选人，也是最没有公民权的人。然而，这个人的内心是最非凡的……

尼尔：他才是最有可能拯救世界的人。

第12章
开启秘密之门

正如电视评论家兼编剧艾伦·塞宾沃尔在他的《电视革命》一书中所叙述的那样，在HBO表面上放弃了《广告狂人》之后，AMC对它表现得非常感兴趣。当时，AMC正在开发一小时原创剧。作为一部历史片，《广告狂人》似乎是AMC经典电影节目的好搭档。AMC的执行总裁罗布·索彻读了《黑道家族》的编剧马修·韦纳写的试播集剧本后，就想制作它。

据塞宾沃尔说，索彻先生非常喜欢这个剧本，所以他只给了韦纳一个重要的提示。

“唐·德雷珀需要有个秘密”

这个提示背后的原理——我的加州大学洛杉矶分校同事称之为“提示背后的提示”——唐·德雷珀，就像托尼·瑟普拉诺一样，需要一个弱点。

作为一名黑手党头目，托尼·瑟普拉诺经常犯下可怕的罪行——然而我们不得不关心他，因为他患有焦虑症。我们并没有要求托尼的罪行被原谅，我们只是理解他的挣扎（焦虑症发作），并同情他隐秘的羞耻感，这种羞耻是以药片（盐酸氟西汀）和心理医生（梅尔菲医生）的形式出现的。

与托尼·瑟普拉诺一样，唐·德雷珀不仅通奸、说谎、自恋，还是一个操纵狂魔。他非常冷血，但就我们所知，他还不是冷血杀手。事实上，唐是一个魅力十足的人：潇洒、叛逆、英俊、聪明、浪漫——更不用说他在广告界以才华横溢而著称。在《广告狂人》的试播集里，我们第一次见到唐是在一辆开往城市的火车上，我们跟随他的日常行程——包括参观性感女友的公寓，她的女友是一位波希米亚艺术家。我们对他看似完美的生活印象深刻，还羡慕不已——这家伙似乎是飞上了天。直到试播集的结尾——当唐回到郊区的家，我们发现他其实娶了一个漂亮的金发美女为妻，还有两个崇拜他的小孩，我们对他的看法才完全改变。

现在我们认为他是个无赖、人渣。尽管唐长得很帅，很有魅力，但他撒谎撒得也很轻松，这让他显得更加阴险。他是剧中的主角。我们怎么才能每周都给他加油呢？我们又为什么要关心他？

第1季的核心谜题逐渐揭开了谜底：唐·德雷珀并不是真正的唐·德雷珀。他是一个冒牌货。他的真名是迪克·惠特曼。唐现在可能很圆滑、很成功，但唐——也就是迪克却出身贫寒。他的父亲是一个无业游民，稍后我们会发现他的母亲是一个妓女（这就解释了唐与很多女性关系不稳定的原因）。迪克假扮了一名死去的士兵唐·德雷珀，试图把过去抛在脑后。唐/迪克的秘密源于羞耻。他的脆弱在于他迫切想要重塑自己。他对自己的形象进行了改造，然后开始向美国公众推销这个包装后的形象。这招果然奏效，他因此登上了巅峰，成为麦迪逊大街的大富翁。但他的秘密是他的致命弱点，在内心深处，他害怕被发现，唯恐自己从高耸的摩天大楼一落而下，就像本剧片头标志性的纸板剪纸一样。

他的秘密往事在第1季中是强大的故事引擎。《广告狂人》是连载剧，但结构上并不连贯。换句话说，每一集都不直接接上一集。在臭名昭著的割草机事件之后，斯特林·库珀的一名员工不幸失去了一只脚，接下来的一集在大约1个月后又出现了，甚至没有人提到这一事件。我们不会24小时不停地追踪《广告狂人》中每个角色的生活。相反，我们空降一样进入他们的生活，迅速了解他们当前的困境。每个角色都有贯穿整季（相对较短）的情节线。

《广告狂人》的角色弧都是为每个角色特定的核心问题而设置的：斯特林·库珀的命运会上升还是下降？佩吉的孩子会怎么样？琼和不稳定、控制欲强的未婚夫/丈夫能待在一起吗？贝蒂会和唐住在一起吗？等等。

所有的电视连续剧都有几个核心问题以引起观众的好奇心，观众渴望知道接下来会发生什么。核心问题通常会引出一些答案，从而引出更多的问题（见第19章关于“悬念”的内容）。

除了关于未来的核心问题，许多电视剧也会包含一个关于过去的核心谜团。这个核心谜团，问题不是将会发生什么，问题是过去发生了什么和为什么会发生。

在《广告狂人》中，唐的妻子贝蒂（詹纽瑞·琼斯饰）发现了他的秘密，并把他赶出了家门。贝蒂与唐离婚，又再婚。但唐不能与他的过去“离婚”，这一直困扰着他，助长了他的自我毁灭行为，甚至延续到他再婚并再次尝试重塑自我之后。《广告狂人》继续上演着各种秘密、谎言和丑闻，但直到鲍勃·本森（詹姆斯·沃克饰）的出现，本剧的另一个重要的核心谜团才浮出水面。互联网也恢复了对这部剧的热评。

在《绝望的主妇》原版试播集中，编剧/主创/制作人马克·切利以全能的叙述者玛丽·爱丽丝·杨（布伦达·斯特朗饰）建立了该剧的主要视角。在试播集中我们看到玛丽·爱丽丝自杀了。每集的开头都有她的旁白，为我们设定了主题，并告知我们她的死亡如何影响着住在紫藤巷的每个家庭主妇。这部长时间上映、收视率超高的电视剧探索了四个截然不同的女人，以及她们的姐妹情谊、家庭和爱情生活，在剧中她们每个人都以自己的方式绝望着。鉴于马克·切利扎实的喜剧履历，ABC招募了肥皂剧老手查尔斯·普拉特（拍摄过《梅尔罗斯广场》和《综合医院》）担任制片顾问——第1季的核心谜团就这样孵化出来了。

玛丽·爱丽丝的四个亲密朋友，苏珊·迈耶（泰瑞·海切尔饰）、丽奈特·斯加沃（费利西蒂·哈夫曼饰）、布里·范德坎普（马西娅·克罗斯饰）和加布里埃尔·索利斯（伊娃·朗格利亚）努力地接纳她的自杀噩耗，玛丽·爱丽丝的丈夫由于太过悲伤，请保罗·摩西（马克）要求苏珊、丽奈特、布里和加布里埃尔整理玛丽·爱丽丝遗物。在玛丽·爱丽丝装衣服的盒子里，她们发现了一封勒索信，上面写着："我知道你做了什么。这让我恶心。我要告诉所有人。"邮戳表明，玛丽·爱丽丝在自杀当天收到了这张纸条。在试播集结束时，玛丽·爱丽丝的儿子扎克（科迪·卡什饰）半夜醒来，发现父亲在自家后院的游泳池里挖出一个神秘的箱子。至此，除了每个家庭主妇现在和未来所面临的核心问题之外，我们还有一个核心谜团，那就是谁勒索了玛丽·爱丽丝，以及为什么。

《超感警探》（*The Mentalist*）中，我们追踪的核心谜团是，谁谋杀了帕特里克·简的妻子和女儿。我们知道这是一个与帕特里克有仇的连环杀手（所谓的"血腥约翰"），凶手仍然逍遥法外，并继续困扰着帕特里克，他能解决所有的谜团，但唯独这一个他怎么也解不开。帕特里克被迫放弃了自己的"本行"，加入了加州调查局成为一名顾问，利用他敏锐的观察能力"读懂"嫌疑犯，揭开真相。虽然几乎每一集都有新案子出现，但神秘的"血腥约翰"案是贯穿整季的一条线。

《贝茨旅馆》（*Bates Motel*）（创作者/制作人，卡尔顿·库斯和凯瑞·埃林）中，前2集介绍了几个谜团。1号谜团是谁杀死了诺曼·贝茨（弗雷迪·海默饰）的父亲（诺曼在车库的血泊中发现了父亲），可能的嫌疑人是诺曼的母亲诺玛（维拉·法米加饰）和她离异后的第一个孩子——诺曼同母异父的兄弟，浪荡子迪伦·马塞特（马克斯·提里奥饰）。尽管诺曼发现他父亲尸体的时候似乎真的很震惊，但主要的嫌疑人依然是诺曼本人，没有证据，线索来自1960年经典恐怖电影《惊魂记》中的诺曼。所以，我们带着自己的想法走进了贝茨旅馆。

当然，2013年的诺曼看起来年轻得多，也更天真，但他仍然令人毛骨悚然，而且每一场母子对手戏都潜伏着俄狄浦斯式的潜台词，如同浓浓的俄勒冈州的浓雾一样（该剧的新背景是虚构的白松湾）。在这次改编的版本中，诺曼的妈妈很有生命力，是一个性感的希区柯克式金发女郎，衣着鲜艳。最近丧偶的她带着诺曼离开了加州郊区，开始新的生活，还买下了美景汽车旅馆。就在开张之际，这家汽车旅馆前老板的一个亲戚，基思·萨默斯（W. 厄尔·布朗饰）醉醺醺地来大闹了一场。诺玛毫不畏惧，警告醉汉离开这里，否则别怪她不客气。后来，萨默斯回来复仇，并试图强暴她，却被诺曼击中头部，紧接着被诺玛刺死。诺玛和诺曼决心重新开始，为了避免萨默斯为新汽车旅馆招来负面新闻，他们处理掉了萨默斯的尸首——设置了2号谜团：他们会不会被亚历克斯·罗梅罗（内斯特·卡博内尔）警长发现？他已经对漂亮而紧张的诺玛产生怀疑。

另一个谜团是当诺曼捡起汽车旅馆的旧地毯（沾满了萨默斯的血迹）时，发现了地毯下藏着一个小素描本。这些素描是漫画风格的，描绘的是一个赤裸被绑的年轻女性吸毒者，还被塞住了嘴，一支注射器扎进了她的手臂，还有多处针孔。这些图画表明她是森林小木屋里的人质——这是3号谜团。诺曼的新高中朋友艾玛·迪欧迪（奥莉维亚·库克饰）是个古怪的流浪儿，由于肺部纤维化，她极度依赖氧气罐。她借了日记本，给诺玛打电话，告诉她小木屋可能在哪里。

4号谜团涉及一辆失控的汽车，它在汽车旅馆附近撞毁。诺曼和他的新同学跑过来，发现司机被烧得几乎认不出来了，原来他是其中一个女孩布拉德利·马丁（尼古拉·佩尔茨饰）的父亲，他还活着，但处于昏迷状态。

5号谜团（同样在前2集中）是诺玛结识了“好警察”扎克·谢尔比（迈克·沃格尔饰）以赢得他对自己的信任，他是副警长。谢尔比向诺玛透露，白松湾有自己的秘密和非法财富，这些居民可能会“以牙还牙”，将正义掌握在自己手中。在第二集最后，诺曼和艾玛发现了一片大麻地，他们被手拿猎枪的蒙面人赶出了森林，离开了神秘的小木屋。

最后，诺玛看到谢尔比副警长引导司机和行人以避开一名男尸，该男子被烧得面目全非，倒挂在城镇广场上。这个被烧死的人是布拉德利的父亲吗，还是另有其人？这可能与第4号谜团有关，也可能是全新的6号谜团——甚至是一个连环杀手/纵火犯？如果贝茨汽车旅馆的新标志——那只像虫子一样嗡嗡作响的东西——丝丝迹象表明，大屠杀只是刚刚开始。

每季都有新的核心谜团

在《丑闻》中，第1季只有短短的7集，主要讲述了阿曼达·坦纳（丽莎·威尔饰）的神秘故事，她声称自己与总统有染，现已怀孕。在阿曼达编造故事帮助政治对手被发现后，她被谋杀了。但是这个故事弧并没有使第1季的核心谜团结束。更大的谜团涉及奥利维亚的新员工奎恩·帕金斯（凯蒂·洛斯饰），在第2季首集中她被发现原名是林赛·德怀尔，曾因涉嫌杀害前男友和其他6个人而受审。事实证明，奥利维亚为了让林塞的所有指控都不成立，动用了一些高层关系，当我们发现奥利维亚和奎恩/林塞的过去有关时，谜团加深了。第2季的主要谜团围绕着选举舞弊和奥利维亚帮助菲茨杰拉德·格兰特入主白宫而展开。这个系列的有趣之处在于奥利维亚不仅为客户修复政治丑闻，而她也身处丑闻之中。

《迷失》的核心谜团等同于剧中错综复杂的神话故事（见第18章“建立神话”）。《迷失》第1季以一个偏远的热带岛屿上发生的超自然事件来挑逗我们，包括出现了一只北极熊、一个未知的凶残食肉动物（被称为“烟怪”），以及岛上难以捉摸的、几乎看不见的居民（“其他人”）。还有神秘的法国女人丹妮尔·卢梭（米拉·芙兰饰），她在杰克·谢泼德（马修·福克斯饰）和其他幸存者坠落岛上的16年前，也遭遇了海难。此外还有“舱门”，后来人们发现它是通向达摩组织所建立的研究站的大门（研究站在几十年前在岛上进行过一系列科学实验）。虽然《迷失》的核心问题从未偏离轨道（他们会离开小岛吗），但每一季的核心谜团都不尽相同。随着谜团的一部分被解开，只会让我们的幸存者们寻找更多的答案——直到结局时我们才发现了这个岛的意义。剧透警告：在闪回版本中，所有人都在飞机失事中当场死亡，这个岛真的处于地狱边缘。

> 虽然神秘感不是必不可少，但在试播集中加入一点神秘感可以起到非常大的作用。这句话告诉我们：观众会更多地被未知的东西而非已知的情节吸引。

访谈：达蒙·林德洛夫

《星际迷航2：暗黑无界》（*Star Trek Into Darkness*）

《普罗米修斯》（*Prometheus*）

《牛仔和外星人》（*Cowboys & Aliens*）

《迷失》

2005年获艾美奖最佳剧情剧

2008–2010年获艾美奖最佳剧情剧提名

2005–2007年，2009–2010年获艾美奖剧情类最佳编剧提名

2006年获美国编剧工会（WGA）最佳剧情剧奖

2007年、2009–2010年获美国编剧工会（WGA）剧情剧最佳剧集提名

2008年，2011年获美国编剧工会（WGA）剧情剧最佳剧集提名

《星际迷航》

《遇见乔丹》

《纳什警督》

尼尔：我的第一个问题与TED演讲《神秘的盒子》中提到的关于J.J. 艾布拉姆斯（《迷失》的制作人、执行制片人）有关——他所传达的信息似乎是这部剧的主导原则。片名的图形说明了这一点。它起先是模糊的，但当它越来越近，进入焦点时，图形消失了，所以它仿佛存在于我们的控制之外。这是故事的策略吗？让事情略显模糊——总是向观众灌输需要了解更多信息的需求，然后再小心翼翼地说出来？

达蒙：我认为，如果把一个具体的策略归入节目的整体设计中，那是在做历史追溯性的改写。现实是当劳埃德·布劳恩第一次来找J. J.，而J. J.又来找我的时候，我们遇到了一个非常具体的问题。我当然也遇到了同样的问题，那就是"这部电视剧会是怎样的呢"？我们都知道一小时时长电视剧是什么样子，问题在于我们在试播集里展示什么，以便让人们了解这部剧将如何运作的。因为虽然这可能是一个非常令人兴奋的想法，比如"哇，我不知道接下来会发生什么"，当"我不知道接下来会发生什么"把你引到很多条没有任何结构的道路上时，也可能会适得其反。

"神秘"我和J. J.的第一次见面中聊过很多次。我显然是《双面女间谍》（*Alias*）的超级粉丝，虽然我真的很喜欢《费莉希蒂》（*Felicity*），但前者对我的影响更大。我与J. J. 见面的时候，《双面女间谍》第3季已经过半。我对它的许多神话故事有很多疑问，我想问他关于这部剧的想法。

> 尽管当时他没有公开谈论神秘盒子，但我认为我们都有这样的想法，都认为《迷失》的故事要在一个非常神秘的岛屿上完成，它不仅是迷失方向，而且剧中的每一个角色都必须被神秘感所包裹。

他们不想谈论自己。他们都是非常矛盾和麻烦缠身的人。第1季最引人注目的谜团之一就是找出他们的真实身份。很多角色都是不可靠的叙述者，他们不一定讲真话，我们可以戏剧性地向观众透露一些"这可能是个笑话。你藏在幕后，抓住了一些线索"。我们会告诉你，洛克（特里·奥奎因饰）坐在轮椅上，但是除了你和洛克，剧中没有人会知道。我们改编了一个推理节目的形式。《双峰》（*Twin Peaks*）是我们早期策划会议经常提到的一部剧，因为它对我和HT都很重要，尤其是流行文化潮流方面，是我们一直喜爱和关注的节目。在互联网出现之前，这是一场内涵丰富的电视剧。它的创意逻辑是，只要你看完一集，在这集结束时你就需要去找一个看过它的人来讨论，还可以对故事的结果进行推理。更重要的是，它超越了"谁杀了劳拉·帕尔默"的范畴。劳拉·帕尔默是一个有趣的问题，但比起"双峰镇到底是什么地方，为什么人们的行为如此怪异”这样的问题来说，后者要有趣得多。

尼尔：像《蓝丝绒》，也是这样。

达蒙：没错。我们觉得，如果我们可以把这部影片搬上荧屏——所有功劳都要归于大卫·林奇，他是一个天才，他的风格中有一些非常空灵、奇怪或诡异的东西，使作品不像主流剧的那种危急情况一样。所以，如果我们去美国广播公司说，“请你们投几百万来制作这部剧”，我们是无法以诡异的故事风格来说服他们的。但《双峰》更好一些。当我们把大纲提交给劳埃德的时候，他非常喜欢它，只有几件小事有些担心，比如像丛林中的北极熊和怪物——对我们来说，这些是节目的基石，也是写在试播集中唯一真正奇怪的事物。劳埃德对我和J. J.说：“我们不想要再搞一个《双峰》。”而J. J.只是看着他，我清楚地记得当时的场景，他说：“《双峰》已经停播15年了，你还拿它作为警告吗？难道我们不向往它吗？”虽然只拍摄了30集，但它在两年内达到了顶峰。他们显然在挖掘些什么。我们也想要利用同样的东西，并找到一种方法来避免消耗它。没有一个核心谜团，而是有很多悬念，我们最终会让观众与角色一起参与其中。我认为这不只是一个官方的提法，也不只是转移焦点的方式，谜团是这部剧的重要组成方式。人们都在谈论它。几乎每一集我们都以这种方式结束，在我们进入迷失话题之前，这是我们吸引观众的关键。就像我们只是想让观众吞下一个神秘的药丸，它是一种人们对岛上生活的情感投资。

尼尔：那么有多少神秘故事是从一开始就被设计出来的？比如，查尔斯·维摩（艾伦·戴尔饰）是不是一直是超级大反派？“其他人”是你最初计划的一部分吗？时间旅行和舱门是从一开始就被创造出来的，还是演变而来？

达蒙：你所谓的开始，是指试播集吧。我和J. J.是2004年1月的最后一周见面的，同年6月中旬，我们写了第2集《白板论》。从2月到6月中旬之间，我们写作、拍摄、编辑、制作了试播集，然后拿去推介，拿到合同。这段时间里，不仅我和J. J.谈过很多很多次，我们还聘请了编剧团队来构思基本的岛屿神话故事和故事创意。在那段时间里，我们讨论过许多创意，但不一定致力于实现这些想法。比如，我和J. J.第一次见面的时候，就有了舱口的想法。它基于在岛上还有“其他人”的事实——他们不一定是负责构建这个舱口的人，而是另有一群人，这在第一次会议就讨论过的。怪物的问题也是在前几周讨论的，它可能是什么，看起来会长什么样子，因为电视网和工作室对怪物问题最感兴趣。丛林里有什么声音，它是什么，何时能看到它的真面目？所以我们的答案与最终在节目中揭示的结果非常接近，除了黑衣人/雅各布的暗示。

在一定程度上，我们有自己的想法，也要为之努力，但有时会行不通，有时你也会改变主意，因为有了更好的内容。我想我们一直都在思考，也一直在谈论这部剧的基本结局会是什么样子。虽然有些细节在这一过程中发生了变化，但我要说的是，大部分真正的神话工作都是在第1季和第2季之间完成的，因为在这之前我们没有时间去构思。我们在10个月的时间里制作了25个小时的节目。在我们开始写第2季的第1集之前，大概有一个月的时间。此刻，需要对达摩组织和“其他人”的创意进行大量的思考。舱门代表达摩组织，“其他人”由友善先生（M.C.盖尼饰）代表，他在第1季结尾绑架了沃尔特（马尔科姆·大卫·凯利饰）。所以尽管我们对这些人有了想法，但那时我们才刚开始进行更大规模、更深入的讨论，关于这些人是谁，以及他们如何来到这个岛上。

然后在第2季和第3季之间我们又如此反复。对我和卡尔顿来说，那是一段至暗时刻，因为我们确定在第3季之后离开这部剧，虽然我们一直在推介这部剧的结局，但没有成功。合约规定这部剧再续约两年，当时是在第2季和第3季之间，我们意识到如果此时退出，这部剧会失去基本的导向。所以第3季要制定一个接班人计划。我们从《双面女间谍》（*Alias*）那里收到了杰夫·平克纳（执行制片人）的橄榄枝。《双面女间谍》已经完结，我们的想法是，一旦我们离开，杰夫会接管《迷失》。所以在第2季和第3季之间，我们相当沮丧。我们还有一些想做的事情。当时有个想法，让几个幸存者离开这个岛，成为“海洋六人组”。但我们知道我们不能做最终决定，因为那将是迈向终局的第一步。幸存者游戏被设计成为一个三段式概念。第一阶段是他们坠落在岛上，我们慢慢知道他们是谁，他们彼此之间慢慢互相了解，他们开始探索这个岛，在第一阶段结束时，他们中的一些人能够离开这个岛。然后我们就进入了第二阶段，那些留在岛上的人发现自己处于危险之中，由于第一批人离开了小岛，小岛现在正处于变化之中，在时间中移动。第二阶段基本上以决定回归的人与其他人团聚而结束，然后开始了结局或者说是第三阶段，也就是最后的战斗。这一直是我们理想的故事发展脉络。

我们不能结束第一阶段，因为他们不给我们一个结束日期。他们很不愿意这么做，但在第3季过半的时候，电视网改变了主意，也许是他们意识到我和卡尔顿不是在虚张声势，或者观众开始回应剧中人物的情绪，“我们夹在中间，无法前进，只是在后退。这个节目越来越无聊了。我们只是在引入新的谜团，而没有解决旧的。”一旦他们制定了游戏的终止设置，第3季的大结局引入闪回，我们就放下故事危机说，“我们不仅可以告诉你有人要离开这个岛，而且可以告诉你杰克（马修·福克斯饰）和凯特（伊万杰琳·莉莉饰）就是其中两个，我们现在就致力于此，就是刚刚故事所展示出的场景。”当我们一开始做闪回，我们就必须有一个非常具体的故事和计划，因为我们做的每一集都是向观众展示未来的场景。

电视是重复的——这是他们理解的方式。如果你看看成功的十大电视网节目《美国偶像》《犯罪现场调查》或《海军罪案调查处》就明白了。我认为《迷失》中这种公式也是有效的，因为很多人都在看它。每周我们都会讲述一个在岛上发生的故事，然后我们会有一个闪回的故事，它是关于在岛上的一个幸存者。就像《纽约客》的短篇小说，这样的效果很好，为什么要改变它呢，为什么要向前推进？在我们在制作《迷失》时，连载电视剧或者说“连载”这个词仍然还只是一只丑小鸭。很明显，同年播出的《绝望主妇》和《实习医生格蕾》都是连载电视剧，但它们都有一种汤姆和杰瑞式的能力，可以随时重启。角色之间的关系不断发展并被大量连载，《实习医生格蕾》在每天结束时，总会有新的医疗案例出现。

尼尔：没错，他们有开发系列的知识产权。

达蒙：虽然《绝望的主妇》在第1季的结局解决了玛丽·爱丽丝的谋杀案，但是这部剧能够引入了新的谜团。最终它成为一部非常高效的夜间肥皂剧，风格调皮有趣，诙谐幽默。而《迷失》以神秘性为主，你只能吸引别人一定时长的注意力，太久之后他们就会开始变得极度沮丧。虽然我们可以相当容易地解决角色之谜，但最基本的谜题却一直主宰着我们，“这一切背后的目的是什么”？洛克一直在说这是他们的命运——他们被带到那里是有原因的。好吧，告诉我们原因是什么，这是什么地方，这个岛在哪里，为什么它能够做那些事情，为什么人们会看到已故父亲的鬼魂或自己过去的幻象，为什么这个地方有某种治愈属性？我们无法回答那些有趣的大谜团，因为它们在游戏结束时才会被揭秘，这开始惹恼了观众——谁又能责怪他们呢？作为作家编剧，我们只能沮丧和生气。

尼尔：这就像一段我一直想要坚持下去的旅程。这个故事讲得很有信心，令我全身心地投入角色中，但也有一些主题让我回味无穷，比如眼球的特写镜头，这是这部剧的开始和结束。我总是觉得，一切都会有一种宇宙的、心理的、形而上的联系，这些联系一直吸引着我。是你发明了闪边（flash-sideways）？我以来从没见过。

达蒙：“发明”这个词太严重了。我认为我们所做的一切在某种意义上都是以前做过的。我们已经知道几年来，观众对“炼狱”这个概念非常感兴趣。他们之所以如此喜爱这部剧是因为整部剧是对炼狱的隐喻。事实上，在试播集的前几场中，剧中的角色都是用这种语气来说话的。杰克和凯特坐在一起说：“我们都死于飞机失事。关于‘我们是谁’的一切都已不复存在，现在我们有机会重塑自己，让我们抓住这个机会。”他不是真的在说字面上的意思，他不认为自己死了，但观众得到了这个信息，然后会有所思考。我们一直觉得这部剧的结局应该是对来世的冥想，由于这个岛是一个形而上的、超越精神的地方，我们想进行一些研究。我们也知道，按照林奇的概念“让我们不要变得太奇怪”或“失去人们”，这部剧已经足够概念化，我们必须提供一个特洛伊木马，通过它来呈现这种机制。如果我们要在最后一季中每集以15分钟的故事来讲述计划中的来世，那取决于你对来世的理解是什么，我们必须把它包装成别的东西。

所以第5季变成了设置特洛伊木马。如果他们能够避免这一事件呢，这基本上就创造了舱门，如果能够避免事故，他们就不会坠毁在岛上，所以我们将告诉你如果他们没有坠毁，他们的生活会是什么样子。然后，在最后一季中，我们很快就意识到这个想法已经超越了"如果他们没有在岛上坠毁怎么办"。因为很明显，他们的生活有了不同，虽然很细微但明显有所不同。例如，杰克有一个儿子，例如以前他从未有过的。或者洛克娶了海伦（凯蒂·萨加尔饰），或者本·莱纳斯（迈克尔·爱默生饰）是一名教师。观众开始说："嗯，这感觉比'如果他们没有在岛上坠毁会怎样'要好看得多。"我们如何解释这些差异呢？这并不是一个科学的答案，这是一个形而上或精神上的答案，正如你所知道的，围绕这部剧产生了很大的争议。但这就是我们想要做的，我们致力于这个想法已经有很长一段时间。我不能确切地说出是什么时候开始，但我们很早就知道在最后一季中以一种非常真实的方式呈现观众所说的"炼狱"。我们知道杰克会死，而他将是我们证明这一点的主要途径。我认为自己基本上已经用完了所有我们想做的闪回故事和闪进故事，这为我们创造了一个最终的、非常令人兴奋的选择。

尼尔：你是如何记录这一切的？本书的读者是将从事写作的人。随着不同的时间线和人物故事，它变得如此复杂。除了写在故事板的线索以外，我确信还有其他故事线和不同颜色的人物卡片。如何在你的脑海中为团队追踪和记录它们？

达蒙：答案是我没这样做，卡尔顿也没有。我认为编剧们都忙着制作节目和构建脚本，所以节目的实际组织原则必须由另一个人来维护，他名字是格雷格·奈申斯。他就像雨人一样，能把所有的事情讲清楚。无论何时我们问他一个问题，他都会根据剧中情节来回答。或者他会说："好吧，你在第3季的时候就这个说过，要想撤销并摆脱它是很困难的。"他必须保持推动所有这些时间线和有巨大交叉的人物向前进，因为我们不断地掉到陷阱中。格雷格像神一样管理着剧情。

尼尔：你有没有从做6季的经历中总结一些什么，有没有学到什么，能带到下一个剧集项目中，或者你可能会以何种不同的方式？

达蒙：这是一个很有意义的问题，我认为这个问题问得很公平。也许更合适的问题表述是："基于我从《迷失》中学到的东西，下一部作品中我会有什么不同的做法？"我不觉得我可以列出任何具体的教训，因为我要说的只是一面之词，那就是："在任何时候都要清楚地知道自己要去哪里。确切地知道结局会是什么，以及到达结局需要多少集，这样你就可以精心策划。"但当你这样讲的时候，就不能让计划出错，而它总是有误差。这就是生活的本质。你早上起床时说，"这就是我今天要做的事情"，可你的计划没有考虑到其他人，他们的计划是否与你的冲突，或者会有随机巧合，也许你的车没有启动，也许高速公路上有事故，也许你生病了。有太多的不确定因素了。我认为这是一个找到平衡的过程，自信地对自己说："这是我想做的，直觉告诉我是正确的。它可能不会以我想要的方式运行，但我会尽可能地坚持下去。"最终，我可以确定地从这部剧中获得的经验比从中学到的教训都更有价值。每次我们犯了错误，在此之前无论是否应该这样做，我们都有大量的反问："我不确定这样做是否正确。我们应该这么做吗？你知道吗，我们无论如何都要去做。"未来我会更加相信这种直觉。

第13章
设计结构

电视剧本的数量因节目类型的不同而不同——情景喜剧、一小时剧、单机位剧、MOWs（为电视制作的每周电影）等等。广播电视网（ABC、CBS、NBC、FOX）和基本的有线电视网（如AMC、A&E、FX、TNT、USA）都是靠广告来支持的，他们会在电视剧或喜剧中插播广告。付费有线电视网络（HBO、Showtime、Starz）由用户支持，没有商业广告。

直到大约10年前，几乎所有的情景喜剧都是两幕，而所有的一小时剧都是四幕。2013年起为了满足网络节目、广告商的要求，以及适应观众较短的注意力时间，这些基本模板已经发生了变化。

随着越来越多的观众通过电脑、iPad和智能手机在线观看他们最喜欢的节日，这一切的发展方向不难预测——他们可以跳过广告。“狂看”（Binge viewing）也变得越来越盛行。《纸牌屋》第1季首播，同时推出整季节目。在接下来的几年里，我们将会看到更少的商业广告，更多的植入广告或嵌入广告（作为节目内容的一部分）。最终在看电视时，如果你“喜欢”一件衣服或配饰，就可以在电视播放时“点击”该产品，并且立即链接到一个网站来购买它——所有这些购买行为只需要事先绑定信用卡，接下来就点击鼠标或遥控器来实现。不知不觉中，电视机可能会像打字机或录像机一样被淘汰。电脑将成为所有娱乐活动的窗口。让我们一起期待吧。

结构模式

每部剧都要符合特定的模式，使其便于识别。电视剧通常分为程序剧和连续剧。《法律与秩序》《犯罪现场调查》《超感警探》《豪斯医生》等程序剧每周都要处理一个新的案件。在剧集的最后，警察会抓住坏人，律师会打赢官司（或者不会），医生会救活病人（或者救不活）。尽管程序剧更注重情节，但有时它们会打破常规，处理更多的个人故事。在《法律与秩序》第6季的最后一集《余震》中，整集都讲述了警察和律师在目睹了一场死刑后如何度过个人的一天，这与本剧循规蹈矩的调查主干有很大的不同。

连续剧包含更复杂的故事情节，可以跨越多集甚至几季。大多数电视剧都采用直续的方式，即每一集的新剧情都从上一集结束的地方开始（例如:《单身毒妈》《纸牌屋》和《丑闻》第2季的后半部分）。

其他剧集，比如《绝命毒师》《广告狂人》和《国土安全》则比较宽松，新剧集的开始时间可能会在第二天、下周或下个月。《广告狂人》在两季之间的剧情跨越提了一年多。《绝望主妇》在第5季时以大幅跳跃到上一季剧情的5年之后，通过闪回来让观众跟上剧情。

在《火线》第1季中，警察的任务是逮捕大毒枭艾温·巴克斯代尔（伍德·哈里斯饰），但他们甚至不知道他长什么样！直到第3集，警察才找到了他的一张旧照片。如果在剧情发展得更快的程序剧中，艾温很可能会在一两集里被抓住。

喜剧通常分为多机位和单机位两种类型。多机位情景喜剧是一种更为传统的形式，在演播室用四台摄像机同时拍摄（但通常是录播节目），比如《生活大爆炸》《破产姐妹》《老友记》和《好汉两个半》(《我爱露西》(*I Love Lucy*）是这种模式的先驱之一，德西和露西按照时间顺序拍摄每一集，在演播室里让现场观众像欣赏剧场一样欣赏每一集）。许多经典的情景喜剧（如《出租车》《干杯》《快乐的日子》）都是用35毫米胶片拍摄的，获得了很好的电影效果，到2013年以后，由于效率和费用的原因，已经很少见了。

顾名思义，单机位情景喜剧，如《办公室》《摩登家庭》和《我为喜剧狂》等，则只采用一台摄像机，往往倾向于拍摄更多的人物、场景和地点。在今天这种模式更加普遍。

想要弄清楚多机位和单机位情景喜剧之间的区别，我喜欢用这样一个例子。

在一部多机位情景喜剧中，我们通常会在两或3个主要地点中选择一个：常聚之地/工作场所、公寓/住宅，以及一个“偶尔场景”（可选为室内地点），这取决于故事内容。如果一个多机位情景喜剧的角色在公园里被抢劫了，他会气喘吁吁地冲进一个房间，心烦意乱，向在场的人解释刚才发生了什么。

在单机位情景喜剧或剧情剧中，我们也许会去外面的公园，看到抢劫事件发生，一起追逐，甚至可能会跑回公寓，然后他会讲述这个故事，但细节少得多，因为我们已经看到，除非为了喜剧效果而修正故事。

多机位情景喜剧更具包容性，多在室内取景，每周都在相同的场景中拍摄。我们会逐渐把这些地方看作熟悉的、标志性的。《干杯酒吧》(*Cheers*）中的酒吧就像我们平时看到的酒吧。事实上，在《干杯酒吧》的前两季，我们从未离开过这间酒吧。我们走进了酒吧后面的房间，萨姆·马龙（泰德·丹森饰）的办公室，也许还有一间浴室或小隔间。有楼梯通往楼上的餐厅，实际上我们已经有好几个季节没有去那里了。

单机位情景喜剧和剧情剧，如《摩登家庭》《路易不容易》(*Louie*)、《公园与游憩》(*Parks & Recreation*)、《单身毒妈》《衰姐们》将我们带到——室内、室外、空中、海洋——故事在哪里发生，我们就会去哪里。动画喜剧，如《辛普森一家》《间谍亚契》(*Archer*)、《恶搞之家》(*Family Guy*)则会把我们带到任何编剧能想象得到的地方，不受任何限制，只要能画出来，就能呈现出来。还有混合型情景喜剧，混合了多机位和单机位的特点，比如《老爸老妈浪漫史》。

ABC式剧集结构

A故事

主要服务于电视剧的核心概念——即系列剧。这条主要情节线涉及主要角色，包含了整集最多的场景。此乃该剧集的标志，或者说是“甜蜜点”，每一集都提供了最有可能的情节发展（也就是故事引擎）。

在《超感警探》中，故事围绕着帕特里克·简（西蒙·贝克饰）运用超凡的洞察力和说服力协助警方破案而展开。

在《嗜血法医》中，主要讲述的是德克斯特·摩根（迈克尔·霍尔饰）追捕那些逃脱法律制裁的邪恶罪犯的故事。

在情景喜剧《发展受阻》(*Arrested Development*)中，A故事讲的是迈克尔·布鲁斯（杰森·贝特曼饰）在父亲因欺诈而导致家庭困顿之后，努力维持这个古怪家庭的生计问题。

B故事

如果A故事为案例服务，呈现出更高的外部危机，那么B故事通常是个人故事，更多注重内部情感。B故事的作用是使主角更有亲和力和脆弱性。

在《灵书妙探》(*Castle*)中，理查德·卡斯特（内森·菲利安饰）是一个拥有千万美元身家的犯罪小说家，他暗中跟踪纽约警察局侦探，为他的下一本书做调查。这些A故事与神秘、悬疑和危险有关。然而，他也是一个忠于家庭的人，照顾着与他同住的母亲和十几岁的女儿。B故事是卡斯特与亲人的互动。

在《混乱之子》(*Sons of Anarchy*)中，贾克斯·泰勒（查理·汉纳姆饰）是“混乱之子”摩托车俱乐部的头目之一。剧中的A故事讲俱乐部生意如谋杀、贩卖等，B故事讲贾克斯与他的女友/妻子塔拉（玛吉·西夫饰）和他们的两个儿子之间的关系。

陪衬故事。电视剧也可能包含不太重要的C甚至D故事，称为“陪衬故事”。它们可能是一个次要冲突，也可能是一个涉及配角的个人故事，或者一个笑料。在《广告狂人》最新一集中，佩吉・奥尔森（伊丽莎白・莫斯饰）的公寓跑来一只大老鼠，令她饱受困扰。整整一集中，她一直在努力摆脱它。但是，当这只讨厌的啮齿动物被困于陷阱中还留下一些血腥的足迹时，佩吉在半夜拼命地打电话给同事斯坦（杰伊•R.弗格森饰）寻求帮助——甚至不惜以身相许作为回报，但斯坦此时正与另一个女人约会，就断然拒绝了她。在这一集的结尾，佩吉养了一只猫，老鼠的问题终于得到了解决。实际上，我们并没有看到她怎么养猫，只在这一集结束的时候看到一只猫坐在沙发上，旁边的佩吉看上去比往日平静得多——这是一个简洁化故事的好案例（剪辑法讲故事）。《广告狂人》的其他主演还包括唐和贝蒂的女儿莎莉（基尔南・希普卡饰），她暗恋一个十几岁的邻居男孩，唐的新任妻子梅根（杰西卡・帕雷饰）肥皂剧事业蒸蒸日上，皮特（文森特・卡瑟瑟饰）老母亲有点厚脸皮。还有神秘的新同事鲍勃・本森（詹姆斯・沃克饰），他可能对皮特有好感，也可能没有，也许他只是一个消极的机会主义者。

电视剧通常会有几个“陪衬故事”，因为要服务的角色比较多。《黑道家族》的试播集中，托尼（詹姆斯・甘多菲尼饰）在后院烧烤时因恐慌症发作而晕倒，随后开始接受心理医生詹妮弗•梅尔菲（洛林•布拉科饰）的治疗。与此同时，托尼的妻子卡梅拉（伊迪・法尔科饰）和他们的女儿梅多（杰米琳・西格勒饰）渐行渐远，托尼和霸道的母亲利维亚（南希・玛珊德饰）一起参观了辅助生活社区，托尼和他的情妇幽会了。在《黑道家族》中，A故事通常是黑手党犯罪的故事，以托尼作为开头和结尾，B故事通常是黑道家族内部的个人故事，C故事和D故事则可能会涉及托尼的侄子克里斯托弗・莫提桑蒂（迈克尔•因佩里奥利饰）、妹妹珍妮丝（艾达•特托罗饰）、朱尼亚（多米尼克•切安尼斯饰），或者是关于其他亲戚的个人故事。

在随后的一集中，梅尔菲医生的个人生活变得更加突出，她开始去预约自己的治疗师看病。有这样一段令人印象深刻的情节，梅尔菲医生在一个停车场被强奸，尽管她很想告诉托尼这一段痛苦经历，这样托尼也能找到强奸犯并替她复仇，但她还是职业地保持着与病人的距离，独自保守自己的秘密。这个例子很好地说明一点，不同领域人物的轨迹如何以令人惊讶甚至震惊的方式融会在一起——这让我们想到了——多线融合。

多线融合。在多线融合的故事中，A、B、C三个故事分工清晰，但有时也会有交集。在由昆汀・塔伦蒂诺联合编剧、导演的《犯罪现场调查》第5季最后一集中，犯罪现场调查员尼克（乔治・伊兹饰）被绑架并活埋，“本周案件”变成了个人事件。在《X档案》中，有时超自然的“本周案件”直接涉及福克斯・穆德（大卫・杜楚尼饰）的个人旅程，他一直认为妹妹被外星人绑架了，并且一直在追查此事。在《超感神探》中，一些案件让帕特里克感觉离找到“血腥约翰”又近了一步，这个臭名昭著的连环杀手几年前谋杀了他的妻子和女儿。

有时B故事或其他陪衬故事会成为大事件。在《火线警告》(*Burn Notice*)中，迈克尔·韦斯顿（杰弗里·多诺万饰）是一名前中央情报局特工，他被诬陷为流氓间谍。系列剧讲述了迈克尔和他的朋友（一个前海军海豹突击队和一个前爱尔兰军人）利用他们的本领帮助人们摆脱危险的情况。B故事围绕着迈克尔寻找陷害他的人展开。也有几集主要是关于谁在"警告"迈克尔。

在《无厘头侦探》(*Terriers*)中，私家侦探汉克·多尔沃思（唐纳尔·罗格饰）告诉他的伙伴布里特（迈克尔·雷蒙德·詹姆斯饰），他觉得自己疯了，因为家里的东西经常乱七八糟。这是一个题外话，但当观众得知有人晚上在他家附近鬼鬼祟祟的时候，这个陪衬故事就升级了。接下来，我们发现这个神秘人是汉克的妹妹斯蒂芬妮（卡琳娜·罗格饰），她患有精神分裂症，而且一直秘密地住在汉克家的阁楼里，此时陪衬故事继续展开。后来我们再次发现斯蒂芬妮是一名聪明的麻省理工学院毕业生，她帮助汉克解开了剧中大谜团时，陪衬故事又一次升级。

在《绝命毒师》中，缉毒局特工汉克·施雷德（迪恩·诺里斯饰）不知疲倦地寻找神秘的商人海森伯格，而海森伯格实际上就是他的姐夫沃尔特。汉克和沃尔特颇具讽刺意味的故事线有高峰也有低谷……直到在第5季的季中，汉克才看到了沃尔特的另一面。

故事线的交叉点与主题连接在一起时效果最好。在《火线警告》中，迈克尔帮助了那些被冤枉的人，同时他也试图纠正自己遭受的不公正待遇。家庭始终是一个强烈的主题。在《黑道家族》中，托尼必须平衡黑道和真实家庭两者的关系。在《混乱之子》(*Sons of Anarchy*)，贾克斯必须平衡他的俱乐部与实际家庭。在《摩登家庭》中，不同的核心家庭都涉及类似的问题。

帐篷杆原则。在各种模式和试播剧指南中存在着多种多样的结构模型。每个模型都有不同数量的帐篷杆，即前导片、幕间休息和结束语（一集结尾前非常简短的场景）。电视剧可以是四幕、五幕、六幕甚至更长的（有时试播会延长以适当地建置剧情），前导片和结束语有无均可。喜剧可以是两幕、三幕或四幕，前导片和结束语有无均可。

前导片设置悬念。第一幕确定了主角将要面对的问题。在中间，问题复杂化，利害关系加剧，解决方案似乎不可能实现。最后一幕时，故事达到了高潮，问题得以解决。结束语给剧情扣上了一个按钮。它可能是一个陪衬故事的结局，也可能是系列剧或B故事的一个悬念。

每一幕的节奏通常有4~5节，最理想的是以A故事结束，讲述主角的困境。系列剧（A故事）贯穿于每一幕，而B故事和其他陪衬故事可能比较稀松平常。偶尔，你可能会选择以一个有力的B故事结束一幕。但以C故事来结束一幕是罕见的。如果这个故事值得一次幕间休息，那么它就绝不是C故事——更可能是A或B故事。

在《绝命毒师》的试播集中，（**前导片**）开篇时沃尔特·怀特开着由房车改装而成的冰毒实验室，在沙漠中疯狂冲刺。在越来越响的警笛声中，沃尔特准备与警察进行一场对决（**悬念**）。第一幕跳回到三周前，引导观众进入沃尔特的正常世界。他已经50岁了，妻子怀孕，还有一个患有脑瘫的十几岁的儿子，他需要钱（**困境**）。除了高中化学老师的薪水，他还兼职在一家洗车店打工。当他被诊断为癌症晚期时，他的问题变得更加复杂（**困境和风险加剧**）。现在，沃尔特需要在临死前为家里筹钱。在观看了一篇关于美国缉毒局（DEA）一宗价值70万美元的毒品走私案的新闻报道之后，沃尔特问他的姐夫汉克，是否可以带他一起去，他想偷偷地了解缉毒行动是如何运作的。在此期间，沃尔特遇到了杰西·平克曼（亚伦·保罗饰）——他以前的一个学生，杰西侥幸逃脱了缉毒局的突袭。沃尔特说服杰西一起合作，“你懂生意，我懂化学”。沃尔特和杰西·库克开始制毒，但他们没有分销渠道。杰西去找以前的合作伙伴推销产品，但被误以为杰西准备出卖他们，所以他们打算杀死杰西和沃尔特（**不可能的解决方案**）。沃尔特随机应变，用一种化学混合物杀死了房车里的前合伙人。杰西的一个前同伙把烟头扔到了窗外，附近的灌木丛开始起火。沃尔特迅速地把房车开到离火堆尽可能远的距离，此时剧情完全回到前导片中。随着警笛声的接近，沃尔特发现警笛声来自消防车，且向着大火奔去（**高潮**）。杰西和他暂时脱离危险（**问题解决**）。试播集结束时，沃尔特对妻子隐瞒了他的新生意和病情。这为他慢慢滋长的婚姻裂痕埋下了伏笔（**尾声**[1]）。

系列剧的核心是沃尔特建立他的毒品帝国。B故事是沃尔特努力平衡家庭生活和他的秘密事业。陪衬故事包括他的癌症病情，从汉克那里收集（和隐藏）信息，与冲动的新伙伴杰西一起工作。

一些付费有线电视连续剧的制作人仍然会在脚本中使用幕间休息——即使没有商业广告。为什么这样做呢？因为幕间休息的结构有利于讲述一个既能在剧情上引人入胜，又能在规定的时间段内完成的故事。拿起HBO电视剧《朽木》（由大卫·米尔奇创作/编剧/制作）剧本来说，你可以看到有清晰的四幕。另一方面，以Showtime的电视剧《国土安全》剧本来看，你会发现：没有幕间休息。

以下是一些电视剧结构速览。

一小时剧

《绝命毒师》：前导片＋四幕

《犯罪现场调查》：前导片＋四幕

《傲骨贤妻》：加长前导片＋四幕

1 情景喜剧中，epilogue称为尾声。

《实习医生格蕾》：无前导片 + 六幕

《火线警探》：前导片 + 五幕 + 尾声

《超感神探》：前导片 + 四幕

《童话镇》：无前导片 + 六幕

《为人父母》：前导片 + 五幕

《欲海医心》：七幕

《丑闻》：六幕。（简短第一幕作为前导片，接着是标题）

情景喜剧

《生活大爆炸》：暖场 + 二幕 + 尾声

《摩登家庭》：四幕（简短第一幕作为先导片）

《好汉两个半》：暖场 + 二幕 + 尾声

电视剧：基本准则

大多数半小时、多机位的情景喜剧剧本都是以双倍行距来写作，篇幅在50页左右。

大多数半小时、单机位情景喜剧和剧情片剧本是以单行距来写作，大约30页。

大多数一小时时长电视剧本为48~63页。许多试播集的篇幅会更长，在制作过程中，特别是在后期制作中会被删减。《蓝色月光侦探社》《白宫风云》和《急诊室的故事》等剧由于节奏快、对白快，可以达到85页或更多。但即使有如此多页的剧本，制作出来的节目也能保持其一小时的长度。

在拍摄之前，衡量一集的实际长度并不容易。演员的表演节奏、场景的节奏、剪辑风格和音乐插曲（如《欢乐合唱团》）都会影响实际长度与页数。基于此，一旦一部剧集开始运转且运转良好时，剧本主管会阅读剧本并对剧集的实际长度进行“计时”或估算。编剧如果试图出售原创试播剧本，写作最好控制在基本页数长度之内（见“基本准则”）。亚伦·索金可以打破规则、随性而为，那是因为他得过艾美奖和奥斯卡奖，他属于天才。

为情景喜剧或一小时剧集写试播集时，我的建议是研究当前成功的剧集，琢磨你的剧集是否与它们的基调、节奏相同——还要研究其结构。它有先导片吗，有几次幕间休息，每一幕多少个场景，是否有尾声？

对于剧本的格式——也就是文字在纸上的格式，行距、缩进、页码，尽可能多地阅读剧本，并模仿其格式。向大家推荐一本很不错的专业书——马蒂·库克的《电视编剧：从创意到播出》，它以具体的剧本案例深入探讨了这方面的问题。

> 在没有大纲的情况下写电视剧本，就像没有地图就出门旅行一样。在电视行业，日程安排需要最直接、最快捷的路线。如果你希望成为一名成功的电视剧编剧，学会接受大纲，它不仅是一个宝贵的GPS，可以让你的剧本按部就班地进行，而且也是强制要求（为了让制片厂和电视网能签约剧本）。没有大纲，就没有薪水。不要拒绝它。

访谈：格伦·马扎拉

《行尸走肉》（*The Walking Dead*）

2011年获美国编剧工会（WGA）最佳新剧奖提名

《护士长的故事》（*Hawthorne*）

《犯罪心理：嫌疑动机》（*Criminal Minds: Suspect Behavior*）

《撞车》（*Crash*）

《重获新生》（*Life*）

《盾牌》（*The Shield*）

《纳什警督》（*Nash Bridges*）

尼尔：《行尸走肉》是根据漫画改编的。在策划这部系列剧时，你有多少内容基于原始材料，又有多少是全新的内容？

格伦：这部剧的故事大部分都是全新创造的。只是从漫画书中提取了主要人物、情节点或设定。例如，在下一季中，我们将引入两个主要设定，一个是瑞克（安德鲁·林肯饰）和我们追踪的核心幸存者团队，他们发现并决定接管监狱。此时将引入两个主要角色，一个是米肖恩（达奈·古里拉饰），她是非裔美国女性。我们给她的设定是一名军人，手持一把卡塔纳剑，是粉丝们的最爱。我们已经将她加入剧中。

我们还有总督（大卫·莫里西饰），他在漫画书中是一个大反派，是伍德伯里社区的头领。电视剧对总督的设定有所不同。我们的米琼恩也不同。角色的介绍方式、人物所说的话都是系列剧原创。我们对这些角色都有自己的诠释，我们认为粉丝们希望看到这些角色被戏剧化，我们把这些素材变换成了自己的风格。

尼尔：在第1季中，前6集的节奏非常快。似乎每一部都像一部故事片，尽管我很喜欢这样的风格，但这种节奏仍然感觉很难维持下去。所以我的下一个问题关于节奏，你如何衡量叙事的速度？

格伦：这是一个很好的问题，我认为这部剧刚上映的时候，只有我一个自由编剧。我认为需要讲述尽可能多的内容，才能抓住观众，因为当时只有6集订单。第2年，当我们有13集订单的时候，我们决定放慢节奏，深入推进一些角色的生活。这部剧发展成为一部以人物为驱动的有线电视剧，也很契合这种模式。然而，还有更多的观众想看这部剧，他们是恐怖剧迷和漫画迷。以年轻人居多。我们的观众比典型的有线电视观众更加多样化。所以，当我在第2季担任制作人时，就天然地倾向于把更多的故事情节放进去。这是我在《盾牌》和自己制作的第一个节目《纳什警督》中学到的，当时我和肖恩·莱恩是编剧搭档。《纳什警督》也成了其他优秀制作人的训练场：肖恩和达蒙·林德洛夫。所以我想把这个故事提速、扩容。在这一季的后半段我们开始这样做的时候，电视上正在播出这一季的前半段，而我们已经在拍摄后半段。而观众的反馈是，非常令人沮丧——慢得令人沮丧。这种节奏是观众所不能接受的。

所以当这一季的下半季推出时——我负责了所有的剧本，似乎已经满足了观众的需求，我们已经走在了观众的前面。我相信我们是在对一些反馈做出回应，比如节奏有点太慢的问题。我们必须定义我们要讲述的故事是什么。我们谈论的是一个启示录，是一种文明，是一群绝望的幸存者。所以危机等级要比客厅剧高——客厅剧已经太多了。所以我们开始加快速度，到本季末已经达到我想要的程度。继续向前走，这很有趣，我确实想要加入很多故事，风险在于剧情会达到一个临界点，此刻它太不现实、太梦幻或太令观众震惊。作为制作人，我的工作就是适时适度地告诉观众信息。我必须跟着我的直觉走。我们确实有一些剧集，就像暴风雨中的池塘，水很满，但还没有溢出来。我认为我的工作就是既要推动素材，又要使它变得令人刺激、惊喜和充满恐怖元素，此乃这部剧的独特之处。《行尸走肉》是我制作的第一部带有恐怖元素的电视剧，我非常希望它能脚踏实地，让它感觉真实。这件事我每天都在讲，跟演员、导演、制片人、电视网讨论这个问题。我想说，这是我目前工作中最大的挑战之一。

尼尔：这是一种平衡的行为。

格伦：对。我的方法是——确实有一整季的总体规划，但也专注于每一集，有一些元素需要剧集关联起来，或者融入其中，我不能把所有的东西都放在每一集里。这一季有16集，那么有些剧集更注重人物，有些剧集更注重恐怖或动作，有些可以来点喜剧色彩。到本季结束时，总的体验会令人满意。

尼尔：一个包罗万象的核心谜团有多重要？在第2季中，你有几个谜团，包括索菲亚（麦迪逊·林茨饰）发生了什么，詹纳博士（诺亚·艾默里奇饰）对瑞克耳语了什么等。

格伦：在这样一部带有恐怖和科幻元素的类型剧里，粉丝们对神秘事件非常非常感兴趣。他们想知道游戏规则。他们希望能够确认，这是一次值得的旅程。这种神秘体验的结局将是令人满意的。而其他类型的电视剧不一定能带来这种令人满意的体验，我对这一点非常清楚。然而，我并不是那种类型剧的编剧。我不认为人们看电视主要是为了神秘感。毕竟我看电视的底线就是每周都有很酷的人在做很酷的事。仅此而已。让我们来分析一下这句话——每周都有很酷的人在做很酷的事，而不是每周都学习很酷的东西。他们需要活跃起来。他们后方没有退路，又身处严峻的困境之中。他们需要在绝望中做出选择。大卫·马梅特说，戏剧基本上就是在两个可怕的选择之间二选一。这就是我们这部剧的目标。我曾参与过其他一些电视剧的创作，编剧们试图获得巨大的回报和启示，这有时也会奏效。实际上，我认为过于强调揭示某一个谜题的答案可以满足观众的需求。但是我们没有在《盾牌》中这样做，我也没兴趣在这部剧中这样做。比如，"是什么原因导致了疫情的爆发"？这是一个人们经常问的问题，关心它干嘛！它不是漫画原著的一部分。那么，如何处理你所掌握的信息呢？应该看看第2季后半段的剧情，我认为这很重要。这是我感兴趣的讲故事方式。

让我们来看看第2季中的重大启示，索菲亚在谷仓里。她走出谷仓。我们本可以在这里停止。相反，每个人都被她吓呆了，瑞克虽不知道该怎么办，却站到领导的位置上，做了别人做不到的事情。这个启示导致了角色的行动，然后剧集结束。所以对我来说，那更是一个角色行动的场景，而不是什么启示。

尼尔：那主题的作用呢？前6集似乎都是关于生存的主题。

格伦：是的。

尼尔：第2季中出现的主题是有关希望和信仰的。有一整集他们去了教堂。然后A，B，C三个故事都与主题相联。你对故事之间的主题联系有什么看法？

格伦：当我们试图实现一些艺术性的东西时，会感觉某种能量或精神从大脑中流过。我们必须学会倾听，通过作品来展示自己。如果试图强行灌输一些自我意识的时候，实际上会把事情搞砸。对我来说，《行尸走肉》是第一部在开发过程中就很重视主题的电视剧。在其他电视剧中，尤其是《盾牌》中，主题是在非常、非常晚的时候才显现出来。当我们坐下来讨论第3季时，我们有一些想法，一些更大的主题，想要研究一下。当我向其他非编剧制片人和AMC提交方案时，我确实按照主题进行了探讨，通常我这么做的时候，会有人觉得像胡扯一样，好像我对电视网主管复述这部剧的内容一样。但事实就是事实，而且在第3季中我们会不断回到一些特定的主题。它只是工作。我们要做的是专注于故事，当我们退后一步，也会发现主题是存在的。现在我们对这个故事有了信心。我们并不试图根据主题来构建故事。

我们把这一季的故事详细地解构为8集，然后开始写作。当我们回来填补接下来的剧集时，这个主题仍然适用，仍然可以联系在一起。这一季我们有两个主题，这两个主题都是非常必要的生命线，帮助我们克服日常制作的混乱。

尼尔：瑞克的故事会永远是A故事吗？

格伦：讲述一个电视故事有不同的形式。在这样一部作品中，你通常会把瑞克的故事作为A故事，另一些人的是B故事，其他人的是C故事。然后把这些故事交织在一起。这并不等于总是一个主题。它像是把每一个球推得更远。《权力的游戏》就是这样。当你看某一集的时候，你看的是一个阶段性的故事，所有角色在这里向前推进，但是这一集本身可能是、也可能不是一个完整的故事。我们确实有A、B、C故事的元素，但大部分时候我们拒绝这样想。我认为每一集都有开头、中间和结尾——以及适合这一集主题的内容。例如，当女孩走出谷仓的那一集。每个角色在这个大故事中都有一席之地。这是第一次我为一部剧而摒弃了传统的A、B、C故事模式，而更多地关注“这一集讲了什么”。在这种情况下，我们可能失去了审视特定人物的机会。有时候小人物一直是小人物。这是一种冒险，但我觉得这个故事的驱动力足够强大，足以让观众满意。

尼尔：在第2季中，你开始引入一些闪回元素。

格伦：当我加入编剧组的时候，有一种试图接受闪回的倾向。我拒绝了那些倾向，所以在后来担任制作人的过程中，虽然我对闪回持包容态度，但是我确实拒绝过它们，我不相信闪回是恐怖片的一个必要元素。它们是科幻片的元素。当你引入闪回，你就开始玩弄时空的连续性。我认为它会令你远离发自内心的、直接的恐惧。从根本上看，我觉得《行尸走肉》必须是一部恐怖剧——这就是它的独特之处。我不觉得闪回令人可怕。这种手法只是提供更多的信息或解释而已。前半季和后半季的不同之处在于我把重点放在了恐怖元素上。

尼尔：如果你不确定A、B、C故事，怎么做大纲和节奏表呢？

格伦：我不用大纲。我受到的训练是从浏览书面剧本中做出反应，跟着直觉走。大纲是一个有趣的工具，但我不会根据大纲来拍摄。它实际上是关于脚本的执行方案。我真心地觉得大纲占用了很多宝贵的写作时间，而且它们是用来与电视网和制片厂高层接触用的。这样他们就能知道剧本写了什么。他们的反馈意见对剧本基本没什么用。所以我们会写一份2~3页的故事文档，发给电视网。它是以段落的形式写成。告诉他们，这就是我们在这一集的主要故事和场景。我要做的是根据节奏表来写，每个场景写2~3个单词，然后分给每个编剧去写。例如，“瑞克杀死了肖恩”。我不需要把这句话写得非常具体。对我来说，《行尸走肉》中所有的剧本问题都是结构问题。如果结构正确，并以线性方式开始，我对编剧团队有信心，我们可以拍好它。曾有一场戏我不太满意，回去重新检查了节奏，发现正是结构问题。对我来说，节奏表就是一张写不满10个字的小纸条。

尼尔：在试播集里，没有任何幕间休息。它是常规的剧本格式。但现在你用了四幕格式，对吧？

格伦：我们实际上用了五幕，他们又分成先导片和五幕。其中的四幕——很精彩。但AMC电视台想要一个额外的广告时间。不过我要说的是，我绝对热爱电视，毕业于电视专业，自小喜欢看电视。比起电影，我更爱电视。所以当我刚加入这部剧的时候，不太重视那些广告时段，我觉得那些休息是观看过程中很重要的一部分。你觉得呢？

> 我从《纳什警督》和《盾牌》那里学到这一点，这两部剧有非常、非常好的幕间休息。它迫使你做出选择。这种选择是关于压力的。我们把大量的故事装进42分钟里。人们对故事有期望，但又不想让它感觉像是情节轰炸——毕竟观众需要消化故事的时间。

看看去年（2011年）本剧的最后一集，在前半集中有一场僵尸袭击，而在后半集中，除了安德莉亚（劳丽·霍尔顿饰）在树林里之外，几乎不出现僵尸群。这是很不一样，所以你必须把所有的幕间休息时间都算上。

我确实发现，电视剧中拥护电视形式的一派都会拥护幕间休息。有一些人说："我们的电视剧不像真正的电视剧，而像电影一样，我们像是每个星期拍一部电影。"我认为这种说法是对电视艺术的诋毁，可以肯定地说，如今你看所有的电视节目《广告狂人》《绝命毒师》《权力的游戏》《国土安全》，当然希望《行尸走肉》也在其内，制作这些剧的总时长，可能有70~80小时。反过来，你能数出今年的50部电影吗？现在所有的焦点都在电视上，都在电视剧中。然而，在电视行业中有一种势利的态度，把一部剧拍得好，却拒绝把自己称作电视剧。"这不是电视剧，这是HBO。"不，这是电视剧，很棒的电视剧。

人们真的很关心这部剧。他们有感情投入，以至于当我们的角色死的时候他们会哭。但你能说出一部恐怖电影的名字，其中角色的死亡会令你大哭吗？那是不可能的，你不会因恐怖电影掉眼泪的。

尼尔：运营一部电视剧，最大的挑战是什么？

格伦：我相信很多人会提到时间管理。我觉得不一定。对我来说，最大的挑战之一就是不要凑合。这部剧创作团队有很多人，包括我自己在内，有15个制片人。他们都很有才华，都很聪明。有人擅长写作，有人不擅长。他们都会提出强势的意见。我很难让15个人达成一致。每次要听完他们所有的细节反馈都很困难。我持有一种非常开放的态度，邀请每个人提建议，包括演员、导演。非常幸运的是，在写剧本的时候能得到很多的意见，然后我可以用最好的创意。还有，要做到以下两点很不容易：（1）不把接二连三的批评和反馈放在心上；（2）确保每个人的反馈都能被听到，但又不能为了让别人都满意而失去自我视角，毕竟我是这部剧的总编剧。我必须坚持一点，即我的视角必须成为全剧的标准——这是我的工作，也是这部剧获得成功的途径。我一直遵循的原则是，我只做自己热爱的事情。如果我绝对热爱它，那么我相信它会成功，而现在，我就处在这个位置上。过去在其他节目中，我想自己可能对别人太顺从、太迁就，可能没有坚持自己的想法。但是我也永远不想做一个暴君或独裁者，不想封杀别人的创作想法。

另一个挑战是让节目接地气——保持真实。然而，这部剧所提供的重要元素之一是恐怖元素。恐怖和科幻小说都有一种高度冒险的感觉。你想要行动，但你也永远不希望它翻转到一些虚幻或可笑的层面。如果你有一个明确的方向，所有人都要朝这个方向工作。这样你才有机会去度假。大家都知道，制作人是不睡觉的。

尼尔：对每个剧本你都要进行打磨或终审吗？

格伦：如果需要的话，我对每个剧本都会进行大量的打磨。有很多时候，我不得不说每个剧本我都写了很多，却没有署名。今年我有几个剧本，全部是自己写的，也没有署名。所有这些剧本上，我只是执行制片人。这是我作为制作人工作的一部分。当我刚成为《撞车》的制作人时，我没有重写剧本，因为我喜欢那些编剧。但后来我意识到，作为一个制作人，我的责任之一就是确定本部作品的风格。如果一部剧出来不确定是我的风格，那么制片人、演员和工作人员可能会觉得不对劲。因此不管剧本写得多好——我们确实有一个非常有才华的编剧团队，我为他们感到非常骄傲。同时，我也有一些很特别的想法，也试图推动故事的发展。我经常写一些别人认为不好玩的东西，因为我的写作风格非常与众不同。所以当人们读到它的时候，通常会稀里糊涂，感觉有点笨拙，然而我所做的就是直接对着镜头写，我会从场景编辑的角度来写作。所以当你读到我写的东西时，你会说："哇，我看到了那个场景"。是的，你看到了那里的一切，包括沉默和演员的表情。我写的对话越来越少。我只让画面来讲述故事，也更善于压抑自我，让故事通过写作展现出来。

我非常满意的场景是，瑞克发现卡尔（钱德勒·里格斯饰）坐在干草屋里，瑞克给了他一把枪。他说："我希望我有更多的话要说，我爸爸就是那样。"你只是得到了一种模糊的感觉，这个人的父亲是那种样的。我们知道卡尔失去了他的祖父，瑞克是一个不善言辞的英雄。而他的祖父给了他一把枪，这把枪最终会杀死肖恩。这是一个非常受欢迎的场景，如果有机会你应该看看它是如何拍摄的，我们只架了一台摄像机。一个男人走进画面，坐在他儿子旁边。推进几秒后，淡出，很简单。在你读剧本时，会感觉有点平淡，但是当剧本与画面组合在一起的时候，画面感就会弹出来，这种方式才是正确的。我非常小心，从不过度描述，特别是在这部剧中，不然有些东西可能会被覆盖。

尼尔：做制片人最棒的感受是什么？

格伦：两个方面。首先，我知道这是非常幸运的一件事，我有这样一种天赋，可以做自己想做的事情、讲故事，与有才华的编剧、导演一起工作，还有制片公司愿意拿出数百万美元来制作每一集。世界上有那么多的电影人和艺术家都在努力提升艺术能力，而我不能认为自己的这一切来得理所当然。其次，我每天都来上班，我所热爱的东西马上就能拍摄出来。这真的非常令人兴奋。所以我把制作人的工作看作是一份馈赠。上周，我去了亚特兰大，为演员和工作人员作了本季首映。每个人都很关心这部剧。剧组的每个人都喜欢它。而我是整个剧组中唯一一个可以看到每个人完美付出的人。我可以看到编剧因为发现一个好的场景或者一个好创意而兴奋不已，可以看到选角经纪人因为找到了完美的饰演角色而兴奋不已，可以看到导演、摄影师因为拍到最好的镜头而兴奋不已。这一切都通过特效和音乐来实现。作曲家贝尔・麦克里也非常棒。在华纳兄弟公司的一个小录音棚里——这是个小小的混音室——当你走进去，里面的三个人说："我们喜欢这一集，这是我们做过的最好的剧。"他们的兴奋之情溢于言表。而我是唯一一个从头至尾完整经历这个过程的人。这种经历很特别，是作为制作人的最独特之处。

结构最佳电视剧排行榜

剧集	年份	类别	出品方	结构	试播集	制作人
破产姐妹	2011	多机位	CBS	暖场+二幕+尾声	前提	迈克尔·帕特里克·金，惠特妮·卡明
24小时	2011	连续剧	FOX	五幕	前提	乔尔·苏诺，罗伯特·科克伦
美国恐怖故事	2011	深夜档选集剧	FX	前导片+四幕	前提	瑞安·墨菲，布拉德·法尔查克
生活大爆炸	2007	多机位	CBS	暖场+二幕+尾声	前提	比尔·布拉迪
海滨帝国	2010	连续剧	HBO	无	前提	特伦斯·温特
识骨寻踪	2005	程序剧/连续剧	FOX	前导片+四幕	前提	哈特·汉森，斯蒂芬·内森
绝命毒师	2008	连续剧	AMC	前导片+四幕	前提	文斯·吉里根
犯罪现场调查	2002	程序剧	CBS	前导片+四幕	无前提	安东尼·祖克，卡罗尔·门德尔松，安·多诺霍
家族风云	2012	连续剧	TNT	前导片+四幕+尾声	前提	辛西娅·西德
裂痕	2007	连续剧	FX	前导片+四幕	混合	托德·A. 凯斯勒，格伦·凯斯勒，丹尼尔·泽尔曼
朽木	2004	连续剧	HBO	无	前提	大卫·米尔奇
嗜血法医	2006	程序剧/连续剧	SHOWTIME	无	无前提	斯科特·巴克，奇普·约翰森
唐顿庄园	2011	连续剧	PBS	无	无前提	朱利安·费罗斯
明星伙伴	2004	单机位	HBO	无	无前提	道格·埃林
急诊室的故事	1994	程序剧/连续剧	NBC	前导片+四幕	无前提	约翰·威尔斯
胜利之光	2006	连续剧	NBC	前导片+五幕	前提	杰森·卡迪姆斯
权力的游戏	2011	连续剧	HBO	无	无前提	大卫·贝尼奥夫，D. B. 韦斯
衰姐们	2012	单机位（连续剧）	HBO	无	前提	莉娜·邓纳姆
傲骨贤妻	2009	程序剧/连续剧	CBS	长前导片+四幕	混合	罗伯特·金，米歇尔·金

续表

剧集	年份	类别	出品方	结构	试播集	制作人
绯闻女孩	2007	连续剧	The CW	前导片+五幕	前提	乔希·施瓦茨，斯蒂芬妮·萨维奇
实习医生格雷	2005	程序剧/连续剧	ABC	六幕	前提	尚达·莱姆斯
国土安全	2011	连续剧	ShowTime	无	前提	霍华德·戈登，亚历克斯·甘萨
纸牌屋	2013	连续剧	Netflix	无	前提	鲍尔·威利蒙
豪斯医生	2004	程序剧/连续剧	FOX	前导片+四幕	无前提	大卫·肖
火线警探	2010	连续剧	FX	前导片+五幕+尾声	前提	格雷厄姆·约斯特
谋杀	2011	连续剧	AMC	前导片+五幕	前提	维娜·苏，道恩·普雷斯特维奇，妮可·约金
法律与秩序	1990	程序剧	NBC	前导片+四幕	无前提	迪克·沃尔夫，勒内·巴尔瑟，彼得·詹科夫斯基
迷失	2004	连续剧	ABC	前导片+五幕	前提	达蒙·林德洛夫，卡尔顿·库斯
广告狂人	2007	连续剧	AMC	无	无前提	马特·韦纳
超感神探	2008	程序剧/连续剧	CBS	前导片+四幕	无前提	布鲁诺·海勒
摩登家庭	2009	单机位	ABC	四幕（第一幕稍短）	无前提	史蒂文·莱维坦，克里斯托弗·劳埃德
海军罪案调查处	2003	程序剧	CBS	前导片+四幕	无前提	谢恩·布伦纳
护士当家	2009	单机位（连续剧）	ShowTime	无	无前提	利兹·布里修斯，琳达·沃伦
办公室	2005	单机位	NBC	暖场+二幕	无前提	克雷格·丹尼尔斯
童话镇	2011	连续剧	ABC	六幕	前提	爱德华·基特西斯，亚当·霍洛维茨
为人父母	2010	连续剧	NBC	前导片+五幕	无前提	杰森·卡迪姆斯
复仇	2011	连续剧	ABC	六幕	前提	迈克·凯利
妙探双姝	2010	程序剧/连续剧	TNT	六幕	无前提	珍妮特·塔马罗

续表

剧集	年份	类别	出品方	结构	试播集	制作人
欲海医心	2009	程序剧/连续剧	USA	七幕	前提	保罗·弗兰克，里奇·弗兰克，迈克尔·斯莫克
丑闻	2012	程序剧/连续剧	ABC	六幕（第一幕稍短）	无前提	尚达·莱姆斯
黑道家族	1999	连续剧	HBO	无	前提	大卫·蔡斯
触摸未来	2012	程序剧/连续剧	FOX	前导片+五幕	前提	蒂姆·克林
好汉两个半	2003	多机位	CBS	暖场+二幕+尾声	前提	查克·洛尔，李·阿隆松
行尸走肉	2010	连续剧	AMC	前导片+四幕	混合	弗兰克·达拉邦特，格伦·马扎拉
单身毒妈	2005	单机位（连续剧）	ShowTime	无	无前提	杰姬·科恩
白宫风云	1999	程序剧/连续剧	NBC	前导片+四幕	无前提	亚伦·索金，约翰·威尔斯
X档案	1993	程序剧	FOX	前导片+五幕	前提	克里斯·卡特

第14章
以主题统一故事情节

主题通过行动来表达核心思想，可以增加维度和共鸣。在情节剧中，主题会有多个，这会起到将不同故事情节黏合在一起的作用。

主题是故事的真正内容。不仅仅是一系列事件的呈现，而是关于生命的某种潜在的普遍真理。

主题总是与权力有关——有时是人类精神的力量。这样的主题包括以下几个方面：正义能否战胜邪恶、个人能否改变现状、爱能否征服一切，没有人是一座孤岛，犯罪的代价等等。这样的课题不胜枚举……

在电视连续剧中，主题可以由一个角色来阐述，通过对话、画外音或其他一些叙事手段（如凯莉·布雷萧[1]的杂志专栏）来表达。在我看来，从对观众的潜意识的影响层面上来看，还是以潜台词的方式效果最佳。

从孩提时代起，我就热衷于看电视。大多数节目都对我产生了一些影响，我看电视也不去分析，打开电视只是为了逃离单调的生活。那时候，我有很多喜欢的节目，但如果你问我为什么一个节目比另一个好，我说不出来。演员永远是核心。像大多数人一样，我认为写作是理所当然的，如同演员们在随心所欲地“演”自己的对话。

直到1998年，我看到《急诊室的故事》中的一集时，才真正理解了统一主题的概念。这一集名为《困住你》——从此，我才了解到如何将A、B、C、D四个不同的故事黏合在一起。

在这一集中，马克·格林医生（安东尼·爱德华兹饰）和急救人员一起乘车，治疗一名被殴打的受害者，结果他们发现这个受害者原来是一名16岁的男同性恋。接着，他帮助这个男孩躲过了警察的逮捕；露西（凯丽·马丁饰）爱上了卡特博士（诺亚·威利饰），尽管他对她很苛刻；在一次地毯水泥事故后，两兄弟被粘在了一起，送到医院后，好几个急诊室医生围着他们团团转；一位上了年纪的病人（由哈维·科曼饰演）来

1《欲望都市》女主角。——译者注

医院检查血压，但他不想离开护士卡罗尔·海瑟薇（朱莉安娜·玛格丽丝饰）和急诊室的护理人员，因为他太孤独了。

那么如何把这些故事编织成一个连贯的主题呢？标题是第一个线索：困住你。那个男孩幸运地发现自己HIV呈阴性，于是又回到了以前的自我堕落的生活中。他被“困住了”，尽管他知道自己身处险境；露西被卡特“困住”了，即使他对她不屑一顾；护士海瑟薇被一个不想离开的病人“困住”了；那对兄弟彼此粘在一起，是真的“困住”了。将这种创意扩展开来，一个巨大真相是我们“困住”，所以我们最好彼此照顾对方。

在《广告狂人》的《另一个女人》一集中，皮特·坎贝尔（文森特·卡泰瑟饰）为了争取一个重要的客户而请求琼（克里斯蒂娜·亨德里克斯饰）和一个男人上床；唐·德雷珀（约翰·汉姆饰）不喜欢梅根（杰西卡·帕雷饰）的演艺生涯对他生活的影响；佩吉（伊丽莎白·莫斯饰）得到了对手公司的一份首席文案工作。

在向捷豹客户阐述销售主题时，唐陈述道：“哦，这款车。这个家伙，先生们。为了它我们会付出什么？为了它我们会原谅什么？”我们想要得到的任何东西是有代价的。琼要想成为合伙人，就必须成为性交易的筹码；佩吉要想继续往上爬，就要离开斯特林·库珀·德雷珀·普赖斯这个安全的避风港。对唐来说，梅根不是贝蒂（詹纽瑞·琼斯饰），梅根有自己的梦想，也愿意去追求。

次要主题是女性在职场中付出的代价。梅根要想成功，就只能按唐的条件来。唐以一句“终于，你真正拥有了一个性感尤物”结束了广告推销。在这个故事里，男人支配着女人。

最终，你要走多远才能得到你想要的东西？为了成功，你会跨越哪些道德界限？

在《国土安全》的《阿喀琉斯之踵》这一集中，布罗迪（戴米恩·刘易斯饰）在和卡莉（克莱尔·丹妮斯饰）发生一夜情之后的一周，回到了妻子杰西卡身边；索尔（曼迪·帕廷金饰）和妻子米拉（莎丽塔·乔杜里饰）的关系正处于破裂边缘；而卡莉则试图利用一个弱点来抓捕“变身”为战俘的汤姆·沃克（克里斯·乔克饰）。

再一次，本集主题在标题中已经有所暗示：每个人都存在“阿喀琉斯之踵”，唯一的问题是弄清楚它是什么。对索尔来说，是他对工作的执着，在失去婚姻的阵痛中，他仍然会在接到电话后马上奔赴工作；对于卡莉来说，是她意识到自己可能一生孤独，而工作可能会耗尽她的生命；对汤姆·沃克来说，是对家庭的爱使他面临被抓的危险，他打电话给妻子，却没有意识到中央情报局正在监听和追踪这个电话。次要主题是关于婚姻本身、婚姻如何持续和婚姻关系中的弱点，如缺乏沟通、怀恨在心、视彼此为理所当然，抱有不切实际的期望等。

情景喜剧也不会例外。在仿纪录片/情景喜剧《摩登家庭》的《吻》这一集中，我们有3条故事线都是关于亲吻和表达感情的。卡梅隆（埃里克·斯通斯特里特饰）对米切尔（杰西·泰勒·弗格森饰）不喜欢在公共场合示爱表示不满；克莱尔（朱莉·鲍恩饰）变得霸道起来，因为她发现女儿亚历克斯（爱丽儿·温特饰）喜欢上一个男孩；海莉（莎拉·海兰饰）逼迫亚历克斯得到了她的初吻，而格洛里亚（索菲亚·韦加拉饰）和杰伊（埃德·奥尼尔饰）的故事线更多的是关于她的哥伦比亚遗产，最终以感情含蓄的杰伊给了儿子米切尔一个吻而告终。与《欲望都市》相似的是，影片结尾的画外音更强化了主题。

然而，有些剧主题明显统一，也有一些剧不常理出牌。《绝命毒师》就是这样。《为人父母》和《胜利之光》都有主题，但它们并不都是整齐明显，毕竟并不是所有的故事情节都那么整齐匹配。

《复仇》整季的主题在第1季初的标题中就有所体现。第1季以引用“子曰：攻乎异端，斯害已矣”[1]作为开篇。该集讲述的是艾米莉·索恩（艾米莉·范坎普饰）向以维多利亚（玛德琳·斯托饰）和康拉德（亨利·切尔尼饰）为首的格雷森家族复仇的故事。主题相当明确，虽然你能报仇，但也会伤及自己。果然，在第1季中，我们看到艾米丽逐渐消磨掉自己的道德感——不在乎附带的伤害。

第2季的主题围绕着命运展开，正如所引用的亨利·弗里德里克·阿米尔名言所示：“命运有两种方式可以摧毁我们，或拒绝我们的愿望，或实现它。”这段话引出了一个问题，即艾米丽是否会被她想要获得的信息所摧毁。

优秀的试播集往往倾向支持一个强有力的核心主题——无论是明确的，还是隐含的，是表达出来的，还是推断出来的。有时，主题是编剧经过深思熟虑的，而有时它不是。又或者同一集里有几个主题，它是开放的，观众可以自行解读。

特别是《广告狂人》，这部电视剧常常需要多看几遍，才能从多个角度来推断出其丰富的潜台词和复杂的主题。对我来说，第一次观看是为了看清人物和不断发展的情节走向，第二次观看是为了仔细察看细节和细微之处，引向更深层的意义和讨论。

> 说到底，主题是对每个观众的洛夏测验[2]，正如我们独特的生活经历影响着我们所看到的一切。

1 剧中原文为“Before you embark on a journey of revenge, dig two graves.”——译者注

2 Rorschach test，亦称为洛夏墨迹测验，由瑞士精神病学家洛夏（Hermann Rorschach）创立，是一种投射人格测试。——译者注

访谈：奇普·约翰内森

《国土安全》（执行制片人/联合执行制片人/编剧）

2012年获艾美奖剧情类最佳电视剧奖

2012年获美国编剧工会（WGA）最佳新剧集奖

2012年获美国编剧工会（WGA）最佳剧情剧提名

2012年获金球奖最佳剧情剧奖

《嗜血法医》（执行制片人/编剧）

2011年获艾美奖最佳电视剧提名

2011年获美国编剧工会（WGA）最佳电视剧提名

《24小时》（执行制片人/联合执行制片人/制片顾问/编剧）

《末世黑天使》

《千年追凶》

《飞越比佛利》

尼尔：你如何建构故事，是从情节、人物、主题……开始吗？如何找到它们？

奇普：这在很大程度上取决于电视剧本身。我最早是在克里斯·卡特（《X档案》）剧组工作。在那里我学会了如何写作和制作一部片子，真正学会了如何将故事组合在一起。那时我们做了一些很多节目都号称会做，但没有人真正去做的事情，即我们每周都会拍摄小电影。当时需要的是足够支撑44分钟时长的电视创意。真正优秀的剧集的情节都应该有足够支撑一部剧情长片的强大构思。他们显然倾向科幻类故事，并且已经写得够多了。他们总是在不断地向前推动创意。

就主题结构而言，这些故事更开放。例如，我写过一集名叫《千禧年》的故事，与“礼物”有关。故事随着礼物形成某种宿命感的循环。正如马塞尔·莫斯曾在一本关于“赠予”的著作[1]礼物在社会中的流转。这个主题在故事的很多结构中都有所体现，而这些情节都是互相独立的。

从那以后，也就是在《国土安全》和《嗜血法医》中，我们一直在做系列剧，那是一种完全不同的构建故事方式。《国土安全》与《24小时》也不相同，我们唯一要做的就是构建故事，即使它们是连续剧，也要有轻微的彼此独立的成分。每一集看起来都感觉不一样，观众不会知道每周将会得到什么。我们这样做正是为了与《24小时》拉开一点距离，《24小时》已经变成了相当单一的电视剧。在这两部剧中，我们在寻找一种人物驱动型的故事，又要符合整季的剧情。在《国土安全》中，我们既要做到这一点，也要保持高度逼真，要给人一种真实的感觉。要做到如此，其中一种方法（出自《24

1 指《关于原始交换形式——赠予的研究》，法国人类学家马塞尔·莫斯于1925年写作完成。——译者著小时》）就是接受减少作家化的写法，比如，减少为事物设定主题。如果你想要看起来和感觉起来都更加真实，那就扔掉那些写作工具吧。

尼尔：但是，在《国土安全》的优秀剧集《阿喀琉斯之踵》中，主题还是存在的，这对你来说是潜意识还是例外呢？

奇普：实际上，我在写这一集的时候也很纠结，因为我们在这一集里并没有设定主题。在《24小时》中，我们有一个口号："我们不做主题。"意思是我们不做那种把自己的观点注入事物的编剧。这并不是说我们没有可推动的创意，我们只是努力让事情令人感觉更真实，这种情况在《国土安全》中尤甚。我们用这样的方式拍摄，用这样的方式写作、思考、对话。我们只是不用这些写法。

尼尔：虽然我不得不说，在《阿喀琉斯之踵》那集中，每个角色都在与一个特定的弱点作斗争，这一点似乎贯穿了整个剧集，在我看来这非常完美。

奇普：谢谢，你说得没错，这个主题甚至被写进了剧本里。索尔（曼迪·帕廷金饰）在对话中说，他的工作就是他的《阿喀琉斯之踵》，他愿意为之牺牲一切。但是我真的不倾向于那样写作，太程式化了，我觉得很虚伪。在这些连续剧中，就像设定一个问题："讲一个什么故事？"回答曰："就是它"。

尼尔：对你来说，最重要的是弄清楚故事的基本脉络和关系？

奇普：是的。在克里斯·卡特的世界里，科学地讲故事是一件很重要的事情，你要不停地看着手里所有的内容，与每个人讨论，并确保它们真正成为一体。这比起一个人在房间里对人类行为的艺术探索更重要。而我更感兴趣的是与更大的事件相对应的人类行为。

尼尔：好吧，这更多的是在一集接一集的基础上，那在整季之中呢？在一季之中，是不是总有一些主题问题需要我们去探讨？例如，在《嗜血法医》中，是否有一个宏观主题，他是人还是怪物？

奇普：没错。

尼尔：每一季都会有更多的微观主题，比如他能成为丈夫吗，他能当爸爸吗？在《国土安全》中，布罗迪是否被策反？如果是，他会在美国实施大规模的恐怖行动吗？接下来是理智与偏执的主题——对于卡莉（克莱尔·丹尼斯饰）——她会被证明正确还是被击垮……

奇普：……正如她在第1季结束时那样。

尼尔：也许这些并不是真正的主题性问题，但它们是贯穿整季的核心问题。当你谈论故事的科学性而不是主题时，你是否在考虑它——比主题更重要？

奇普：是的。我认为根本不需要任何主题性的东西。它只是一个可操作性非常强的问题。如果美国遭到了袭击，剧中有两个极不可靠的叙述者，一个是布罗迪，他是个谜，你不知道他是哪一边的；另一个是卡莉，她有点疯狂。这是一个有趣的情况，你可以把事实摆出来。我们不只是像《24小时》那样向前推进。我们试图构建稍微独立一些的情节，从这个意义上说，它们是关于某些事情的。我们会选择某一周中我们的关注点。但我们不会把这些编剧方式加进去，然后说："哦，这一集是关于世界上的礼物主题。"我们不会这样做的。

尼尔：我想关于主题有不同的思考方式。本质上，主题是关于生活的普遍真理。但我认为，看待主题的另一种方式是，先有故事，然后才有故事的真正内容。所以当你说每一集都是独立的，是关于什么内容的时候，对我来说，这就是主题。举个例子，在《国土安全》第1季的最后一集，也就是你作为联合编剧的《空军一号》那一集中，似乎就有关于忠诚的主题。布罗迪在对阿布·纳齐尔（大卫·尼加班饰）的效忠和对家庭的责任之间进退两难，尤其是对女儿达娜（摩根·塞勒饰）更为两难，达娜与他有着特殊的父女情。最终，达娜说服了布罗迪，阻止他与副总统和其他政府高官同在掩体中引爆自杀式背心炸弹。还是说，这是我作为观众强加给你的故事，而不是你曾经想要写的内容？

奇普：那一集我写了很多东西，对我来说从来没有主题的外在假象。不过，我们追求的是——我认为这很重要——我们追求的是一种可识别的情感生活。我们试着构建这种生活。我们不只是在设计一些中情局任务游戏，而是特别基于角色的行动，就如何影响其他人物、角色本身与各种人物关系而言的行动。但我们从不试图推动我们的创意。我们就是不这么做。

事实上，当我接任《嗜血法医》第5季的制作人时，对全体剧组人员来说，一切都是关于创意的，于是我一直对他们说："你们知道吗？我对这些创意不太感兴趣。它们真的很无趣。"我听到了很多关于主题的说法，其中某一次我太沮丧了，以至于我在编剧室中明文规定，禁止使用空洞的隐喻。因为每个人都在想那些空洞的词汇，却没有人想出一个真实的故事。

这是一个问题。我来自一个非常重视真实性的地方，某种崇尚自然主义的地方。我从乔希·帕特那里学到了很多，他曾创作过一部名为《表面之下》（*Surface*）的系列剧。这是一部奇幻而广阔的科幻剧，但我们试图把一切虚幻都植根于现实。从这种自然主义的角度来看，这是一部很好的教科书级别的电视剧。它有自然的对话，拍摄得也非常自然，并试图有一些自然而然的场景。看剧时总会有一种紧张感，就是因为它看起来像真实的生活，但其实它不是，因为这些海怪并不存在。我们也想在《国土安全》这部剧中营造同样的气氛。

尼尔：听起来像你已经从编剧的困境中解放出来，再也不用被统一的主题和更高级的故事创意规则束缚，好吧，也许不需要这些规则，但是——

奇普：这不是创意。对我来说，强加的主题就是一堆废话。

尼尔：（笑）你其实是这一章的完美人选，因为你是反传统的——这些令人印象深刻的剧作证明它对你非常有效。

我不再相信任何那种写作方式了，只相信有趣、复杂的角色，然后看到他们如何行动。

尼尔：好的，那么在讲一个好故事的时候，我们能不能谈谈什么才是一个有价值、有效的A故事？在我看来，一个好故事会有我称之为“故事触角”的东西，它会引出更多的故事。例如，在你写的《嗜血法医》第5季首集《我的错》中，德克斯特（迈克尔·C.霍尔饰）发现他的妻子丽塔（朱莉·本茨饰）被谋杀，他觉得自己应该对此负责，这导致了更多的故事。他不知道该如何表达悲伤，他缺乏共情能力。我们看到德克斯特非常冷静地研究他周围的人——丽塔的家人——所有的人都为她的死而悲伤，但德克斯特却有一种困惑和空虚感。

奇普：你知道吗，我得收回我说过的话（笑）。在分析《嗜血法医》第5季的时候，我们兜兜转转，大家都很沮丧，我终于意识到自己是新的制作人，必须想出点什么，我半夜醒来，写下了“赎罪”这个词。我意识到整季的故事弧就这样出现了。德克斯特将越过一条他从未越过的界限，他主动决定帮助某个人，以此来弥补他没能救出妻子的过失。他不是有意识地这么做，只是偶然地陷入其中。但最终人们会明白，这才是整季的意义所在。

尼尔：这就是卢蒙·安·皮尔斯（朱莉娅·斯泰尔斯饰）故事的起因，整个第5季的故事弧？

奇普：没错。虽然我确实厌恶这么说——但主题还是出现了。在为丽塔的死赎罪的过程中，德克斯特找到了一个志同道合的人——卢蒙，她曾遭受性虐待和伤害，想要报复那些对她施暴的人，德克斯特可以与她结盟，帮助她实现目标。他可能会爱上她，因为他们有同样的激情——但随后他也可能因此而失去她。

尼尔：是的，如果他们最终能杀死连环施虐者，卢蒙就可以放下过去，重新开始新生活……而德克斯特却不会成为她未来的一部分。

奇普：没错。

尼尔：你的剧集总是很细致入微。深入的细节和潜台词，可以让你挖掘每个角色的情感。我想起了《我的错》那一集里的那些米老鼠帽子。丽塔的父母带着孩子们去了迪士尼乐园，而德克斯特在此时却在浴缸里发现了丽塔的尸体。他吓坏了，与此同时孩子们从迪斯尼乐园打来电话……他无法说出家中发生了什么。

奇普：是的，这是如此真实。你怎么能在电话里告诉孩子这样的事情？

尼尔：然后孩子们从迪士尼乐园回来，戴着这些有趣的米老鼠帽子，上面还绣着他们的名字。他们送了一顶给德克斯特。

奇普：是啊，我妻子弗吉尼娅，想出了这些米老鼠帽子的细节。实际上她给我们提供了很多细节。

尼尔：感谢你的妻子。这是一个多么具有讽刺意味的细节。

奇普：对，德克斯特戴上它，当他告诉孩子们这个坏消息的时候，他真的戴着这个帽子……他看起来有点可笑……直到他的继女把那东西从他头上打掉，然后跑了出去。德克斯特跟着她跑到车里，他们有了更真诚的交流。

尼尔：她指责他不关心她妈妈，因为他没有哭，她希望被杀的是德克斯特。

奇普：而他真的没有任何情绪上的反应。

尼尔：你知道，我现在才想到，德克斯特没有共情的能力，这让观众在很大程度上与他产生了共鸣。我们知道他很痛苦，却无法表达出来。我们反而更能感受到他情感上的巨大痛苦和悲伤，甚至比能大哭一场还要痛苦。

奇普：但是他可以在对陌生人的这种随意的、无预谋的谋杀中来哀悼丽塔。

尼尔：是的，当他在那个码头商店的破旧浴室里，把某个乡下坏蛋打得屁滚尿流的时候。

奇普：对。德克斯特大发雷霆，然后就把他丢在那里，血流一地，所有东西乱七八糟——这本来不是他真正的作案手法，他只是失去了理智。

尼尔：《我的错》对我来说是非常难忘的一集，因为德克斯特被逼到了绝境，他觉得自己唯一的选择就是逃跑。于是他上了船，离开了，但在他决定在浴室痛打一顿并杀死了那个乡下的陌生人之后，他回来参加了丽塔的葬礼。似乎他现在已经准备好了，开始用一种更传统的方式来哀悼丽塔。

奇普：是的，他已经得到了解脱。

尼尔：当我听到“解脱”时，我就会想到亚里士多德的宣泄理论，我知道这很有艺术气息，但是……

奇普：他得到解脱，然后想和喜爱丽塔的人在一起。这一集的最后一刻，他也意识到，也许他没有能力为她的死多么悲伤，但他确实爱她。他是有爱的能力的。

尼尔：与其说是主题，不如说你的叙事方式是把角色推向边缘，对吗？让他们在每一集都尽可能展现出脆弱的一面？

奇普：也许不是每一集都这样，但是我感兴趣的是人们是如何跨越他们从未跨越过的界限，以及这样做的动机是什么。此乃剧集最吸引我之处。

第15章
以前导片激发兴趣

前导片是电视剧某一集的开场段落。大多数电视剧都以前导片开头，然后切入片名。在剧本中，一般有5页，也可以再长一些（《傲骨贤妻》的试播集前导片有16页）。优秀的前导片就像它的名字那样：以引人注目的开头来“挑逗”观众，让他们想知道接下来会发生什么，这样他们就不会换频道了。试播剧的前导片往往需要更加努力，此刻观众体验的是一部新剧，而传统剧的前导片没有介绍角色的重任，更不存在令观众置身于一个陌生世界的负担。

悬念型。有效的前导片会立刻吸引观众。在《X档案》的试播集中，剧集以黑色叠加的文字“以下故事灵感来源于真实记录”开始。第一个画面是一位身穿睡衣的年轻女子疯狂地在黑暗的树林中奔跑。突然一道炫目的白光从远处射来，一个模糊的身影像风一样旋转而来，快速地接近那个女子。画面淡出为白屏。在接下来的场景中，这名女子死于森林中，没有明显死因，只是在背部只有两处奇怪的痕迹。一名犯罪现场分析人员说：“又发生了，对吗？”这则前导片不仅呈现了一个超自然的谜团，而且还暗示出这一切可能真的发生过，以此来勾起观众的兴趣。

观众定位型。出色的前导片可以建立起剧中的世界和基调，通常还能为主角提供决定性行动。在《纸牌屋》的试播集以黑暗中传来的车祸声作为开场，一只狗被肇事者重伤。该剧的主角弗兰克·安德伍德（凯文·史派西饰）用掐死狗的方式来助它脱离苦海，他对观众说：“我对无用的东西没有耐心。”在前导片的结尾处，观众得知弗兰克是众议院多数党党鞭，他期望着通过帮助总统获胜当选而得到回报。前导片确立了该剧对华盛顿黑暗政治内幕的基调，初步展现了主角不择手段的做法，以及该剧反复出现的打破第四堵墙的叙事手法。

在《迷失》的试播集里，该剧以一个眼球的近距离特写镜头开始，然后镜头拉回，出现一个男人，杰克（马修·福克斯饰）躺在热带森林的地面上，他望着天空，失魂落魄。从他的眼球开始，我们得以从在他的视角进入本剧。杰克徘徊到海滩上，看到了灾难后飞机失事的混乱景象。在这个看起来像天堂一样的海岛，实际上是地狱的另一种样子。杰克紧张起来，他从一个受伤乘客跑向另一个，为他们提供帮助，确立了自己作为医生和天生领袖的地位（杰克眼球这个令人印象深刻的镜头，也成为该剧结束时的最后一张画面）。

全剧关键型。前导片也可以建立起电视剧的核心冲突。《盾牌》的试播集中，前导片插入了维克·麦基（迈克尔·奇科里斯饰）带领他以暴制暴的反黑特别小组追捕毒品嫌疑人的场景，另一边新晋上任、是非分明的警察队长大卫·阿塞维达（贝尼托·马丁内斯饰）在召开新闻发布会，讲述他如何治理本区治安。阿塞维达与维克带领的特别小组之间的对抗贯穿了全部七季。

在《天才小医生》（*Doogie Howser, M.D.*）的试播集以16岁的杜奇（尼尔·帕特里克·哈里斯饰）参加驾驶考试作为开场，他的母亲坐在汽车后座上。驾驶教练告诉杜奇要掉头，因为前面发生了车祸，但是杜奇却向现场疾驰而去。这个天才少年从车里跳了出来，为伤者提供救治，也赢得了之前持怀疑态度的警察的赞赏。该剧的核心是讲述小天才如何在正常少年生活和医疗救治工作之间取得平衡，还有他是如何努力获得成年人的尊重。

书挡型。也有一些前导片通过播放剧情来吸引观众。《绝命毒师》的剧集经常先将角色置于危险的境地，然后用整集的时间来展示他们是如何脱险的。在试播集中，沃尔特·怀特驾驶着一辆房车，在新墨西哥州的沙漠中横冲直撞，车厢后部的地板上有两具尸体随着车辆的疾驰而左右晃动。沃尔特穿着一件皱巴巴的绿色衬衫和短裤走出房车，声泪俱下地用摄像机录下了一段与家人的告别视频，然后在警车的鸣笛声中举起了手枪。这一段是一个完整的故事闭环，也呈现出故事的一部分结局。但此前导片的天才之处在于，故事的结局并不像我们所预期的那样：原来随着警笛声而来的不是警察，而是消防队——他们从沃尔特身边疾驰而过，扑灭了一场丛林大火。他安全了，接下来他准备埋掉那部存有他忏悔视频的摄像机，然后开始一段新的隐秘生活——成为一个会制毒的毒贩。这种设置与展现风格的前导片与尾声称之为书挡型。

看似随意型。这类前导片在一开始会向我们展示了一个看似随意且无关痛痒的细节，但在剧集结尾处，我们才会明白它的真正含义。事实证明，这样的前导片对一个或多个角色来说是至关重要的情节点或改变人物命运的关键时刻。以《绝命毒师》第5季《死亡货运》举例来看。这一集开场是一个孩子骑着摩托车行驶在一片偏僻的沙漠中，然后停下来抓住了一只狼蛛，把它放在了一个玻璃罐里。当孩子仔细观察这只被捕获的蜘蛛时，我们得到了一点剧情预示：远处传来火车的汽笛声。这是前导片的全部。这种看似脱离剧情的预告段落其实预示着一段悲剧的结局。观众在这一集的结尾将会了解到，沃尔特和他的同伙们以为这个孩子是他们火车抢劫案的目击者（他们从货运火车上偷走了大量的甲胺）。他们发现现场留下了这样一条隐患：这个小孩可能会成为人证。他们还没来得及制订计划，沃尔特的一个手下就开枪射杀了那孩子。孩子手中的罐子掉下来，镜头聚焦在困于罐中的蜘蛛之上。这个镜头是对沃尔特、杰西和迈克困境的恰当隐喻。这个无辜孩子的死亡使他们三人都成为同谋，并推动他们的犯罪行动进入未知的、更危险的领域。这部剧的危机指数已经直线上升，这一切源于前导片中的蜘蛛。

案例型。犯罪程序剧如《法律与秩序》或《犯罪现场调查》的前导片几乎无一例外以犯罪开始，以一个主要角色的俏皮话或独白来结束。这些剧集的开场都建立在一个不寻常的犯罪迹象基础之上，也将在这一集的结尾被解决。医疗剧如《豪斯医生》中的格雷戈里·豪斯博士（休·劳瑞饰）将会面对一个棘手而神秘的医学病例，他或者同事总会在最后一刻解开谜团。

无预告型。像《权力的游戏》《黑道家族》《国土安全》和《广告狂人》这样的有线电视剧只是简单地从演职表开始，然后跳到第一幕。这些连续剧集数多，几乎每周都如同一部迷你电影一样。电视网播出的连续剧没有前导片的情况却并不常见。《灵书妙探》是这样的一个反例，每集结构是六幕，没有前导片，直接从第一幕开始，片头在第一幕结束时出现。不同的电视网有不同的剧集结构偏好。美国广播公司（ABC）的电视剧有六幕且没有前导片，这也算正常。

冷开场。喜剧的前导片被称为“冷开场”。它们的作用是一样的，尽管它们总是以一句妙语或笑话结束。除了有趣之外，好的冷开场会在开篇介绍这一集的主要问题和主线。在《摩登家庭》第4季中有一集名为《富尔根西奥》，开场讲述了杰伊·普里切特（艾德·奥尼尔饰）的岳母，她想给他刚出生的儿子起名叫富尔根西奥，这让杰伊非常懊恼，但他没有勇气反抗她。尽管杰伊尽了最大的努力，还是无法让岳母喜欢他，他很快意识到这种关系像极了他和菲尔（泰·伯勒尔饰）的关系。在这一集的最后，杰伊终于与岳母和解。他同意给儿子取名为富尔根西奥·约瑟夫·普里切特。

直接型。一些连续剧从上一集结束的地方开始。这种类型的前导片在电视行业中被简称为DPU。在《真爱如血》试播集的结尾，女服务员苏琪·斯塔克豪斯（安娜·帕奎因饰）在深夜的停车场被一对阴险的餐厅顾客残忍地袭击。第2集的前导片同样从苏琪被袭击的场景开始。突然，袭击者飞快地隐入黑暗中，吸血鬼比尔·康普顿（斯蒂芬·莫耶饰）扶起了苏琪。直接型前导片给人一种悬念感，也展示出剧集的时间衔接性，参见《单身毒妈》（提示：在日间肥皂剧中，DPU会在每个新剧集开始时出现。鉴于日间肥皂剧以蜗牛速度向前推进，因此它们多利用这种方式来“冻结”故事情节，当我们从一个场景淡出，下一集又回到同一个场景时，就好像这些人物被冻结在完全相同的位置一样。而黄金时段电视剧要避免这种冻结时间。当我们从一个场景切出，然后再回到同一场景时，最好能够展示这些场景中的人物运动或故事进展，否则在叙事中会令人感到一种人为的停滞感。）

其他型。有些电视剧使用的前导片并不总是符合既定的连续剧模式。在《美国恐怖故事》第1季中，一些前导片讲述了在某座毛骨悚然的房子里曾经发生过的可怕的谋杀案，以这些案件作为本剧的主要背景，而有些前导片则讲述主要人物的背景故事。

在《行尸走肉》中，很多前导片都是关于幸存者的恐怖场景，而另一些则是一些令人辛酸的人物时刻。在第1季的《瓦托斯》一集中，前导片以两姐妹安德烈（劳丽·霍尔登饰）和艾米（艾玛·贝尔饰）开场，她们一边在宁静的湖边钓鱼，一边回忆起她们的父亲，结束是另一个角色吉姆（安德鲁·罗森伯格饰）在营地外面挖沟渠。这与那些血腥、悬疑的前导片形成了鲜明的对比，而这种前导片通常会置人物于危险的境地。

> 精妙的前导片就像主菜前令人无法抗拒的开胃菜。它需要吊起观众的胃口，让他们渴望更多。如果剧集最后有一个“尾声”，那它就是餐后甜点。

第16章 击中甜蜜点

电视试播剧永远是创意实验，这部剧并不能保证能在第1集的基础上持续地拍摄下去。即使试播集非常精彩，也不能保证这部剧能够一周又一周地保持同等精彩的写作水平。

事实是，尽管大多数的制作人才华横溢又机敏聪慧，他们尽了最大努力，设计了最长远的良好计划，但绝大多数新剧还是不能播出。电视网并不知道原因所在，如果他们知道，他们会纠正错误和修复效率极低、成本极高的流程，这就是试播季存在的原因。当一部新剧失败时，免责声明和借口比比皆是，比如：

1. 是否有好的电视剧/错误的时间段？
2. 开场是否太弱？
3. 与其他电视网竞争是否太激烈？
4. 前提是否太冒险/太有突破性/太具挑战性？
5. 是否太花哨？
6. 前提是否陈旧或缺乏独创？
7. 演员团队是否有严重缺陷，主角之间是否缺乏化学反应？
8. 广告宣传是否乏善可陈？
9. 所有以上问题是否都存在？

在网球术语中，“甜蜜点”是球拍的中心，当球拍以中心处击球时，力量会达到最大值，电视剧也是如此。

类型剧的甜蜜点

与《阿甘正传》里的巧克力盒子不同，当观众收看一部情景喜剧时，他们知道接下来会看到什么：这就是甜蜜点。

大多数情景喜剧的甜蜜点发生在角色在同一情境下的变化之中——就像是被测试一

样。《生活大爆炸》中与世隔绝的莱纳德（约翰尼·盖尔克奇饰）和谢尔顿（吉姆·帕森斯饰）经常与外界保持“常态”化冲突。在《抑制热情》中，拉里·大卫发现自己总处于一种卑微的境地，与他的理想格格不入。《摩登家庭》中的菲尔（泰伯·瑞尔饰）和克莱尔（朱莉·鲍文饰）为了成为理想的父母，持续让孩子和自己尴尬不已。《拖家带口》（*Married... with Children*）把婚姻和为人父母当作终极惩罚，以此来榨取笑料。《好汉两个半》中的两个男人是《天生冤家》（*Neil Simon's The Odd Couple*）的现代版本。

一小时电视剧也能从清晰化和坚守甜蜜点原则中获益良多。我并不是说每个部剧都要制定严格的公式，而是建议每部剧每周都应兑现承诺。希望角色会有意想不到的变化和发展，希望剧情会有曲折与前进。这是一种有机组合。但是，最为核心的是，这部剧的甜蜜点仍要保持不变。这应是制作人与观众达成的默契。不要换台——我们将在同一前提下不断为您提供新的故事。

程序剧的亮点在于医疗、法律、警察案件的新鲜、创新元素，以及令人惊讶的、不可预测的解决答案。这些电视剧都是谜题，而甜蜜点在于如何将缺失的碎片拼凑成必然的解决方案，对编剧来说，挑战在于如何避免过于公式化和可预测性。医疗、法律、警察系列基本上都是神秘的谋杀案。我们每周都会收看，见证专家们如何破案，杀手可能是一个人，也可能是一种疾病。随着科技的发展，剧集的关键点已经不再是“谁干的”，而更多地“关注怎么干的”。

系列剧的甜蜜点

在《行尸走肉》中，最精彩的部分就是世界末日后的适者生存。当然不仅仅是简单的人与僵尸的对决——如果是这样，剧情很快就变得陈旧、重复。相反，与僵尸搏斗的故事是以一群不同背景的幸存者试图建立新社会为背景的。他们实际上组成了一个大家庭，彼此互相帮助。《行尸走肉》的甜蜜点是介于恐怖片和家庭剧之间。这部剧的情感核心来源于人际关系。令人毛骨悚然的血腥、惊悚和刺激的感觉从僵尸（他们需要新鲜肉体的幸存者）的不断威胁中有机地浮现出来。去掉血腥和肉体，这部剧就失败了。但如果只有僵尸，剧情也只会停滞不前。所以这部剧大获成功且每周都会给我们带来惊喜。它知道自己的位置，并找到正确的平衡点。这部剧的核心问题始终不变：谁将生存，如何生存？到底是什么导致了这场僵尸灾难——答案并没有呈现，也可能永远没有答案。

《绝命毒师》的甜蜜点在于，原本温和的沃尔特·怀特如何变成了一个绝情的毒枭，这部剧以失衡的家庭为根本，还伴随着黑色幽默、奇特的结盟、狡诈的头脑和自欺欺人。有对权力的贪婪，也有掩饰过的坠落。甜蜜点是一群新手在一个本已成熟的事件中，克服种种困难，不顾一切地以自己的方式获得了成功。这是一场由弱者变强者的电视剧。核心问题依然不变：沃尔特会不会被抓？后果如何？

《广告狂人》的甜蜜点是表象和真实之间的差异——这是对广告业的恰当描述。这也延伸到了家庭关系和职场权力的动态平衡。它与某个人的忠诚与欺骗无关，更多地是在追问其背后的动因。该剧的基调是滑稽、讽刺、有趣和暗黑。《广告狂人》的成功之处在于深入挖掘剧中人物，帮助我们理解人物的自我毁灭。事实上，他们每个人越是表现得优秀，就越有可能自我毁灭。广告向我们展示的往往更像是一个“完美”的现实，那是一种我们所渴望的生活。而《广告狂人》最具讽刺意味的是，理想的生活方式与现实截然不同。

《国土安全》的甜蜜点在于双重性。布罗迪既是一名战争英雄，又是一名恐怖分子，卡莉既是警惕性极高的中央情报局特工，又是一名叛徒。在这样的背景之下，如何在多重道德又充满危险的世界中保持理想？这不是一部非黑即白的电视剧，而是一部关于灰色地带的电视剧。随着角色观念和信仰的转变，我们发现更多的问题浮现出来——而这些问题却没有简单唯一的答案。

《美国谍梦》的甜蜜点一半是缺失的家庭剧，一半是冷战时期的间谍惊悚片。最佳剧集同时在这两个层面集中运作，对话充满谎言，有时令人愉悦，有时又有点口是心非。在剧中，克格勃特工伊丽莎白·詹宁斯（凯瑞·罗素饰）假扮成一个带着两个孩子的妈妈，但（目前）还没有人发现破绽。我们会听到一些有趣的带有双关意义的对话，比如伊丽莎白的邻居桑德拉（苏珊·米斯纳饰）提到，她从厨房窗户观察到伊丽莎白里在家里无所事事，然后补充道：“我并不是在监视你，只是……本来也没什么啦。”本剧典型的甜蜜点，如伊丽莎白的丈夫，即克格勃特工菲利普（马修·里斯饰）伪装成为“克拉克”，在无奈之下娶了玛莎（艾莉森·莱特饰），仅仅因为玛莎是美国联邦调查局高级特工的秘书，她的身份有助于菲利普（克拉克）窃听联邦调查局的办公室机密。在一个小型的婚礼仪式上，克拉克和玛莎庄严地宣誓，伊丽莎白和他们的主管却作为男方“家庭成员”而出席。当克拉克对玛莎说出“我愿意”三个字时，伊丽莎白心底涌起一阵伤心——她和菲利普（克拉克）从未举行过正式的婚礼。他俩的婚姻来自冷战时期的政治和间谍工作需要，是由上级安排的——那不是爱情。同时，我们也意识到，坚贞不屈、聪明能干的伊丽莎白也许是真正爱菲利普的。这是故事前提和剧情发展的完美结合，而该剧的甜蜜点也巧妙地体现在剧集宣传语上：在爱情和冷战中，一切都很公平。

> 一部剧的甜蜜点是每周都会要出现的，它是这部剧的类型、基调、主题、连续性和核心问题/谜团的交集。

访谈：哈特·汉森

《识骨寻踪》

《追踪者》（*The Finder*）

《天国的女儿》（*Joan of Arcadia*）

《艾米律师》（*Judging Amy*）

《私家侦探》（*Snoops*）

《爱神丘比特》（*Cupid*）

《星际之门SG-1》（*Stargate SG-1*）

《商界风云》（*Traders*）

《埃文利》（*Avonlea*）

尼尔：我想讨论一下您的超长电视剧《识骨寻踪》中的“甜蜜点”（用网球用语来比喻）。作为创作人和制作人，你似乎既尊重粉丝，也大大超越了粉丝们的期待，每一季都是如此。让我们从这些无数的A故事开始。对你来说，有价值的A故事来自在哪里？

哈特：A故事来自很多地方。偶尔来自新闻头条，但不会太多——尤其是不像过去几年那么多。我们大部分的A故事首先要寻找一个场景——让布斯（大卫·伯伦纳兹饰）和布雷恩娜（艾蜜莉·戴丝香依饰）可以进入的世界，一个或许观众可能还没有看到或者想到的世界，但在这个世界里我们会安排曲折的故事。像丈夫杀死了妻子那种典型的凶杀案，它的角色和曲折的情节必须是绝对迷人，以填充六幕的时长。在第3季时，按照福克斯电视网的要求，本剧新采用了六幕结构。原来是前导片和五幕，前导片实际上真的只是迷你预告，只有一两分钟。随着改为六幕结构，我们需要再增加一个情节转折。《识骨寻踪》是将人物和幽默剧混于一体的程序剧。布斯和布雷恩娜之间的浪漫关系是这部剧非常个人化的故事情节。设定六幕结构之后，我们被逼着有了这样的想法：需要有趣的场景。这不是一个有意识的决定——我们是被电视网推到了那里。一般来说，一个好的场景会有一至两个情节转折，你不必凭空虚构。例如，我们用UFO来表达对《X档案》的敬意。考虑到我们要推出22集的速度，这是一份大礼。

在第1季之初，我们就意识到这部剧可能会让我们的主要演员精疲力尽，我知道需要弄清楚哪些场景可以绕过他们，找次要角色拍摄一些。另一种方法是以尸体为线索。每集的第一个场景几乎总是一个无辜的人发现了一具尸体。我们想要的效果是让观众在观看剧情5分钟之内就感受到尸体的味道，“见鬼——这里发生什么？”然后一般情况下就会进入下一个场景。

尼尔：场景也可能是某种障眼法？你在制作时有制片人和各种各样的工作人员，他们至少会想出一两个反转或转折吧。

哈特：我们已经和观众达成了某种心照不宣的协议，那就是杀手不会是凭空冒出来——我们会见到他们。这是一个艰难的平衡。如果你去电视剧网站留言板，会看到人们说："你总是遇到第三个人。"网络对我们并没有太大的影响，但这些留言也会让我留意一下，我们必须确保这些情况是小概率事件。所以我们也要注意这些细节。我们还需要大量的嫌疑人，因为你知道的，观众应该在第三幕结束前见到他们，至少是在第四幕结束前。我们绝对不希望观众走在剧情的前面。

尼尔：在节目的前几季，似乎在第四幕结束时，剧集已经达到了故事高潮。观众会发现嫌疑人，接下来的第五幕非常短，就像一个尾声。有什么改变吗？从结构上来讲，这实际上是一个问题，我在加州大学洛杉矶分校的课堂上也经常出现。以前的一小时剧都是四幕——前导片加四幕。现在大多数剧都是5~6幕。有些是因为数字录像机的影响。所以问题就变成了"故事高潮在哪里"？我告诉学生们，这取决于电视剧。你认为呢？

哈特：对我们来说，在六幕结构中，通常在第五幕结束前时找出凶手，在第六幕抓住凶手，这并没有那么有趣。一般情况下，一旦我们知道那个人是谁，这一集也就快结束了。这基本上源于我的无聊。例如，某集中有一个连环杀手，我们在第一幕结束的时候知道他是谁，甚至在前导片结束的时候就发现他了，因为他在这一季中会有四五集的戏份。接下来就是猫捉老鼠的游戏了。大多数凶手不会再回到现场。只有我们追逐他们，是那种侦探的故事类型。编剧室的工作在于，高潮可能是当布雷恩娜觉察到一些法医上的细节的时刻，如一具尸体提供了一个线索，他可能是左撇子。然后高潮就来了，她转身对布斯说："就是这个人。"这就是案件的高潮。

尼尔：你是否有B故事要追踪和解决，或者为本季做过准备？

哈特：是的，我们的B故事通常对大部分观众来说更重要。他们观看凶杀案，是为了寻求刺激的过程。而另一部分人则在忍受着那些刺激的过程，他们是为了寻找凶手。我们试图让他们产生共鸣，并融入故事高潮，在第六幕进行至一半，会有令人兴奋的大场景，揭开"凶手是谁"，于是谜题解决了。

尼尔：对我来说，我最关注的是就一个贯穿始终的主题而言，A故事会影响B故事，反之亦然。比如布雷恩娜和布斯决定住在谁的公寓那一集，由于他的父亲和她的童年寄养生活，她在A故事中的记忆缺失引发了他们对搬到一起住的恐惧感。你是否有意识地努力在A、B、C三个故事之间建立统一的主题？

哈特：我们最好的剧集是，那些能引起观众共鸣的部分，即剧集中案例的某些部分击中了他们个人生活的痛点。其次是如果观众的个体生活中发生某些事情，然后他们看到某集时会说："哦，这一集也是这样。"这似乎有点拙笨，更像是某种巧合。我个人对生命的感觉是，宇宙会对你对话。如果你的头脑中存在着某些想法，宇宙也会在某个时刻对你说类似的内容，似乎有很多这样的例子，它就在我们生活的外围。我不相信有什么神秘的力量能与我们对话，但我相信宇宙一直在告诉我们一些事情。当故事与观众完全没有联系的时候，它就不是最好的一集。也许案例最优秀，也许剧情最浪漫，但如果不能引起观众共鸣，就没那么完美了。

尼尔：我喜欢A、B、C三个故事在某种层面产生共鸣——甚至每个故事中都有主题的DNA。

哈特：我现在正在为哥伦比亚广播公司做一个试播集。这正是我所痴迷的——创造一个宇宙。讲故事是对混乱的宇宙进行排序的一种方式，电视创作满足了我们——这也是我们喜欢故事的原因。

尼尔：内部故事文档的流程是怎样的，是从编剧室到节奏表再到大纲吗，工作的时间线是怎样的？

哈特：一切以最快的速度进行。编剧们都知道，如果他们要想让演员讲出自己所写的那些台词，最好的机会就是在我和得力助手斯蒂芬•内森的提示之下尽可能多地修改，我可是改稿达人。对我来说，改写比花时间和编剧一起修改更容易。这是我作为制作人的弱点之一。每隔一段日子，有些可怜的编剧单独提交一份剧本草稿——而经过所有的修改过程之后，他们写的任何细节，包括对话都消失了。对于一名编剧来说，这种感觉是很难受的。

尼尔：如果这种情况一直发生，会不会影响到他们的职位？

哈特：不会，这丝毫不会威胁到他们的职位，因为他们已经完成了自己的工作任务。如果赶上了制作进度，你不得不接受这个剧本，这不是他们的错。你也要多注意其他编剧为这个剧本所做的工作，有很多编剧会帮助其他编剧来修改剧本。在年底的时候制作人要尽职尽责地记录清楚，谁完成了剧本，谁帮助修改剧本。剧本本身就需要团队的力量。我们的处境并不残酷。编剧室环境非常好。编剧们也互相支持。我们并不会以剧本上的字数来统计工作量。

我曾在哥伦比亚广播公司制作过《天国的女儿》和《艾米律师》，电视网并没有对大纲有什么特别要求。我会给他们打电话，然后把故事推介给他们。这一般需要5~10分钟的时间。我会看着节奏表，特别提醒他们节奏点。他们会说："很好"，然后编剧就可以离开了。福克斯广播公司则想要看到大纲，这是他们的要求。通常情况是这样的。现在负责推介工作的是乔恩·科利尔，他是联合执行制片人，是个了不起的人。我没花太多时间在推介上，就开始谈确定的场景，然后我们和乔恩开始讨论场景中的B故事。然后我们上楼，编剧提出六幕结构和结尾。斯蒂芬和我回复并提出意见。这大概需要1.5~2小时。然后编剧们把它写成一个大纲。我不看大纲，斯蒂芬也不看，由乔恩和另一位联合执行制片人金·克莱门茨制作大纲，将其发送到电视网。有时它会带着反馈回来，然后我们会充实它。接下来编剧们开始写剧本。他们写得越快，得到反馈的速度也就越快。每隔一段时间，我们会把一个初级编剧的剧本交给联合执行制片人，让他们浏览、核对一下，这样重写的工作量就不会那么大了。

尼尔：大纲大概有10页吗？

哈特：有12页。

尼尔：当我第一次为《艾伦·斯培林秀》工作时，有一件事对我来说很困难，那就是他们要求写15~20页的单行距大纲，包括所有内容。后来我去看其他节目时学到了一点，如果草稿是依照大纲来写的，联合执行制片人会说："这就是大纲"——这不是一种夸奖。因为剧本需要超越和提升。

哈特："提升"这个词很好。剧本就是需要越变越好。

尼尔：我想很多新手编剧不明白这一点，这很危险。如果你把所有的时间都花在大纲上，就不会在剧本创作上有所发现。

哈特：一旦有了人物的交谈和互动，大纲中看起来正确的内容就可以、而且应该在剧本中有所改变。制作一部程序剧，某些东西往往会坚持下去，但是如何去做，谁去做可能将会发生根本性的改变。新编剧还应该知道，如果我对剧本提出反馈意见，只是把这些反馈插入文档中——这显然是不够的。它也不是一个好的剧本。这些反馈将会改变一切。三个小反馈意见，通常意味着人物对话的每一行都需要改写。对我来说，一个真正的编剧是这样的："这个场景应该更有趣的，而不这么夸张。这里，我不知道她到底恨不恨她妈妈？"接下来他或她会修改整个剧本以适用这些意见。一名编剧越优秀，这种情况就会发生得越多。这需要勇气，毕竟大纲已经通过了。

尼尔：剧中的人物有了一些变化，欲望淡化，进入新的关系，有了孩子。你对此有什么看法吗？你自己清楚地了解这种变化发生于何时吗？

哈特：角色的变化是电视剧最棘手的元素。一年22集，如果你幸运的话，5年，就是110集。你必须留住观众，让他们观看他们想看的内容。我经常提到要小心对待剧集的故事引擎。如果你知道一部剧会拍摄三季，核心问题是"他们会还是不会"，那么你必须知道从哪里下手去分析它。我们没想到这部剧能撑到第一年的圣诞节。我们总是在泡沫中[1]，所以，"在一个自由的社会里，我们如何让两个年轻、健康、单身的人不去恋爱"？我不介意观众的尖叫、大喊大叫和不开心，只要他们继续看下去。这句话我已经公开说过好几次了，曾经还为此惹上了麻烦。他们听到的是："你不喜欢我们。你不介意我们不开心。"如果我故意这么做，观众还在看这部剧，那么我真的不介意他们不高兴。我真

1 指一部剧处于电视网的续约和取消之间的关键时刻。

正介意的是观众感到无聊或者离开，我们的故事引擎是化学反应。首先，这是一部程序剧。我们必须有好的案例。电视网还存在着另一个问题，“你是想吸引新的观众，还是想留住现有的观众？”在《识骨寻踪》中，我试图留住我们最忠实的那部分观众，这很现实，毕竟我们的剧一直在调整播出时间。对我来说，如果我努力的结果是吸引每晚的新观众，我想我们的剧很快会死掉。现在看来我们的计划是对的。

尼尔：是啊——开播7年了。

哈特：我们仍然是这样。福克斯从来没有想把这部剧会变成大热门。我们还是活了下来。他们把我们放在《美国偶像》之后，关于那是否是一个热门位置，我们可以谈上三天三夜。我们必须在这两档节目之间保持故事的动力，让我们的忠实观众每周都能回来。我尽可能地慢慢走。在第5季结束的时候，我就想，“好吧，他们还会再等一年。我们要在第6季结束时仍在一起。”我知道这一切是如何发生。我知道某个心爱的角色会相爱，或者会死去。上天给我的小礼物是艾米丽来找我说：“我怀孕了。”我说，“好吧，我们知道下一步该怎么做了。”可怕的不确定性消失了，如果她没有怀孕，我不确定我们会如何进入第7季。我只知道他们会在一起。我曾为那段故事弧线写了5~8个故事，但没有一个让我惊喜。我最喜欢的一个人物和我们的想法相差不大——那就是让他们尝试着在一起相处。

> 顺便说一下，我认为《识骨寻踪》的故事引擎是非常简单且历史悠久的，那就是理性与精神，经验与人文，这一点恰恰显示在两个主角身上。那是我们的甜蜜点。

无论他们在做什么——我们现在碰巧在解决了谋杀案，还抚养一个孩子——他们会给你两种不同的宇宙观。

尼尔：你有自己的理解，他们也有自己的观点。

哈特：我们按合理性将这些排在一条线上——神秘的在这里，理性的在那里。奇怪的是，她最好的朋友安吉拉（迈克拉·康林饰）是最神秘却最具人性的人。布斯与她有点接近。刚开始的时候，甚至有人比布雷恩娜更理性，但没有成功。这是为了让每个人都能对自己所经历的一切有自己的立场。

尼尔：在创作《识骨寻踪》的试播集时，我知道你是从凯西·赖斯的书开始的，还有她作为法医人类学家的工作经验和知识背景。你经常听到试播剧开发分为前提式、非前提式和混合开发。感觉《识骨寻踪》不是前提式，因为他去机场接她的时候，他们已经认识了。你是如何做出这些选择的，为什么？

哈特：有些事情不是你能控制的。在这一点上，我认为制片公司和电视网——主要是电视网——都不想要一个前提式试播集。他们仅仅是不喜欢。顺便说一句，我一直不明白这一点。我喜欢前提式，很多年前就喜欢。

尼尔：他们担心如果观众错过了第一集，就永远无法吸引他们。

哈特：我一直认为这是错误的逻辑，因为从第2集或第10集开始观看，也是一样的。这个数字对我来说无意义，但我只能接受。我尽可能接近一个前提式试播集。他们彼此认识，从过去的某件事开始互相憎恨。距离上次他们作为搭档而出现的灾难性会面，已经过了一年。我还得解释为什么一个科学家会和一个警察待在一起，因为在现实生活中这是不可能发生的。这一定是她出于某种原因的坚持。我们有各种各样的解释："我需要确保证据不是……我是文化人类学家。"我们只是需要他们在一起。

尼尔：考虑到真正的科学和真实性，这部剧在哪里终结？

哈特：《大众机械》和《大众科学》杂志对程序剧的真实性进行了排名，我们位居前列，这令既高兴又惊讶。《识骨寻踪》胜出了。我想这是因为我还不知道如何撒谎。我们的剧中存在谎言。安吉拉的机器确实存在。《识骨寻踪》开拍的时候有7台，但它们并不是用来做法医鉴定的，而是用于气候测绘之类的事情，每台价值数10亿美元，并且不可能在5分钟内完成编程。其余的取证过程都是基于现实。我们省去了100万个步骤，压缩了时间，以便于在一个小时内得到DNA证据，但在现实生活中则需要两个月。我们的团队实际上会付出巨大的代价——现实中不可能那样做。但我们的科学是最前沿的。如果编剧室或我们（执行制片人）对某个情节点或科学性提出合理的批评，我们会说："那不是真的。那是废话。"谁都可以这么提出来，可以说说自己为什么不相信。我们都要觉得一切必须基于真实。

尼尔：对于制作人乔希·伯曼，诺亚·霍利，珍妮特·塔马罗来说，《识骨寻踪》是一个很好的训练基地。我知道乔什刚来的时候已经有些经验，如今他在负责两部剧的制作。

哈特：他刚又接到一部新剧。乔希是天才，珍妮特也是。

尼尔：除了"按时高质量地完成剧本"之外，你认为一部剧的制作人要想取得成效，还需要具备哪些重要的技能？

哈特：有几件事我高度关注的。一是，这一集的导演在前期拍摄的第一天就准备好现成的剧本，他们不会浪费两三天的时间在一个可能会改变的大纲上做文章，我认为这是第一种责任。我们对演员也有某种责任——尊重他们，他们是这部剧的代言人。他们必须站在场景中，念台词，并使表演发挥作用。他们必须让表演发挥作用。他们必须感到被倾听。随着时间的推移，你必须让演员逐步获得信任。我认为这是制作人必须做的事情。制作一部剧最困难的是，你的工作做得很好，而每个人都会对你有点恼火，但并不会讨厌你的胆量。所以对于像我这样渴望与人和善相处的人来说，制作人并不是一份完美的工作，因为压力太大了。珍妮特·塔玛罗，乔希·伯曼和诺亚·霍利——他们都是非常非常优秀的编剧。和我一起工作的任何一个人——史蒂芬·内森、乔纳森·科利尔、凯伦·厄舍——都可以担任制作人，但这是我的工作。他们中的任何一个人都可能比我更正确，或者有其他方法，但我的工作是这部剧的制作人。我可以很容易地为这些人中的任何一个人工作，然后由他们来做制作人。我要告诉你的是，世界上最好的工作就是制作人的二把手。诺亚·霍利拍完了《非凡女警》(*The Unusuals*)，这部剧可能在ABC电视台播出了四次，广受评论界的好评。之后他回来对我说了一件有意思的事，他说在拍《识骨寻踪》时候，他就站在我旁边。他当时曾经想，"我不会那样做。哦，这家伙真是个混蛋。"他说，拍《非凡女警》时这种感觉突然间出现，就像龙卷风一样向他袭来。顺便说一下，我也作制作人副手的时候，也认为自己会做得更好，暗想我的制作人是个多么的混蛋的人呀。但是当你开始承担这项工作的时候，一切都更嘈杂，到处都是叫喊声和巨大的混乱。现场总是很吵。需要不断地做决定。如果拿了钱和荣誉，你就得做好这份工作。所以最好做二把手，可以安静一点，也可以安静地思考。

尼尔：那做制作人最棒的地方是什么？

哈特：去年，我接手了一部新剧《追踪者》，我们正朝着这个方向努力……

尼尔：我喜欢你说的这种不敬。

哈特：那家伙（吉欧夫·斯图兹）是个明星。他当之无愧。在季末，我说："再续一季，我告诉你，我们了解这个节目。我们知道如何使用这些演员。"我非常疲惫，当这一季尘埃落定时，我对妻子说："我们随便找个地方休息一下吧。"自从《识骨寻踪》开播以来，我最多只休息了9天。现在我们有3周时间可以去任何地方。所以我们去了欧洲，当我们回来的时候，我马上开始推介下一部剧。我不知道这么忙碌是为什么。也许我需要去接受治疗，找出原因。制作人的工作量太大了。你不会因为同时做两部剧而带来额外的收入。我也有足够的收入。《追踪者》下线的时候，我为曾经一起辛勤工作的团队而感到难过，好在如今他们都有了新工作。

尼尔：那么是什么驱动你——你知道吗？

哈特：我对未来的世界感到非常兴奋，应该是因为这一点。当我想到要拍一部新系列剧的时候，我就会想，"哦，天哪。"在哥伦比亚广播公司制作新剧《丧心病探》(*Backstrom*)，当我一想到角色的创意部分就很兴奋。我会考虑谁来出演这个角色——我脑海中出现三到四个人。他们中的每一位都可以改变这部剧，这一点令我非常兴奋的。你可以创造一个世界。

尼尔：然后运行它。还有什么比这更甜蜜的呢？

第 17 章
成功的设置

我是个试播集迷，喜欢先读剧本，再看首播集，看看它们是如何从文字转换到屏幕上的。这个过程就像拆礼物，结果要么是一个美妙的惊喜，要么是一次善意的失望。

我总是对试播集充满期待：它会是故事起源式的“前提”，还是直接进入已经构建好的世界之中？卷帙浩繁的情节将如何铺陈？在哪里拍摄？演员都有谁？令人耳目一新的未知元素是什么？它的结构如何？节奏和风格如何？有画外音吗？有闪回吗？闪进呢？在类型上，它是锐意创新还是突破常规，或者只是沿用既定模式？每一部新剧都有很多变数。

“啊哈”时刻

想到多年来我所看过的那些试播集，它们令人惊艳或失望之处似乎有某种共通的特性。最令人满意的试播集会在一个意想不到的“啊哈”时刻结束，给人一种发现奇妙世界的惊奇感觉。这是最后的王牌，这个仿佛令人看到了一个故事的美好未来。

几年前，我有幸参加了著名的推理小说家沃尔特•莫斯利（Walter Mosley）的演讲。莫斯利是一位魅力非凡的演说家，他的演讲中穿插着许多对作家有价值的指导和智慧。其中有三点永远铭刻在我的脑海里，那就是：

情节即启示

对我来说，这很有启发，因为它简明扼要地阐述了所有编剧（作家）都要挖掘的东西——关于出乎意料却不断地挖掘与发现角色的特点。莫斯利的演讲主要针对的是小说家，但作为一名编剧，我对他的话产生了深深的共鸣。我认为“情节即启示”的意思是：随着故事的发展，我们会越来越了解某个角色的特点。我们也在积极地发现新的信息，在人物陷入困境和摆脱困境的过程中，我们会改变我们对角色的认知。

把试播集想象成一个待解的谜团

通常情况下，观众更容易被他们不了解的东西所吸引，而不是那些他们已经知道的。所以不要尝试在试播集中告诉观众一切。通过隐瞒关键信息来营造悬念（喜剧也是如此），直到最后一张牌打出。观众可能会认为他们很清楚接下来会发生什么，所以用合理的剧情反转来改变故事，让他们保持警觉，给他们一个惊喜。

巧妙的情节转折可能会有效地改变故事走向

理想的情况是，观众已经耐心地等待着一些意想不到的事情发生，所以给他们想要的，让整个试播集圆满结束，但又让故事悬而未决，所以他们会急不可待地等待着下一集，再下一集……

写试播集有无数的策略，但结局通常是关键。这是经纪人/制片人/工作室/电视网留给观众的最终印象——也需要传递信息。试播集总结起来有以下3种基本策略。

启动系列剧

试播集结尾向我们展示了主人公在新环境下是如何在未来的章节中变化和稳固下来的，以及如何为该剧（每周）服务，而剧中的核心问题/谜团/冲突/关系/前提也会成为观众关注的焦点。

在《干杯酒吧》的首集里，黛安·钱伯斯（谢莉·朗饰）断然否认她的教授/未婚夫回来找她了，她还是接受了酒吧服务员的工作，尽管她对酒吧老板山姆·马龙（泰德·丹森饰）又爱又恨。

在《衰姐们》试播集结尾，24岁自恋又有抱负的作家汉娜·霍瓦特（莉娜·杜汉姆饰），被她的父母断绝了对她的经济支持。汉娜伤心欲绝，还有点害怕。但她还是掸掉身上的灰尘，回到了她在布鲁克林脆弱的生活中——当她穿过街道时，她轻快的步伐告诉我们，她（很可能）会挺过去的。

在《童话镇》试播集结尾，局外人艾玛·斯诺（詹妮弗·莫里森饰）决定留在童话镇，而小镇广场时钟的秒针又开始像施了魔法般地开始移动。空气中酝酿着变化的气味，幻想和现实正在发生碰撞。

在《谋杀》的试播集结尾，警方找到了一辆被盗的汽车，里面有失踪女孩的尸体。经验丰富的西雅图侦探莎拉·林登（米瑞尔·伊诺斯饰）推迟了自己提前离职的计划，也推迟了带着儿子搬往北加州与未婚夫开始新生活的计划，因为她必须要解决“谁杀了罗西·拉森”这个谜团。在试播集剧本中，莎拉指示身穿制服的警官打开汽车后备厢。

当莎拉看着罗茜·拉森那双死气沉沉的眼睛时，我们看到——莎拉的视角来看，这个女孩好像在暗示她继续办案。剧本的最后几个字是："找到他"。

最后的蒙太奇

这种类型的试播集结尾给我们一组该剧主要角色的快照。它经常伴随着音乐，表明每个角色可能在未来剧集中的冒险。它主要是视觉的，但有时也包含画外音和/或简洁对话。它以一种诗意方式向观众提供一种铺垫。有时摄影机会升高，让我们以全局的角度来观察各自世界中的人物。有时候镜头就像一只蜜蜂嗡嗡嗡地从一朵花飞到另一朵花上，然后定格在一朵主花上：剧中主角。比如，《为人父母》《胜利之光》和《混乱之子》的试播集都是这样。

在《大西洋帝国》的试播集结尾，我们看到了一段蒙太奇，展示了绰号"努基"的伊诺克·汤普森（史蒂夫·布西米饰）的权力崛起，从腐败的县财务官到禁酒令时代大西洋城臭名昭著的犯罪大王。本集的高潮部分是一组蒙太奇镜头，显示了努基的兄弟警长伊莱（谢伊·威格姆饰）绑架并谋杀了汉斯·施罗德（约瑟夫·西科拉饰），以报复汉斯殴打其妻玛格丽特（凯利·麦克唐纳饰）以致其流产的恶行。当汉斯的尸体在渔网中被发现，努基将汉斯诬陷为早先一起私酒抢劫案中屠杀黑帮阿诺德·罗斯坦（迈克尔·斯图尔巴格）老大手下的凶手。当努基在医院为无辜的玛格丽特送上鲜花时，他对汉斯下手的意图就已经很明白了。从试播集的第一场我们就知道，努基是一个道德败坏的机会主义者，在试播集的结尾，我们发现了他的黑暗面和真正的无情。大西洋城是他的地盘，他会摧毁任何想挑战他的人。

在试播集开始，有两个特别有力的启示性镜头预示着努基的转变。在第一幕中，努基沿着人行道走过一家临街的托儿所，他从窗户里看到一个护士正抱着一个刚出生的婴儿。他被婴儿的纯洁和天真迷住了。在接下来的剧情中，努基走过一家预测未来的小店，占卜师正在通过一个顾客的手掌来预测未来。她抬起头，和努基的眼睛相遇，好像在说："你的未来会是什么样子？"在试播集的最后，努基的司机吉米·达莫迪（迈克尔·皮特饰）分给努基一包盗窃案的赃物，他说："这是你应得的那些。"当努基告诉吉米自己从没拿过这些时，吉米回答说："你不能再做半个黑帮了。"结局是，当努基接受了这笔钱时，他作为一个成熟的黑帮老大的命运就这样被注定了。

最后发现

另一种类型的试播集结局是釜底抽薪，带给我们更强烈的冲击力（这对于电视剧来说是件好事）。

以下是更多的例子，它们成功地以令人惊讶的方式把我们拉进了故事的怀抱：

- 《双面女间谍》：西德尼（詹妮弗·加纳饰）得知自己并没有受雇于中央情报局的某个部门（她为敌人工作），她的父亲也是如此。他并不像她认为的那样温文尔雅。
- 《盾牌》：最后的蒙太奇部分，当基德·洛克的一曲《巴维特达巴》重金属音乐响起，侦探维克·麦基（迈克尔·奇科里斯饰）和侦探谢恩·文德雷尔（沃尔顿·高金斯饰）出于自卫杀死了毒贩罗德尔·罗宾逊（沃尔特·琼斯饰），维克用毒贩的枪射中了同伴侦探特里·克罗利（里德·戴蒙德饰）的脸。我们还没有意识到维克·麦基是个坏警察，这就是一个重大的改变。
- 《新闻编辑室》：观众得知麦肯齐（艾米莉·莫蒂默饰）其实出现在威尔（杰夫·丹尼尔斯饰）咆哮采访的现场（不是幻觉，她还举着提示他回答问题的牌子）。
- 《国土安全》：卡莉（克莱尔·丹妮斯饰）终于说服索尔（曼迪·帕廷金饰）相信归国的战俘尼古拉斯·布罗迪（戴米恩·刘易斯饰）有问题，她指出布罗迪似乎每次接受媒体采访时都在用手指发出信号。
- 《丑闻》：观众得知奥利维亚与总统有染，也许他并没有说出那个声称与他有关系的女人的真相（“可爱的宝贝”一词引起了奥利维亚的怀疑）。
- 《白宫风云》：接近结尾时，观众了解到参谋长利奥·麦加里（约翰·斯宾塞饰）得到总统指示要解雇乔希·莱曼（布拉德利·惠特福德），只因为乔希在一档脱口秀上发表了不当评论，而利奥则在幕后努力解决矛盾，保住了乔希的工作。
- 《广告狂人》打出了最后一张王牌，我们原以为唐·德雷珀（乔·哈姆饰）是一个花心的单身汉，他却回到了郊区家中，回到了妻子和孩子们身边。
- 《裂痕》揭示了帕蒂·海渥斯（格伦·克洛斯饰）是一个魔鬼（或多或少），我们看到她将一个饰有钉钉的狗项圈扔进了海滩别墅旁边的长岛海湾。早些时候，我们目睹了这只狗惨遭杀害的可怕行径，以为那只是作为一种恐吓和胁迫手段。现在我们知道是帕蒂发起进攻的预示。
- 《迷失》的剧情显示，他们并不是在一个普通的热带岛屿上，那里存在着另一个世界的生物。他们处在阴阳中间的时空里。
- 《摩登家庭》试播集结束时，我们意识到杰伊·普里切特（艾德·奥尼尔饰）是克莱尔（朱莉·鲍恩饰）和米切尔（杰西·泰勒·弗格森饰）的爸爸。就像《狮子王》结尾场景中的“生命循环”场景一样，杰伊是这个迥然不同却充满爱的家庭之间的重要纽带。
- 《杀手信徒》试播集的结尾，前联邦调查局特工瑞恩·哈迪（凯文·培根饰）设法抓捕一名逃跑的连环杀手乔·卡罗尔（詹姆斯·普雷弗伊饰），并将他关在监狱。但随后我们发现，卡罗尔的追随者仍然逍遥法外，还在积极地继续执行乔的邪恶任务。

> 一句话：在结尾处给我们一些发现。

访谈：维纳·苏德

《谋杀》（执行制片人/编剧）

2011年获艾美奖剧情类最佳编剧提名

2012年获美国编剧工会（WGA）最佳新剧奖

《铁证悬案》

尼尔：我的第一个问题是关于前两季的谋杀谜团。你是否对剧情进行了逆向策划？换句话说，你是否一开始就知道需要揭示什么，再重新结构化，然后才开始写作？

维纳：这是个好问题，很遗憾我们没有这样做。当时我们只知道要在两季结束之后揭露杀害罗西·拉森（凯蒂·芬德利饰）的凶手。但是，就为每个角色创造足够的素材和历程而言，在26集的过程中，我们从一开始时是以角色为基础的，关于他们是谁，背景故事是什么，秘密是什么，他们的世界如何发生碰撞，秘密是如何被发现的，伙伴关系、友谊、家庭——还有政治竞选。我们花了很长时间站在每个角色的立场思考，然后才决定剧情的发展方向——这个阴谋的宏观情节，以及罗茜·拉森如何进入这个计划之中——谁是凶手的最后转折。最后，这很有趣，因为在《铁证悬案》中，我们做了相反的事，至少我作为一名编剧是这样做的，那就是先充实开头：在哪里找到尸体，这起谋杀案是如何被揭开和发现的？那么在这个人被杀之前，生命中最后的时刻在做什么？然后再把中间的内容填进去。我知道了开头，知道了结尾，那时候我的工作就是给骨架添上肉。结局不可避免地会发生转变，地点会变，时间会变，事情会变，但大多数情况下，谋杀本身和凶手会保持不变（每集结尾会揭晓凶手）。但《谋杀》是另一种状态，它是一个较长的故事。很明显，我们花了更多的时间来揭示这个故事的真相，为了服务于此，我们必须能够和这些人一起进行一次很长的旅程。随着时间的推移，我们认同他们，也关心他们。

尼尔：你肯定要多管齐下，只是让我们了解每个人物，以及他们不得不失去了什么，或者他们又得到了什么，无论是政治竞选中、在家庭中，还是与莎拉·林登（米瑞·伊诺丝饰）一起。你是说，你不知道特里（杰米·安妮·奥尔曼饰）最终是否是那个把车推进湖里的凶手，这是一种逐渐变化的结果。杰米（埃里克·拉丁饰）是那个动手殴打罗茜的人吗？

维纳：我们知道在最初的丹麦版《谋杀》中，乌尔里克这个角色就是杀手。索伦创作的这部丹麦电视剧，希望一切都能回到非常私人的、与家庭密切相关的事情上。我很喜欢这个想法，在过去的15年里我做了很多关于警匪剧的研究——爱情和金钱是绝大多数谋杀案的悲剧之源。那些你认识的和你爱的人，却成了你要杀死的人。这也是凶杀案悲剧让我产生共鸣的原因。我想让人们有那种感觉——我希望它与我们的生活相类似。我们很快找到了这部剧，因为它是以人物为基础的，我们有大量的时间和角色在一起，我们想要确保我们不只是把情节点连接起来。这部剧一开始大概有两个任务：一个是创建宏观的场景，我们知道在这里会与这个特殊的杀手产生共鸣，但我们要做的是说："好了，我们先不谈情节，让我们来谈谈这些人。从人物出发，谈谈所有不同的路线，不同的方向，还有这个故事可能发挥的所有不同方式。"在第1季开始的前2周，我们在编剧室里开会时，我们就知道剧中的世界会变得越来越大。因为我也喜欢这个想法，这个17岁的女孩由于偶然因素，在美国的一个大城市一不小心与有权势的男人和权力掮客们相遇。这一切如何发生的？一切都必须建立在以下两点之一，或为观众创造一个视角，让他们了解那天晚上罗西在做什么，她是谁，或者西雅图这个城市正在发生的更大的阴谋。

尼尔：丹麦版电视剧是每天1小时的调查吗？一季也是26天吗？

维纳：丹麦版的每一季都比较短。每季一共有11集。他们故事中每一集都是一天——这就是我们带回美国版节目的DNA。

尼尔：这部剧吸引我的地方在于它对悲伤的深刻诠释。悲伤主题几乎在每个美国故事中都被掩盖了。我们要么想回避它，要么就像新闻一样快速被湮没——周一的悲剧到周三就不再是新闻了。表面上一切都会过去，但现实是，悲伤是一个极其艰辛和跌宕起伏的过程。对我来说，你和你的团队让我们了解到多层面的感觉，让死亡变得有意义和令人敬畏。每一次死亡事件都会引起共鸣，都会在每个故事中产生连锁反应，所有的关系都会受到影响。对我来说，此乃本剧的成功之处。当谈到每一集角色的背景时，你不仅仅是为情节提供一个新的思路，而是深入挖掘角色——你对此有什么策略吗？因为这往往是许多学生苦恼的弱点——只是深入地挖掘，发现细微差别，发现潜台词——还有意想不到的东西。你需要写背景传记吗？莎拉是一个如此复杂的角色，如何构思她复杂的背景故事？

维纳：调查研究对我来说非常重要，因为我认为现实生活中存在着很多令人不可思议的场景，不可思议的故事和人物——我们无法战胜它们。它就在那里，我们只需要挑出这些特定的时刻。当我在写试播集的时候，跟第1季的编剧们经常一起开会，我们花了很多时间与那些失去孩子的家庭座谈。有一个全国性的组织（在洛杉矶有一个分支）

非常慷慨地投入其中。他们对自己所经历的一切毫不隐瞒。我是一个警匪剧编剧，所以我还花了很多精力与警察待在一起。特别是，莎拉这个人物是我多年来遇到的四个不同女性警察的合体。其中两名是凶杀案警察，另两位中一位是东海岸的凶杀案和性犯罪警察，另一位是洛杉矶缉毒局的卧底侦探。在写试播集之前，其中一位女警察把我介绍给了霍德（乔尔·金纳曼饰）的角色原型。我认为与这些卧底警察待在一起十分重要——你必须真正体验，而不能只在网上查查资料。你必须亲自去见他们，和他们闲逛，或者一起喝咖啡。哪怕只是坐在他们身边，看他们所做的那些有趣的事情，观察他们，思考他们为什么做这些事情，这对我来说是最迷人的。在政治竞选中我也做过很多类似的调查，在动笔写作之前，我去了西雅图，与西雅图的多位市议员会面。这是我的起点，在提笔写稿之前，我需要先走出去看看外面的世界有什么，而不是急着对这些人做出判断。当然，对任何一个讲故事的人来说，驱动力都来自你自身，或者你对这个角色有话要说。在第1季和试播集开始写作之前，我们在编剧室里对所有角色做的只是确定“他们是谁”。不要急于发展情节，有时候我会这么做，我完全理解学生们为什么如此，因为你想看到角色的动作。但我认为还是必须先了解这个人是谁，然后人物就会指导你下一步做什么——这个过程绝对令人惊讶。

在第1季中，霍德和女孩们一起吸大麻，这是一个令人惊讶的时刻。我们花了好几个星期的时间来讨论这个人。编剧们见到了霍德的原型——一名卧底警察和另外两位警察。我们谈过这个情节，也慎重地思考过。我们谈到霍德，他从哪里来？他的成长过程是怎样的？他的家人是什么样的？他是谁？正是在这些讨论中，这个场景就出现了。这令人惊讶——我甚至没有想到会有这样的场景。在分析这个故事时，突然间我想到，“该死——如果是霍德会怎么做呢？”而这实际上并不是基于任何一项研究。

> 当你沉浸在这些角色的真实世界中，他们会慢慢告诉你一些事情，并引导你走向这条令人惊喜、充满趣味甚至有点酷的道路。

尼尔：林登和霍德都有很大的性格缺陷，他们都受到过伤害。在第2季中，她被关进精神病医院时，我们能够体验到她所受的伤害有多么严重。这让人们对她产生了很多的同情，也强化了她为何如此冲动做事的原因。对霍德来说，他是一个试图证明自己的新手。你是否下意识地想到人物的可爱感和同情心，以及我们支持谁？林登某种程度上是一位坏妈妈，时常粗心大意。她很不拘小节，也有缺点——但却在做英雄主义和高尚的事情。当你在塑造一个有缺陷的主角时，她天生就讨人喜爱、积极向上，这对你来说重要吗？

维纳：这是一个好问题，我认为这是最困难的事情之一，但也非常重要，至少对我来说，在你写作的时候，世界对角色的看法与你无关。如果你能看到他们的人性——不是通过提供一种世人认可的标准，而是通过你自己认可的——那才是最重要的。就莎拉和坏妈妈的这个问题而言，她就像我认识的许多许多母亲一样，挣扎着、纠结着、被罪恶感缠绕着，这才至关重要。我想很多人都能看到这个角色的这一面，这使她成为一个"人"。她不是某些电视里的那种妈妈，脸上挂着灿烂的笑容，能应付生活中所有的问题。我们当然都希望自己能做到更多，我们希望我们能更好——尤其对母亲来说——那是神圣的工作。而让所有的角色都成为"人"，这对我来说是更重要。最终，我们每个人都是有缺陷的，我们都有秘密，我们都做过让自己感觉糟糕的事情——也许还会再做。但是，这些都是我觉得有趣的角色类型，我甚至不关心他们是否可爱。如果我能看到他们的人性，那才是最重要的。

尼尔：这是一个很好的答案，因为大多数电视剧都倾向于理想化和糖衣炮弹式，我喜欢林登的挣扎。作为一名家长观众，你确实在某些地方让我感觉到挑战性，比如儿子得了流感，而作为妈妈的林登却被案情困在警局。我要承认在这一点上我会对她做出了不好的评价，但我也能看出破案对她来说多么重要。米切尔·拉森（米歇尔·福布斯饰）也是一个有缺陷的母亲，在举家悲痛的时候，她选择离开家人，在儿子和丈夫最需要她的时候（暂时地）抛弃了他们。米切尔和莎拉之间有很多有趣的相似之处，对她俩而言，我们的同情心像钟摆一样摆动。达伦·里奇蒙德（比利·坎普－贝尔饰）也是如此，在第1季中，他假惺惺地，我根本不相信他，也不喜欢他。当然，我一开始就认为他是凶手，格温（克里斯汀·雷曼饰）和杰米也是。但当达伦被枪击差点一命呜呼之后，我们的同情心发生了转变，他迅速赢得了我们的同情。这次经历增加了他的财富，而他似乎也找到了救赎。

维纳：是的，这正是我们所希望的。我很高兴你对他有那样的感觉。

尼尔：关于视点，你在写试播集和构思这部剧的时候会有所不同吗？有些时候，我们的视点是全知型，有些时候是主观型——就像我们在林登的脑子里，通过她的眼睛看世界。你有没有想过讲故事的视点应该是什么？在编剧室里，你有什么规则来规定什么不能展示、什么可以展示吗？或者哪种更自然？

维纳：在大多数情况下，故事设置了三个世界——而这三个世界都有各自的视角。这就造成了某种意义上的全知型视点。如果有什么规则的话，那就是我们必须待在这些角色的世界里，就好像那个世界里的人物是唯一的参照点。但当某个角色在故事中变得越来越重要，越来越成为主角时，我们就去靠近他，观察他。在第2季中，我们看到罗伯塔（收帕蒂·基姆饰）和妮可·杰克逊（克劳迪娅·费里饰）在保安室，他们发现莎拉已经——

尼尔：当她的手被门夹伤的时候？

维纳：是的，但这又和监控录像联系在一起。我们总是巧妙地平衡着在某个世界中能展示多少内容。对于其中的任何主要人物，我们显然可以把他们作为参考点，看看他们经历了什么。后来当次要人物被引入时，他们必须在故事中赢得分量，才能成为故事中的一部分。你说的关于全知型视点是另一回事——这在一开始是个好问题，因为帕蒂·詹金斯导演了试播集和最后一集。她视觉构思精致而绝妙，即摄影机有一个视角，所以摄影机并不只是坐在那里，循规蹈矩地录制和记录。摄影机有一种非常微妙的视角——我喜欢这一点。因为它影响了她所拍摄的试播集中的所有动作。她的拍摄让摄影机狂热、缓慢或渴望，当我们看电视剧时，就感觉到她真的给摄影机和我们注入了这些情绪。即使是航拍，我们也花了好几个小时来讨论。

尼尔：其实我是在一个特别脆弱的场景中注意到了一些镜头，它们是在高层建筑的顶部，显得岌岌可危，而不仅仅是保持中立感的镜头。我觉得这些镜头确实有这样的感情色彩。

维纳：我们先航拍，然后才拍摄试播集。我有意识地想让航拍达到某种效果，但我说不清楚那是什么样子。从飞机上看这座城市，有些事很能引起人的共鸣。帕蒂和我到了这个地方，那些航拍几乎是罗茜的视角——一个逝去女孩的视角。它们确实是有情感的，就像从同一个场景中出来一样微妙。你会感受到那种悲伤，或者会感觉到有些事情是多么歪曲。她就是这样去拍摄航拍镜头的。

尼尔：我甚至没有用电影《可爱的骨头》（*The Lovely Bones*）那种方式去想——从天堂向下看。你有没有和后来的导演开过讨论影片风格的会议？比如对他们说："我想让这个角色在这一集看起来有罪。"像《唐尼还是玛丽》那一集中，一开始看起来像是格温有罪，后来就转变了——我注意到在真人秀节目中有时会出现这种情况，你能感觉得到节目组在巧妙地暗示谁会被淘汰。他们展示的方式就是，这个角色镜头多一些，那个角色镜头少一点。在拍摄的过程中，这些讨论是否有意识地进行过？

维纳：是的，绝对是。它总是从剧本开始。尤其是《唐尼还是玛丽》这一集，因为我们刻意地在他们之间摇摆，所以在编剧室里讨论故事的时候：你如何创造出这种的感觉——"对，就是那个人"或"不，不是那个人"。风格对我来说真的很重要。我认为对很多制作人来说，多花时间和导演讨论是很必要的。因为在分析剧本时，你就在一页一页地回顾你对这一集的期望，包括视觉上、情感上和主题上的，还有场景结尾的微妙转折——包括在结尾处想要什么样的效果。

尼尔：《铁证悬案》和《谋杀》有什么不同吗？显然，我知道它们是完全不同的——几乎是两极对立的。就《铁证悬案》而言，它是一个案件，最后总会被解决。你是把一个案件分为A、B、C三个故事，并以同样的方式构建了故事结构，这个方式与《谋杀》的故事过程有很大的不同吗？

维纳：创作故事的机制非常相似。这是我从《铁证悬案》的创作人梅雷迪思·斯坦姆那里学到的，这个过程对我帮助很大。在写剧本之前已经有许多故事文档。你可以不断地尝试，而不会破坏故事的魔力，因为你可以重写或分析一些细节。所以《铁证悬案》和《谋杀》的机制非常相似。我想区别在于，在26集的剧情中，除了要花很多时间和这些角色在一起之外，我们还必须有很多素材，而且要以一种亲密的方式了解他们——包括警察。《铁证悬案》的A故事是一个大的框架——这是每一集最艰难的部分，也是我们必须投入大量时间的地方。我们知道《铁证悬案》中每一季警察的B故事和C故事是什么。这就是他们所经历的事情——而这些场景是我们整季都会用到的，以此来展示他们性格弧线，但是因为一集中90%的情节都是关于谋杀——调查本身就是一个小弧线，大部分时间都花在这里。而在《谋杀》中，我们所要做的就是选取三个不同的世界，在每一季的过程中规划出每个世界的发展方向。我们在编剧室里有一个巨大的白板，上面写着每个角色，每一集，以及每个角色发展的接触点——他们在一季中发生了什么。显然还有调查——如何将调查与莎拉的背景故事和霍德的秘密联系在一起的。这是一场令人难以置信的、激烈的角力过程。

尼尔：在季末的最后一集，罗茜在录影机上拍摄的短片——这是拉森一家最后的情人节。它的使用方式和我们预期的完全不同。因为它似乎应该成为定罪的证据，而且会和所有的事情联系起来。它苦乐参半，却给我们留下了一种幸福的解决方案。这个想法从何而来，放在季末结尾有什么特殊想法吗？

维纳：第1季的时候我们在编剧室讨论整季的故事弧线和故事如何结局，我们开始谈论这部摄像机，因为它在第1季初期起到了一定作用。通过老师和她带着摄像机在城市中奔跑得到的某种启示。我们关注到这位来自西雅图的15岁女孩奥利维亚·B。我们只是看一个年轻女孩是如何拍摄的，因为我们不想它看起来很专业——让她在第1季一开始拍摄那些视频。这个女孩有一种不可思议的美丽和声音，我们都为之动容。结局是关于这个女孩（罗茜），你只是认为她是一个受害者，在某种程度上，她从来没有出现过。我们不会回想起她。就像现实生活中被遗弃的人，最终什么也得不到。我们只会看到她卧室里剩下的东西——相册。在这个美好的时刻作为礼物献给观众和她的家人，当然主要是观众，我们从来没有见过罗茜活着是什么样子，只看到了她惊恐地奔跑的时刻。我们在摄像机中的视频中看到她在舞会上的一瞬间。

尼尔：还有一个非常短暂的时刻，米切尔正在为野营打包行李时，摄像机里可以看到她还活着时在家里的最后一刻。

维纳：这也我们是最大的讨论焦点：是否应该有受害者的闪回，应该看到她吗？如何让她出现在故事中，而不仅仅是一具尸体？但矛盾是除了她留下的记忆什么都看不到。这很让人心痛，视频看起来有点怪异，也有点意思。我跟你们提到过，在东海岸有一位凶杀案侦探，我想她爱上了这个被谋杀的人，因为在受害者家里看到了类似的这些东西。好吧，不是“坠入爱河”的那种爱，只是她和死者的关系——很奇妙。这不仅仅是关乎人命，也不仅仅是关乎激动人心的情节和抓住坏人——这关乎一个生命的代价。就是这个女孩是谁，这是她失去的悲剧，这是她生命的希望。失去这一点就是失去这个世界。我们想要在这个故事中做的最后一件事是，我们看到了罗西还活着——在破案之后，我们终于看到了她失去了什么。

尼尔：这是一个非常美丽、优雅的尾声。

第18章
建立神话

大部分电视剧都包含一些固有的神话，至少包括每个主要角色的背景故事——可能是真实的，也可能不是完全真实的。本书研究的是电视剧剧本，而电视剧中的人物和情节都是虚构的，虚构总是可以被解读的。换句话说，每个角色都有自己的历程和对过去事件的看法。“如果没记错的话……”，这样的话语即使最诚实的人也是如此。其他角色呈现的是他们希望别人看到的自己，而非完整的真相。看电视剧是互动性的过程，观众通过收看电视剧来发现和了解更多的关于剧中人物内心的勾心斗角，以及持续的外部挑战如何迫使他们拥抱变化、忽视变化（也就是否认）或积极抵制改变。

核心谜团关注的是过去丢失的或模糊的东西，核心问题关注的是问题的未来结果，而电视剧的神话则是关注游戏规则。

可信的另类现实

在科幻小说中，我们看到一个与我们自己的世界有某种相似之处的世界。但是这个科幻世界和我们的世界有何不同呢？以下是一些基本问题，供你在写作时参考。

- 我们在现在、还是不久的将来或遥远的未来？
- 它是一个后末世、荒诞的世界吗？
- 它是太空殖民地吗？
- 是人口过剩还是幸存者寥寥无几？
- 环境是可持续发展吗？
- 空气有毒吗？
- 地球是在燃烧、洪水泛滥还是干旱、严寒？
- 是否有动物和/或其他异常生物生活在我们中间？
- 人类是优势物种吗？
- 食物和物资是丰富、还是贫穷和饥荒？

- 未来的世界是光明还是黑暗？
- 谁在管理？
- 是什么样的法律来维护秩序？
- 是一个好战的国家？无政府状态？还是介于这两者之间？
- 谁来执行法律？
- 有什么样的武器？
- 警察和公民有什么特殊能力？
- 是否存在阶级、种姓制度还是人人平等？
- 是否存在人工智能？
- 世界正处于奇点定理（singularity theory）的边缘吗？

人类与赛昂人

在《太空堡垒卡拉狄加》（*Battlestar Galactica*）中，人类文明从他们的故乡科博尔迁移到一组遥远的行星上，被称为12个殖民地。几十年来，人类一直在与赛昂人这种机器人种族进行斗争，他们的使命就是消灭人类。赛昂人向人类和保护他们的舰队发动了战争。这些攻击摧毁了人类舰队，摧毁了殖民地和所有人口。在整个殖民舰队中，只有太空堡垒卡拉狄加，一艘巨大的银河战舰在赛昂人的攻击中得以幸免。在指挥官阿达玛（爱德华·詹姆斯·奥尔莫斯饰）的带领下，卡拉狄加和“蝮蛇”战斗机的飞行员们带领着一支逃亡的幸存者舰队，寻找传说中的第十三殖民行星——地球。

《太空堡垒》最具革命性的地方在于该剧制作人罗纳德·D. 摩尔对老式科幻神话的抵制。在他的宣言《自然主义科幻小说，或从太空中剔除歌剧》中，摩尔做出了一个挑衅性的声明：“我们的目标就是重塑科幻电视剧……（并抛弃）老套的角色、技术的双标性、笨头笨脑的外星人、戏剧般的夸张手法和空洞的英雄主义。”摩尔并不是要拍摄另一部《星际迷航》（*Star Trek*）或《星球大战》（*Star Wars*）。相反，他追求的是一些更加细致入微的东西，具有《白宫风云》和《黑道家族》般具有复杂性和矛盾性的人物。摩尔在宣言中继续宣称：“我们希望观众能把卡拉狄加的角色作为人来看待。我们的角色不是超级英雄。他们不是精英。他们是日常生活中的人，被卷入一场巨大的灾难中，并试图尽可能地生存下来。他们就是你和我。”

也许总结《太空堡垒卡拉狄加》对神话的态度最佳方式就是“少即是多”。摩尔和他的写作团队并没有拘泥于科幻题材的手法，甚至也没有遵循时空法则，而是认识到与人物联系在一起的实际上是观众，而非神话和科技。你可以创造出最宏大、最震撼、高潮迭起的战斗场面，但没有什么能胜过人物情感的小瞬间。

世界末日

在《行尸走肉》的试播集里，我们在僵尸毁灭世界之后进入场景。我们不确定其原因是生物、化学、核还是环境变化。我们只知道，几乎所有人都死了，随后又以僵尸身份复活，不断需要活着的人类来生存。在第1季中，一小群幸存者前往亚特兰大疾病控制中心（CDC）。这一集用对僵尸末日的解释来挑起观众的兴趣，但却没有对这个灾难性的谜团提供明确的答案。但是我们确实得到一条可怕的消息，疾病控制中心主任（诺亚・艾默里奇饰）在离开前和瑞克（安德鲁・林肯饰）耳语了一些神秘的事情（瑞克和他的幸存者们离开了，疾控中心主任自杀了）。剧透警告：在第2季结束时，瑞克告诉他的伙伴们一个不太好的消息：所有的幸存者都已经被病毒感染——而且每个人变成僵尸只是时间问题——不论他们是否被咬了。换句话说，在他们每个体内都埋着一颗会随时爆炸的定时炸弹。此时，我们也经熟知了僵尸的规则：

- 他们的智商很低，只靠吃活人肉才能活着。
- 他们彼此之间不说话、不交流，也不使用科技。
- 他们成群结队聚在一起，每一个新的猎物都会引起疯狂的进食。
- 他们不够聪明，不会爬墙或翻越围栏。
- 他们不会刻意制定战略、不会放火，不会使用武器或炸药。
- 他们不会撬锁、操作汽车和其他机械。
- 他们不会互相残杀，但会以动物为食。
- 他们不能生育。
- 他们可以被非僵尸杀死，但只能通过粉碎他们的头骨，从而摧毁他们的大脑。
- 如果一个未受感染的人被咬伤，没有解药，只是时间问题，他或她就会变成一个咆哮邪恶的食人魔。

从这时起，这些规则保持改变。这部电视剧根据同名漫画改编，但我并不提前知道接下来会发生什么，因为电视剧并不总是遵循这个路线图走。我只能预言，希望僵尸会随着时间的推移而进化。比如说：

- 如果僵尸可以开始学习，而不是简单的只会走路的笨蛋呢？
- 如果僵尸不小心开了枪，或者开上了卡车呢？
- 如果他们开始能用某种僵尸语言［比如书和电影《温暖的身体》（*Warm Bodies*）］进行交流呢？
- 所有腐烂的肉体和化脓的伤口导致细菌和病毒感染，而这些病毒开始变异呢？

这么多的可能性——或者说，也许该剧的创作人和制作人还是打算让所有的规则保持不变？

当我采访《行尸走肉》前制作人格伦·马扎拉时，我问他，观众是否会知道是什么导致了僵尸末日，为什么？格伦的回答是绝对否定的。在他看来，这并不重要。对他来说，这部剧讲的是适者生存，以及如何在惊悚和刺激中建立新的文明。对他来说，这是一部恐怖剧，所以他更愿意把科学的标准保持在最低限度。这群形形色色的幸存者都在濒危灭绝的物种名单上，寡不敌众，无路可逃。参见电视剧《灭世》（*Revolution*）。

血浓于水

由艾伦·鲍尔创作和制作的科幻/奇幻电视剧《真爱如血》，根据查琳·哈里斯的小说《南方吸血鬼谜案》改编。我们看到了一个新鲜的吸血鬼类型：他们享用人造血液（品牌名称："真血"），在所有便利店有售卖，像6连包的啤酒或番茄酱那种包装。这部电视剧的神话体系是吸血鬼已经在我们身边生活了几个世纪，直到最近，日本科学家才创造出了人造血，让吸血鬼"从棺材里走出来"，因为他们的生存不再需要以人类为食材。但是，就像每一次革命，都有其内在的因素一样。有些吸血鬼渴望加入并融入人类，但有些吸血鬼却很抗拒，认为这有违他们的暴力本性。

故事发生在路易斯安那州的邦坦普斯小镇，剧中的主角是苏琪•斯塔克豪斯（安娜•帕奎因饰），她其实并不是纯粹的人类，而是一个拥有心灵感应能力的混血精灵。苏琪在山姆·马洛特（山姆·特拉梅尔饰）开的酒吧当服务员。大多数镇上的人都不知道，山姆其实是一个变形人。苏琪遇见了吸血鬼比尔•康普顿（斯蒂芬•莫耶饰），并爱上了他。比尔看起来大约30岁，实际上已经173岁。这部剧中的人物还有健壮而性感的苏琪哥哥杰森（瑞恩·克万滕饰），第五区警长埃里克·诺斯曼（亚历山大·斯卡斯加德饰），他是活了一千岁的吸血鬼。黑人拉斐特•雷诺兹（尼尔森•埃利斯饰），身兼同性恋、厨师、毒贩、灵媒师。在这部剧的世界里，神话般的人设（和真血）或多或少都是常态。

与《行尸走肉》中定义明确、限定准确的剧情不同，在邦坦普斯镇几乎任何事情都可能发生。因此，除了讲述吸血鬼的生活方式，该剧还探讨了精灵、狼人、女巫和狄奥尼亚邪教的人性。这部剧的"甜蜜点"在于作者如何巧妙地将这些奇妙、深奥、性感的超自然情节与当今时代联系起来，比如种族主义、恐同症、毒瘾、信仰和宗教、无处不在的媒体，以及对身份的追求。这部剧的核心是关于"家庭"价值观，以及将我们联系在一起又将我们撕裂的血缘纽带。

在一部超自然题材的电视剧中，本剧的神话涉及魔法规则。以下是一些基本问题，供你在创作此类题材时思考：

- 谁拥有特殊能力？
- 如何显现？
- 局限性是什么？
- 如何被激活？
- 能被中和或逆转吗？
- 是否需要图腾、咒语书、护身符或物质装备来召唤魔法？

在《童话镇》的试播集中，我们了解到沉睡的小镇时间已经停止了，每个居民都是一个童话角色，对那种生活没有记忆。镇上的一个青年亨利（贾里德·S.吉尔摩饰）确信自己知道真相，于是逃到波士顿，说服赏金猎人艾玛·斯旺（詹妮弗·莫里森饰）和他一起回镇子上。而艾玛一进城，时间又开始推进，暗示着艾玛是童话镇的时之齿轮。

局外人

《童话镇》试播集中，我们对童话世界和童话镇进行交叉剪辑，讲述了邪恶女王（拉娜·帕里拉饰）对白雪公主（金妮弗·古德温饰）和白马王子（乔什·达拉斯饰）进行了诅咒，并把他们贬到童话镇，那里不会再有幸福的结局（这是邪恶女王自己的幸福结局）的故事。艾玛的到来打破了平衡，推翻了诅咒。我们也可以看到童话镇中的每个人物都有双重对应。编剧和制作人（爱德华·基特思和亚当·霍罗威茨）小心翼翼地确保童话镇的规则清晰、简单、易于理解，并为我们提供了艾玛作为向导。作为一个局外人，艾玛试图理解这个地方，探索她在其中的身份，她会提出一些观众会问的问题，并为我们进行调查。为一个不熟悉的世界制定规则时，可以让一个局外人进入这个世界，帮助观众了解这个世界。

维斯特洛和厄索斯精神

《权力的游戏》由大卫·贝尼奥夫和D. B. 韦斯为HBO创作，改编自乔治·R. R. 马丁的系列奇幻小说，讲述了7个贵族家族（史塔克家族、兰尼斯特家族、拜拉席恩家族、葛雷乔伊家族、塔利家族、艾林家族和提利尔家族）为争夺维斯特洛这片神话之地控制权而战的故事。各家族之间的关系紧张，形成了一场史诗般的“现代”战争。在维斯特洛和厄索斯大陆上，夏天已经持续了10年，而即将来临的冬天正如神话中的怪物（或称“异鬼”）传说所预言的那样，是不祥之兆。

该剧制作人大卫·贝尼奥夫将该剧称为“中土世界的黑道家族”，指的是权势家族之间的残酷竞争，杀戮狂潮、严酷胁迫、谋杀，以及中世纪欧洲自私自利的道德准则——灵感源于幻想。

该系列还暗含着哈德良长城、罗马帝国的衰落、亚特兰蒂斯传说、冰岛维京人和蒙古人（在该剧中称为多斯拉克人），以及百年战争和意大利文艺复兴的元素。乔治·R. R. 马丁和该剧的创作人/制作人贝尼奥夫和韦斯成功地将这些对比鲜明的元素编织成他们所描绘的另类历史中，充斥着火球、异鬼（让人想起僵尸）和飞龙。

由于演员阵容的庞大（是所有电视剧中规模最大的），如果没有资料单，很难记住每个角色和次要情节。然而，该剧成功地挖掘了我们DNA中的神话结构。本剧在全球各地的粉丝没有被背景故事吓倒，反而还可以背诵剧中复杂的神话故事、章节和诗歌并以此为荣。

《权力的游戏》真正令人惊叹的是，世界上大部分规则是相互关联的，以及“火与冰”的主题是如何联系的。通过围绕这些对立的力量制定规则，会助长持续不断的冲突。谁能说得清，火和冰哪个更强呢？有人猜测说，最后的战斗将会落在代表冰的琼恩·雪诺（基特·哈灵顿饰）和代表火的丹妮莉丝·坦格利安（艾米莉亚·克拉克饰）身上。主要任务是夺取铁王座（虽然琼恩·雪诺并不是想要铁王座），所以对每个角色来说似乎主要的障碍不是火就是冰。如果你对这些着迷，还可以将每个主要竞争者与这些元素中的任何一个联系起来。例如，提利昂·兰尼斯特（彼特·丁拉基饰）利用野火赢得了黑水湾战役。史坦尼斯·拜拉席恩（斯蒂芬迪兰饰）崇拜光之王（火）。罗柏·史塔克（理查德·麦登饰）来自北方（冰）。

关于《权力的游戏》的神话，以下是关于龙、异鬼、光之王的规则列表：

龙的规则：

- 人们认为它们在150年前就灭绝了。
- 它们从极度高温（火）的蛋中孵化而来。
- 人类可以有一些龙的特征（极度炎热不会影响丹妮莉丝），但尚不清楚她怎么会是龙的后代。
- 它们极其忠诚。
- 它们可以被训练。能学会对声音命令作出反应（丹妮莉丝可以命令它们喷火）。

异鬼的规则：

- 他们已经八千年没有出现过了。
- 城墙是为了把他们挡在外面。
- 如果你被一个异鬼杀死，也可以被他们复活，从而成为他们的仆人。
- 异鬼的皮肤呈鳞状的白色，眼睛呈蓝色。仆人们有苍白的皮肤和蓝色眼睛。
- 火焰和特殊神器都可以杀死它们（与火和龙的搭配很有趣）。
- 被大多数人认为是传说（我认为这是一个关于他们的规则，因为这设定了人们对他们或任何提及他们的反应）。

光之王的规则：

- 以一个全知全能的神——光之王为中心（这听起来像什么？）。
- 光之王以火为代表（更多的火配合）。
- 祭司/女祭司有能力令人起死回生。
- 影子可以被修行者操纵，听从他们的命令（影子是由光产生的）。

戏剧化许可

还有一些历史神话，如这些系列剧，《都铎王朝》（*The Tudors*）、《波吉亚家族》（*The Borgias*）、《维京传奇》（*Vikings*）、《血仇》（*Hatfields & McCoys*）和《斯巴达克斯》（*Spartacus*），都是基于“真实”的历史事件为基础（在某些情况下仅仅是“受到”启发）。但它们都允许戏剧化来满足故事性、悬疑性和整体市场化的需要。它们是历史剧，而非纪录片，所以观众愿意放下他们的怀疑，跟随这段旅程。历史上的亨利八世是个难看而肥胖、病态而娇气的恶霸。而在《都铎王朝》中，亨利由阳刚帅气的电影明星乔纳森·里斯·迈耶斯扮演。不要过分拘泥于历史细节。

> 做好你的研究，避免不合时宜，以真实为目标。只要时间和背景感觉合适，观众就会卷入戏剧性的行动中。当然，总会有历史学者指出各种问题。你不可能取悦所有人。别听他们的！

访谈：亚当·霍罗威茨和爱德华·基特思

《童话镇》（创作人/执行制片人/编剧）

《迷失》（监制/制片人/编剧）

2008–2010年艾美奖剧情类最佳剧集提名

2006年获美国编剧工会（WGA）剧情类最佳剧集奖

2006–2007年，2009–2010获美国编剧工会（WGA）剧情类最佳剧集提名

《大学生费丽希蒂》（*Felicity*）（制片人/编剧）

《校花猫拼》（*Popular*）（编剧）

尼尔：这一章的问题是“神话是什么”。我知道你有这个想法已经有一段时间了——甚至在你做《迷失》之前。这个想法从何而来，为什么会引起你的兴趣？

亚当：这个想法来自差不多10年前。我们一直在为WB电视网写《费丽希蒂》。那部剧结束时，我们坐在一起讨论我们想做什么样的电视剧。

爱德华：我们的经纪人提议说：“为什么不考虑试播集？”

亚当：对，于是我们开始谈论我们喜欢的东西，那些对我们有影响的故事，接着我们开始讨论童话。我刚读过布鲁诺·贝特尔海姆写的《魔法的种种用法》（*The Uses of Enchantment*）这本书，讲的是童话故事及其对孩子的影响。

爱德华：当时《超人前传》（*Smallville*）已经上映了，但是还没有人真正写过童话。我们意识到我们爱童话的真正原因在于它的开放性。《迷失》最棒的地方在于，前一周你写的是一个中彩票的人，下一周开始写一个骗子。你从来没有只写警察或律师。所以当亚当读到这本书的时候，他开始谈论童话故事，谈到成为邪恶女王（拉娜·帕里拉）是多么糟糕，因为你所处的地方一切都有美好的结局，而你所做的一切都会失败。你在姜饼屋里可以找到能用的烤箱，而那个瞎眼巫婆却杀不了两个孩子？所以这就是我们的起源："她在哪里能赢？"这是我们的世界，是我们的前提。

亚当：我们近10年所做的事情和现在的情况很相似。由詹妮弗·莫里森饰演的艾玛来到这个小镇，她是白雪公主（金妮弗·古德温饰）和白马王子（乔什·达拉斯）的女儿。还有一个诅咒和一个孩子，有各种的化身。

爱德华：我们还有两个孩子的版本，有没有孩子的版本。还有一个有点奇怪的版本是她不知道自己有孩子。

亚当：我们选择了她不知道自己有孩子的版本。她不知道自己怀孕了。她当时处于昏迷状态，孩子出生了，她从来不知道。我们认为这是一个很酷的想法，但我们始终不知道如何使这个故事成为一部剧。问题在于，在2002年或2003年，我们还没有准备好如何构思如此宏大的故事。但我们已经明白的是，如果要做自己的节目，就做一些能让我们自由地选择多种类型的故事，但前提是要找到一把保护伞，让它们都能存在。

爱德华：直到我们看到《迷失》，我们才想到，"哦，这就是你可以做的。"那是我们的学习经验。我记得最后一季时，我们与达蒙·林德洛夫（《迷失》的执行制片人/创作人）共进晚餐，他问我们之后有什么打算，所以我们就向他推介了我们的剧。他说："这是个好主意。"《迷失》一结束，我们就表示说这部剧就是我们想做的。

尼尔：你有没有把它推介给ABC公司？

爱德华：推介过的。我们和ABC公司的巴里·乔森和帕特里克·莫兰开了一次大会。他们有几本书和一些具体的想法，所以他们问："你们有什么类似的东西吗？"我们讲了我们的方案。他们说："这个……"然后我和亚当就去找了达蒙，说要向电视网的保罗·李作一次推介。

我们向他们介绍了试播集的大致内容。保罗·李说，继续写试播集吧。每个人看起来都非常热情和兴奋。这么多年来，这些想法一直在盘旋在脑海。如何把它变成一个50页的剧本，是一个巨大的挑战。

爱德华：我们实际上有4个大纲。但就是想不出深入故事的路径。另外，我们还有一部电影，《电子世界争霸战》（*Tron*）马上要上映。这是我们第一次写这种类型的电影上，压力很大，也很分心。圣诞节之后ABC说："你们知道的，还有两个星期的时间。"当时，我们的心情是"天哪，这不可能完成。我们只有一个很好的创意，故事什么的还不很清晰呢"。达蒙来了，我们三个人聊天，我们反复地说做不到。结果是"好吧，如果做不到，这部剧就没机会了"。然后有人说："要不就按那样来写吧。"突然间，我们就找到了方法。

亚当：我觉得我们的一个突破是，我们在许多大纲的化身中总是说要以艾玛的出生和小矮人看到诅咒的出现来开场。后来突然想到："等等，试播集不必如此开场，它可以是同时进行的故事。"我们为所有的人物都准备了背景故事，我们意识到不应该把这些故事都塞进试播集里去。应该把大部分的神话和背景故事都变成这部剧的一部分。

爱德华：这个过程太长了，然后我们才决定进入故事、推介大纲。推介试播集，几乎是步步紧逼。

亚当：我们真的和电视台只花了1小时的时间。

爱德华：第一场，第二场，第三场……当我们讲完后，他们说："好，去写吧。"在最后期限之前，我们有10天的时间来写。

亚当：这时已经是2011年1月下旬。

爱德华：我们周五交上去，周一才被取走。当然，还有一些反馈笔记和其他事情要做，我们在这个过程中走到最后一刻。好像是迟了六周。

尼尔：有时候写作时会有一种压力和恐惧，你没有太多时间去怀疑自己。

亚当：我原以为多年的思考会有用。这不仅仅是在10天内写一部试播剧的问题。一旦我们找到了清晰和可执行的路径，那么所有的细节都会随着剧本而落到实处，就可以比较快地写出来。

尼尔：剧中世界的规则从何而来？关于这部剧的棘手之处在于，我看它的时候会想，"所有这些元素是如何组合在一起的？"这种组合令人印象深刻，看起来似乎完美无瑕，现在它已经组合在一起了。

爱德华：我认为最难的事情就是要简单化。想办法为你的世界制定天衣无缝的规则，当你在看电视的时候就不必去想它们了。如果你有很多场景，里面的角色总是在解释发生了什么事，那么观众就不得不做笔记，这是行不通的。如果你能想出让人感觉直观的规则，那么你就赢了。

亚当：对我们来说，我们知道会有一个神话，但我们不想让它压倒角色。我们更感兴趣的是为什么小矮人"爱生气"，并且那么暴躁，为什么邪恶女王心存邪恶，为什么

“疯帽子”先生是疯疯疯癫癫。我们可能还没有计划好整季的剧情，但是对于像“邪恶女王为什么恨白雪公主”我们是知道的。一旦有了这些故事，我们就能够把它们联系在一起。关键在于人物想要什么，然后就要以此为基础建立起神话故事。我们从试播一开始就知道是女王施了这个诅咒。我们想出了一个故事，她失去了她的所爱，并把一切都责怪给白雪公主。失去爱人的王后的诅咒成为在第1季中展开第一个神话的基石。这就是我们创造神话的方式。只考虑人物想要什么，以及他们和其他角色之间的问题是什么。然后所有关于魔法和诅咒的东西都需要根据这一点来量身定做。我们认为，如果观众对一个角色要复仇的原因很投入，那么他们会去配合其他的东西。

爱德华：达蒙和卡尔顿（《迷失》的执行制片人/创作人）在拍摄《迷失》的时候给了我们一个很好的范例，对我们的写作很有帮助。那就是“在这个场景中，我应该有什么感觉”？这条要求看似奇怪，却也显而易见。《迷失》有时会呈现出两场人们寻找水源的场景，由于它背后的情感，却能让人感受到巨大的紧张感。那么，在这场婚礼上女王的感受如何呢？她感到痛苦，因为她盯着她想要的一切，却从未得到。

尼尔：因为你对森林、魔法王国和童话镇有两套不同的规则。似乎在中间点是一个基准，因为这是第一个被披露的贝尔（艾米丽·德拉文饰）关押的地方……似乎你有贯穿两个世界的核心问题。一是艾玛不相信亨利（杰瑞德·吉尔摩饰）告诉她的事情，到了本季结束时，她终于相信了，然后她被送到另一个世界。这是艾玛第一次跨越界限。你有这些基准的结构规划吗？

爱德华：当我们开始为第1季拆分故事时，我们就知道这将是关于艾玛信任的故事。我们必须弄清楚在哪里发生。

亚当：事实上，我们认为永远逃不出11集——人们会被吓坏，感到恼火。在第7集，因为警长格雷厄姆（杰米·多南饰）的死会让她退缩。然后我们开始意识到她的信任是很重要的东西，这就是为什么我们要引入皮诺曹（艾恩·贝利饰）。我们不想只把“信任”放在中间一集。我们想努力赢得它。因为它的真实性有助于更好地营造气氛，而且对我们来说，除非是她的儿子让她相信，否则她是不会相信的。其实，我们以为两集之后就会下线。

爱德华：顺便说一句，每个评论家都预测我们是第一个被取消的剧。开播时遇到了世界职业棒球锦标赛和超级碗，我读到第五个影评人的评论时，他还是在预测这部剧的存亡，我当时就想，“好吧，随它去，亚当，我们就做6集好戏吧。”

亚当：你无法预测观众会看什么。我们只是试图平衡整部剧与一季的思路。我们试着做一些在第1季有机会做的事情。然后围绕这些开始搭建帐篷。第109集我们介绍陌生人（艾恩·贝利饰）的时候，我们不可能用3集之内的时间把故事讲完。我们知道我们想做得更大。到了那一季的后半段，我们就可以加大进度，以破除魔咒为结局。

尼尔：艾玛和瑞金娜联合起来对付共同的敌人。

亚当：对我们来说，最酷的事就是发现这个创意，主角和反面人物都想得到同样的东西，就是这个孩子。在很多方面，他们的动机都是值得称赞的，但如何赢得亨利的信任，造成了艾玛和瑞金娜之间的冲突。然后，必须找到她们俩为了共同利益必须合作的情况，这很有趣。

尼尔：有意思的是，你说亨利不是最初创意的一部分，但他的书和他在剧中的角色在解释故事和让观众跟上进度方面如此重要。

爱德华：是的，当我们意识到，我们需要以一个十岁孩子的视角去寻找妈妈的时候，这就是突破。亨利是这部剧的灵魂人物。他是真正的信徒。这部剧正是为信徒准备的。我们想让这部剧讲述希望，而不是玩世不恭——这在当今世界是很难做到的，通常很酷的东西都有点玩世不恭。我们希望人们每周都能感受到那种感觉，像《查理和巧克力工厂》(*Charlie and the Chocolate Factory*)中那个男孩抽中了金色奖券时那样。对我个人来说，这很重要。我喜欢这种感觉，亨利体现了这一点。

尼尔：构思童话镇的故事时，它发生在一个奇怪的海滨小镇，介于2012年和20世纪50年代之间，有老式拨盘式电话，也有手机。你们是如何做出这个决定的？

爱德华：我们觉得这些故事是永恒的，所以童话镇必须是永恒的。最初，我们在设定时，预想的是童话故事由斯皮尔伯格执导，而整个小镇将由（传奇电影导演）哈尔·阿什比执导。但后来我们意识到童话镇就是我们的童年。我们年轻时的很多小事，年长时可能依然记忆犹新或印象深刻。我们喜欢“童话镇”这个隐喻，因为这些故事是永恒的。我们喜欢这种美学，既有老式拨盘式电话，也喜欢有人可以查看电子邮件，我们称它为“褪色的荣耀”。曾有一部关于里根的纪录片，我们俩和制作设计师（production designer）马克·沃辛顿看过。剧中人回到里根成长的小镇，那里有一个露天音乐舞台——像迪斯尼市中心那样。后来，它像一座鬼城一样被遗弃了。对我们来说，这就像去老剧院看乐队表演一样。在20世纪20年代，它还很漂亮，但现在却被贴上了各种广告。这就是童话镇。所以艾玛的车是这里的第一抹色彩——这就是我们所说的有黄色甲壳虫进村了。

亚当：如何让一个被诅咒的小镇成为人们愿意待在其中的地方？这是其中一个挑战。

爱德华：对，它被诅咒了，但还没有诅咒到你害怕的程度。

亚当：对我们来说，答案是它让人想起我们喜欢的地方，但不太能回到那里。艾玛成为了复兴的催化剂。

尼尔：无论是这本书还是我上一本关于电影的书，主题都是最具两极化的话题。你对主题持什么立场？

亚当：我们是主题男人。在主题和故事之间也要保持平衡。对我们来说，如果能让它们全部重合，那是最理想的状态。有时也存在着一个比另一个运转更好的情况。最终的目的是希望观众参与进来，关心这个故事。对我们来说，主题是达到这一目的的一种手段。

爱德华：它是统一的。我们不会坐下来问“主题是什么”，我们实际上是在谈论角色。这个角色想要什么？“嗯，这周瑞金娜需要做__________。”然后开始谈论她想要什么。接着会问“主题是什么，她在学什么”。

亚当：我们用过很多不同的方式。有时，主题会清晰地显现出来。

爱德华：《美女与野兽》是最简单的例子，因为朗普（罗伯特·卡莱尔饰）无法爱自己。

亚当：有时候我们会有一个想法，对于这些人物来说故事很酷，然后我们会努力找出主题。一旦我们做到这一点，故事就会随之改变或成型。最后，我们希望能找到一个统一的主题，有助于引导我们让每个场景都有必要且符合剧情。

尼尔：好像在《汉瑟和格雷特》（*Hansel and Gretel*）这一集里，故事开始时孩子们在背包里种下棒棒糖，而另一个王国的孩子们被告知他们必须进入用糖果做成的房子里。所以有时候，两个领域之间的故事感觉是平行的，有时候又不是这样。

爱德华：我最喜欢的是那些不平行的电影，就是像《汉瑟和格雷特》这样的，这些孩子无家可归，他们需要父亲，所以我们必须继续下去。

亚当：有时候可以这样做，但有时候不太协调。你可以用情感问题来连续两个部分，两个角色在每个世界中都经历过情感问题，甚至是他们都在处理同一个主题问题。没必要太刻板。

爱德华：在《梦幻》一集中，过去的世界里他只想和蓝仙子一起逃走，而所有人都告诉他不要这样做。在现在的世界里，这是一个节日，他要卖蜡烛。人们会惊讶，“怎么回事？”但我们认为这是可行的，因为你现在看到了梦想。我最喜欢的一个时刻是我们在“威廉·佩利电视节”上播放那一集。其中一件事是脾气暴躁的小矮人（李·阿伦伯格饰）打碎了镇上所有的灯，玛丽·玛格丽特（金妮弗·古德温饰）问：“你在干什么？”他说：“我在卖蜡烛。”全场开始欢呼起来，就好像蜘蛛侠刚刚拯救了巴士。我看了看亚当说：“不敢相信它成功了。”因为实际上他是在卖蜡烛。

亚当：那是我们试图与情感联系在一起的案例。他爱上了这个女人，却认为自己不能和她在一起，所以他试图找到一种方式。也是他和玛丽·玛格丽特试图在全镇人的眼中救赎自己，所以这也是连接方式。

尼尔：一旦你有了弧线，就已知故事的走向，你如何决定拆分故事？你想让它们在某一点吻合吗？

爱德华：通常情况下由剧情来决定。这是一个有机的过程，你想要揭示为什么女王讨厌白雪公主，计划在第15集做这件事。但开始讲故事之后，你就会想，“哦，在那之前有一小段你想去做的，然后计划就被推翻了。”而讲述故事的时候，它会以必需讲述的内容而呈现。你要根据故事的需要灵活地制订计划。

尼尔：我喜欢这部剧的原因是它不急于求成。当你还是个孩子时，有人给你讲故事，你总是不希望它有结束的那一天。

爱德华：这是我们从《迷失》中学到的。这很有趣，因为在当今的互联网世界，公众的忍耐度更低了。对我们来说，每一季有不同的计划，我们想给每个故事以应有的结局。人们看剧是为了寻求快乐，而不是为了寻找答案。我们绝不希望神话压倒角色。我们总觉得在第1季结束时会打破诅咒，毕竟我们不希望每一集都是“他们什么时候才能打破诅咒？”我们希望人们喜欢小矮人“爱生气”和服务员“鲁比”。

> 我们从《迷失》中学到的最重要一课就是，最引人入胜的谜团是角色之谜。角色们为什么要做他们在做的这些事？不管观众是否知道，这是我认为最吸引人之处。所有其他的神话问题都很酷，也很有趣，但如果它们不附着在引人入胜的人物之谜上，那么它们就不那么令人满意。

爱德华：没错，所以对我来说，我最喜欢的场景之一就是艾玛唤醒她儿子的场景——现在她相信了。是的，它打破了诅咒，但这还是次要的，重要的是她救了儿子的生命。对我来说，这是角色和神话的完美结合。

尼尔：在一定程度上，你相信观众能够跟上故事的节奏？你在里面放了小的提醒吗？

爱德华：当然。我们会试着加入一些，但最终，我觉得如果你能在这一集里，为角色创造一个引人入胜的故事，观众就会跟着角色翻山越岭——即使他们不记得每一个细节。对于那些想走得更近的观众，你就奖励他们说：“看，这就是更大的世界。”

尼尔：观众真的很聪明。

爱德华：《迷失》错综复杂，但是去博客上看看。每个人都能找到线索。人们之所以喜欢这部剧正是因为这部剧没有为他们简化故事。只要你按照亚当说的那样，给观众一些吸引人的东西，他们就能乐在其中。

亚当：观众渴望了解有意义的东西，他们渴望了解更多一些。我认为正是这种质疑的天性让人们喜欢故事。如果你能更深入地挖掘，找到故事背后的一些东西，我认为这是非常有意义的，并会让观众想看更多。

爱德华：这很有趣，《迷失》中，达蒙和卡尔顿在我们加入剧组时说：“这是一部人物剧。神话不能超越人物。”我们将这句话铭记在心。回想《迷失》中那些最令人难忘的时刻，至少对我来说，都是关于角色的时刻。

亚当：白善华（金允珍饰）去医疗舱的那一集，看到B超显示她怀孕了，这是超感性的。然后我们也在达摩舱，还有其他的地方展开更大的神话，但它是附着在一个女人的故事之上，她没想到自己会怀孕，然后意识到这个孩子是金（丹尼尔·金）的。它是基于角色的初心，在那一集中，你可能看到达摩计划，它经常与一个角色的神话联系在一起。对我们来说，这就是我们这部剧以人物为基础的主题性故事讲述方式。

第19章
推进悬念

“悬念”指的是一种情节设置，让一个或多个角色面临险局的情况或令人震惊的启示。由于所有的戏剧本质上都是演绎（而不是现实的），悬念会让观众问，接下来会发生什么？或者是“天哪”这样的惊叹。

在广告商计算广告费的收视率调查季（2月、5月、7月和11月），广播电视公司也会尽量使用最扣人心弦的悬念。收视率调查根据尼尔森收集的数据来计算出来的。收视率越高，电视网收取的费用越多。

那么，让我们从这个基本问题开始：扣人心弦的悬念是由什么组成的呢？

处于危险中的角色。想想那种陈旧的形象，被绑在铁轨上的少女，当英雄赶来营救时，火车正向她冲来。以一个处于危险中的女性结尾是连续剧经典的“滴答作响的时钟”场面。这种屡试不爽的悬念是电视剧结尾的主流。

原版夜间肥皂剧《家族风云》中，终极悬念是“谁向J.R.开枪”。在1979–1980季末最后一幕中，J.R.尤因（拉里·哈格曼饰）被一个看不见的袭击者射杀了两枪。观众们不得不等到下一季首播时才能知道J.R.是否会活下来，以及谁是凶手。这个扣人心弦的悬念产生了不可磨灭的文化影响。

还有一个老梗，但也是个好梗，《星际迷航：下一代》（*Star Trek: The Next Generation*）第3季的最后一集《两全其美》（*The Best of Both Worlds*）。在这一集里，让·卢克·皮卡德（帕特里克·斯图尔特饰）上尉被博格人俘虏并同化。

滴答作响的炸弹。要制造悬念，最简单、有效的方法莫过于设置一颗定时炸弹。

《国土安全》第1季最后一集《空军一号》中，在新闻发布会上，一名狙击手企图暗杀副总统，暗杀失败后，现场陷入一片混乱。紧急措施启动。副总统和其他高级政府官员，包括军人“英雄”、国会候选人尼古拉斯·布罗迪（达米安·刘易斯饰），立即被带到安全的地下掩体内，等候得到“解除警报”的信号。他们认为威胁来自地堡外的敌人。但他们所不知道的是，布罗迪穿着一件装满炸药的背心。敌人就在他们中间——他正在执行一项自杀式任务，不仅要杀死副总统，还要破坏美国政府的稳定。

在令人难以忍受的悬疑之下，布罗迪试图引爆他的背心，但没有成功。激活开关失灵。布罗迪满头大汗，偷偷地走进地堡的浴室去修理开关。与此同时，名誉扫地的前中央情报局特工卡莉·马西森（克莱尔·丹妮斯饰）一直在疯狂地提醒政府布罗迪的真正使命——但没有人相信她。绝望的卡莉开车去了布罗迪的家，向他的女儿达娜（摩根·塞勒饰）求助。达娜也不相信卡莉的话，但是卡莉的强烈警告促使达娜打电话给她父亲，求他回家。在这个扣人心弦的时刻，布罗迪在对圣战使命的忠诚和身为父亲的责任之间摇摆不定。他对女儿的感情很深，向女儿承诺一定会回家。结束通话时，汗水和泪水顺着他的脸庞流下——就在此时，掩体里的工作人员接到了“解除警报”的信号。布罗迪将回到分居的妻子和担忧的子女身边。他会兑现他的承诺。与此同时，卡莉将因骚扰布罗迪的家人而被捕。

在警察局外，她的姐姐保释了她，卡莉为自己反复无常的偏执而感到丢脸，并为她的行为向布罗迪道歉。他曾经爱过她，也许现在还爱着她。但她离他的真实目的太接近了，让他无法安心。现在轮到布罗迪发出警告了：离我和我的家人远点。卡莉别无选择，只能去医院接受电休克治疗。

第1季结局的最后一个悬念发生在（剧透！）观众意识到，虽然卡莉关于布罗迪恐怖任务的判断是正确的，但她现在却认为自己错了。就在她意识到布罗迪遇到了反派阿布·纳齐尔（纳维德·内格班饰）的儿子时，她的记忆被抹去。她是唯一一个可能阻止布罗迪的人，但现在她被压制。就像所有伟大的悬念一样，本季结束于能够想象到的最高水平矛盾之中。悬念的紧张程度令人震惊。

爱是平衡。俗话说，爱情和战争中一切都是公平的。爱情是好戏，当不幸的恋人终于意识到自己的真实感情时，也会成为一个好的悬念。

《老友记》第4季最后一集“罗斯的婚礼”中，瑞秋（詹妮弗·安妮斯顿饰）终于意识到自己爱上了罗斯（大卫·修蒙饰），并想在罗斯和艾米丽（海伦·巴克斯戴尔饰）结婚前冲到伦敦告诉他，但为时已晚。婚礼按计划进行，直到罗斯说出了瑞秋的名字，而不是艾米丽。他是无意中说漏了嘴，因为他真的还爱着瑞秋，而这对艾米丽来说，这无疑是两人分手的重要原因。

惊喜/转折。如果播下正确的种子，惊喜或转折会给观众带来震撼，我们会说：“真的没想到！”

更多剧透

《24小时》第1季的最后一集，我们看到反恐组的尼娜·迈尔斯（莎拉·克拉克饰）

实际上是内鬼。在这一季中，尼娜一直被信任，最终她杀死了杰克·鲍尔的妻子泰瑞（莱斯利·霍普饰）。

《唐顿庄园》第3季中，西比尔夫人（杰西卡·布朗·芬德利饰）因难产而死，这让观众们完全出乎意料。

《广告狂人》第1季结尾，佩吉·奥尔森（伊丽莎白·莫斯饰）前往医院，她以为是由于办公室的食物不新鲜，结果发现自己怀孕了，后来生下了一个健康的男婴。她的怀孕不仅是观众的惊喜，也是角色的惊喜。

角色的死亡。有时，角色的死亡会给剧集的结尾带来情感上的悬念，象征性地重置，可以改变人物关系。最终，其余角色的生活将会完全不同。

在《纽约重案组》（*NYPD Blue*）中，侦探鲍比·西蒙（吉米·斯米特饰）在心脏移植手术后死亡，而他的搭档安迪·希波维兹（丹尼斯·弗兰兹饰）的人生将永远与以前不同。

在《迷失》中，查理·佩斯（多米尼克·莫纳汉饰）为了拯救他的同伴而牺牲。

在《急诊室的故事》中，主角马克·格林（安东尼·爱德华兹饰）在夏威夷死于脑癌。这种深情的送别影响到下一季。

在《绝命毒师》中，麦克·埃尔曼特拉（乔纳森·班克斯饰）被沃尔特·怀特（布莱恩·克兰斯顿饰）枪杀而亡。他的死更像是一次意外的处决：在经历了一生的谋杀和混乱之后，麦克像佛陀一样坐在芦苇丛中死去。

秘密的发现。有秘密的角色是很好的戏剧素材，如果秘密被揭露，很多危险都会暴露出来。正确使用这种手段的电视剧，会用“他们会不会发现”的紧张感来挑逗观众。例如，某人是卧底的警匪剧，或者人物剧中，一段秘密的恋情或恋爱对象明朗化。

成功的经验法则是，强大、可行的悬念应该从人物的危险、冒险或恐惧中产生。一个糟糕的悬念只是一个突然出现的情节点，仅仅为了令人震惊。因此，即使是一个“惊喜”的悬念，也需要（巧妙地）设置，以便让观众好像能看到它的到来——但实际上并没有。或者，至少这个惊喜在该剧所设定的规则和基调范围内是可信的。尤其是肥皂剧，每一集都有过度使用悬念的倾向，有时甚至会多次使用，这导致故事叙述缺乏可信度。

在这一季的大部分时间里，戴克斯特·摩根（迈克尔·C.霍尔饰）一直保持着自己作为连环杀手的秘密。然而，在第6季结束时，他的妹妹黛布拉·摩根（詹妮弗·卡彭特饰）发现了他的秘密，永远改变了他们的关系。

在《绝命毒师》中，沃尔特的姐夫汉克·施雷德（迪恩·诺里斯饰）意识到沃尔特实际上就是臭名昭著的大毒枭“海森伯格”——他是通过一本带有启示性题词的赠书发现的——这就是汉克的“发现”时刻。这个发现不是在浴缸泡澡的时候，而是在汉克上厕所的时候。季中时汉克知道了沃尔特的秘密，沃尔特并不了解他知道了，我们不得不思考这对沃尔特意味着什么。

在《广告狂人》中，贝蒂·德雷珀（詹纽瑞·琼斯饰）从丈夫书桌上一个带锁的抽屉里发现了他的真实身份——迪克·惠特曼。这个秘密结束了他们曾经"幸福"的婚姻。

缺失的结局。许多电视剧都以解脱来结束整个故事：回答所有问题，为观众提供一种幸福感。时运不济的恋人通常会结婚，电视剧的结尾大多也是乐观的。然而，还有一种相反的选择，虽然它实现起来有点难度。

在《黑道家族》的大结局中，梅多·瑟普拉诺（杰米·林恩·西格勒饰）走进一家餐馆，托尼·瑟普拉诺（詹姆斯·甘多菲尼饰）抬起头来，画面切成黑色。就在几秒钟前，一个男人还在盯着托尼看。观众们的心悬起来：托尼的命运如何？那个人是刺客，还是认识托尼？托尼是活是死？

然而，如果悬念过于模糊或信息被隐瞒，观众就会产生强烈的反感。对大多数观众来说，《黑道家族》的结局太过神秘。但至少由于它的不可预测，我们还在研究它，所以制作人大卫·蔡斯的这部开创性剧集在开始和结束时都伴随着同样程度的争议。这是双赢的结局。

《谋杀》第1季的悬念是反高潮式的，也疏远了很多忠实的观众，因为罗西的凶手身份没有被揭穿，让很多粉丝对故事的节奏感到失望。这部剧在第2季结束时被AMC电视台"正式"取消，当时凶手的身份终于揭晓。幸运的是，后来AMC电视台决定赦免这部剧。目前第3季已经开始了一个全新的谋杀谜案，制作人维纳·苏德发誓要在此季结束前揭开凶手，以吸取教训。

生活事件。许多人物剧中，悬念使用了各种生活事件：结婚、外遇、离婚、订婚、分手、怀孕和生子，让角色与生活中不受控制的力量对抗。

《行尸走肉》第2季中，在丧尸横行的混乱世界里洛莉-格莱姆斯（莎拉-韦恩-凯利斯饰）发现自己怀孕了。她很纠结，到底是把孩子带到这样一个可怕的世界，还是把孩子打掉。

迷你悬念。没有"幕间休息"或"迷你悬念"的剧集都是不完整的。悬念最初的设计是为了插播广告时，观众不会换台。迷你悬念是重要的情节节奏，比如侦探发现线索，推动故事向前发展。

虽然《国土安全》没有任何明确的幕间休息，但我们可以推断出悬念的位置。例如，在《背心》这一集中，前导片在观众看到有人制作了爆炸背心之后结束。第一幕的结尾，索尔（曼迪·帕廷金饰）发现了卡莉（克莱尔·丹妮斯饰）患有躁狂症的秘密，这威胁到她的安全审核和她推断事物的真实性。在第二幕的结尾，索尔保护卡莉的秘密不被大卫（大卫·哈伍德饰）发现。在第三幕的结尾，布罗迪（戴米恩·刘易斯饰）在葛底斯堡捡到自杀式炸弹背心。在第四幕的结尾，索尔将卡莉的各种杂乱的信息拼凑在一起，意识到她发现了一些东西：时间线。在第五幕的结尾，卡莉打电话给布罗迪，告诉他中情局已了解袭击即将到来，她需要他的帮助。最后的悬念/高潮是卡莉准备迎接布罗迪的浪漫拜访，却发现他背叛了她：她的时间线轰然倒塌。在解除袭击的前夕，她已经离开了中央情报局。每一幕的开始都会引发问题，增加紧张感，并推动观众去寻找接下来会发生的事情。

喜剧悬念。在两幕情景喜剧中，第一幕和第二幕之间的休息是至关重要的。有些事情打破了剧集世界的平衡，第二幕将努力恢复和谐（因为所有的情景喜剧都有幸福的结局）。

对于一个三幕情景喜剧来说，会有两个幕间休息，故而有两个小悬念。在《生活大爆炸》试播集中，冷开场之后，谢尔顿（吉姆·帕森斯饰）和莱纳德（约翰尼·盖尔克奇饰）遇到了他们可爱的新邻居佩妮（卡蕾·库柯饰）。这是整部剧的核心，因为她的出现将彻底改变他们的关系。在第一幕结束时，莱纳德的朋友沃格维茨（西蒙·赫尔伯格饰）遇到了佩妮，也被她迷住了。这就造成了莱纳德和沃格维茨之间的竞争，我们不禁要问："谁会赢得佩妮的芳心？"第二幕的结尾是问题的解决，莱纳德帮助佩妮从前男友的公寓里取回电视机，对前一段恋情做了一个了结。她现在正式单身了，而莱纳德仍然迷恋着她，这就建立起一种长期的悬念：他们到底会不会在一起？

> 在人物成长过程中，悬念是最有效的方式，它会让人觉得一切顺其自然，而不会太出格或不值得。

访谈：迈克尔·凯利

《复仇》（执行制片人/编剧）

《小镇春色》（*Swing town*）（执行制片人/编剧）

《小镇危机》（*Jericho*）（监制/编剧）

《橘子郡男孩》（*The O.C.*）（制片顾问/制片人/编剧）

《篮球兄弟》（*One Tree Hill*）（联合制片人/编剧）

《普罗维登斯》（*Providence*）（编剧）

尼尔：第19章的主题是悬念，所以我的第一个问题是关于《复仇》的试播集。它层层叠叠，错综复杂。你是如何构造这个谜题的？例如，你是否从阿曼达（艾米丽·范坎普饰）过去的故事开始，然后为化名艾米丽（也是艾米丽·范坎普饰）和格雷森一家构建现在的故事？你是如何开始的？

迈克尔：我先打造了阿曼达的故事。我需要明确地知道这个核心事件是什么，我需要知道从情感上全身心投入这个故事的方式。如果你作为观众不能够支持这个角色，就不会明白她在那里做什么——尤其是一个像《复仇》这样的黑暗故事里。然后你会从一开始就被丢在了大门之外。故事创意从这个小女孩和她的家庭，以及她父亲所发生的事情开始。接着，故事开始分叉。如果这事发生在她父亲身上，他是怎么和这个女人在一起的，他在这个家庭中扮演了什么角色？当时我有一个很棒的助手，现在他是我的一部新剧的编剧，当时我们迫不及待地开始谈论这件事，并称之为"基督山伯爵夫人"。所以这部剧的名字一开始是《伯爵夫人》，后来改为《艾米莉·索恩的复仇》，最后变成为《复仇》。我们从大仲马的《基督山伯爵》（*The Count of Monte Cristo*）中汲取了灵感，故而我们有了一个长达20年的线性故事，阿曼达会回来纠缠那些给她带来麻烦的人。所以，要回答你的问题，必须从神话开始。

尼尔：除了阿曼达/艾米丽被冤枉之外，似乎在每一个故事中，至少在第1季中，都存在着一些利害关系。这些人中的大多数还在继续对当前的人们犯下一些罪行。就像她毁掉的那个金融男一样，这些人本质上都是坏人。所以，你在纠正过去的错误，但现在的场景中也有一股纠正的力量。

迈克尔：对，这也是我想对这个角色说清楚的一点。她正在演变成一个蝙蝠侠式的角色，在这个角色中，她要纠正错误——更大的错误——而不仅仅是那些对她犯下的错误。对我来说，这是第2季的重要部分。我总是说，观众需要理解的经验法则是惩罚总是与罪行相称。所以，举例来说，你所说的那个金融男——那个不诚实的投资者——得到了应得的惩罚，失去了一切。但是，她是不会做把人扔下悬崖或者划破他们的车这种事的。

尼尔：没错，这部剧是关于因果报应的。一分耕耘，一分收获。

迈克尔：这部剧也是关于悬念的。两者其实是一样的，因为都需要构建。每一季都需要设定一个主题，从整体上讲，还是希望悬念根植于我们所讲述的故事。

尼尔：所以，整季有一个主题，你要拍22集，每集也有一个主题。在第1季中有明显的系列元素：在每集的结尾，她都会在复仇名单上某个人的照片上画一个"X"。这在第2季还会继续吗？

迈克尔：开始讲述这些故事之前，肯定已经做好计划，尤其是这些深度系列的故事。我把它比作一次穿越全国的旅行，我们知道要去哪里，目的地已经规划好了。可以从纽约去加州，也可以去全国任何想去的地方。我只是想确保方向一直很清晰，选好主题对我也很有帮助。在第1季的第1集开始时，我引用了一句孔子的名言。

尼尔：是这句吧，“攻乎异端，斯害也已”。

迈克尔：我想这句话一直延续到季末。我们要炸掉一架飞机，飞机上有维多利亚（玛德琳·斯托饰）。这些事件是被安排好的，也可以说它们都是由当时一路做坏事的那些恶人引起的。但艾米莉也参与其中。所有能证明她父亲无罪的证据都消失了。她的理由已不存在。所以，这两件事——两个人的死亡已经发生，我想对此表示敬意。在第2季开启时，我选用了亨利·弗雷德里克·阿米尔的名言：“命运有两种方式压垮我们：拒绝我们的愿望或实现我们的愿望。”

尼尔：所以，它总是一把双刃剑。

迈克尔：没错。这就是讲故事的乐趣所在。它是一种回应——有些能预测，有些不能。

尼尔：请你谈谈在故事中所使用的一些叙事手法。你用到那个盒子，里面有她父亲的日记。你用到双重无限的符号，还有画外音和闪回。这些手法从一开始就如此设计的吗？你一直想用画外音吗？她把盒子和日记称为“复仇路线图”，故事结果却并不如她所期望的那样。

迈克尔：我们确实做了一些设计。对身处当今时代的人来说，电视连续剧很难在一开场就吸引住观众。尤其是电视网播出的剧，有可能会被取消，人们经常会很受伤。但是在有线电视台播出时，就不会被随意取消——你可以稍微放慢一点节奏。你也会获得第2季的机会，这种机会通常比在电视网更多。所以，我想利用这部剧的某些元素，让观众进入故事时不会完全沉浸在故事的连续性之中。另外，现在我们有这么多观看形式，观众也可以随时赶上剧情。我想让每一部剧都有一种控制感。至少在开始时是这样。所以，当从艾米丽的画外音开始时，是她告诉我们，那个小女孩发生了什么，这不是一个关于宽恕的故事。她在讲述一个已经发生的故事，她是叙述者。画外音是最难写的段落之一，总是会花费最多的时间，也最令人沮丧，我通常会一直重写，直到它播出。有时候它与你想要的画面并不符合。比如小狗萨米死去的那一集（那一集叫作《悲伤》），直到最后混音剪辑结束时，我才放上画外音。至于其他的，作为象征，她所失去的只是一种直接的情感联系。我认为，如果你不及时提醒观众这一点，那么他们可能会认为这个女孩是一个不可控制的精神病。这就是为何我们会把观众带回到寄养家庭和那些欺骗她的大人那里，让人们看到她和父亲是多么善良和纯洁，还有她失去了母亲，这一点我们显然会在第2季中有所涉及。

尼尔：她父亲和维多利亚的过去是一个谜，此外，还有一个核心问题是她是否能完成这件事，她是否会被捕。她母亲的故事是第1季的一大悬念。

迈克尔：一个大悬念。如果你想给观众和自己带来惊喜，就要确保它埋藏着更大的故事。像艾米莉这样单一的主角，每一集都有明确的日程安排，你希望她尽可能做好充分的准备，推动故事发展——而不是陷入其中。你想让她位于正位，也想让她隐身几次。作为一名电视编剧，最难的一件事就是让主角处于一个活跃的位置。这对我们所有人来说都是一个挑战。如今，我有了如此之多强大的角色，从维多利亚到康拉德（亨利·车尔尼饰）。每个人都有自己非常明确、强大的人生，没有人（包括我自己）愿意放弃自己的权力和能力，放弃自己的人生。

尼尔：维多利亚肯定会报复——每一件事都要。

迈克尔：是的，这也是一种设计。维多利亚有如此丰富的背景故事，我们甚至还没有真正进入其中，以后会的。是什么造就了那样的人生。她是如何变成现在那样的。当我们开始第2季时，你会发现飞机爆炸后发生了什么……我不想剧透而毁了你的兴趣。

尼尔：所以她在飞机上，但显然并没有死。

迈克尔：她在飞机上。观众看到她登上了那架飞机，在第2季中，你会发现她有一个更大的计划，要做一件和艾米莉非常相似的事情——抛弃她的旧生活，开始另一种新生活。当然，她也没有指望吸毒的女儿夏洛蒂（克里斯塔·B. 艾伦饰）需要她。但是，当第2季开始的时候，维多利亚已经死亡8周，仍然没有人知道。

尼尔：我想和你谈谈节奏与悬念的关系，也就是一次释放多少情节。如何做出判断，不让故事讲得太快呢？

迈克尔：我很早就决定让故事情节尽快释放。我的职业生涯中大部分时间都在拍电视剧，我非常喜欢日间肥皂剧。实际上我雇了一个编剧，他之前曾为《只此一生》（*One Life to Live*）工作了很长一段时间。我想这一季，在情感上放慢脚步。毕竟这部剧不是密集型情节，因为它只有那么多重要的牌等待翻开，否则就变得很荒谬。

我认为这部剧在高潮的时候充满情感。

去年我故意讲了一大堆故事，在第1季的前几集里会有很多惊喜出现，对我来说就像宿醉一样，需要一个了结。那种感觉就像一股巨浪袭来，沙滩被冲刷得一干二净，我们必须开始重建。而我们确实做出了选择，毫不夸张地跳出悬念——当然以前也有人这么做过，结果啪嗒一声摔在地上。我们很幸运，剧中有足够多的安全措施——这是其他剧集所没有的，是我们的反派和主角之间张力。他们的优势在于，既不是绝对善良也不是全部可恶，所有的角色至少都有两面性。我们能够为观众创造每个角色的危机。每一次故事的重大发现并不一定是关于主角的。有可能是维多利亚和她的女儿，也可能是关于诺兰（加布里埃尔·曼饰演罗斯），因此，我们发现这部剧创造了一些真正能够引人注目的角色，这一点非常幸运，故事也没有变得很荒谬。

尼尔：这样做十分聪明，同时也很感性。诺兰·罗斯这个角色是在什么时候进入这个过程的？在我的想象中，她需要这样一个知己，一个可以倾诉的人，一个知晓她秘密的人，一个在汉普顿社交圈里拥有权力的人，一个可以被她视为盟友的人。再跟我说说诺兰的起源吧。

迈克尔：我首先想到的是他——正如你所说——正是故事中情感缺失的部分，我也喜欢从这里开始。我认为在很多方面他们都是兄弟姐妹。至少大卫·克拉克（詹姆斯·塔珀饰）是他们心中共同的父亲形象。我想，如果没有人愿意或能够与她在感情上建立联系，怎么能要求观众与她在感情上建立联系呢？尽管艾米莉·索恩浑身是刺，但诺兰脱颖而出，从情感上引导我们关注她的需求。仅仅从一个女孩读父亲日记或者渴望看到他的照片，观众能获得的信息是有限的。她的挫折和真实的情感——我们需要有人能够看到。她愤怒和背叛的真相，也需要一个局外人去感受，这样他就能感受到这种情感。他很快就变成了她的蝙蝠侠罗宾，至少在他们的计划中是这样，而在感情上，他就像她的哥哥，这就是我们需要吸引观众的地方。

尼尔：《复仇》是五幕还是六幕？

迈克尔：六幕。我总是把第一幕作为前导片，作为一段剧情的铺垫。我还是有点老派，把它叫作前导片加5幕。我们被要求在一集里设计5~6个悬念。五个悬念的设计可以让观众在广告时段之后能够回来，最后一个悬念让他们在下周同一时刻回来。这对我们这部剧来说要求很高。

尼尔：所以，剧集中至少会有A、B和C故事，你有三个基本的家庭需要来讲述。有蓝领阶层，有格雷森一家，还有艾米莉。

迈克尔：我们有9个角色，每周都要讲述他们的故事。

尼尔：而试播集中最棒的部分在于，尽管介绍了很多角色，但一切都很清楚。我知道这有多难做到。在A、B、C甚至D故事中，你是否会为了已有的故事主线而试着去追踪它？

迈克尔：一直都是这样。有时候很难把所有的故事都展开叙述，有时候我们比别人做得更成功。最后一集叫作《最终审判》，对每个人来说都很有意义。我觉得我们回归时应该已有一集叫作《束缚》，对我来说非常酷，也可以从这个词开始，这是我在季末一直思考的问题。他们是如何捆绑在一起的。我也成为他们一根绳上的蚂蚱。你可以选择你的朋友，也可以选择你的丈夫和妻子——那些与你绑定的人，但你不能选你的父亲和母亲。所以对我来说，从一个主题开头是很有助益的。我们并不总是从主题开始。有时它令我们捉摸不透，当你重组故事的时候，不得不修改很多东西。当然，即使有最好的计划，我也保留改变主意的权利。而且经常这样做。

尼尔：说到悬念，你已经有了关于主题的A、B、C故事——《复仇》剧中的悬念有何规则吗？例如，他们总是需要以A故事结束还是以艾米莉结尾？

迈克尔：一般来说，你想让艾米莉成为A故事，但有时我们会获得一些没有意识到的惊喜时刻，这就是我说的旁敲侧击。如果你赢得了每一个小悬念，这通常是在A或B故事上。但是，在第1季结尾，母亲还活着，这与我们在第1季的任何事情都无关。我们并没有引导，任何人都可以说："嗯，这才合乎逻辑，我们知道，我们正在接近母亲。"所以，这个悬念属于侧面类。

尼尔：这是我们从未讨论过的一件事。那么关于每一集的悬念方面呢：揭示新的信息块，并试图在每集内将我们带到一个新的情感关系或脆弱之地？你会不会有意识地说"我们必须在每一集揭开另一块拼图"？

迈克尔：我对纺车理论不感兴趣，也不喜欢重复或隐瞒，更不想重复自己。对我来说，我喜欢更快地抛出问题的答案，可能比大多数电视网和编剧都要快得多，因为重复很可怕，毕竟你早晚要把剧本做出来。22集——这是一个真正的挑战——我觉得我们已经这样播出了两季。第1季的结尾本应是维多利亚对着丹尼尔（乔舒亚•鲍曼饰）耳语："一个字也别说"，因为海滩上发生了一起谋杀案——这才是合乎逻辑的结尾方式。之后，我们又播了一季，现在是第3季和第4季。

但是，这很有趣，也很有挑战性，我身边有一些聪明的家伙——从演员到编剧再到导演——这是一个团队的努力。我不再害怕了。我想我曾经很害怕。这是本季很酷的事情，因为我已经做到了，我知道这是有可能的——我知道我们可以再次做到。所以，我不会再处于恐惧中——也许恐惧对我的伤害大于帮助，但现在，我想要大胆地相信自己，自己不可能知道所有的答案。你必须对未预料到的事情保持开放态度。有时候，角色会让你大吃一惊，编剧也会让你大吃一惊——你想做的事情变成了你没想过的事情，这会帮助你解开心结。所以你必须找到一条新的途径来达到目的，对我来说，这很令人兴奋，这是一个过程，每季回到起点。这就是我的悬念。

第20章
选定技能

大部分系列剧的角色都有不同性格和技能，这样做是为了制造冲突，阐释多种观点，并帮助观众区分角色。这种方式在涉及警察、特工、间谍、反英雄罪犯、医生和律师的系列剧中最为普遍。[1]让我们来看看这些不同类型的专业人才。

执法人员

在《疑犯追踪》(*Person of Interest/POI*）中，哈罗德·芬奇（迈克尔·爱默生饰）是一个电脑天才，他发明了一种神奇的监控机器，可以预测暴力行为。他招募了中央情报局前特工约翰·里斯（吉姆·卡维泽尔饰）来帮助他阻止暴力行为。

《灵书妙探》的运作方式与此类似。理查德·卡斯尔（内森·菲利安饰）是一位著名犯罪小说家，想象力丰富。而他的搭档凯特·贝克特（斯坦娜·卡蒂克饰）是纽约市经验丰富的侦探，她相信最直接的证据。尽管这部剧立足于现实，但卡斯尔疯狂的理论和打破常规的思维帮助团队解开了每周的谜团。

执法类电视剧的主角，往往会出现伦理冲突。在《法律与秩序》第8季名为《跟踪者》的一集中，警察搭档伦尼·布里斯科（杰里·奥巴赫饰）和雷伊·柯蒂斯（本杰明·布莱特饰）在调查一起谋杀案时，站在了法律的对面。伦尼为确保凶手得到正义而作伪证，而善良的天主教徒雷伊却不愿在法庭上支持他的搭档。道不同不相与谋，他们的冲突使凶手差点逍遥法外。

在《盾牌》中，维克·麦基（迈克尔·奇克利斯饰）领导着腐败的突击队，队长大卫·阿塞维达（贝尼托·马丁内斯饰）极力想要扳倒这些叛变的警察。然而，更多的时候，他们的兴趣是一样的：抓坏人。在试播集中，警察们疯狂地寻找一个失踪的女孩，

---

1 在涉及超自然角色和魔幻现实主义的电视剧中，通常以某种力量的形式出现。在《真爱如血》中，苏姬·斯塔克（安娜·帕奎因饰）拥有心灵感应和光动力（操控光线的能力)。在《灵媒缉凶》中，艾莉森·杜布瓦（帕特丽夏·阿奎特饰）是一名通灵者，为警方工作。在《鬼语者》中，梅林达·戈登（詹妮弗·洛芙·休伊特饰）可以看到死人并与之交谈。更多关于系列神话的信息见第18章。——作者注

她的爸爸吸毒，还把她卖给了一个恋童癖。即使警察们抓住了那个恋童癖，他也不愿意说出真相。当女孩命悬一线时，阿塞维达不情愿地释放了维克。维克在无情地打击之下恋童癖供出口供。最后，警察在小女孩濒临死亡之前找到了她。

执法剧总是有一个科技/技术专家做配角，帮助主角破案或完成任务。《海军罪案调查处》中实际上有两个这样的角色：艾碧·舒托（保利·佩雷特饰）是一位哥特风法医专家，蒂莫西·麦基（肖恩·默里饰）毕业于麻省理工学院和约翰霍普金斯大学，担任技术专家。不过，有些剧会把这种“极客”作为主角之一。在《识骨寻踪》中，坦普瑞斯·布伦南博士（艾米丽·丹斯切尔饰）是一位才华横溢的法医兼人类学家，却不擅社交，她的搭档是精明的联邦调查局特工斯利·布斯（大卫·伯伦纳兹饰）。

《X档案》使用了常见的“怀疑论与相信论”的人物关系。联邦调查局特工福克斯·穆德（大卫·杜肖尼饰）相信外星人和超自然现象，而他的搭档达娜·斯库利（吉莉安·安德森饰）是一名医生，只相信可以被经验证明的东西。这种对立的观点帮助他们解决了一连串离奇的案件。

在《基本演绎法》中，技术“极客”是两个主角。夏洛克·福尔摩斯（约翰尼·李·米勒饰）是一位冷漠的警察顾问，拥有无与伦比的演绎推理能力。曾经的外科医生、现在的“清醒伴侣”琼·华生（刘玉玲饰）则用她的医学专业知识协助福尔摩斯。剧中的警探只是在辅助他们。

罪犯和反英雄

与非法企业对抗的电视剧也设有专门从事某些领域的人物。在《混乱之子》中，摩托车俱乐部主席克莱·莫罗（罗恩·帕尔曼饰）的价值在于他与爱尔兰军队的关系，爱尔兰军为俱乐部提供枪支。博比·曼森（小马克·布恩饰）是俱乐部里一个头脑冷静的成员，负责处理账务。泰拉·诺尔斯（麦琪·西夫饰）是剧中主要角色杰克斯·泰勒（查理·汉纳姆饰）的妻子，她是一名医生，为俱乐部成员提供秘密医疗援助。乐乐（大卫·拉布拉瓦饰）和提格（金·科茨饰）是俱乐部中比较野蛮的两个成员，他们乐意去干那些坏事。

在《绝命毒师》中，拥有化学背景的沃尔特·怀特（布莱恩·克兰斯顿饰）是制毒专家，而杰西·平克曼（亚伦·保罗饰）则是经验丰富但小气的毒贩，负责毒品分销。索尔·古德曼（鲍勃·奥登科克饰）是一名廉租律师，充当“毒品律师”，帮助客户洗钱和躲避追捕。随着团伙的发展，迈克·埃尔曼特拉特（乔纳森·班克斯饰），前费城警官和企业安全专家，在他的前任黑帮老大古斯塔沃·弗林（吉安卡洛·埃斯波西托饰），被彻底击败之后，转而效忠沃尔特，成为“清洁工”和杀手。沃尔特的妻子斯凯勒（安娜·冈饰）是一名富有经验的会计，负责处理账目。随着业务的扩张，冷酷而精于算计的公司高管莉迪亚·罗达特·奎尔（劳拉·弗雷泽饰）帮助他们扩展全球业务，但这只是为了保全她自己。

医生

医疗剧也有不同专业的特点。在《实习医生格蕾》中，医生们有不同的专业：胸外科、神经外科、矫形外科、整形外科、创伤科、小儿科和其他领域。人物是根据他们的特长来定义的。例如，优等生克里斯蒂娜·杨（吴珊卓饰）为了与“心脏医神”完成各种高难度心脏手术而与她的同伴们竞争。

在《欲海医心》中，汉克·劳森（马克·福尔斯坦饰）在纽约被一家医院解雇，只因他为了照看一名病危的可怜病人，而忽视了病情稳定却意外死亡的大人物。为了重新开启人生，汉克需要精明的弟弟埃文（保罗·科斯坦佐饰）的帮助，埃文担任首席财务官，当然汉克还需要能干的医生助理迪维亚（雷什玛·谢蒂饰）来帮助他。

在《整容室》中，肖恩·麦克纳马拉（迪伦·沃尔什饰）和克里斯蒂安·特洛伊（朱利安·麦克马洪饰）是一对好朋友，也是迈阿密一家成功的整形医院的合伙人。大学时代，肖恩的成绩名列前茅，而克里斯蒂安则总是垫底。工作以后，肖恩是技术高超的主刀医生，克里斯蒂安则更善于发挥自己的魅力，扩大客户群。每次与新客户沟通时，他们都会以同样的问题开始：“告诉我们，你不喜欢自己哪个部位？”

在《豪斯医生》中，医学博士格雷戈里·豪斯（休·劳瑞饰）为了解决医学谜题，总是与周围的医生意见相左，总是提出不同的想法和治疗方案。在第4季中，豪斯医生被迫从40名申请者中挑选新人来组建新团队。他以各种理由取消了申请者的资格，还特意地裁掉了一位医生，理由是与他的思维和逻辑太相似。豪斯不认为统一的意见有利于帮助病人。他就是这样疯狂，并且是一位天才。

在《明迪烦事多》中，明迪·卡灵饰演的明迪·拉希莉医生与同事丹尼·卡斯特拉诺医生（克里斯·梅西纳饰）、杰里米·里德医生（艾德·威克斯饰）一起经营着一家小型妇产科诊所。他们经常与楼上的“江湖助产士”发生争执，他们总是抢诊所的客户。这两所诊所是科学与自然疗法的较量，直到助产士抢走了摩根（艾克·巴林·霍尔茨饰），摩根是一个搞笑、热情、有前科的护士，明迪和同事们都依赖他，丹尼医生因为他给自己的前妻寄了一封信而解雇了他。后来诊所同仁们以事实证明他是诊所“家庭”一员，终于赢得了他的回归。

工作场所：高管、律师和高手

团队合作和专业领域适合以办公室为中心的节目。《广告狂人》中，麦迪逊大道广告公司的每个成员都扮演着重要的角色。唐·德雷珀（乔·汉姆饰）是一个充满魔力的广告写手，他（几乎）总是能成功地为客户打造出一场神奇的宣传活动。罗杰·斯特林（约翰·斯拉特利饰）是热情洋溢的合作伙伴，他常常在夜晚带着客户徜徉于灯红酒绿的闹市。皮特·坎贝尔（文森特·卡泰瑟饰）和肯·科斯格罗夫（亚伦·斯塔顿饰）是两位年轻的会计师，他们通过引入新业务来证明自己的价值。哈里·克兰（里奇·萨默饰）在电视行业兴盛之前就成了一名电视专家，这使他成为行业的无价之宝。佩吉·奥尔森（伊丽莎白·莫斯饰）从唐的秘书晋升为他的门生，仅仅是由于她对一款口红产品提供了独特的见解，而琼·哈里斯（克里斯蒂娜·亨德里克斯饰）则像黏合剂一样把办公室所有人团结在一起。她周旋于所有秘书之中，管理着公司文件，后来凭借她的智慧成为公司正式合伙人。

在《丑闻》中，政治高手奥利维亚·波普（克里·华盛顿饰）在华盛顿特区经营着一家危机管理公司。她的团队像极了穿着西装的“角斗士”，包括律师、调查员和一名前中情局特工，他是她的技术专家。每个人都对奥利维亚负责，因为她曾把他们从过去的不光彩事件中拯救出来，既然她帮助他们重塑自己，那么现在他们就会为奥利维亚做很多事情。参考：《清道夫》（*Ray Donovan*）。

法律节目通常都有一些公司员工，他们都有一套特殊的技能。在《金装律师》（*Suits*）中，哈维·斯佩克特（加布里埃尔·马赫特饰）是纽约一家顶级律师事务所的合伙人，他盛气凌人，擅长预测对手的行动，总能给予巧妙的反击。麦克·罗斯（帕特·瑞克·J.亚当斯饰）是他的年轻助手，他没有法学学位，但却因其清晰的记忆力和跳跃的思维而成为不可或缺的角色。路易斯·利特（里克·霍夫曼饰）也是合伙人，他性格乖戾，总是十分挑剔，却用熟练的司法会计能力证明了自己的价值。除律师之外，秘书和律师助理也发挥着重要作用。哈维的秘书唐娜（莎拉·拉弗蒂饰）是一个值得信赖的知己，她知道公司所有的秘密，而瑞秋（梅根·马克尔饰）则是公司最好的律师助理，总能够提供关键的研究协助。

在《傲骨贤妻》中，艾丽西亚·弗洛里克（朱莉安娜·玛格丽丝饰）是芝加哥一家律师事务所的初级律师，她比竞争对手大15岁。然而，她有着智慧和母亲般的同情心，这使她比公司里那些冷酷无情、攀龙玩虎的年轻律师们更有优势。艾丽西亚的丈夫彼得（克里斯·诺斯饰）在担任州检察官期间因腐败而入狱，他是唯一向她提供关于案件内幕信息与警方不当行为的证据的人。该公司还有一位很有价值的调查员卡琳达·沙玛

（阿奇·潘嘉比饰），她以果断和谨慎著称。

《办公室》中，我们每天都会遇到各种各样的人，迈克尔·斯科特（史蒂夫·卡瑞尔饰）是纸业公司斯克兰顿办事处的经理。多年来，我们看到德怀特·施洛特（雷恩·威尔逊饰）和吉姆·哈伯特（约翰·卡拉辛斯基饰）竞争，看谁能卖出最多的纸，也看谁才是迈克尔的得力助手，未来能接替他的位置。直到最后一季，德怀特终于被任命为斯克兰顿办事处经理，吉姆和帕姆（詹娜·费舍尔饰）开始了他们在奥斯汀的新生活，吉姆一直在这家体育营销公司做兼职。在这部有趣、没有逻辑的、仿纪录片风格的职场讽刺剧中，除了销售，会计、前台和仓库保管员都表现出色。

格格不入

有时角色会被迫放弃自己的专业，这往往会导致近乎灾难的结局。在《24小时》中，科洛伊·奥布赖恩（玛丽·林恩·拉杰斯科饰）是反恐机构CTU的一名熟练的电脑分析员。她经常帮助杰克·鲍尔（基弗·萨瑟兰饰）打击恐怖主义，这当然是依托于她那出神入化的电脑技术。然而，当她迫不得已进入战场时，任务几乎全部落空。

《白宫风云》中，每个工作人员都有自己的角色。C. J. 克雷格（艾莉森·詹尼饰）是新闻秘书，善于应付白宫记者。有一次，副幕僚长乔希·莱曼（布莱德利·惠特福德饰）向新闻界作简要汇报。乔希的机智讽刺和轻描淡写的回答引起了记者们的疯狂追问，简报会场非常糟糕。

《火线》中，警官罗兰·普里兹·比勒夫斯基（吉姆·特鲁弗罗斯特饰）是一个冷酷的警察，几乎一无是处。在处理一起大宗毒品案件时，他认识到自身的使命。在第3季中，普里兹在田野里偶然回应了一个无线电台。他抓住一名嫌疑人并杀了他，但由于不熟悉现场工作，他未能表明自己是一名警官。最不幸的是，他开枪打死的嫌疑人是一名卧底警察。

> 格伦·马扎拉曾担任《行尸走肉》的制作人，他认为，“伟大的电视节目都是一群很酷的人做着一些很酷的事情。”因此，“指定专长”这一章节很好地印证了这句格言。

访谈：珍妮特·塔马罗

《妙女神探》（创作人/执行制片人/编剧）

《创伤》（*Trauma*）（监制/编剧）

《识骨寻踪》（监制/编剧）

《危机四伏》（*Sleeper Cell*）

2006年获得艾美奖迷你剧最佳剧集提名

《迷失》（编剧）

2006年获美国编剧工会（WGA）剧情类最佳剧集提名

《犯罪现场调查：纽约》（联合制片人/编剧）

《火线》（联合制片人/编剧）

尼尔：在改编《妙女神探》时，你遇到的最大挑战是什么？

珍妮特：这个工作整体就是一个巨大的挑战，部分原因是我当时的想法不同，我不想做（另一个）改编作品。HBO刚刚通过了我写的一个回忆录改编剧，所以我一边参加团队工作会，一边在写试播集（碰巧是执法剧）。《妙女神探》这部剧来的那天，我刚刚说过："我再也不干改编的事了。"

这是个冗长而乏味的"好莱坞"故事（相信我，我这个人很不"好莱坞"，当我焦虑的时候，我会自己洗衣服和吸尘），我换了经纪人，成了CAA的新客户。经纪人罗伯·肯尼利打电话给我（这更不"好莱坞"，我和罗伯第一次见面时，我在足球队指导他的孩子和我的孩子。在有人告诉他我也是个编剧之前，我敢肯定他以为我是个中气十足的足球女教练）。他想安排与一个叫比尔·哈伯的人与我见面，哈伯曾经读过我的某个剧本，想见见我。哈伯是好莱坞的传奇人物——CAA最早的三剑客之一，他们一起创造了这个好莱坞"权力王者"。他是个独具慧眼又精灵古怪的人。这次他选中了苔丝·格里森的一部谋杀悬疑故事。有趣的是，四年后他居然发现自己忘记了选中的是苔丝七本小说中的哪一本。事实上，没有人能告诉我——包括我的经纪人。比尔很忙，他是大人物，经常坐着飞机飞来飞去，比我精力充沛得多。

所以我先读完了苔丝的7本小说（是的，我准备过了头，当记者的时候我也是这样）。改编最困难的事就是，你觉得这不是你的作品。就像一开始，你要穿别人的衣服去参加一些重要的活动——比如你的婚礼。你得去得到许可才能剪掉袖子或增加下摆，或者把整件衣服拆开，做成一件新衣服。我很尊敬每一位作家——但任何改编都不可避免地令粉丝失望。我是一个狂热的读者，同时我也是一个编剧。当阅读一本书的时候，你在脑海中所想象的那些画面，与制作完成的电视剧是不一样的。最大的不同也许是，苔丝的小说并不有趣——它们是黑暗的神秘故事。事实上，我相信最初的目的是写一些更像《沉默的羔羊》那种风格的文字。幸运的是，苔丝·格里森是一个非常好的人——而且，对我来说更幸运的是，她的书也签过了版权（不要问我是哪几本），甚至没有做过电视剧推介。对于我认真地投入写作试播集这件事，她非常感激，也就默许我把这个故事变成我自己的风格。从此我不再担心"别人"，我就把它当成自己的作品一样对待了。

尼尔：你对简·里佐利（安吉·哈蒙饰）和莫拉·艾斯勒斯（萨沙·亚历山大饰）这两个人物的理解与书中有何不同，为什么选择做这些改变？

珍妮特：苔丝是一名医生，她做事一丝不苟，她的书内容丰富，研究透彻。书中有引人入胜、层层叠叠的谜团，占据中心位置的不是人物，而是谜团和法医。我希望女性和配角能成为人们关注的焦点。对我来说，重要的是这两个女人——简和莫拉——要非常非常不同。这一点很重要，也就是所谓的戏剧冲突。我希望她们不仅看起来不同，而且不太可能成为盟友。她们是某种特定的朋友——如果不是由于工作碰到一起，她们永远不会成为朋友。对我来说，重要的是挖掘出幽默感，特别是在有一份像简（凶杀侦探）这样的工作，或者像莫拉（法医/验尸官）这样的工作时。她们看到了大量黑暗的东西。但她们也是人——每天带着自己和生活去工作。我做记者时，也曾报道过一些非常可怕、令人悲伤的黑暗事件——每一天都可能发生的连环杀人案和校园枪击案。对于每天都要面对的工作，你必须找到一种每天都能做下去的方法——在黑暗中生存下来。在这种情况下，笑是一种应对机制，一种释放压力的阀门，也是一种黏合剂。在警察局人们总能听到幽默段子，这并不意味着他们对待工作不认真。

尼尔：曾经作为记者，现在作为妻子、母亲，还有作为女人，生活经历对你的作品有多大影响？特别是当涉及到家庭、爱、失去和正义的时候？能否举几个具体的例子说明现实生活中发生的事件对故事的影响？

珍妮特：我曾说我的脑袋是一个奇怪的地方，这源于一个失败的试播集，也有个人的创伤。就在我开始写《妙女神探》之前，我最好的朋友在一场车祸中丧生。当时我并没有想过这个问题，因为很多写作都是在潜意识中进行的，但我制作这部女性好友剧的真正目的在于哀悼我的那位好友。她的离去使人痛心。这部剧中出人意料的正是她们的友谊——简和莫拉。身为作家，你悲伤的时候，有时候真的不知它会如何体现出来。我们知道自己在写什么，我们并不知道它来自哪里，也不知道它为什么会突然出现在我们所写的页面。我曾有10年时间报道各种犯罪故事，花了很多时间和警察、联邦调查局探员、受害者及其家人身上。对我来说，重要的是让剧中人物感觉真实，就像我在全国各地遇到的人们一样。同样重要的是，想出能够真正发生的聪明的神秘事件。如果你跟我的丈夫或两个女儿聊天，他们可能会抱怨说，与一个作家生活在一起太糟糕了……我们生活的点点滴滴都在这部剧里。有一次，史蒂夫和我陷入一场“七年之痒”的争吵中——我去了洗衣房，不开心的时候我常常会这么做：清洗衣物，发现袜子们都只剩下一只，我只能翻来翻去地找它们的“另一半”，就联想到其实很多人都会思念他们的伴侣。一想到我也许会失去史蒂夫，突然间感到一阵心痛，而那个找“袜子”的瞬间后来就变成了剧中美丽的一幕。是的，道具也是用了我家的袜子（当然遭到了家人的抱怨）。

有时，我也会偷用家人的台词。茱莉亚是我的小女儿，有天晚上她心情非常糟糕，说：“我讨厌中学”。我试图安慰她说：“我给你做点好吃的东西吧，想吃什么？”她说，“吃人”。在我最喜欢的一集里，洛林·布拉科（饰演安吉拉·里佐利）和安吉·哈蒙也有这样的对话。

在短时间内制作出15集迷你电影是一项艰巨的任务。这部剧对材料进行了详尽的分析。它们是非常密集的剧本——可能太过于密集了，有时被格式所限，我不得不对一些情节进行草率的处理。但有一件事一直是最重要的，处于中心位置，那就是简和莫拉的友谊。我花了一年的时间制作这部剧，后来才意识到好朋友的离世对这段银幕恋情的影响有多深。朋友和我的那种友谊，正是我努力为简和莫拉建立的（也有在书中根本也不存在的部分）。她不跟别人争，也不去评价别人。她包容我的缺点，了解我。这是一种纯粹的关系。她为我所做的一切发自内心地高兴。这种关系很难替代。我和她认识17年，认识她时，我正怀着我的第一个女儿。我知道有些事不会发生在剧中这两个女人身上。我不希望她们为了男孩子争吵，也不希望她们绝望地结婚。我不想让她们做那种“我的生命一分一秒地老去，卵子也在一分一秒地老去”的事情，那只会让我大跌眼镜。我身边有各种各样男男女女的好朋友，但有些事只会发生在和闺密一起时。即使不经常见面，还是很亲密，总是很放松，这个时候的我就是我自己。所以简可以变得很强硬，像假小子一样，但她也可以很笨拙，没有安全感。这些都是只有最亲密的人才能看到的。我也对人类的极端状况很感兴趣。人们什么时候会崩溃？为什么会崩溃？我相信很多关于大脑的研究都是正确的：人们会在正确的时候能做任何事。

尼尔：受《绝命毒师》和《广告狂人》等有线连续剧的影响，现在似乎有一种回归的趋势，广播网也在制作更多的连续剧。你是否考虑过将《妙女神探》系列化，在每集中把正在进行的案件和封闭式犯罪故事放在一起？

珍妮特：我很想这样。编剧一般都喜欢这样。但这样的剧很难销售，也很难让人们“试看”。就像去看一场戏剧或电影，如果迟到了，你觉得错过太多，然后就根本不想去了。非系列化的电视剧往往更容易卖到国外，因为他们可以自由地播放，甚至可以混季播放。这纯粹是商业决策。这一直是一部“封闭的程序剧”。事实是，那不是我要考虑的事情。我觉得很有创意，好像这是“我的剧”，但它并不真正属于我。我为别人工作。华纳地平线电视是一家工作室，特纳电视网（TNT）是一家电视网。我们正处在一个有趣的合作期，我必须考虑这部剧的授权和未来的转售价值，否则我就得停止制作它。

到目前为止，从有线电视开始播出转而发展至国内电视网播出的电视剧总数为零。所以即使我们制作100集，也不可能在电视网播出。《妙女神探》的未来是，付款的人（本质上是我的客户）最终能够组合起来。哈特·汉森（《识骨寻踪》的创作人）教会我如何找到方向，如何驶向我觉得应该去的地方，同时也给角色们注入了幽默和生命力。找到一种方法，让艺术和商业并存，这并不容易。

但你必须这么做。如果你的“买家”找不到融资的方式，那么你就无法成功。人们喜欢这些角色，所以在某种程度上我不能不系列化或“延续”他们的故事。这种情况发生的几率，是制作这部剧的集体角力过程的一部分。我希望有一天能写一部没有任何广告的电视剧。作为一个讲故事的人，广告对我和观众来说都有点讨厌。它挑战了我的目标——保持叙事的自然流畅性。每个广告都会中断这种流畅。不过我早已习惯了使用幕间休息的写作方式。

尼尔：所以这部剧结构是一个前导片加五幕，还是前导广告加四幕再加一个尾声？

珍妮特：冷开场加五幕，是的。我们的电视网高管喜欢较长的第一幕。所以冷开场可能会有7~10分钟。标题镜头是浮动的，在后期时我会决定它的最合适位置。特纳电视网（TNT）是一个非常愉快的工作场所，我这么说并不是因为他们中有人可能会看到今天的这个采访。他们给了我很大的自主权，让我在非常宽泛的限制条件下完成这部剧——他们允许我把这部剧做成它本来的样子。

尼尔：剧中对于突发事件有什么规则吗，就像A故事必须在某一幕结束？

珍妮特：不是这样的。如果真的让我做图表和分析，可能会发现有些结构元素在剧中感觉是“正确的”，而有些是“不正确的”——并没有全套的规则手册分发给新人。但相当严格的“规则”已经形成。我想我的编剧们会告诉你，这些规则很难掌握，因为很多都在我的脑子里。我需要在纸上自由地写作，大脑找到了一种方法来组织这一切。

事实是，当我真的坐下来分析，以便更好地与编剧们沟通时，我发现每个故事平均有32个节拍。这是一个公式吗？也许吧。而我的幕间休息几乎总是五五分成：一半是角色停顿，一半是故事停顿。这些并不是事先计划好的，但我猜想这是一种训练（为别人的节目工作）、我的自然倾向，以及我在潜意识之中寻求犯罪和人物故事之间的平衡的结果。

现在观众已经被这些角色吸引住了，我也不怕他们在广告之后不回来了。有趣的是，人们以一种真实的方式关心着这些角色。当然，他们希望我们的角色能解开谜团，而我们的工作就是把谜团变得紧密而复杂，但是作为聪明的观众，他们知道犯罪的谜团会在最后一集结束时被解决。比较个人化的故事，才是真正的惊喜。作为一名编剧，我也是如此。

尼尔：鉴于你作为记者的丰富背景，制作人和记者或新闻编辑有什么相似之处，有什么不同之处？

珍妮特：确实有相似之处，但要回答这个问题，你必须理解不同的运作结构。我在报纸和杂志社的印刷部门工作过，也做过广播网的新闻工作，包括每周新闻杂志和每天的现场实况报道。我曾经做过长篇叙事剧的编剧、编剧兼制片人、制片人兼编剧（基本上是），现在又作制作人。这里有多少空间？

也许最好的解释方式是，大部分人之所以能够站在这个岗位上，是因为他们拥有特定的技能和经验，且愿意承担这样重大责任。在新闻领域，我在几乎在能想到的所有岗位工作过：故事的思考和研究，故事的选题并进行采访，突击和暗中采访，调查背景人员，拍摄照片和/或视频，获得其他素材，了解设备和所有的技术环节，招聘和人员管理等等。但你总是想着故事，这是你工作中第一重要的事。在这个过程中，你必须不断地摇晃几下工作包中的主题、事实和情感元素，同时问自己："这是最好的吗？"作为新闻记者，我感觉空间不够，有那么多东西想诉说。写剧本的时候也有同样的感觉。总是这样。

我一直在做大量的研究。当记者时，我会收集一座小山般的素材，等到拍摄、撰写和编辑作品时，它已然是格式严密、有凝聚力的成品，能吸引人、能提供信息，还能在适当的时候娱乐观众。我一直认为它就像一座冰山——你可能只看到冰山的一角，但冰山之下有很巨大的根基。这和我现在做的工作很相似，与以前做记者和制片人一样，作为一个节目制作人，我要承担很多责任。

负责一部剧从准备、拍摄到后期制作一系列工作，这是我的记者生涯的扩大版。事实证明，这是一项很棒的训练，尽管我从来没有打算离开新闻圈来做电视这一行。我很珍惜这段经历，无论是在策划、实际制作，还是在后期观看节目的各个阶段，我都一直在借鉴。很明显，这不是成为制作人的唯一途径，但这是我的捷径。如果我写不出剧本，这些真正有价值的技能就都不重要——只有当你表现出能将一张空白纸写成真正吸引人的、可拍摄的剧本，并成为观众想看的电视剧时，制片方和电视台才会给你机会。

我总是一直在写作。新闻工作教会了我如何快速写作。这也让我学会研究近乎神奇的价值。在叙事的世界里，人们通常把更多价值放在"编造"东西上，重要的是提醒自己，作家需要体验我们所写的东西。当我写《妙女神探》的时候，我不会想到电视上的安吉和萨沙。想到简和莫拉在谋杀现场，我会去鱼塘听声音或闻气味。当简和莫拉在泥浴中或吊在变频器上时，我也会自己动手体验一下。体验一下感觉如何，做的时候你在想什么。真实性不仅仅是一个目标，它是基础——因为我们深陷于破案的世界中，我非常注重把它做好。演员和工作人员都非常非常令人感激。他们也做了很多功课。

在写试播集的时候，我联系了研究生院（哥伦比亚大学）的朋友，挖掘到一位《波士顿环球报》记者。我说："给我找一个凶杀案侦探，能跟我谈谈的那种。"他做了介绍，四年后，这位警察从全职技术顾问变成了我团队中的编剧。

没有一条故事线、道具或动作太小，因为一切都有助于这部剧的整体感觉，“我们的坏蛋会不会折腾或烧掉血衣吗？他为什么用枪？用什么样的枪？”

对于报道犯罪事件的记者来说，这些细节很重要，作为创作犯罪故事的编剧来说，这些细节也很重要。魔鬼就在细节里，但你也不能让细节主宰你的生活，作为制作人，你需要运营的是一个工厂。我总是在想：“拍到了什么？我们能改变它或隐藏它吗？”这有关运营和创意——身为编剧和制作人——整天都在想这些。我喜欢这样。这让我想起了做现场新闻：你必须敏捷果断，否则会在很多人面前表现得像个白痴。

我有几百名非常有才华的员工，但我们都在非常严格的时间/金钱资源之下工作。节目制作人必须确保流水线不停地运转，如果数百个部件中的某一个出现故障，整个机器就会戛然而止，这个后果是巨大、痛苦和昂贵的，有时还会公然停摆。

我们的总体目标是，无论检查制作的哪个方面，你都会看到金钱和时间是被明智地花在了故事上，最终的结果是吸引人的、愉悦的、甚至可能有启迪意义。所以从质的角度来讲并没有什么不同。这更多的是规模的问题，还有自然的压力，以及更多的利益。

尼尔：是什么造就《妙女神探》改编的犯罪故事，你作为制作人和决策者才有了戏剧性的发现，是编剧室里的某一时刻吗？或者因为不能满足哪些特定的需求而剪掉一个故事呢？

珍妮特：当编剧推介故事的时候，我在脑海里就看中了它。我在想：“这是我的剧吗？如果动笔写，最糟的情况会如何？”我问自己的问题很简单：是不是很想写这个剧本？如果答案是肯定的，那么它就是我们要追求的东西。有些故事对其他人来说是完美的，我却不感兴趣。就像在一个很酷的聚会上，有些人很吸引你，有些人则不太喜欢。

当你决定继续坚持下去的时候，要花大量的时间、思考和实验：走这边还是那边？反复试验。如果没有故事转折、线索或解决的时刻，不能带来让每个观众发自内心的共鸣，你就得继续努力下去，直到让观众产生共鸣的时刻出现。我想我的编剧团队一样，从来没有真正停止过对这部剧的写作——即使在睡梦中。所以有时候，这种拯救故事的想法会在深夜出现，或者是在健身房锻炼的时候，或者是在打扫房间的时候。这种混乱的创作过程令人疯狂——包括编剧在内。但是新闻工作的“最后期限”拯救了我：如果没有在截止日期前完成，就会出现空谈或空白页……然后就你失去工作了。

我也很喜欢推动事物发展——我自己，我的编剧，尤其是故事。我不想要你的第一个创意，也不想要我的第一个创意。我想要的是我们还没有想到的。这很难。

尼尔：这部剧似乎是主题驱动类型。主题对你来说有多重要？

珍妮特：我认为主题会出现。我认为每个人都会找到了自己的方式，完成之时事情才会有意义。正如我所说的，直到加入这部剧一年半以后，我才意识到是朋友的逝去创造了简和莫拉之间友谊。对我来说，这就是写作的过程，也是我希望主题从作品中产生原因——你不需要提前尝试去设定一个“主题”（或者至少我不这样做）。当故事形成时，编剧会发现并建立所有这些联系。

尼尔：如何想出这些犯罪故事，它们来自书中吗？

珍妮特：不，这些故事并不是都来自原著。在试播集中我们使用了原著中的一个故事。除此之外，我们都是自己创作的，主要是因为原著有300多页，其中有些内容在书中有效，但放到电视剧中不一定有效果。至于技巧，我有几个方法，我相信它们会可以让我的团队抓狂。有时一集可以从一个场景的想法开始。举个例子，设想在洗车场里杀一个人，一集故事就这样开始。另一集呢，因为我女儿是舞蹈家，所以我们做了一集舞蹈竞技的情节。我的另一个女儿对艺术很感兴趣，所以这也成为好几集的主题，也是莫拉母亲的背景。我哥哥目前正在阿富汗旅行，因此简的情人凯西·琼斯中校当时在阿富汗服役。

我常读书，也常偷听别人对话，还会试着仔细倾听孩子们的世界，因为青少年的世界对于成人来说几乎是全新的。每当我听到某些事的时候，就会捕捉到它是否值得去追求的——故事就自然而然地开始在我的脑海中旋转。每一季开始，我都会和编剧们在编剧室里待一两个星期，进行头脑风暴。我请大家尽可能多地阅读有关波士顿当地政治、生活和犯罪的书籍。就这样，我的前技术顾问成为编剧，并不断挖掘出各种故事情节。

我在东海岸长大，小学时住在波士顿郊外，拍摄过以战争为主题的剧集，还有关于塞勒姆女巫事件和马拉松爆炸案的剧集。有时我发现自己希望安吉、萨沙和安吉拉有波士顿口音。我一直很想拍《火车怪客》之类的剧，因为我们的世界里到处都是电子产品、手机和电脑。这一点是程序剧中最难解决的问题：现在有无数种方法来追踪罪犯，如何想出一种没有电子足迹的犯罪？有点困难吧，我现在正努力挑战自己，让谜团变得更强大、更复杂。理想的状态是，你想到这个节目时，就会想到简和莫拉，还有人物关系，以及他们的家庭。而真正把整部剧凝聚在一起的，是那些灵活的墙壁和地板，这是犯罪现场。这部剧是接地气的，从一个好的谜团开始——犯罪基础也必须坚实。

尼尔：那么你从犯罪行为开始构思？

珍妮特：我总是从犯罪开始说起。这是自第一份编剧工作以来，我一直保持的规则。这给我的孩子们造成了一些非常混乱而疯狂的困扰。当构思《犯罪现场调查：纽约》的时候，我想可以试着在剧情中用红木桩杀死一个女人。之前说过我是一个喜欢做调查的记者，所以我有一种敏锐的第六感。有一天我带着7岁的孩子去幼儿园，一个人走过来问：“需要帮忙吗？”我女儿奶声奶气说：“我妈妈正在找一根红木桩，用来杀死一个人。”那家伙吓得急急忙忙地跑开了，嘟囔着要去找经理。写作时，我会让自己像杀人犯一样思考，会计划细节，比如要杀一个人，那么如何能逃脱惩罚。所以我总对编剧说，你们的任务是这样的：如果没有超级侦探简和莫拉，凶手就会逍遥法外。剧情必须让人感觉到，如果赌注（红木桩）不够高，那么这个杀人犯最好有一个该死的好理由。如果想要保持神秘感，让所有的演员都参与进来，才会有意义。不要“电视”感，而要“真实”感，才真正有意义。

尼尔：你最喜欢的神秘故事是什么，为什么那个犯罪故事对你来说特别震撼/难忘？

珍妮特：我真心喜欢自己制作的季末故事。每个季末故事创作起来都很难，你很容易进入一种无趣甚至像脑死亡的状态，令人恐慌，每季的开始和结束总是让我陷入困境。我会进入一种状态，即“我永远也写不好，我已经写了那么多集，怎么才能超越之前的故事呢”，这种想法会把我周围的每个人逼疯。

尼尔：在什么时候你会有一种感觉，确定在哪里结束本季的故事？

珍妮特：我很早就知道第1季和第2季的结局。制作第1季时，我想用一个悬念来结尾，令简感觉出乎意料。我想最后剧组没钱了，那就做一个“瓶子秀”（整个剧集集中在一个场景拍摄）——这将影响到它的结构。制作第2季时，我从一开始就想看到她们发生冲突——不知道他们是否会继续做朋友。所以挑战在于，如何想出冲突，以及如何以一种出乎意料但又真实的方式实现冲突。归根结底，简枪击了莫拉的生父（他是个坏人），剧集的最后几秒，莫拉抬起头，喘着气说：“不要碰他，你怎么能向他开枪？”简的内心矛盾又痛苦，从她最好的朋友身边后退离开。当这一切终于实现的时候，我真的很自豪。上一季，也就是第3季的结尾，是在开始做最后一集时，才想明白自己想要如何结束这一季。直到我写完最后一幕，我才真正决定如何结束。

我们刚刚开始拍摄第4季，谢天谢地，我已经想好怎么结尾了。这并不是说我不会惊慌，只是我知道我要去哪里……

尼尔：谈谈帕迪·多伊尔，你创造的那个类似“白鬼巴尔杰”式的角色，他是莫拉的生父。当简向他开枪时，莫拉的情绪非常复杂。他是个坏家伙，但她爱他。

珍妮特：她们都有非常复杂的感情，而且他们都是对的。在我看来，这是最好的冲突。两人都没有错……我最喜欢的故事矛盾是双方都觉得自己是对的。

当不知道如何写作某个场景时，我明白这正是在朝着正确的方向前进。这也是我最想要那个部分。很多电视编剧担心观众不把我们当作编剧，因为观众不会意识到他们看到的一切都经过了想象、加工和反复思考，甚至重写了很多遍，包括每条故事线、一行对话。对我来说，最好的赞美来自两方面，一种是当一位电视台高管说“读起来真有趣”，另一种是我们得到观众的反馈，他们不只是觉得有趣，还意识到随着人物一起体验了我们创造的这个世界。

在遭受巨大打击或创伤的时刻，我们既能做最真实的自己，也能用自己的言行令自己惊叹。这些都是不可预知的催化剂。在帕迪那一集，我希望的是莫拉以一种她没有预料到的方式做出反应。这是人类的普遍经历。在那一刻，你会想，“为什么会对发生在自己身上最可怕的事情发笑？”我想把这对好朋友丢到一种可能会瞬间中断多年友谊的境地。一生的感情会因为一次交锋而结束吗？我知道它可以。那么如何在一个场景中把它戏剧化？

当然，我必须在下一季的开场时收拾残局——简和莫拉不再是“最好的朋友”。事实上，她们彼此都不说话。帕迪·多伊尔，莫拉的父亲已奄奄一息。简也同样愤怒：她能怎么做呢？多伊尔是联邦调查局头号通缉犯之一，而且他拿枪指着她。我思考的是，我该如何重振旗鼓，如何让这段友谊重归于好？怎样才能做到不像在“看电视”，又有真实感呢？

尼尔：这一点在每一集都有所体现，因为她们都同样聪明，同样热情。一个来自聪慧和知识，另一个更多地来自本能、胆量和精明。

珍妮特：有位高管曾跟我说，不能让女人打架，因为没人会看女人打架。但我内心可能会有这样的想法：“我会向你展示女性如何战斗。如果你是男人，那么你如何投入其中，如何学到些什么。”第3季中我最喜欢的一个场景是在莫拉的办公室里，派克（小埃德·贝格利饰）走进来说，这是一场猫咪打架。然而，各种各样真实的事物正以一种有趣的方式被谈论着。

从人类的普遍性和从编剧的角度来看，我们希望得到的是那种既复杂又简单，同时既可以解决又无法彻底解决的东西。毕竟这就是生活。

尼尔：当我和学生们谈论他们创作的一小时的试播集时，我告诉他们要把每一部剧都当成一个家庭，不管人物是否有血缘关系。你的电视剧中，两者都有。简的哥哥是警察，她的妈妈现在咖啡馆工作。也有工作式家庭，简和莫拉像姐妹一样。她的导师文斯（布鲁斯·麦吉尔饰）就像父亲一样。当你在策划剧情的时候，家庭关系对你有多重要？

珍妮特：本来，联邦调查局探员加布里埃尔·迪恩（比利·伯克饰）会扮演一个更重要的角色，但我不想剧中两个女主演为了一个男人而争吵而形成三角恋。因为这两个女人对她们的职业如此投入，她们的家庭关系也会投射在工作中。然而，一旦我有了洛林·布拉柯，我就得想办法让她融入她们的世界，这样我们就不用经常离开波士顿警察局或法医办公室了。但关于我有没有想过“怎样才能让这个家庭变得重要”——没有。

我们都是剧作家，即使剧中人物从小是孤儿，也会为他拼凑一个家庭。我们都很熟悉这些原型，所以也许我们都很自然地通过血缘和选择“家庭”。我认为这两个人的不同之处在于，莫拉有一点对善意的忽视，她拥有大量的书籍和大量的脑力刺激，但没有一个可以拥抱她、亲吻她、拥她入怀的妈妈。安吉拉是一个爱拥抱、喜欢亲吻、关心你的妈妈般角色，但简不爱拥抱。为什么这么说呢？这种感觉就像简以天性胜于养成。所以当有这种接触的时候，观众会如此喜欢这种感觉，因为它打破了简身上的坚硬外壳，希望它也能让人感觉真实。我最喜欢的一个场景是莫拉处于巨大的痛苦之中，却不让安吉拉拥抱她，这让安吉拉十分伤心。

尼尔：电视剧的惯例是，角色不会改变，因为观众想看他们是谁，但是一些电视剧像《绝命毒师》中的沃尔特就发生了巨大的变化——他的变化是这部剧的重点。你认为你的角色会随着时间的推移而变化吗，你希望他们这样吗？还是他们会继续保持目前的个性？

珍妮特：我想，这些女性经历了一些惨烈的经历，她们会情不自禁地改变。所以我觉得她们必须要进化。像所有人一样，我们会变得更像自己，或者更像我们想成为的人那样。我希望我能找到某种方法，让这部剧5~10季保持不变。这一点与编剧有关——你想要成为什么样的人，要注意的一点就是世界也在告诉你——你是什么样的人，或者至少是你呈现出什么样子。

我也认为她们会自然而然地受到友谊的影响，并随着所经历过的事情而加深友谊。说实话，我很怀念第1季中莫拉的那种羸弱。在某些方面，这更容易。但是为了让演员们保持兴趣，我必须让他们处于一种保持创造力和艺术性的状态之中，这样他们才会像画家那样拿起不同颜色的笔，描绘出人物不同的肌理。

我们很少看到莫拉生气的画面。但在第3季结尾，她很粗鲁地对待亲生母亲。她说了一些平时不会说的话。我对这个场景非常挣扎，因为我们从未见过莫拉这样做。这符合她的身份吗？噢，是的。她只是以前从未遇到过那种特殊情况。我认为观众并不喜欢总是这样，尤其是那些来回换台的观众。他们每次都想吃同样的饭菜。但事实是：真实的人充满矛盾。角色不总是说出他们的意思，当然也并不总是说真话。我喜欢在那些人们早已认定没有惊喜的事物身上发掘一些新的东西。

尼尔：你去过《犯罪现场调查》夏令营，也参加过《识骨寻踪》夏令营。对你来说，做制作人最重要的技能是什么？

珍妮特：这是我的第二个工作。做新闻时积累的技巧绝对是无价之宝。在没有进入编剧领域时练就的快速写作能力至今也是非常宝贵的。我也有大量的制片和后期制作经验。我很幸运，因为编剧并不总是能接触到这些。来到《妙女神探》剧组的时候，我已经有了1万个小时的工作经验，这是一笔巨大的财富。我认为很多电视编剧不明白学习后期制作的必要性，以为唯一的方法就是坐在那里一直看就可以了。后期制作中有太多的故事编辑工作在进行（或者应该进行），如果编剧认为这只是“某个人在按按钮”，或者是别的另一个部门，那才是致命错误——后期编辑通常是拯救一部即将崩溃电视剧的神奇之地。

我也是一个非常务实的人。我知道我的预算有多少，能做什么，不能做什么。我宁愿只写那些我们能做的故事。这是一项团队工作。制作部门不是对手，而是盟友。他们知道的信息越多，知道得越早，我们之间的合作就会越好。编剧必须能够处理批评和问题，并迅速拿出好主意和解决方案。我认为我很适合“多动症”环境下的节目制作工作，那种环境之下，你没有一天甚至没有一个小时的奢侈时间来思考问题，而且只能通过写作来解决它。你还必须能够快速地切换问题。所以我认为我的第一份职业和新闻培训经历非常重要。有时，那些通过电视剧体系成长起来的编剧，或者只做过某人助理的编剧都不会有这种机会。我对那些有过其他职业经历的编剧很感兴趣。今天我就采访了一位编剧，他是一位哲学教授。这种类型的编剧对我来说非常有价值，他们来自不同的地方，他们的作品往往不那么具有模仿性。我发现有些电视编剧的整个参照系就是电视本身，但我真的不希望任何一个人模仿我。我想让他们走出去，像我一样亲自去看一看、去闻一闻、去摸一摸、去体会一下，从而带给观众一些不一样的东西。这并不是说我能够在每一个故事中都做到这一点，但这始终是我的目标。每次写东西，我的目标都是给观众一些新的体验，哪怕他们只是在和生活中永远不会遇到的人互动一下。这也是我最怀念记者工作的那个部分：走到哪里都能与任何人交谈，就像掌握了一张通往生活的通行证。

尼尔：在制作方面，你们是七天制吗？

珍妮特：7天半。

尼尔：有多少天开始，多少天结束的规定吗？

珍妮特：我尽量灵活一些。有些集要求3天完成。这取决于对于剧集的计划程度或者超前程度。我们通常1~2天完成一集。预算很紧张，不允许犯错。每个人都很重要。当你没有完成你的工作时，其他人真的会感觉到。重点是找到能够接受挑战的人。无法想象如果有大量的金钱和时间，我们会怎么做，那将是多么美妙的工作状态！目前也出现过一些令人兴奋的事情，有时候即使买不起某个道具，但是通过合作你可以找到解决方案。我喜欢拼图——而且我很挑剔。这意味着我必须得想办法得到我想要的东西，纵然是我们负担不起的一个想法，我们也会找到方法去创造其他可以替代的——甚至是与众不同且同样优秀的东西。当你周围的人都在迎接挑战，这就是最好的创造力。

第21章
制造欢笑

喜剧除了必须有趣之外没有规则——有趣其实也是高度主观的感受。同样的素材对每个人来说感觉是不一样的。黑色、尖锐、颠覆性和/或“粗俗”的喜剧对一些人来说是令人捧腹大笑的，而另一些人则反感至极。枯燥、滑稽、老练的“英式”幽默对一些人来说是笑点炸弹，但另一些人却嗤之以鼻。如果讲得不好，无论这个笑话多有趣，它都不会有效果。反之亦然。如果一个糟糕的笑话讲得好，它可能也会有笑点。

我相信编剧可以学习结构，也可以学习如何用内心和潜台词来深化场景。我甚至相信一些编剧可以通过学习来改进人物对话。然而，对我来说，喜剧写作和表演是一种天赋：要么有，要么没有。当然，你可以掌握喜剧的“三分法”，格格不入法、角色转换和奇葩对白等技巧。但是，说真的，没有人能教你如何搞笑。

不过，我还是决定向专家请教。这一章包含了当今几位顶级喜剧制作人的智慧锦囊，他们分别是《破产姐妹》的制作人迈克尔·帕特里克·金、《明迪烦事多》的制作人明迪·卡灵和《公园与游憩》的制作人迈克·舒尔和丹·戈尔。我还采访了三部不同类型的半小时喜剧制作人：

- **《摩登家庭》**：单机位广播网（ABC）情景喜剧，有大量的人物，没有笑轨。创作人/制作人：史蒂文·莱维坦和克里斯托弗·劳埃德。
- **《老爸老妈浪漫史》**：多机位广播网（CBS）情景喜剧，在一些闪回和外景镜头中也采用了单机位风格。制作人：克雷格·托马斯和卡特·贝斯。
- **《网疗记》**：低成本、单机位有线电视（Showtime）喜剧，起源于由雷克萨斯赞助的网络连续剧。相机的设置非常迷你，心理治疗师菲奥娜·沃利斯（丽莎·库卓饰）通过这个“固定”的网络摄像头向她的在线客户提供建议，布景非常少。《网疗记》是一部开创性的喜剧连续剧，提出了一种基于新型商业模式的独特的讲故事方法。每一集都有大牌明星（梅丽尔·斯特里普、莉莉·汤姆林、柯南·奥布莱恩、大卫·修蒙、米妮·德赖弗斯和茱莉亚·路易斯·德雷福斯都曾出演）前来客串。

虽然《网疗记》是一部不同寻常的剧集，有自己独特的模式，但在对创作人/制作人唐·罗斯和丹·布卡廷斯基（女主角库卓也是创作人和编剧之一；罗斯是每集的导演）的采访中，你会注意到这部剧遵循的却是情景喜剧的基本“规则”。

对于有志于从事情景喜剧编剧和创作者来说，以下是基本的入门法则。对于想要快速提升技巧的人，建议读一些致力于提升情景喜剧艺术和技巧方面的优秀书籍[1]。但更有价值的是，徜徉于过去和现在的经典情景喜剧作品之中。除了以上推崇的剧作之外，这里还有一些我最爱的剧目（排名不分先后）：《全家福》（*All in the Family*）、《莫德》（*Maude*）、《玛丽·泰勒·摩尔秀》（*The Mary Tyler Moore Show*）、《疯狂的士》（*Taxi*）、《宋飞正传》（*Seinfeld*）、《欢乐酒店》（*Cheers*）、《罗达》（*Rhoda*）、《笑警巴麦》（*Barney Miller*）、《办公室》（英版和美版）、《我爱露西》（*I Love Lucy*）、《罗斯安家庭生活》（*Roseanne*）、《风云女郎》（*Murphy Brown*）、《人人都爱雷蒙德》（*Everybody Loves Raymond*）、《亲情纽带》（*Family Ties*）、《肥皂》（*Soap*）、《鲍勃·纽哈特秀》（*The Bob Newhart Show*）、《莫莉·托德的生活》（*The Days and Nights of Molly Dodd*）、《糊涂侦探》（*Get Smart*）。

情景喜剧的基本格式

情景喜剧有两种类型：多机位剧与单机位剧。

多机位形式自《我爱露西》开始，延续到如今的《好汉两个半》《破产姐妹》和《生活大爆炸》。

单机位的拍摄和格式就像电影一样，例如：《摩登家庭》《公园与游憩》《抑制热情》和《副总统》。

这些情景喜剧中有些有前导片和尾声，有些是两幕（多机位），有些是三幕（有些，但不是全部是单机位剧）。如果你打算为喜欢的情景喜剧写剧本，可以通过剧本网站找到该剧的真实剧本，并复制它们的格式。不要试图重新发明剧本格式或打破格式。每一集都要符合原有的标准。如果你准备新创作一个情景喜剧试播集，就要研究不同类型的情景喜剧，然后决定哪一种风格和格式最适合你。没有其他捷径。一定要做好前期研究！

多机位情景喜剧

- 淡入：全部大写和下划线。
- 场景X：“编号”使用大写字母，并用下划线标识。
- 场景标题：全部大写，标识“白天”或“晚上”，用下划线标识。

---

1 推荐埃文·史密斯的《电视剧写作》（*Writing Television Sitcoms*），塔彻·佩里格出版社，2009年。——作者注

- （人物列表）：应该直接出现场景标题下方，并标识出本场景需要哪些角色。放在括号中。
- 动作/描述：大写。
- 人物介绍：大写和用下划线标识。
- 音效/特效：大写和用下划线标识。
- 角色名称：对话前要大写。
- 对话：句首大写，使用双倍行距。
- （插入语）：用来明确对话的方式。例如（讽刺地）——在对话段落中，同一行——放在括号中，大写。
- 剧本被分成若干幕，每一幕都从新的一页开始。

关于幕间广告，以下几点适用于多机位情景喜剧。

前导片： 1~2页

第一幕： 17~20页

第二幕： 17~20页

尾声： 1~3页

合计： 40~48页

单机位情景喜剧

- 格式类似于一小时剧情剧剧本。
- 剧情类喜剧，如《衰姐们》《单身毒妈》和《护士当家》也采用这种形式。
- 幕间广告在剧本中可以写也可以不写，取决于这部剧是否有幕间广告。有线电视台如HBO和Showtime等，没有幕间广告。
- 对话和舞台指示是单倍行距。
- 人物在第一次被介绍时以大写来描述。
- 剧本平均至少30页。

情景喜剧的基本结构

多机位情景喜剧

这类剧的情节往往简单而宽泛。可能有一条主要情节线（A故事）和一条次要情节线（B故事），其他线可有可无。

每一幕通常有3~5个场景。单机位情景喜剧可以跳转更多。在后期制作中，较短的零碎片段会被剪接到一起，形成一个连贯、有主题的整体。多机位情景喜剧通常在现场观众面前按时间顺序拍摄的，更像一出舞台剧。单机位喜剧就像每周都播放的小型故事片。

多机位情景喜剧的拍摄地点更加固定。《破产姐妹》的制作人迈克尔·帕特里克·金曾参与过多部多机位和单机位电视剧的制作。他表示由于地点的限制，多机位情景喜剧更难制作。在《破产姐妹》中，他们需要确定角色在场景中的出入口，而在单机位电视剧中，比如在拍摄《欲望都市》时，可以直接剪到下一个场景。

在《破产姐妹》中，迈克尔·帕特里克·金和他的编剧团队在前期制作阶段就规划了整季（24集）的剧情。他说："我们为这一季设想了3条基本的情节主线：破产的故事、女孩的故事和餐馆的故事。"然后，他们把那些较大的弧线分解成独立的剧情，分配给编剧团队的各个成员（二人组编剧团队除外）。在每集的21分钟里会有很多故事，"有上、中、下三层（我认为这就是主题和潜台词）"，金说。

《破产姐妹》的编剧室用于为角色设定更大的故事线，但是金更倾向于让每个编剧在编剧室之外完成实际的剧本创作，以尊重每个有才华的编剧。

单机位情景喜剧

单机位情景喜剧通常有更多的自由度，可以去多个地点，有几个固定的场景。在多机位情景喜剧中，场景更少、更固定，需要在剧本中有更多的笑话。因此现场观众会期待在多机位情景喜剧中看到人物口中说出每句有笑料或者有令人震惊的话来，这就意味着剧本的每一行都要有笑料。沉默对于多机位情景喜剧而言意味着死亡，而对于单机位情景喜剧而言，沉默只会令人皱眉——好意的那种。在单机位情景喜剧中，观众的期待值是不同的，喜剧的节奏更加细致入微，不那么强调"笑话"，更多地依靠视觉上的噱头和场景间的穿插。

在《公园与游憩》中，制作人迈克·舒尔和丹·古尔以小组的形式拆分故事，随后每个编剧都剥离出来，去写各自的故事。舒尔（来自《办公室》编剧团队）认为，集体编写整集故事并不能充分利用每位编剧的聪明才智。"一段时间之后就会收益递减"，舒尔说。

《明迪烦事多》的制片人明迪·卡灵（也是《办公室》编剧团队的一名成员）认为，每一集的初稿都由单独的编剧（在编剧室之外）精心制作，这样就形成了"美妙的声音组合"。卡灵管理编剧室的方式与她的前老板、该剧执行制片人格雷格·丹尼尔斯管理《办公室》的方式相似。他们使用老式的索引卡片和白板。在前期制作阶段，他们会一次向电视网提交3~4集创意，然后将每个剧本分配给一名（或两名）编剧。在编剧交出初稿之后，"剧本就成了整个编剧团队的共有财产。"

《公园与游憩》也按照这个模式运作。剧本的初稿将被仔细分析，新的对话和笑话将被挑出来——这些新台词在编剧室被称为"替补"。按照舒尔的说法，他们会把所有的东西都一次性放进去，所以剧本草稿常常会膨胀到50~60页，然后再把草稿删减至必需的30页。

格雷格·丹尼尔斯也这样做，并创造了一个词“糖果袋”，把所有丢弃的笑话和细节存在里面，以便在未来的剧集中使用。迈克尔·帕特里克·金的版本则称为“鲜奶油”。但与此同时，谁也不想把最精彩的情节、最有趣的台词和情景留到后面去，正如迈克·舒尔指出的那样，“忠实的观众是一种宝贵的商品。你需要把每一集都做好，否则就有可能失去他们。”或者就像格雷格·丹尼尔斯对编剧团队所说的那样，“把香肠（指剧集）包装好，全部放进去。”

基本公式概述

大多数广播网的情景喜剧都遵循一个基本公式，并与故事片、一小时电视剧采用相同的叙事模式——所以你可以很容易地把本书前20章的内容应用到情景喜剧试播集写作上。

至于情景喜剧的基本公式，以下是简洁版概述：

- 建立一个平凡的世界：展示主要人物的日常生活，然后用一个问题来打乱这种相对正常的状态（这为主要情节提供了一个故事的初始催化剂，称为A故事）。A故事讲述这一集中心人物必须要克服的问题。它通常被称为“冷开场”或“前导片”，跟在开场片名之后。这个问题的利害关系不需要达到事关生死的高度，但应该令人感觉到对角色至关重要。我听说在情景喜剧圈中这被称为“巨大的小事”。
- 情景喜剧的第一幕在片头字幕之后开始。角色开始寻找解决问题的方法。在这一幕的前半段，配角也会在B和C故事中出现。接下来主角必须确定一个计划来解决这个问题。
- 通过统一的主题将A、B、C三个故事联系起来（故事的结尾通常含有寓意）。
- 剧集中间情节要出现反转，危机不断升级：故事片中，这种情况应该发生在第二幕的中间。在两幕情景喜剧中，这种情况发生在第一幕的结尾。三幕剧中，发生于第二幕结尾。此时，更大的麻烦出现了，这使行动突然进入一个意想不到的方向。目标可能会改变。一个新的目标可能会被增加进来，角色现在正处于两难境地。基本上，在试图解决较小问题的同时，一个更大的问题（无意中）创建起来。打个比方来看，在第一幕中主角被一只恶狗追赶，被迫爬上一棵树逃生，在接下来的一幕中，旁观者向树上的主角扔石头。这是我见过的最好的类比。
- 当电视剧从中点回归时，主角应努力解决更大的问题，但事情出了差错，他们看起来似乎永远不可能成功。这是故事的低谷，失败迫在眉睫。在一部情景喜剧中，这种低谷（或是“看似一切都失去的时刻”）一般会出现在接近故事后半段的结尾处。
- 在第二（或第三）幕结束时，主角会克服了困难——通常是通过诚实的沟通和/或弥补。在电影中，高潮即真相。我认为这条规则也适用于情景喜剧。在高潮之后，通常会有一个广告时段。

- 广告回来之后，有时会有一个非常短的“尾声”来解决大部分残留的冲突。不管问题有多棘手，观众们都希望主角们在平凡的世界里平安无恙。通常最后会以笑声结尾，接下来是字幕。

但是，请注意，随着油管网的视频短片、“无趣即死亡”（*Funny or Die*）网站的幽默视频、《波特兰迪亚》（*Portlandia*）这样的小品喜剧节目[1]的流行，以及创新喜剧系列如《费城永远阳光灿烂》（*It's Always Sunny in Philadelphia*）、《废柴联盟》（*Community*）、《路易不容易》（*Louie*）、《副总统》（*Veep*）和《衰姐们》等剧的盛行，对一些观众来说，久经考验的情景喜剧公式也显得越来越不那么重要了。荒诞不经的角色、突破常规的超现实情境越来越被这个小众但迅速壮大的群体市场所接受和渴望。

> 讲了这么多规则后，事实上如果每周剧情都很有趣，就可以把所有的规则都抛开，笑着赚大钱。

访谈：克里斯托弗·劳埃德

《摩登家庭》

2010–2012年获艾美奖喜剧类最佳剧集

2010年获艾美奖喜剧类最佳编剧

2011–2012年获美国编剧工会（WGA）最佳喜剧奖

2010年获美国编剧工会（WGA）最佳情景喜剧奖

2010年获美国编剧工会（WGA）最佳新剧奖

2010年获美国编剧工会（WGA）最佳喜剧奖提名

《情缘》（*Back to You*）

《欢乐一家亲》

1994–1998年获艾美奖喜剧类最佳剧集

1996年获艾美奖喜剧类最佳个人创作

2000年、2004年获艾美奖喜剧类最佳编剧提名

1999–2000年获艾美奖喜剧类最佳剧集提名

2001年获美国编剧工会（WGA）最佳情景喜剧奖

《快乐航空》（*Wings*）

1 喜剧系列中的小品喜剧形式，如《周六夜现场》（*Saturday Night Live*）、《波特兰尼亚》和《艾米·舒默内幕》（*Inside Amy Schumer*），遵循的是与情景喜剧完全不同的形式，被归类为“另类节目”（不在本书范围内，抱歉）。大多数动画系列的结构类似于单机位情景喜剧——除了摄像机和现场观众。

《黄金女郎》(*The Golden Girls*)

尼尔：我最感兴趣的是，最初你是如何构建这部剧的？尤其是在情景喜剧的传统结构中使用画外音和从家庭到家庭之间的穿插，以及如何将这种纪录片风格融入其中。当你决定要讲述这种新的非传统家庭的故事时，是在什么时间节点或如何决定要以这种直接对着镜头式的纪录风格呢？

克里斯托弗：那是很早的时候。我们想做一档家庭剧，正如你所说，如何做一档有别于现有的和已经在电视上播出的成千上万档家庭剧呢？我们想的第一件事是，“好吧，我们还没有看到过纪录片版本的家庭剧——这将会使它与众不同，给观众提供一种以前从未有过的体验方式。”和观众直接讲话和对他们进行采访令它多了一点偷窥的感觉。比起传统情景喜剧，它更能捕捉住观众的注意力。这是一个早期的决定，但即便如此问题还是来了，“我们要看的这个家庭是什么样的？如何选择一个能够囊括当今美国所有家庭的代表？”后来我们想，也许我们可以以3个不同的家庭作为代表，希望通过一个传统的家庭和两个不那么传统的家庭来抓住美国家庭的本质。接下来，我们想，“嗯，这似乎有点与众不同。如果我们只花两分钟看一个家庭，接着再看第2个，然后再看第3个，感觉是在一部剧中同时讲述3部剧的内容。”我们试图找到一种巧妙的方式将它们结合在一起，这样就会觉得真正拥有了一部剧集，这也是试播集结尾所透露的一个惊喜。我们讲了一个大家庭的故事，但在这个大家庭里，有多种家庭形式，这是一个与众不同的故事，碰巧使用了一种与众不同的风格技巧——纪录片风格。所有这些加在一起构成了一部与众不同的家庭情景喜剧。我们在讲故事和讲笑话方面可以有些传统，毕竟存在着足够的不同之处以引起观众的兴趣。

尼尔：你会提前规划每季的故事弧吗？换句话说，你是否对每一季的角色定位都有一个整体的计划？

克里斯托弗：我们会有一个松散的计划，但从来没有在一开始就制定出任何整季的计划。如果幸运的话，我们可以构思出一半。这是我们制作前期的目标。如果我们能在开拍前把24个故事中的12个详细地想好，那么就已经是一种不错的状态。我们今年可能有11个故事。我们不做紧凑的故事弧，因为没有一个特定的爱情故事，也没有任何适合连载的故事。但是，比如，歌洛丽亚（索菲娅·维加拉饰）怀孕了。我们知道她会在第11或12集左右生产，所以如果要做新生儿派对或者她的家人来看望她的情节，就必须在第3、6、9集把这些信息透露出来，并设计好她在第12集的生产情节。当克莱尔（朱莉·鲍恩饰）参与竞选市议员时，我们必须考虑到一些重要的时刻，以及我们希望它们落在剧集何处。如果希望选举发生在第20集左右的某个点，那么在15集前后就要准备一场辩论的情节。这些还远远不够，只是给了我们一些目标，到这些时刻时我们要全力以赴一击而中。

尼尔：剧中角色会改变吗？我一直觉得情景喜剧的黄金法则是，角色不会改变，但他们的处境会改变。对吗？

克里斯托弗：角色的某些方面是观众所喜欢的，肯定不希望看到改变。这在我们的剧中和其他很多剧中都是如此。有一些变化对我们来说是有效的。你希望看到菲尔（泰·布利尔饰）最终获得杰（艾德·奥尼尔饰）的认可。你也想看到克莱尔和歌洛利亚之间的紧张关系有所缓和。同时，这些矛盾也是我们很多幽默的来源，所以我们不想让它们一起消失，因为不可能每周都有同样的故事。我们希望看到一些变化。这是制作多季电视剧的共同难题。你想要展示出一些进步，但又不想完全毁掉最初让观众爱上本剧的那些因素。在个人成长方面，我们当然希望看到克莱尔，比如说，不那么紧张，为她的创造力找到一些出路。我们时常探索这个问题，想让她放松一点，比如她和男性朋友一起喝得酩酊大醉，然后谈情说爱，没想到却把直男当成了同性恋。克莱尔的这些故事在剧集早期可能没有设想过。菲尔也一样，我们把他塑造成一个傻乎乎的爸爸，但也有很多时候我们看到了他非常敏感的一面。杰也一样。例如今年，我们知道杰要去看精神科医生。我不认为这一点是可以从第1季时就能预料到的。这是一个角色扩展的问题，给予他们新的维度，你会发现既有趣，又不会与角色本身形成太大反差。所以你不会说，“这没有意义。他怎么可能既是A又是B呢”，这是一种挑战。

尼尔：你认为A、B、C三个故事有不同的情节主线吗，或者每个家庭都有自己的字母来代表他们的故事？家庭内部的故事有什么规则吗？

克里斯托弗：它是会转变的。在某些情节中，某个家庭的故事可能更占优势。

尼尔：构思故事时，主题对你来说重要吗？要如何将3个故事结合起来？

克里斯托弗：大的主题不会变得可预测和公式化，所以我们偶尔会想，“讲一个关于嫉妒、关于遗忘或关于未完成的路这样的情节。”但不能每周都这样做，否则观众会认为，“这是一部关于x的电视剧。”我们不想做这样的剧，而是想做关于3个家庭的完全不同的故事，有时它们之间彼此没有关联，有时在整集的大部分时间时可以看到某个家庭比较突出，与另两个家庭有明显不同。

至于A、B、C故事，我们不倾向于结合，因为我们要为所有的角色服务。为了做到这一点，通常会为每集分配相同的费用。我们更可能做出的区分是：哪一个故事是更感性，更有灵魂，哪一个情节较为愚蠢？我们也尽量保持一种平衡。

> 如果我们要为米切尔和卡梅伦（杰西·泰勒·弗格森和艾瑞克·塔克饰）设计一些更荒唐的事，那么就可能会想为菲尔和克莱尔设计一些更有感情的情节，这样观众就会觉得自己得到两种结果。

某个故事的长度完全由讲述故事的最佳方式来决定。如果我们说，“哇，这里有一个关于菲尔和克莱尔的故事，非常棒，而且达到了不错的效果，但要花14页才能完成。同时，还有非常滑稽的米切尔和卡梅伦的故事，看起来也得14页。留给杰和歌洛莉亚的位置就不多了。我们会把其中的一个故事拿出来，放在另一集里，而不是缩短角色的篇幅。”

尼尔：谈谈编剧室的工作方式吧。是以团队的形式来拆分故事和构思笑话，然后由编剧单独去完成某个情节，还是由你来设计不同的故事情节分配给不同的编剧来写？

克里斯托弗：通常都是一个人或几个人一起完成的。我们会坐在一起，将一个故事彻底地拆分开来。我的经验是，一般要花3天时间来完成这项工作，有6~8位编剧在场——有时甚至更多——为某个故事而努力。它可能由发生在我们身边的一件趣事开始，然后围绕着这件事而展开。或者从一个主题开始，也许始于一个我们喜欢的节日，也许始于本季的一个标志，比如歌洛莉亚分娩那一集。至于用什么有趣的方法，无论从何处开始，我们都要坚持用2~3天来讨论，直到积累了足够多的笔记，并且对主线故事的架构有了较为完整的想法。我们会做一些卡片，贴在黑板上，这样可以看到故事全部过程的每一步。一旦我们确信已经完成了一集故事——有开头、中间部分，结尾也很有趣——我们就会说，“好了，把它写出来吧。”

这时，编剧室的一位编剧或一个小组会用几天时间完成一版故事大纲。这版大纲是加大版，包括我们之前所有讨论的句子、对话和笑料的扩充，完成之后我们会再次阅读它。在这期间，我们会一直拍摄其他集，也在琢磨其他的故事情节。通常是一两个星期后，我们来讨论大纲，此时编剧们也会对故事有一些新的看法。有人会说，“好吧，我喜欢这个部分，或者我们可以在这个部分再努力一点，或者可以在这里放一个更好的笑话，或者可以把幕间休息挪到那里。”有时会需要花半天甚至更少的时间做一些修改提示。接下来，撰写大纲的编剧（或多个编剧）继续写剧本。在2~3周时间内他会完成剧本，这时编剧室全体编剧坐在一起，进行重写剧本的工作。这部分工作通常需要1~2天时间，应该只是做一些完善笑料的工作。此时，故事不能再有变化，如有变更应该是在之前的阶段发生。这个阶段需要做的只是找到一些更好的笑料，以增强表演效果，或者给场景增加一些轮廓。然后剧本准备好了，就要进入圆桌阅读阶段了，也就是演员们第一次大声的表演。当然，这给了剧本全新的生命，因为所有人真实地听到剧中角色的声音，你可以提出：“这位演员的这段话、这句台词很不错”，或者“那段听起来不太对”，还可以提出“这场戏感觉有点慢”“那一刻似乎有点仓促”。有了圆桌阅读的新反馈，编剧们会再次重写，用一两天的时间，最终完成用于拍摄的剧本终稿。

尼尔：考虑到这是一部单机位剧，不是在现场演播室的观众面前拍摄，不能提供即时反馈。你的个人判断标准是什么？怎样才能知道某个情节或场景有趣？

克里斯托弗：圆桌阅读可以提供一定的衡量标准，除了编剧和演员，参加的还有部门主管和其他受邀嘉宾。我们有一间大会议室，能容纳100人同时来听，所以我们的衡量标准很不错。拍摄时，你就要相信自己的直觉。我们排练的时候，舞台上会出现了灯光师、发型师、化妆师、电工，他们都在观看。他们笑或者不笑，也会得到一些反馈，但在那个时候，你要相信自己的直觉。单机位拍摄的好处是可以随时停下来，然后你可以说，“我们需要一个更好的笑料，或者这两个演员之间需要更多的交流。我们来花一分钟时间，看看能不能让这一段更精彩”。你坐下来15~20分钟，就可以改变它，把它变成你想要的模样。在现场观众面前，这可不是一件容易的事，因为这是在考验他们的耐心。多机位的好处是，整个星期都在排练——至少在一大群人的笑声中你已经看过3~4遍。所有这些笑料基本上都经过了试镜。在有观众时进行多机位拍摄，你几乎能够确信一切都会成功，只是不能停下来。如果是单机位，我们会花8~10个小时来拍摄一部4分钟的剧，所以我们可以停下来完善它。

尼尔：我曾经听吉尔·巴特谈过对于《陆军野战医院》编剧室的管理，他说他的黄金法则是，“永远不要害怕说出愚蠢的话”，这可能会激发编剧室其他人发出聪明而有价值的声音。你和史蒂夫有什么管理规则来运营一个实用的、成功的编剧室吗？

克里斯托弗：我们的团队中有许多不同类型的编剧。有些人比较外向，有些人比较内向。我不需要那种每个人都一样、每个人都以同样的方式讲笑话的编剧室。所以我们试着鼓励更安静、更有思想的编剧站出来，有时也需要用捕捉那些更激进的编剧。

尼尔：作为《摩登家庭》的制作人，最好和最坏的方面是什么？可以想象，获得那么多次艾美奖、得到评论界的好评和高收视率的感觉一定让人感觉很棒。人人都喜欢《摩登家庭》……

克里斯托弗：嗯，肯定不是每个人都喜欢——

尼尔：基本上我认识的每个人，所有年龄段的人都喜欢。对你来说，这一定是一种令人难以置信的巨大满足感。

克里斯托弗：运营这部剧最棒的部分是，尽管我在这个行业已经工作很长时间了，但这是作为电视剧创作人的第一次成功。我制作过《欢乐一家亲》，但那不是我创作的。我可以和聪明风趣的人一起工作，每天都开怀大笑。看到观众对这部剧的接受度也很有意义。在制作《欢乐一家亲》的时候，一部剧会在第1季一开始就得到评论，也许会有报纸在第1季中或者结束时写点什么。但在《摩登家庭》时代，我们则会从社交媒体上得到观众的即时反馈——有时甚至在整部剧集还没播完之前就收到数百条评论。我们得到了很多反馈。

尼尔：这些反馈对你和你的写作团队有影响吗？或者你会试图把它们拒之门外，然后写出你们想要讲的故事吗？

克里斯托弗：通常我们会写自己想写的东西，因为即使有成百上千条博客和帖子，那也只是我们读者的一小部分。所以我们尽量不会让网络观点左右我们的创作。另一方面，如果人们对一个新角色或故事情节有很大的共识，大家都不喜欢它，那么这可能会影响到我们。

运作这部剧最具挑战性的部分是，它是一种磨炼。我们如今拥有一群才华横溢的编剧，幸运的是他们都很耐心，这对我们很有助益。每一季要拍24集。那是很大的压力。正因为这部剧如此成功，所以它设定了很高的标准，我们不想重复自己，也不想公式化，因此需要想出很多很多新鲜的、不可预知的故事，希望能引起观众的笑声。而我们讲过的每一个故事都意味着我们不能再重复了，要想出新鲜的材料，而新鲜的故事方式总是有挑战的。但积极的一面远远大于消极的一面，这是一种很好的体验。

访谈：卡特·贝斯和克雷格·托马斯

《遗产游戏》（*The Goodwin Games*）

《老爸老妈浪漫史》

2010年获艾美奖最佳原创音乐和歌词提名

2009年获艾美奖喜剧类最佳剧集提名

《美国老爹》（*American Dad!*）

《奥利弗·比恩》（*Oliver Beene*）

《大卫·莱特曼深夜秀》

1998–2002年获艾美奖综艺、音乐、喜剧类最佳编剧提名

2000–2002年获得美国编剧工会（WGA）喜剧/综艺类提名

尼尔：你们是如何想到《老爸老妈浪漫史》这部剧的故事情节？就其标志性风格而言，如何安排画外音的使用、闪回，以及人物和时间段之间的穿插？

卡特：最初我们想写一部单机位情景喜剧，但当时的行情是单机位喜剧已经不流行了（这是9年前的事了，还记得吗），所以我们从这种拍摄风格中提取了很多元素，比如更多的场景、更多的剪辑、更多的电影镜头，我们用了4台摄影机来拍摄，并添加笑轨。这种风格自然而然地就发展起来。

至于闪回和交叉剪辑之类的，我们的风格可能只是电影和电视的混合体，这些影视剧给了我们足够的灵感，让人想去模仿。就像《安妮·霍尔》，它好似现代爱情喜剧的两河流域。翻开这部剧本的任何一页，你都会发现一些我们和其他很多人、多年来有意

或无意地采用的一些技巧。这部电影传达了无数艺术信息，看心理医生时的内心独白，第一次约会时的潜台词，不按顺序讲述的故事……观众确实是足够成熟的，如果他们与你所讲述的故事和角色建立联系，他们是可以接受一点儿魔幻现实主义。

值得一提的是，在《安妮·霍尔》这种非线性的叙事方式中，我最喜欢的是在故事的开头就听到了结尾："我和安妮分手了"。回顾我们第一集的结尾："这就是我如何认识你的罗宾阿姨的"——我们是对《安妮·霍尔》开头那个时刻的致敬，我所说的致敬意味着完全重现了这一段。

*克雷格：*我和卡特都喜欢把尽可能多的故事、想法装进一集之内（这要么是雄心勃勃，要么是关注点不够集中，取决于你怎么看）。我们喜欢曲折的剧情、喜欢揭秘、喜欢神秘的故事，所以每一集都会变得相当复杂。传统的多机位剧通常每集的场景更少，且场景更长。某一集可能只有15~20个场景。《老爸老妈浪漫史》有时一集有80个场景，基本上每集都少于40~50场。我们想把多机位的形式叠加于单机位（甚至是故事片）的剪辑风格之上，这意味着用3天的时间来拍摄，而不是更传统的现场观众秀，只需剪一些预录的磁带。事实上，整部剧是一个人给他的孩子们讲故事，这也是我们的风格——当你讲一个故事时，你往往会停下来、跳回以前、跳到之后、有时甚至岔开话题（更不用说美化一些细节了！）所以，这是本剧的基因密码。

> *我想这就是电影和电视的不同之处吧。电影就像为了荷尔蒙而约会，而电视的约会则是直奔结婚而去。*

但就我们的噱头而言，它似乎是附带发生的，而故事的真正核心是五个角色之间的友谊。出于这个原因，我们总是想看看我们是否长久地坚守自己的立场，把这个概念发挥到极致，并等到泰德最后见到孩子们妈妈的那一刻。我们想，当观众开始厌倦周而复始的故事时，我们就会让泰德见到孩子们的妈妈，结束这个系列，再做另一部剧。事实证明，观众并没有厌烦它。我的意思是，也许有些人厌烦了，但受众数字继续保持不变，我们从来没有觉得故事快讲完了，所以我们继续拍摄这五个角色和他们的生活。我们就这样度过了8年快乐的时光。但是当我们开始讨论准备拍摄第9季时——让这部剧超过200集——我们的对话变成了："我们想写什么？什么故事能让我们激动？"也就是从那时起，大结局的想法开始形成。所以我们与过去的自己达成了一个协议：我们将继续遵循这个规则，泰德直到最后一集都不能见到孩子们的妈妈……但与此同时，我们要先见到她。我们会在不违反核心规则的前提下，围绕这个想法想出各种变通的方案。

克雷格：我们给它的定位是“在20来岁时一个男人的100个最好的疯狂故事”。讽刺的是，我们现在已经是第200集了，而且我们的角色都已经30多岁了。所以它比我们所预想的走得更远！这是因为观众对角色和演员产生了共鸣，并关心他们，而不是片名或噱头。由未来的叙述者来讲述这个故事的架构也提供了一种安全网，可以让故事更真实、更黑暗、更感人，同时也意味着到2030年，即使路上有一些波折，对泰德和他的朋友们来说，一切都会好起来的。

尼尔：你的核心人物是从哪里来的？是基于你认识的人，还是纯粹的想象，或者两者兼而有之？

卡特：在试播集里有很多自传式的东西。我当时单身，正走在人生的十字路口，而克雷格也刚刚结婚不久，还在摸索如何做一个成年人。在纽约度过了愉快的5年之后，我们刚刚搬到洛杉矶。我们都非常想家。我们大学毕业后受邀为大卫·莱特曼写剧本，像炮弹一样一头扎进了纽约的生活漩涡中，与一群很有趣的人共同工作、一起喝酒、坐着计程车跑来跑去，因为足够年轻而不断地犯错不断地改正。那是一段美好的时光，比高中和大学时代有趣得多，在洛杉矶待了一年多以后，我们还是很怀念纽约那段时光。这是我成年后第一次明白什么是怀旧，而这种新发现就这样出现在了剧本中。

克雷格：我们的核心角色是混合型——有些是基于我们认识的人，有些是原创的。马歇尔和莉莉是我和妻子丽贝卡的原型，我们从大学就在一起了。写《老爸老妈浪漫史》的试播集时，卡特还是单身，20多岁，仍然在寻找“命中注定的那个人”，这是泰德这个人物的灵感来源。泰德真的很想找到一个合适的女孩，而他的两个最好的朋友都是从18岁就恋爱到结婚的老夫老妻。巴尼更多的是原创，尽管有些灵感来自于20多岁在纽约一起玩的那些帅哥们。罗宾也不是以某一个人为原型的，尽管罗宾的某些特征基于科比·斯梅尔，比如她的加拿大血统与她的独立性。随着时间的推移，无论剧中角色最初基于多少已知的现实人物，最后都转变为他们自己。他们是演员和编剧协作架构而成的角色。不过，对我们来说，重要的是抓住每个角色的本质和可识别性。所以我们总是从现实生活中窃取一些元素。

尼尔：你们是否会提前规划好本季的故事弧以便制造悬念或应对收视率调查季，还是每一集都进行剧情拆分？

卡特：我们总是规划好我们的每一季。这样会使写作变得更容易，同时我也认为按计划来写作更能弄清楚故事的价值——这是一个即兴的游戏——在我们的剧集中有一位叙述者，他知道这个故事的结局。他说的每一句话都与这个故事有关，所以我们需要知道他的方向。至于收视率调查季，这很有趣，我们仍然会本能地说，“哦，这是个好创意，我们应该把它放在收视率调查季”，尽管据我所知，现在没人再关心这些了。

我们试图做的事就是在每一季的间隙来构建故事结构。通常在冬末春初有几个空档期，这时我们不播新剧集。在这个空当期，做一个好的悬念吸引观众再回来看这部剧，这是一件很棒的事情。

克雷格：《老爸老妈浪漫史》每一季都非常有吸引力，几乎更像一部剧情剧。我们喜欢电视剧每周都有自己的记忆——事件会有结果，一件事导致下一件事。这就是我们喜欢的写作方式。是的，我们已经完成了很多独立剧集，但我们把这些都看作是有趣的甜点，适于在更丰盛、更有营养的正餐之间食用。我们喜欢在喜剧中加入一点剧情戏。每一季我们都试图有一个整体的轮廓——我们知道会遇到哪些重大的情感里程碑，这一季的主题是什么，角色会经历什么，他们的结局在哪里，并尽我们所能保持原计划。

尼尔：新剧集的创意从哪里来呢？

卡特：最好的剧集总是来自真实的故事。100%的时间去做真实的故事。反过来说，最糟糕的故事是那些从未发生在任何人身上的事情。我们尽量不去讲这样的故事，但有时它们也会从眼皮下溜过，在电视上播出。

好的剧情是来自真实的地方。实际上《裸男》的故事原型最初是我们的一位编剧，他大胆地和大家分享了他的故事。我有一位朋友，名叫贾斯汀·狄金森，他告诉我一个故事，后来这成为了《三天法则》的故事。巴尼在没有训练的情况下跑了个马拉松，到了终点线，然后坐在地铁上发现自己的腿已经不行了，又不能站起来，那么这一整天他是怎么跑下来的呢？这是真实的故事，至少我听到的是这样的情形。

托宾：最好的笑料通常来自现实生活，然后在真实的基础上进行创作（当我写《真理内核》时，我不得不致敬——这是一个从现实生活偷来的笑话）。我和卡特鼓励我们的编剧团队尽可能诚实和治愈——我们需要真实的生活故事、人物关系、细致的观察来为喜剧奠定基础。即使《老爸老妈浪漫史》里某些东西很疯狂，但它通常都是源自生活中某个可辨识的人物。也就是说，我们最好的剧集通常都是这样的。

尼尔：对你来说，什么样的故事才是有价值的A故事？

卡特：通常区分A故事和B故事的是情感支柱。如果它是一个足够有活力的故事，不仅仅是有趣，还给演员提供除了喜剧之外的发挥余地，那么它就会成为主线。如果它太傻、太蠢或太有点怪，无法承载任何情感负担，我们就把它变成B故事。

克雷格：我们希望所有故事都是A故事。我们从来不会用“A、B、C故事是什么”来对待每一集，我们喜欢在一集里用一个创意启动每个人的故事，这样即使几个角色意见有分歧，他们也都在一个主题上。有时一个故事很自然地采用了ABC式主题，但我们并不追求这样，有时甚至会试图避免。

卡特：老实说，我们确实在试图避免这种情况。对我来说，最好的故事是大而有趣的，且变化多端的，足以吸引所有演员。这部剧是一个人在讲述故事，所以我们喜欢把它组织成一个真实的故事。当你随意地给别人讲故事时，你不会把它分成A、B、C三个故事。一般人一次只讲一个故事。坦白地说，我认为我们在前几季做得更好。《菠萝事件》《请击鼓》和《裸男》都是很好的例子。

尼尔：你觉得这部剧的“甜蜜点”是什么？

卡特：我认为这是一部最好的电视剧，当你作为一个观众来观看时，它照亮了生活中一些真实的东西。《宋飞正传》的伟大之处也是同样的。尽管这是一部“无厘头剧集”，但它也不是真的无厘头。在具体层面上，它比其他大多部剧更优秀。比如《白宫风云》，我知道自己在看一部“关于某件事”的剧，当然是关于总统的。我见过总统吗？没有。但我知道如果某人说话时站得离我太近，我会感到厌烦。这就是问题所在。

克雷格：对我来说，《老爸老妈浪漫史》甜蜜点就是我们能创造出一种傻傻的、搞笑的、愚蠢的基调，然后转变成为一些尖锐的观点，甚至是令人惊讶的黑暗/真实/诚实。这部剧的主题之一是生活中的一切都是同步的。从试播集就可以预测第1季的最后一集是泰德终于得到了女孩罗宾，然后发现马歇尔独坐在雨中，手中拿着一枚退回的订婚戒指。在我看来，这就是这部剧最好的一面——处在顶峰的男人默默地把手臂搭在好朋友的肩头，他的朋友正处于一生中最糟糕的时刻，该何去何从？

尼尔：这部剧是根据节奏表和大纲来工作的吗？如果是的话，大纲的基本长度是多少？

卡特：通常有8~10页的大纲作为剧本基础。再加上很多页的剧本笔记。大纲是一种很好的方式，可以把它细化为剧集的重要和基本内容。它像一副很好的骨架。

克雷格：在编剧室拆分故事之后，我们先写出一份详细的大纲（通常是七到十页），然后再写剧本。我们喜欢故事尽可能清晰，我们更关心结构、主题、情感，而不是笑料。笑料可以晚点再来。

尼尔：你们是以小组的形式写剧本，还是分配给某位编剧单独撰写剧本（除非有写作伙伴），然后再重新召集讨论？

答：不，我们从来没有采用过分组写作的方法。初稿总是由某人独立完成。剧本重写的范围可能会有些大，通常情况下，一旦我们完成了协作，初稿的内容也所剩无几了。但我们总是给大家机会去感受编剧的感觉，看看自己能写出什么。

克雷格：我们几乎从来没有集体写过整部剧本。也许在整部剧中可能有过一两次，即便如此，我们至少也在粗略的初稿基础上进行创作。卡特和我都喜欢从写作中脱身——找个安静的时间深入挖掘更深层的东西，找到更精彩的转折、更丰富的情感、更有灵感的时刻，而这些只有一个人在电脑前才能找到，而不是十个人在会议室里讨论的结果。所以我们尽量不要剥夺编剧的这种体验。

尼尔：你们如何运营编剧室？你和卡特在剧组扮演不同的领导角色吗？如何授权并保持编剧室的正常运转？

卡特：这很有趣，我不知道克雷格的运营风格是什么！我认为他很擅长，他已经有8年的经验了，还不断地做出令人惊叹的东西。我也不确定我的风格是什么。这是一个相当安全、非对抗性的环境，人们都未加过滤，而我也尽量保持活力，专注于手头工作。拆分故事的部门没有太多的权力。从我们的角度来看，这是我们在任何时候都能做的最重要的事情。其他的事情——笑料、拍摄、剪辑——都可以移交给别人。故事是首要工作，所以我们中的一个人通常负责编剧室。从自身的角度来看，这已经演变成一种循环，我努力理顺故事线，而这些人在帮我写。这就是我的方法。这比"蜂巢式思维讨论"容易得多。我和克雷格的风格都很特别，所以有时可能不那么民主。但我们有一些出众的编剧，每一个人的声音肯定能够被听到。

克雷格：没有好的搭档怎能运营好一部剧！我和卡特是最好的朋友——在很多方面就像兄弟一样——有令人信任的伙伴共同运营一部剧是非常重要的。我们通常有两个编剧室，卡特和我以整体的计划/季为基准来工作，并随着剧情而不断地完善各项工作。我们用这种方式来提高效率，单独见面的机会很少，只能抽空安排，那时我们会谈谈整体故事——可惜的是，这种机会很难找到！我们每个人都会对对方所撰写的剧本或大纲进行评价——通常用红笔在空白处涂鸦——所以我们每个人都对每个故事和剧本有所贡献。

尼尔：所以这部剧是混合型情景喜剧——部分多机位/部分单机位？还是……

克雷格：对，我们肯定是混合型。我们会花了3天时间，用于拍摄多机位故事情节。也经常用单机位（或双机位）来拍摄更典型的电影剧情。实际上，这有点奇怪。有很多外景拍摄的单机位剧比《老爸老妈浪漫史》要贵得多，制作难度也大得多，但是纯粹多机位的拍摄方式不符合我们的讲述方式。所以我们找到了一种奇怪的中间地带，就这样成功了！

尼尔：这部剧拍摄时通常没有现场观众，那么如何判断某个段子是否有趣？

卡特：我们有一个相当客观无情的团队。如果他们不笑，你就知道这不好笑。此外，我们还会有圆桌阅读和预演，电视网、制片室和部门主管都在观看，所以你也可以以他们的反应来衡量。但最重要的是，幽默的晴雨表必须发自内心。我自己认为它是一个好笑点才行。如果现场观众认为最有趣的笑话是"便便""大胸"之类的词，你就按照这种类型去制作，等剪辑出来，它将变成一场"大胸便便秀"……实际上，它可能会上热搜，也可能让你变得非常出名吧。呃，也许我们应该找个真人在现场当观众。

尼尔：从初稿到圆桌阅读再到拍摄，会有多少次重写？

卡特：数不清。这取决于第一稿的质量如何，但无论如何，编剧室会做很多次修改。其实，这种情形主要适用于喜剧。那些戏剧化的场面，我尽量不吵闹、不乱改。戏剧化的情节需要编剧的个性化风格，不能集体写作。

克雷格：确实会重写剧本，但很少会在圆桌阅读之后再拆分剧情。我们试着在圆桌阅读时尽可能地接近我们的目标，基本上就是修改笑料，让它更有趣，而不是问类似“我们在讲什么故事”这样的问题，这部分要尽快弄清楚，因为制作电视剧的流程太快了。在你还没意识到之前拍摄已经开始了——所以故事更需要坚实有力。

尼尔：从剧本到后期制作的基本时间表是怎样的？

克雷格：我们会在房间的白板上拆分故事（有时卡特或我会带着一份两三页的粗略的故事节奏表过来，写在白板上）。接下来我们让编剧写简版大纲，只是为了把故事轮廓记录下来，完成简版大纲之后，我们会集体为它填充大量内容，补充撰写过程中出现的各类问题。这一步越清晰越好，再接下来我们会让编剧花一个星期时间去写剧本初稿。剧本初稿交上来后，我和卡特会写剧本意见。再花几天时间撰写第二稿。第二稿完成后，我们在编剧室组织讨论并重写。接下来的周一举行圆桌阅读，再次重写剧本，周二排练，然后再次重写。最后周三早上9点，我们开始拍摄，直到周五。

尼尔：有多少笑料是在最后一分钟才进行调整的？

克雷格：我们总是在尝试找到更多的转折或惊喜，有时是在周三早上开拍之前，或周二晚上才想出来。我和卡特会让编剧与我们之中的任何一位在一起，或者与另一位编剧一起观看排练，这样他们就可以随时调整笑料，并尝试补充新的笑料。

卡特：通常，我们也会在编剧室调整笑料。比如，某个笑料太啰嗦，那就改成更快的语速，可能会更有趣，也有可能通过缩短文字。同样地，如果某个包袱没有响，也可以使用旁白，甚至记录一些镜头外的对话，以使它更突出。

尼尔：剧中角色会改变吗？还是继续遵循情景喜剧的黄金法则：角色不改变，只改变他们的处境？

卡特：我认为这背后有一个更大的哲学问题，人会变吗？很显然，创造任何角色的目标都是令人感觉到真实。剧中的现实是：八年之后，巴尼会蜕变成为想要安定下来的人吗？还是说像斑马永远也改变不了它的条纹一样？我真的不知道答案，这应该取决于不同的个体。所以我不知道自己能否在意识层面上回答这个问题。也许角色在整部剧的过程中发生了变化，也许没有。如果有的话，也可能是因为写剧本的人变了，表演的演员变了，或者在某种程度上，甚至看电视的人也变了。

最终，我想答案也可能是，如果你试图从现实生活中取材，就不必担心角色变化的多与少。你只需要写下来，再看会发生什么。

尼尔：现在这部剧可以肯定非常热门，电视网方面如何实际操控？还是说不插手，让你和卡特做自己想做的事？

卡特：他们很棒。真的，非常友善。也许换别家电视台要再花更多时间才能这样。事实是，他们不会对我们有所放松——会给我们一些提示，而且通常是很有益的——同时他们也信任我们，我们之间是一种信任合作的过程。如果有人试图从编剧室以外对一部剧进行微观管理，那还离开演艺圈吧。这种做法永远、永远、永远不会奏效。

尼尔：整部剧你最喜欢哪一集？

卡特：《十次会议》，也就是布兰妮·斯皮尔斯那集。从主题上讲，这一集囊括了我们在整部剧中的所有想法。这集是一个男孩让一个女孩爱上他。他一次又一次地尝试，一次又一次地失败，却没有放弃。后来他真的想放弃时，朋友们给予他鼓励，让他继续前进。

这一集的最后一个场景也是我最喜欢的，泰德带着斯特拉进行了一场“两分钟约会”。打车、吃饭、看电影、喝咖啡、吃蛋糕，然后步行回家，这一切都在一个镜头内，在人行道上完成，所有事情只用了2分钟。你看不到的是在镜头外发生的一切事情——整个摄制组像时钟一样完美地同步工作，助力拍摄大获成功。这个场景让编剧感觉像20世纪60年代的NASA。你想出了一个看似不可能完成的点子，接着想出了如何去实现，一些真正有才华的人一起努力，最后完成。50年后，这将是《老爸老妈浪漫史》中最令我铭记的两分钟。

克雷格：我一直很喜欢那些出人意料的剧集。比如第1季的最后一集，泰德在门廊外的雨中安慰马歇尔。那个画面让我感到阵阵寒意。我喜欢关于马歇尔父亲去世的那两集。纯粹从喜剧的角度来看，则更喜欢《罗宾闪闪发光》这一集——我和卡特第一次合作就是从写音乐开始的，所以任何一集我们都能写出一首疯狂的歌曲，这些都是额外的乐趣。

尼尔：做制作人最坏/最好的事分别是什么呢？

卡特：到目前为止，最好的事情就是能够在很短的时间内写出一些东西，让更多的观众可以看到。在这方面，电视与其他任何媒体都不一样，也许除了新闻或博客。在电影行业，你要花费数年的时间来制作一部电影，可是这部电影真的拍出来了，它的生死在一个周末就决定了。电视行业，每周都有数百万人，大家仿佛围坐在巨大的篝火旁，等着你开始纺纱。这是一件非常美妙的事情。

最糟糕的是压力。压力大到几乎威胁身体健康的地步，这就是在《老爸老妈浪漫史》结束后，我不确定自己是否还想继续做下去的原因。也正是因此，在电视网和制作公司都不支持的情况下，你绝对不要去坚持。因为光是剧本，一页一页地已经够让人紧张的了。

克雷格：做制作人最糟糕的事情就是时间压力——周三早上，我们写什么他们就会拍什么。最好的事情也是这样。

电视剧索引

Alias《双面女间谍》

All in the Family《全家福》

American Dad!《美国老爹》

American Horror Story《美国恐怖故事》

Back to You《情缘》

Barney Miller《笑警巴麦》

Battlestar Galactica《太空堡垒卡拉狄加》

Boardwalk Empire《海滨帝国》

Castle《灵书妙探》

Cheers《欢乐酒店》

Cold Case《铁证悬案》

Community《废柴联盟》

Curb Your Enthusiasm《抑制热情》

Dallas《家族风云》

Damages《裂痕》

Deadwood《朽木》

Dexter《嗜血法医》

Downton Abbey《唐顿庄园》

Elementary《基本演绎法》

Entourage《明星伙伴》

ER《急诊室的故事》

Everybody Loves Raymond《人人都爱雷蒙德》

Family Ties《亲情纽带》

Felicity《大学生费丽希蒂》

Friday Night Light《胜利之光》

Friends《老友记》

Game of Thrones《权力的游戏》

Get Smart《糊涂侦探》

Girls《衰姐们》

Gossip Girl《绯闻女孩》

Grey's Anatomy《实习医生格雷》

Hansel and Gretel《奇幻森林历险记》

Hatfields & McCoys《血仇》

Homeland《国土安全》

House M.D.《豪斯医生》

House of Cards《纸牌屋》

How I Met Your Mother《老爸老妈浪漫史》

I Love Lucy《我爱露西》

Inside Amy Schumer《艾米·舒默内幕》

It's Always Sunny in Philadelphia《费城永远阳光灿烂》

Jericho《小镇危机》

Justified《火线警探》

Law & Order《法律与秩序》

Lost《迷失》

Louie《路易不容易》

M.A.S.H《陆军野战医院》

Mad Men《广告狂人》

Married With Children《拖家带口》

Maude《莫德》

Modern Family《摩登家庭》

Murphy Brown《风云女郎》

NCIS《海军罪案调查处》

Neil Simon's The Odd Couple《天生冤家》

Nip/Tuck《整容室》

Nurse Jackie《护士当家》

NYPD Blue《纽约重案组》

Once Upon A Time《童话镇》

The Killing《谋杀》

The Lovely Bones《可爱的骨头》

The Mary Tyler Moore Show《玛丽·泰勒·摩尔秀》

The Mentalist《超感神探》

The Mindy Project《明迪烦事多》

The Newsroom《新闻编辑室》

The O.C.《橘子郡男孩》

The Office《办公室》

The Shield《盾牌》

The Sopranos《黑道家族》

The Tudors《都铎王朝》

The Unusuals《非凡女警》

The Walking Dead《行尸走肉》

The West Wing《白宫风云》

The X-Files《X档案》

Touch《触摸未来》

Trauma《创伤》

Tron《电子世界争霸战》

Two and A Half Men《好汉两个半》

Veep《副总统》

Vikings《维京传奇》

Web Therapy《网疗记》

Weeds《单身毒妈》

Wings《快乐航空》